文春文庫

異人たちの館

折原一

文藝春秋

目次

異人たちの館《やかた》

赤い靴《くつ》　はいてた
女の子
異人さんに　つれられて
行っちゃった

プロローグ

誰かの呼びかける声に、彼女は眠りを破られた。

枕元《まくらもと》の時計を見ると、夜中の二時をすぎたところである。

あの子の声かしら。帰ってきたのだろうか。

耳をすますと、風が窓を震わせる音が聞こえるばかりだ。どうやら幻聴だったらしい。

寝ても覚めてもあの子のことばかり考える毎日である。

窓越しに月が見えた。あの子も日本のどこかであの月を見ているのかもしれない。きっと生きている。どこかで彼女の名前を呼んでいるのだ。

早く帰ってきて、お願いだから。

すると、どこかで「母さん」と呼ぶ声が聞こえたような気がした。

「じゅんちゃん！」

彼女は叫んだ。

＊

残された最後の力をふりしぼって洞穴《ほらあな》から這《は》い出ると、木の間越しに月が見えた。冴《さ》えざえとした光が、地面にパッチワークのような模様を描いていた。

空気の中には、秋の気配が濃厚に漂っている。

どこかで母が私の名前を呼んだように感じた。

「母さん」

しかし、その声はほんのつぶやき程度のものだったから、すぐそばに人がいても、聞き取れなかったにちがいない。

「かあさ……」

首を持ち上げて、もう一度、声を出そうとしたが、痰《たん》が喉《のど》にからまった。もうだめかもしれない。

「だめよ、弱気になっちゃ」

母がはるか離れた東京から、しきりにテレパシーを送っているような気がした。

「ああ、わかって……」

頭ががくんと垂れ、また声が途切れた。指の先に枯れ枝が触れた。条件反射的に指がそれをとらえ、言葉の代わりに、枝で自分の言いたいことを記そうとした。

何日も雨が降らず、地面は固くなっていた。残された弱い力では、乾いた地表に文字を彫りつけるのはむずかしかったが、辛抱強く、一字一字彫りつけていった。複雑な漢字よりは、片仮名のほうが書きやすい。

「カアサン、タスケテ、オネガイ……」

突然、枝が乾いた音をたてて真ん中から折れた。支えを失った私は前につんのめり、鼻を激しく地面に打ちつけた。自分の名前を書こうとしただけなのに……。

鼻が熱くなり、どろりとした液体が溢《あふ》れてきた。体力を消耗しきっている時に、体内にそれだけの血が残っているとは……。

皮肉なことに、冷えきった体に流れた血がひとときの暖を与えてくれた。しかし、すぐに血が鼻をふさいで、息をするのも苦しくなってきた。

「助けて。死にたくない」

これでは犬死にも同然。こんなところで、誰にも知られずに死ぬなんて、最悪だ。

肺から息を吐き出そうとしたが、空気が鼻を抜けていかなかった。冷たい地べたに頬《ほお》をつけて、口で息をした。枯れ葉の下で虫がもぞもぞと動き出し、頬に這い上がってきた。気色の悪い多足類の足が、顔を無遠慮に撫《な》でまわす。

「やめて……」

しかし、今の私にはふりはらう力も残されていない。一匹が二匹に、二匹が三匹に、仲間が次々と死にかけた体に這いのぼってくる。

逃れようとしたが、私の意志に反して、指先がわずかに動くだけだった。

「母さん」

死にたくない……。

*

「あんな奴《やつ》、死んでしまえ」

彼女は彼と泊まっていた貸別荘を抜け出して、バス停に向かって歩いていた。二人だけで、湖畔《こはん》の宿でロマンチックにすごそうと、二日前からここへ来ていたのだが、一緒にすごしてみると、彼の欠点が目につき出した。

「どうしてあんな奴が好きになったんだろう」

その時もほんのささいなことから喧嘩《けんか》になり、やがて決定的な亀裂《きれつ》にまで発展した。お互いに罵《のの》り合い、彼女は怒った勢いで荷物をまとめると、そのまま飛び出してきたのだった。

貸別荘からの未舗装の道を上って、国道にあるバス停のほうへ歩いていったのだが、十分歩いてもバス停は現れなかった。

夕方の五時をすぎている。まもなく日が落ちるだろう。秋になって、日が暮れるのがめっきり早くなっていた。観光シーズンも終わり、人けのない避暑地。

誰もいないところで、二人だけですごすことが、どうして素敵だと思えたのだろう。でも、早く気がついてよかった。あんな奴と結婚していたら、ろくなことにならなかったにちがいない。そう思って、自分を慰めるしかなかった。

道が左右に分かれて、「バス停近道」と書かれた札が右を指していた。よかった。道を間違えていたわけではないらしい。あたりは鬱蒼《うっそう》とした森で、まるで木のトンネルの中を進んでいくようだった。この道はさっきまでの道と暗さの濃度がまったく違う。彼女が正常な神経でいたなら、この道を選ぶことは避けていただろう。

その時、背後から足音が迫ってきた。彼だわ、きっと。ふん、何よ。

おそらく道の分岐点で彼は止まり、彼女が行った方向を探っているのだろう。

「おーい、待ってくれ、ぼくが悪かった」という声が耳に届いた。

「何言ってるのよ。もう遅いわ」

彼女の気持ちはもはや修復できないほど彼から離れていた。彼女は彼から遠ざかるために足を速めた。

さらに森が深くなった。このまま進んで大丈夫なのだろうか。不安が胸の中に兆《きざ》した。でも、もどったら、彼に見つかってしまう。どちらかを選べと言われたら、やはり前者だろう。

仕方がない。彼女は大きく深呼吸した。恐怖心をふりはらうために、さらに早足になり、やがて駆け出した。

しかし、バス停は現れる気配もない。道路が近くにあるとすれば、車の走行音が聞こえてもよさそうなものだが……。

道に迷ってしまったんだわ。

背後《やみ》をふり返っても、どこからやって来たのかさえ、わからなくなっていた。

闇がさらに濃くなっていった。

ああ、わたしはなんて馬鹿《ばか》だったの。さっき彼が呼んだ時、答えていればよかったのに。

彼女は泣きながら、惰性で走っていた。止まると、不安感に全身を覆《おお》いつくされかねないので、パニックの到来を少しずつ先送りしているのだった。

息が切れてきた。もう少しで限界だ……。足をゆるめかけたとき、足に何かが引っかかって、頭から地面につんのめった。気を失わなかったのは、足首の激痛のせいだった。挫《くじ》いた足首を手でさすっているうちに、無理に遠ざけていた不安が怒濤《どとう》のように押し寄せてきた。

「助けて」

嗚咽《おえつ》がしゃっくりのように、いく度も襲ってきた。そういえば、貸別荘を借りる時、事務所の係員が森の奥に立ち入らないように注意していたっけ。

「あそこは昔富士山が噴火した時の溶岩が固まった台地でして、いったん迷いこむと、二度と出られないところなんです。磁石も使えないし……」

中年の係員は口元を歪《ゆが》めながら、こう付け加えた。

「年に何人も行方不明者が出ているんですよ」

やめてよ、そんな縁起でもない話。彼女は耳をふさいだ。

今のうちに出られないとなれば、必然的にここで夜を明かさなくてはならなくなる。いやだ。こんな気持ち悪いところに一晩いたら、気が変になってしまう。足を引きずりながら少し進むと、やや大きめの広場に出た。闇の濃さがいくぶん減じたが、それでも暗い。

見まわしてみると、すぐ近くの木のそばに大きな岩があった。もし、帰れなかったら、あの下で夜露をしのぐしかないのかと思うと、暗澹《あんたん》たる気持ちになった。でも、今へたに動いて、ますます泥沼《どろぬま》に入りこむよりは、岩陰で明るくなるのをじっと待ったほうがいいのかもしれない。

その時、足元に白っぽいものがぼんやり見えた。白い棒きれのようなもの。拾い上げてみると、意外に軽い。長さ二十センチほどの棒で、両端が関節のように太くなっている。まるで骨みたいではないか。昔のアメリカの漫画で、よく犬がくわえていた。

骨……。

そう、これは骨だ。ひょっとして人間の？

——何人も行方不明者が出ているんですよ。

係員の声がまたしても脳裏をよぎった。

いやだ、こんなところに一晩もいるなんて。

その時、突然、背後でガサガサッという音がした。

「もしもし」

誰かに声をかけられ、彼女の体がぴくんと跳ね上がった。

＊

富士山麓《さんろく》　届かなかった「救助信号」

――遭難者の伝言か。

富士山の北、山梨県側の樹海に、アルファベットで「ＨＥＬＰ」と読める枯れ木を組んだ文字が見つかった。山梨県警は遭難者が救助を求めたが、発見されないまま死んだ可能性があるとみて、付近の捜索を急いでいる。……

救助信号の近くに白骨、遭難か

……山梨県警がヘリコプターなどで現場付近を捜索したところ、近くで人骨とみられる白骨が見つかった。県警は遭難者が救助を求めたが、発見されないまま死んだ可能性もあるとみて、骨などの鑑定をして性別や身元の確認を急いでいる。

……

富士山麓・「ＨＥＬＰ」文字　夏山の不明者ら焦点

……山梨県富士山麓で、枯れ枝を利用した「ＨＥＬＰ」の文字と、遭難者とみられる白骨が見つかった事件で、山梨県警は二十二日、白骨は少なくとも死後半年以上経過しており、枝で作った文字は去年の夏か秋ごろ、道に迷った人が救助を求めて作ったとの見方を強めた。木の文字を作った人物が白骨死体と同一かどうか、まだ不明の点が多く、警察では自殺、事故の両面から捜査を進めている。

……

富士山麓ＨＥＬＰ　遺留品を発見

……山梨県富士山麓で枯れ枝を利用した文字と、白骨遺体が見つかった事件で、山梨県警は捜査員を現場に派遣、新たな遺骨や遺留品の捜索にあたった。
この結果、枝の文字がある場所から西へ二十メートルに小さな洞穴《ほらあな》を発見、中から運転免許証がみつかった。……

地元消防団員（談）

「あのあたりは、一度迷いこんだら、なかなか抜け出すことができないんだ。富士山の溶岩でできてるから、磁石も役に立たないし、地図を持ってても意味がない。よく、ハイカーが迷いこんじまって、大捜索やることがあるけど、探しあてるまで、何日もかかることがある。あの森は人を寄せつけんし、洞穴があちこちにあってさ、まあ、入ったら、助からないものと思ったほうがいいね。探せば、まだまだ人知れず死んでる人間がいると思うよ。あそこには浮かばれない霊がさまよっているよ。それこそうじゃうじゃと」

地元警察署員（談）

「免許証の持ち主の母親が見えましてね、現場を見ていったんだけど、白骨は別人の可能性もあるから、あきらめないって言ってましたよ。なにしろ、自殺者の多いところだし、年間二十くらいの遺骨が見つかるんですよ」

第一部　赤の原点

1

「じゅんちゃん、どこにいるの？」

小松原妙子《こまつばらたえこ》は、コーヒーを飲む手を休め、窓の外を眺《なが》めながら独りごちた。その日、何度その言葉を口にしたかわからない。

レースのカーテンがはためき、心地よい風が吹きこんできた。窓の外には木蓮《もくれん》やボケがきれいな花を咲かせているが、彼女にはそれを愛《め》でる心のゆとりはない。彼女の子供の淳《じゅん》が去年の九月に消息を絶って以来、心配で心の休まる日はなかった。食欲もないし、慢性的な寝不足がつづいて、目尻《めじり》のしわが目立ってきている。

あたりまえじゃないの。自分のお腹《なか》を痛めて生んだ子供が忽然《こつぜん》と姿を消したというのに、心配しない親がどこにいるだろう。宙ぶらりんの気持ちを慰める手段は何もなかった。店のほうは、ほとんど人に任せっきりだった。彼女は警察に捜索願を出し、興信所にも捜索を依頼し、自宅でひたすらわが子が帰るのを待った。それでも、淳の行方は杳《よう》として知れなかった。あの子はこの世から消え去ってしまったのだ。

信じたくはないが、そんなことがようやく実感となりつつあったこの四月、思いがけないところから反応があった。富士山麓《さんろく》で淳の運転免許証が発見され、その近くで白骨が出てきたと、現地の警察から連絡が入ったのである。

妙子は連絡の入ったその日のうちに現地入りし、警察の案内で白骨が見つかったという場所へ連れていってもらった。

空き地にあった「ＨＥＬＰ」と書かれた木の文字は、誰が作ったのか知らないが、地表から見ると、ただの木の集まりに見えた。上空から見ないかぎり、それは文字の体裁をなさないのだ。

洞穴《ほらあな》の地面に彫られた文字は、淳のものだろう。もちろん棒のようなもので書いたので、筆跡では判断できないが、書かれている言葉はまぎれもなくわが子のものだった。

「お母さん、助けて。こまつばらじゅん」

「こまつばらじゅん」という名前の持ち主が別に存在する可能性はあるけれど、写真つきの運転免許証が見つかったとなると、これはもうほぼ確定的である。

洞穴は溶岩の隙間《すきま》にできたような狭い空間で、人が四、五人入れるくらいの広さだった。捜査員に先導されて、妙子が腰を屈《かが》めて入ってみると、ひんやりした外気は中まで入らず、生ぬるい腐ったような臭気がよどんでいた。懐中電灯が地面に向けられると、そこには確かに「お母さん、助けて。こまつばらじゅん」という文字が彫られていた。

「木の枝で彫ったと思われます」と警察の責任者は言った。「たぶん、書いている途中に、枝が折れてしまったのでしょう」

白骨はすでに片づけられていた。後で地元の警察署で見せられたが、骨のかけらだけ見せられても、あの子のものと思えなかった。

「あの子が生きている可能性もありますよね？」

妙子は警察の責任者に勢いこんで訊《たず》ねた。

「さあ、それはどうでしょうか」

相手は否定的だったが、妙子は少しだけ希望をつないだ。淳があのむかつくような薄暗い場所にいたという証拠は、免許証と地面に彫られた文字だけである。実の母親としては、あの子は死のうとして死にきれず、またどこかへ姿を隠したものと思いたかった。

あの子は例のことで心に立ち直れないほどの深い傷を負い、死に場所としてあそこを思いついたのだろう。自殺の名所として知られ、一度まぎれこんだら、絶対出てこられない富士山北麓の樹海——。

しかし、地図の上で見れば、現場は国道からそれほど離れた場所ではなかった。鬱蒼《うっそう》とした森にだまされなければ、何とか国道に脱出できたはずである。状況はやや悲観的だが、彼女は淳の生存を信じていた。たとえ一縷《いちる》の望みであっても、生きている可能性が残されているのであれば、これからはそれを心の糧《かて》にして生きていけるのだ。

「でも、じゅんちゃん、どこにいるの。母さんにだけそっと教えて」

警察の捜査もいいかげん、新聞だって興味本位に面白おかしく書きたてているだけだと彼女は思った。

「あの子はやわな子ではないもの。一度くらい落ちこんだからって、潰《つぶ》れてしまうような子ではないわ」

その後も、淳からは何の連絡もなかった。しかし、妙子は依然、あの子が日本のどこかに生きていると信じていた。生きていると思うと、それが彼女の心の支えになった。そして、魂の脱《ぬ》け殻《がら》のような以前の状態から脱し、ようやく社会復帰することができた。

妙子の経営する宝石店は、新宿西口のとあるビルの一階を占めている。始めて二十年近くになるが、順調に業績を伸ばし、今では都内に五つの支店をもうけるほどに成長している。信頼できる部下がいるので、子供の失踪《しっそう》のショックで家から一歩も出られなかった一時期も、業績に悪影響が出ることはなかった。

店の人間には、淳が失踪したことは告げていなかった。誰もが、妙子が体調を崩して自宅療養しているというのを素直に信じていたようだ。事件の報道でも、淳の名前はおおやけにされなかったので、妙子の身にそんなことが起きているとは、ほとんどの人間が知らなかった。

淳の行方不明を知っているのは、ユキと使用人の宮野静江と警察関係者くらいのものだろう。ユキは淳の四歳下の妹で、大学を卒業した後は外資系の会社に勤めたが、今はやめて自宅で生活している。

ユキは可愛《かわい》くない。淳だけが彼女の命、生き甲斐《がい》だった。

淳のいなくなったのは二十七歳の秋で、今生きていれば、あの子は二十八歳になる。

あら、わたし、なんでこんなことを考えるのだろう。淳が死んだと仮定して、物事を考えている。縁起でもないわ。彼女は頭を強くふって、不吉な考えを追いはらった。

だが……。

その日は五月の連休明けの月曜日だった。新聞の書評欄をたまたま見ていて、ふとある広告に目が止まった。

あなたの小説を本にしませんか。自費出版のご案内

それは、彼女にとってまさに運命的な出会いだった。彼女の子供、淳の一生を本にまとめたらどうかという考えがその一瞬閃《ひらめ》いたのだ。

ううん、だめよ。すぐに首を横にふる。

しかし、最初はばかげた、つまらない考えと思えたものが、次第に具体的な形をとり出した。

そう、あの子の生涯《しょうがい》を本にするのよ。例えば、『小松原淳・伝』といったタイトルにしたらどうだろう。

——あら、あなた、淳がすでに死んだことを認める気？

とんでもない。これは淳のこれまでの人生の輝かしい軌跡《きせき》を記した伝記なのよ。あの子がどのようにしてこの世に生まれ落ち、どのような道を経て失踪したのか。

淳の業績を本にまとめることは、ある意味で彼女の贖罪《しょくざい》になる。それと同時に、最愛のわが子の伝記を書棚《しょだな》からいつでも好きな時に取り出して読むことができるのだ。とても素晴らしい考えだと思った。

「あなたの書いたものがすぐに本になります。夢ではありません」

という宣伝コピーが、妙子の店に陳列してあるダイヤモンド以上に魅力的に見えた。

そう、あの子の偉業を本にするのよ。自己愛の人一倍強い子だもの。あの子が帰ってきた時、自分の本ができているのを見たら、とても感動するはずだ。

でも……。

妙子の指ははたと止まり、新聞をもう一度見た。自費出版といえば、自分で書いて、それを出版社に依頼することである。いわゆる作家が出版社から依頼を受けて書くのとは違い、こちらが書いたものを出版社に金を払って本にしてもらうのだ。

具体的にどうしたらいいのだろう。

考えていても仕方がないので、彼女は思いきって出版社に電話をすることにした。

訪ねていったのは千代田区紀尾井町《きおいちょう》にある著名な出版社だった。この会社で出すのなら、淳だって文句を言わないだろう。実際に本ができて、手にとってみたら、きっと感激するにちがいない。今からでも遅くはない。早く本を作って、あの子の帰った時に備えなくては……。

受付で来意を告げ、二階の応接室で待っていると、四十歳くらいの小柄《こがら》な男が現れた。差し出された名刺には編集委員の佐藤章一と刷ってあった。

佐藤は妙子の話を一通り聞くと、大きくうなずいた。

「我々に任せていただければ、安心ですよ、奥さん」

「わたし、こういうこと全然経験がないんですけど」

「私どもはプロですから、大船《おおぶね》に乗った気持ちでいてください」

「でも、わたしが書かなくてはいけないんでしょ?」

書くこと自体、嫌《きら》いではない。むしろ、好きなほうだ。しかし、忙しい仕事の合間に執筆するのは気が重い。

「いやいや、ゴーストライターが奥さんの話すことをうまくまとめてくれますよ」

「ゴーストライター?」

何のことかよくわからなかった。「幽霊作家って何ですか?」

「まあ、言ってみれば、陰の作家のようなものです。ほら、例えば、芸能人の告白記事や政治家の一代記なんか、実際は本人が書いているんじゃなくて、陰でまとめてくれるライターがいるんです。ですから、奥さんがそのライターに情報を提供すれば、あとはそっちでうまくまとめてくれる手はずになっているんですよ」

佐藤は妙子の心配を解くように、豪快に笑った。

「なるほど、そういうことなのね」

妙子は納得した。相手の肩書の「編集委員」は彼女に安心感を与えた。

「お金のことなら心配しないでちょうだい。わたし、細かいことはうるさく言いませんから」

佐藤は妙子の名刺をためつすがめつし、しばし何かを考えるふうであった。それから、彼女の服装やダイヤの指輪に鋭い目を走らせると、にんまりした。一方、妙子の側でも佐藤を値踏みしていた。少し調子がいいかもしれないけれど、任せても安心できそうだわ……。お互い、商売柄、人を見る目は備わっている。この時点で商談は成立したといっていいだろう。

「それで、ゴーストライターなんだけど、信頼できる人をつけてくださいね」

「任せてください。一人、恰好《かっこう》の男がいます。小説の新人賞を二回もとっているし、実力は申し分ありません。一度、お宅に伺わせるようにしますよ」

佐藤は突き出しかけた腹を無意識のうちに撫《な》でながら、妙子を安心させるように笑いかけた。

2

島崎潤一は、JR四ツ谷駅の改札を出る時、たてつづけに三回、大きなくしゃみをした。風邪をひいているわけではないのにどうしたことか。どうせ、誰かが悪い噂《うわさ》でも口にしているのだろう。

ついていないことが多すぎる。

運命の女神は彼に非情である。純文学とミステリーの新人賞を一つずつとったにもかかわらず、いまだに一冊の本も出せない状態でいる。賞をとれただけ幸運だと言われれば、それまでだが、受賞後に書き上げたものがことごとくボツになり、いっこうに小説で食えるようにならなかった。

食うために、結局、雑誌のルポのような仕事や、ゴーストライターをやっていかざるをえず、〝本業〟よりそうした副業のほうが仕事の大部分を占めているのだ。頭の中が空っぽのアイドル歌手のエッセイや小説を、さも本人が書いたように仕上げる。いったん仕上げたものを、マネージャーが読んで、ここをああしろ、こうしろとうるさく注文する。こっちを人とも思わない。下請けの外注先とでも思っているのだろう。彼は怒りを抑えて、ぺこぺこせざるをえない。まさに屈辱的な仕事だった。ギャラがよくなければ、ばかばかしくて、引き受ける気にもならない。

議員先生の一代記のような仕事も、芸能物と並んで多い。大体が成り上がりの市会議員や県会議員。貧しい生い立ちから始まって、いかに成功して議員になったか、いかに世のため人のため尽くしているか、しらじらしい内容を書き綴《つづ》るのだ。この手の人間は、金は持っているくせに金銭に細かく、何かにつけて値切ろうとする。吝嗇《けち》で卑《いや》しい人間が多いのだ。

人のために文章を書いて、自分は表に出ない。割り切ればいいのだろうが、いつまでもそんなことをしていたら、小説を書けなくなってしまう。このまま一生、ろくな仕事も残さずに消えてしまうことは、ある意味で、吝嗇な議員先生にも劣る人生だと思う。彼はそんな生活につくづく嫌気《いやけ》がさしていた。

島崎は今日、仕事の合間を縫って仕上げた短編を担当編集者に見てもらうつもりで、紀尾井町までやって来た。

社の玄関で、派手な服を着た女に出会った。この会社のイメージと落差が大きすぎるので、何となく印象に残った。歳《とし》は五十前後、身長は百六十センチくらいであろう。原色に近い赤い上下のスーツを着て、サングラスをかけている。それに、化粧が派手だ。両手の各指にこれ見よがしに高価な指輪をつけて、動く宝石屋のような感じがした。すれちがう際、濃厚な香水のにおいが鼻をついた。彼女は薄汚い恰好をした島崎を見て、鼻にかすかにしわを作った。

彼を見下すような表情だった。この会社にふさわしくないと言えば、彼自身もそうだなと、島崎は苦笑する。ふり返ると、ゆるやかに波を打った女の髪が揺れていた。女は出版社の前でタクシーを呼び止めた。

エントランス・ホールからエレベーターで二階へ上る。二階入口の館内電話から編集者の佐藤章一を呼び出そうとした瞬間、目の前の応接室からワイシャツを腕まくりした佐藤本人が現れた。

「お、噂をすれば影とはこのことだ」

佐藤は大げさに肩をすくめて、手を差し伸べてきた。「ちょうどいいところに来ましたね、島崎君」

島崎は差し出された手を、何が何だかわからないまま握った。今日は原稿を持ってきて、佐藤に見てもらおうとしたのだが、こっちが何も言わないうちに、すでに相手のペースに巻きこまれている。

「あのう、実は今日……」

島崎はわきに抱えていたレザーの鞄《かばん》のチャックを開いて、中から原稿の入った茶封筒を取り出した。

「実は島崎君、今電話しようとしていたところなんだよ。以心伝心とはこのことだな、いやはやまったく」

佐藤は大きな声で笑い出した。「ところで君、今暇かしら?」

「貧乏暇なしといいますか、はあ……」

佐藤は島崎が純文学の新人賞を受賞した時の担当者だった。それだけに、この男には頭が上がらない。佐藤は島崎の肩になれなれしく手をまわしながら、応接室に招じ入れた。

「何でしょう?」

「忙しいのは大いにけっこう。だけど、その前に君に頼みたいことがあるんだな」

島崎はソファにかけると、身を乗り出して聞いた。

「また、〝ゴースト〟やってもらえないだろうか」

佐藤は猫撫《ねこな》で声を出して、島崎の顔を上目づかいに見た。編集者としては優秀なのだが、一見そうは思えない。しかし、外見にだまされると、とんでもないしっぺ返しがあるので、侮《あなど》れない相手である。

「ゴーストライターですか?」

「うん、そうだけど。今度のはちょっと面白そうなんだよ」

「あのう、僕、ゴーストからそろそろ足を洗って、創作に本腰を入れたいと思うんですが、実は今日はそのことで相談が……」

島崎はおずおずと切り出した。

「まあ、それもわかるけど、その前にこっちをやってくれないかな」

「でも」

「まあ、こっちの話を聞いてよ。あなた、富士山の樹海の事件、知ってるよね?」

「樹海？」

「そう、木の文字が見つかったやつ」

「ええ、新聞で読んで、少しだけ知ってます」

　一ヵ月ほど前、富士山の山梨県側の樹海で、「ＨＥＬＰ」の文字と白骨が見つかったようなことが新聞に書いてあったと記憶している。

「なら、話は早い。その人物のストーリーを作ってほしいという依頼なんだ」

「遭難者のストーリーですか？」

「さっき、遭難者の母親が見えてね、わが子の生い立ちから行方不明になるまでの経過をまとめてほしいというんだ」

「それを僕にやれと？」

「まあ、そういうこと。どうだろう、実力派の君と見こんで頼みたいんだけど」

　佐藤はにやっと笑った。

「でも、僕、そろそろ小説のほうも何とかしないと」

「君は若いんだし、そんなに急ぐことはないよ。これ、ギャラも高いしさ」

　佐藤は島崎が受けるものと決めつけていた。「依頼者は宝石店の女主人で、金に糸目をつけないって話だ。ギャラが二百万円で、取材費、拘束料は別途払うって言ってるんだよ。どうだろう、こんな条件のいい話、ざらに転がっていないんじゃないかな」

　二百万円という額に、島崎の心が少し揺れた。それに取材費と日当が別に支払われるという。確かに佐藤の言うように、おいしい話ではある。ゴーストライターの報酬は百万円が相場だった。今度のはその倍で、さらにプラスアルファがつく。

「どうしてもだめなら、他の人にまわすけど」

佐藤はこっちの窮状をすっかり見通していた。断ったら、彼は今日持ってきた原稿だって、見てくれないかもしれない。短編の賞をとったくらいでは、現在の出版界ではほとんど食っていけないのが実状なのだ。島崎のように賞を二つ取っていても、活躍する場は限られていて、たとえ書いてもボツになることが多い。それだけ厳しい世界で、芥《あくた》川《がわ》賞の候補に五回なったが、妻子を養うことができず、自殺した人もいるくらいである。

そうした現状が島崎の頭をかすめ、一度は出しかけた原稿を鞄に戻した。

「わかりました。くわしく話してください」

情けないことに、島崎は佐藤の提案を受け入れていた。負け犬と罵《ののし》る別の自分の声が聞こえる。いや、自分は食わなくてはいけないのだ。島崎は頭を強くふり、雑念を追い払った。

3

「ああ、お母さん、助けて……」

鮮血が、壁から天井にかけて飛び散った。白いレースのカーテンが、染色工場の布のようにたちまち赤く染まり、同時に、彼女の頭の中の空白部分が真紅の液体でいっぱいに満たされた。息が詰まりそうだ。

小松原妙子は夜半、布団《ふとん》を漬物石《つけものいし》で押さえつけられるような圧迫感を覚え、急速に眠りから覚まされた。そして、目が覚める寸前、淳の絶叫が鼓膜《こまく》を破らんばかりに聞こえたのだった。

布団をはねのけ、起き上がる。家のどこかでまだ淳の悲鳴が反響しているような気がした。

「夢か」

額からうなじにかけて、汗をびっしょりかいている。「ひどい夢だわ。最悪」

動悸《どうき》がなかなかおさまらず、夜着の胸を突き破らんばかりに激しく脈打っていた。真夜中の三時すぎである。大きく息を吐き出して、深呼吸した。こめかみに鈍い痛みがあった。耳をすますと、今度は海の底より深い沈黙が彼女の全身を包んだ。電灯もつけない暗い部屋。カーテンを通して、庭園灯の明かりがかすかに入ってくる。彼女の不安な気持ちを敏感に察知したのか、セントバーナードのジローが低い唸《うな》り声を出している。

周囲はお屋敷街なので、外部からの物音はあまり聞こえない。ほんの時たま、不忍通《しのばず》りのほうから、かすかに暴走族のバイクの唸《うな》りが耳に届く程度だった。

「赤い靴《くつ》、はいてた女の子、異人さんにつれられて……」

自然にそんなメロディーが、妙子の口をついて出てきた。

「あら、わたし、どうしちゃったのかしら」

何年もあのメロディーを思い出したことはなかったのに。

彼女の幼い頃《ころ》、近所の裕福な家の子が青い眼《め》のセルロイド人形を持っていた。人形は金髪できれいな服を着て、赤い靴をはいていた。その子がいつもそれを抱いているのを見て、妙子はうらやましくてならなかった。といって、彼女の家庭にはそのような人形を買ってくれるほどの経済的な余裕はない。彼女は姉たちのお下がりの継ぎはぎだらけの服を着ている我が身を見て、親にねだるのをあきらめざるをえなかった。

ところが、ある日のこと、路地の木製のごみ箱の上に無造作にあの人形が捨ててあるのを、妙子は目ざとく見つけたのだった。夢かと思い、妙子は人通りがないのを確かめてから、その人形をスカートの中に隠して、家へ持ち帰った。家族の誰にも見つからないように、机の中にしまいこみ、時々取り出してみては楽しんだ。汚れてはいたが、人形は彼女にひとときの夢を与えてくれた。いやなことを忘れさせてくれる夢。

ある日、机の中から人形は消えていた。そばですぐ上の意地悪な姉がにやにや笑っていて、「妙子、人形は異人さんに連れられて行っちゃったよ」と言った。「いじんさん」のことを妙子は「偉人さん」と理解した。偉い人、つまりあの裕福な家の人が人形を取り返しにきて、連れていっちゃったと。

情けなくて悲しくて、何日も泣き暮らした。人形があまりに汚かったので、姉が庭で燃やしてしまったと聞いたのは、ずいぶん後になってからだった。

次に「赤い靴」のメロディーを口ずさんだのは、淳を孕《はら》んだ時だった。寂しいアパートの一室で、心細さに耐えながら、姉に人形を奪われた昔を思い出した。幼い頃の記憶が、一人で子供を産まなければならないその時の悲しい境遇とオーバーラップした。そして、何気なく「赤い靴」を口ずさんだのである。哀愁を帯びた旋律が、その時の彼女の境遇にふさわしいと思った。

妙子はわずかばかりの手切れ金を押しつけられて、男に捨てられた後、妊娠したことを知った。その時点ではまだ堕《お》ろすこともできたが、彼女は産む決心をした。今でこそ、未婚の母というのは珍しくないが、当時はことさら周囲から白い眼で見られたものである。彼女は場末の汚いアパートに逼塞《ひっそく》し、もらった手切れ金で、外界との接触を断った生活を送った。みっともなくて、姉たちに知らせることはできなかった。

いつか世間を見返してやろうという反発心だけが、彼女を支えた。

「じゅんちゃん」

名前は生まれる前からそう決めていた。淳という女の子である。妙子の女としての直感や、自分の体型から、お腹《なか》の子は何となく女の子だという気がしていたのだ。

妙子が三人姉妹の末っ子であることが、男の子をイメージできにくくさせていたし、アパートの隣に住んでいた女が「それは女の腹よ」と自信ありげに言ったことも、女の子と思いこむ判断材料となった。

女の子だと思うと、「じゅんちゃん」がますますふさわしく思えてきた。字は「淳」

でも、「純」でも、「順」でもかまわないが、感覚的には「淳」が好きだった。

「淳ちゃん」

そう呼びかけると、お腹の子供がぴくりと動いた。妊娠六ヵ月目に入ったばかりの時だった。初めて子供が反応してくれたので、ひどく嬉《うれ》しかった。再び「淳ちゃん」と呼びかけると、また動く……。

胎教というものは、その当時そんなに一般的ではなかったが、妙子はお腹の子によく歌をうたって聞かせた。「赤い靴」とか「青い眼の人形」といった、暗い曲調の歌をうたう時、淳は一番よく反応するように思えた。

女の子と確信して、妙子は自分の赤いセーターをほぐして、子供用の赤いセーターを編んだ。赤いチョッキ、赤い毛糸帽、赤い靴下、赤いスカート。それに赤い靴を買った。赤、赤、赤、すべてが赤で統一されていた。

突然、目の前に赤い鮮血が飛び散って、回想は中断を余儀なくされた。

赤い靴を履いた女の子?

「異人さんに連れられて行っちゃった」

そんな歌詞通りにならないように、彼女はお腹の可愛い娘を異人から守った。

「淳が生まれるまで、わたしの頭は変だったかもしれない」

と妙子は独りごちる。あの頃、彼女はいつも狭い部屋の片隅《かたすみ》にうずくまり、壁に寄りかかりながら、両膝《りょうひざ》を抱えていた。まるでひからびた胎児みたいに。相当にお腹が大きくなって、その体勢が苦しくなっても、そうしていた。

そして、淳を出産した日——。

突然、頭が割れるように痛くなった。過去を思い出すことは苦痛だった。思い出すことで、記憶の中に閉じこめていた魔物が解き放たれ、取り返しのつかない結果を引き起こすような気がする。

失踪《しっそう》したわが子の一生を本にしてしまったら、どうなるか。今なら、やめることができる。

いや、出版社にせっかく頼んだし、手付け金を置いてきている手前、そうもいくまい。賽《さい》は投げられたのだ。

再び、過去の一場面に、妙子の意識がもどっていった。

それは二月中旬の寒い日だった。午後から気温がぐんぐん冷えこんでいった。窓から外を見ると、厚い雲が重く垂れこめていて、時間とともにさらに厚みを増していくようだった。

小さな赤外線コタツを部屋の隅から出してきて、つまみを強に合わせた。それでも寒気は減じることはなく、薄い窓ガラスを通過して、妙子の体を容赦なく包んだ。押入れの奥から半纏《はんてん》を取り出して、くるまって丸くなっていた。体がようやく温まってくると、うとうととして、いつの間にかコタツに突っ伏していた。

何かの気配を感じて目を覚ました。頭を支えていた右の腕が痺《しび》れている。部屋の中は暗いにもかかわらず、窓の外は雪の白さでぼうっと明るい。窓の桟《さん》に雪が積もっている。細かい氷の結晶が絶えることなく上空から舞い降りていた。

雪が降り積む音って、ほんとにあるんだわ。彼女は頭の片隅でそう思い、手をすり合わせて、コタツの赤外線ランプの覆《おお》いに手をつけた。

熱い。思わず、彼女は手を引いた。カバーが剝《は》げて、線の剝《む》き出しになった箇所が過熱していたのだ。

それとともに、お腹がぴくっと動いた。まあ、淳ちゃんも目が覚めたんだわ。漠然《ばくぜん》とそう思った。食事をしようと立ち上がりかけた瞬間、腹の底がチクンと痛んだ。

下腹部に手を差し伸べて、痛んだ箇所を静かに撫《な》でさすった。痛みは次第に収まっていった。

「よかった」

出産の予定日は、三月三日の雛祭《ひなまつ》りだった。「淳ちゃん、あと二週間だから、もう少し辛抱してね」

桃の節句に生まれるから、やっぱり女の子なのだ。すでに安物のお雛さまが安産のお守りがわりに簞笥《たんす》の上に飾られ、男の家から黙って持ち出した青い眼をした人形がその隣に並べられている。

——青い眼をしたお人形はアメリカ生まれのセルロイド。

歌を口ずさんだ時、また下腹部がチクンと痛んだ。今度は前よりも痛かった。いやな予感がした。痛みは去り、十分後にまた襲ってきた。痛みは十分間隔で、まるで潮の干満のように、寄せては引き、寄せては引いた。そして、時間の経過とともに痛みがだんだん激しくなっていった。

予定日まであと二週間あるのに、生まれてしまうのだろうか。そんなばかなことってあるのかしら。初めての体験だし、誰も相談できる相手がいないので、一人で悩みを抱えるしかなかった。

痛みが耐えがたいほどひどくなり、下腹部に熱いものが流れ出した。

血？

いいえ、違う。スカートの下から手を差しこむと、下着がべっとり濡《ぬ》れていた。ねっとりした赤茶色の液体が指先についた。それが破水によるものであることを彼女は知らなかった。

きっと大変な病気なのだろうと、助けを求めにドアから外へ飛び出した。雪のまじった横なぐりの冷たい風が彼女の体に吹きつけた。雪がコンクリートの上にまで積もっている。彼女は裸足《はだし》のまま、歩き出したが、火照《ほて》った足は冷たさを感じなかった。下腹部の痛みがすべての感覚を駆逐《くちく》していたのだ。

あまり付き合いのない隣室のドアを叩《たた》いた。

「助けてください、医者を呼んでください」

電話があるとは思えなかったが、隣人に医者まで走って知らせてほしいと言いたかったのだ。しかし、応答はなかった。その隣も、その隣も同じだった。一階の四つある部屋のすべてが不在だった。

絶望感が胸に押し寄せ、嗚咽《おえつ》が喉元《のどもと》にこみ上げてきた。

「助けて、お願い」

膣《ちつ》が開いて、羊水が漏れていた。腹を押さえて、通りのほうへ歩き出した。通行人に助けてもらうのだ。早くしないと、淳ちゃんが死んでしまう。

「もう少し待ってね、淳ちゃん」

降り積もる雪に転げそうになりながら、妙子は歩いた。だが、数歩進んだところで、力が尽きて、その場に倒れてしまった。

ああ、大事な娘が死んでしまう。

股間《こかん》から生ぬるい液体がどんどん流れ出し、指の先が赤く染まった。白い雪が真っ赤に染まっていく。その後は空白。

だから、妙子の出産のイメージは白と赤に彩《いろど》られている。雪と血と……。

〔モノローグ〕1

……目を覚ますと、私は暗い空間にいた。だが、本当に目覚めているのか、依然夢の世界に遊んでいるのか、それとも死後の世界を漂っているのか、まったくわからない。

やがて、現実の世界にいることがわかった。なぜなら、空腹感と側頭部に激しい痛みを覚えているからだ。死んでいたら、当然そんな感覚はないだろう。だが、それを素直に喜んでいいものかどうか。だって、死んでいたら、空腹感や苦痛を味わえないのだから。だったら、生きていてよかったと思うべきではないかというと、そうもいかないのが複雑なところだった。

うつぶせになったまま、光を探した。しかし、そんなものはどこにもない。あるのは漆黒の闇《やみ》だけ。腹這《はらば》いになり、動物的な勘を頼って、動き出した。ただ一つの手掛かりは、どこからか流れてくる冷たい空気だった。おそらくそちらのほうに出口があるにちがいなかった。

寒い。全身を覆う猛烈な寒さ。それなのに、この私は薄いシャツを身につけているだけだった。寒さに、いっとき飢餓感がまぎれた。それから、激しい咳《せき》がこみ上げてきて、私は体を瀕死の老婆《ろうば》のように折り曲げて、咳がおさまるのを待った。

空腹感を忘れようと寒さを思い出せば、また別の苦しみが襲ってくる。それは絶えることなく、形を変えて私を苦しめた。

それでも、どうにか新鮮な空気が来るところを探りあてた。しかし、そこは凍りつくような寒さだった。耳をすますと、無限に深い沈黙が私の体を包み、息がつまりそうになる。何なんだ、この深さは。まるでスペースシャトルから宇宙空間の真っただ中に放《ほう》り出されたような恐怖感だ。

暗い中でも、生い茂った木々が上空を覆《おお》っているのが気配でわかる。枝と葉の隙間《すきま》から、はるか彼方《かなた》に瞬《またた》く星が見えた。底知れぬ宇宙の広さ。自分の追いこまれた苦境の中で、大自然の神秘に感動する余裕があるとは。

そうだ、私はここに置き去りにされて……。ええと、その先がよくわからない。

今、ここは樹海の中? そうだ、そこまでは覚えている。私の名前は、ええと、「こ……、こまつ……、こまつばら……」。

ああ、頭が割れるように痛い。頭の中が混乱して、わけがわからない。落ち着いて、最初から順を追って頭の中を整理しなくてはいけない。

「ああ、母さん。助けて……」

4

島崎潤一は、編集者の佐藤章一から指示されて、依頼人の小松原妙子に会うことになった。わたされた地図では、文京区の本駒込《ほんこまごめ》六丁目になっている。最寄り駅はＪＲの駒込駅で、そこから歩いて五分ほどのところだという。近くに六義園《りくぎえん》という大きな庭園があるので、すぐわかるとのことだった。

島崎の住んでいるのは、東池袋のアパートだった。一応サニー・コーポとしゃれた名前はついているが、実質的には二階建ての安アパートにすぎない。最近は出稼《でかせ》ぎの外国人が増えて、どうも居心地が悪い。それでも住みつづけるのは家賃が安いからに他ならなかった。

東池袋四丁目から都電に乗り、大塚《おおつか》で山手線に乗り換え、駒込で降りた。下車したところが豊島《としま》区の駒込で、本郷通りを南下すると、住所表示は文京区の本駒込になった。右手に苔《こけ》むした高い煉瓦《れんが》塀《べい》があって、その内側が六義園らしい。江戸時代、柳沢吉保《よしやす》の屋敷だった旨《むね》が入口の掲示板に記してあった。常緑樹が芽吹き、今は新緑の真っ盛りである。さわさわという葉擦れの音が、殺伐とした場所に住んでいる島崎には新鮮だった。

若葉の匂《にお》いがなんとも心地いい。六義園に接して、高級住宅街がつづいている。建物はどれも昭和の初期にできたとおぼしき落ち着いた佇《たたず》まいで、都心にこんな静かで、心の安まるところがあるとは意外である。この先、彼がいくら成功したとしても、こんなところには住めないだろう。島崎の実家は、山手線のちょうど反対側、目黒区の高級住宅街にあるが、ここの渋い高級さにはかなわない。

島崎はふと自分の境遇を思った。彼は大手電機会社の重役を父に、大学講師を母に持つエリート一家に育ったが、それが逆にプレッシャーになって、成績は大したことはなかった。それに比べ、弟のほうは優秀で、東大の法学部を出て官僚になった。彼はいつも弟と比較され、「おまえは、女に生まれればよかったのに」と、旧弊な考えの父親に言われたものだ。彼は大学も二流の私立だったし、卒業後、小さな出版社に勤めたが、二年でやめ、今は小説家を目指して、毎日ぶらぶらしていた。

すべて父親に対する反発心からだが、結局、家に居づらくなって、東池袋に住むようになった。母親だけは心配して、時々電話をくれたりするが、彼にはそれもただわずらわしいだけだった。母親は彼にべたべたしすぎるのだ。

だが、新人賞を受賞した時はさすがに嬉しくて、掲載誌を持って実家に報告にいった。母親は「あなただって、やればできるのよ」と素直に喜んでくれたが、ほとんど小説など読まない父親は、「たかが新人賞くらいでいい気になるな」と吐き捨てるように言った。

確かに父の言う通り芽は出なかったが、それが彼には悔しくてならなかった。一年前、弟が結婚をする時、彼は式にも呼ばれなかった。後で母親に知らされて、ああ、完全に見放されたんだなと思い、少しばかり悲しくなった。別に家には未練はないし、弟が家を継ぐことに異論はないのだが、肉親の慶事に一言の連絡もないとなると、やはり複雑な気持ちにならざるをえない。それ以来、実家の敷居をまたいでいなかった。

母親はいつでも帰ってきなさいと言うが、彼は弟夫婦と顔を合わせるのは嫌《いや》だった。父親がこいつは家の面汚《つらよご》しと、弟の嫁に言い、弟がつられて笑う。そんなシーンが脳裏に浮かんでくる。

いつだって、そうだった。彼は家族の恥さらしだ。

そんなことを考えていると、ひどく憂鬱《ゆううつ》な気分になった。

いつの間にか六義園の塀が尽きた。地図によれば、そこを右にまわって、三軒目が小松原家だという。丈高い生《い》け垣《がき》の家の次に、わりと新しいコンクリート塀の家があり、その隣に六義園と同じように古びた煉瓦塀の家があった。塀の上に忍び返しがあって、外部からの侵入を阻《はば》んでいた。

塀に接して高い木があるので、中の様子は外からは見えなかった。入口は両開き式になっていて、右手に車のガレージ、左手に小さな通用門があり、古びた門柱に埋めこまれた小松原という表札が白く目立っていた。

チャイムを押すと、低い女の声で「はい、小松原ですが」と応答があった。島崎が来意を告げると、「どうぞ、お入りください」と返事があって、すぐに通用門のドアの錠が解ける金属音がした。

ノブをにぎると抵抗なく開いたので、彼は頭を屈《かが》めて中に入った。

塀の外と内では、まるで別の世界だった。敷地は五十メートル四方くらいで、まわりを木々が取り囲み、真ん中に池を配した庭が広がっている。まるで六義園のミニチュア版だ。母屋《おもや》は庭に面して南向きに立っている。明治の鹿鳴館《ろくめいかん》の頃《ころ》を想起させる煉瓦建てのこぢんまりした洋館だった。二階建てで、玄関の両脇《りょうわき》に大きな窓が二つずつあり、二階には四つの窓がある。外壁を青々とした蔦《つた》の葉が覆っている。

玄関に向かう石敷の歩道を歩きながら、二階を見上げると、中央の部屋のカーテンがかすかに揺らめいて、女の顔が見えたような気がした。誰かが外の様子を窺《うかが》っているのか。

立ち止まって、その部屋を見上げると、それ以上、カーテンが動くことはなかった。セントバーナードの老犬が、玄関のそばの大きな犬舎にだらしなく横たわり、首だけを外に出していた。島崎の足音に、ゆっくり頭をもたげ、胡散《うさん》臭そうに島崎を見ながら、静かに唸《うな》り声を出している。こんな犬に嚙《か》みつかれたら、ひとたまりもないなと思いつつ、彼は刺激しないように、ゆっくりと石段を上った。

最上段に足を置くのを見計らったかのように、突然ドアが中から開き、腰に白いエプロンをつけた五十年配の女が顔を出した。

「お待ちしておりました」

事務的で起伏のない声。髪を後ろにひっつめ、顔も能面のように無表情だ。一重まぶたの扁平《へんぺい》な顔は、いまだかつて一度も女であったことがなかったかのような感じがする。

「島崎です。奥さんと打ち合わせの約束がありまして」

身振りで中に入るように指示された。入ったところは、吹き抜けになっていて、突き当たりに階段があった。階段は踊り場を経て二階に向かっている。

爽《さわ》やかな外気にあたっていたせいか、屋敷の中はひんやりと感じられた。屋敷の中に数十年の間、溜《た》まり、腐った空気が漂っていた。かすかに黴《かび》の匂いも混じっている。

島崎のスニーカーのゴム底が床のワックスにあたって耳障りな音をたてる。前に立つ女がふり返り、島崎の足に目を落とした。彼女の顔は能面のように変化はなかったが、彼は音がしないように注意して歩くことにした。

「こちらでお待ちください。奥様がすぐにまいりますから」

島崎がホールに隣接する応接間に通され、革製のソファに腰を下ろすと、女は出ていった。部屋自体は十畳ほどだったが、天井がやけに高かった。天井に二枚羽の大きなファンがついている。白い壁にはところどころひびが入り、補修の跡があった。

誰の作品か知らないが、本物らしい印象派の絵が一枚、右手の壁に掛かっている。

その下に大きな硝子《ガラス》ケースがあって、中に曰《いわ》くのありそうな日本刀がひと振、抜き身のまま飾られていた。彼はソファから立ち上がり、ケースの中をのぞいてみた。銘のところだけが光線の具合で暗くてよくわからなかった。たとえ見えたとしても、その方面に暗い島崎には解読できないだろうが。

左手に暖炉があり、その脇に日本の中世の甲冑《かっちゅう》が立てかけてあった。口が異様に大きく開き、黒く塗りつぶされた目と口が、見る者に無言の威圧感を与えている。

その上に奇妙な額が飾られていた。高価そうな額の中に、不思議な曲線を描く文字が墨書されている。奇妙な字体なので、それが「和」なのか「知」なのか、判読できなかった。島崎にはひどく幼稚な字に見えたが、異様な迫力が伝わってくる。下の隅《すみ》に「譲司」という名と判が押してあるが、この名前に聞き覚えはなかった。小松原家ゆかりの人物なのだろうか。

すべてにおいて、ちぐはぐな部屋であった。洋風の造りの部屋に、異質なものがまじって、この部屋にいると、落ち着かない気持ちになってくる。この家の住人は何とも思わないのだろうか。

レースのカーテンを少しだけ引いた。庭園の芝生はきれいに手入れされ、明るい緑が目に沁《し》みる。

だが、庭にいかにもそぐわないものがあった。赤い鳥居と石灯籠《いしどうろう》である。すべてが洋風に統一されているのに、その二つだけが異質だった。鳥居はミニチュア・サイズで、外国人のオリエント趣味を思わせた。どこかピントがはずれているのである。

窓の反対側に、古いピアノが置いてあった。ところどころ塗りが剝《は》げていて、この屋敷と同じくらいの年代のものと思われる。ピアノの上に、やはり骨董品《こっとうひん》クラスのオルゴールが二つあった。彼は興味に駆られて、手前のもののふたをそっと開けてみた。

「赤い靴《くつ》」のメロディーが、流れてきた。島崎の口がひとりでに、「赤い靴、はいてた女の子」の旋律にそって動き出す。島崎の遠い過去、婆《ばあ》やがいろいろな古い歌をうたって彼をあやしてくれたことが、不意に思い出された。婆やは今頃、どうしているだろう。生きているとしても、八十はすぎているにちがいなかった。

己れの思い出したくない過去が束《つか》の間《ま》、甦《よみがえ》る。

背後でカチャッと金属音がした。

島崎は慌《あわ》ててオルゴールのふたをして、何事もなかったかのように、ソファに腰を下ろした。クッションが効きすぎていて、背もたれの中に体が大きく沈んだ。

「赤い靴」のハミングが聞こえた。それは薄気味が悪いほど哀愁を帯び、彼の背筋を寒くさせた。ドアが開き、見覚えのある女が入ってきた。つい三日前、紀尾井町の出版社の前で会ったあの中年女だった。薄紫色の趣味のいいワンピース姿、指には高価そうな指輪をつけている。出版社で感じた成金趣味の印象とは、まるで違っていた。女とともに、強い香水の匂いが応接間に入ってきた。

島崎は腰を浮かせて挨拶《あいさつ》をしようとしたが、女は遠くを見つめるような目つきをして、「赤い靴」のハミングをやめようとしなかった。

「初めまして、島崎です」

彼が言うと、女は物思いが途切れたのか、困惑気味に眉間《みけん》にしわを寄せた。

「淳ちゃん」

低い声が女の口から絞り出されるように漏れ、島崎は彼女が今にも泣き崩れるのではないかと思った。女は視線を部屋の中にさまよわせ、やがてオルゴールの場所に向いて、そのまま動かなくなった。

「申し訳ありません。開けるつもりじゃなかったんです」

島崎が声をかけると、女は目をしばたたき、ようやく島崎の存在に気づいたようだった。

「あら、いらしてたのね。ごめんなさい」

口元にだけ笑いを浮かべたが、目には依然、悲しみの色がある。編集者の佐藤の話では、彼女は宝石商をやっているそうだが、なるほどその目で見ると、女実業家らしい落ち着いた風貌《ふうぼう》をしている。

かつては美人であったであろう痕跡《こんせき》は残っているが、やはり寄る年波には勝てない。五十をいくつかすぎているだろう。

「佐藤さんの紹介でまいりました」

「あ、はいはい。本の件ですね。あなたはゴーストライターの……」

「島崎潤一です」

もう少し身ぎれいな恰好《かっこう》をしてくればよかったかな、と島崎は思った。擦り切れたジーンズに、スニーカー、首まわりのたるんだトレーナーでは、軽く見られてしまうかもしれない。

しかし、妙子はそんな様子を毛筋ほども見せなかった。

「島崎さんね。わたし、小松原妙子です。よろしく」

彼女は島崎と出版社の玄関先ですれちがったことも覚えていないようだった。

島崎はあえてそのことを口にはせず、早速、話を切り出した。

「失踪《しっそう》されたお子さんの伝記を作ると伺いましたが」

「ええ、いなくなった淳の半生記といいますか。新聞はあの子が絶望的みたいな書き方をしてるけど、わたし、そんなこと信じていません。あの子はきっと日本のどこかに生きている。だから、帰ってくるまでに、あの子がこれまでしてきたことを本にまとめておこうと思ったんです」

島崎は何と返答したらいいのかわからなかった。

「自分の子供のことを言うのもなんだけど、あの子はとってもいい子なんです。ちょっと落ちこんだことはあるかもしれないけど、自殺するような子ではありません」

「…………」

「説明するのも何ですから、あの子の部屋に来ていただけますか。そのほうが説明も簡単にできるでしょうからね」

妙子は急にビジネスライクな口調になり、目を細めて島崎を見た。

「ついて来てくださる？」

彼女はそう言って、立ち上がると、島崎の返事を聞かないうちに歩き出した。廊下に出ると、彼女の靴の音が家の中に高く反響した。

玄関のホールから階段を上がる。階段には新しい真っ赤な絨毯《じゅうたん》が敷きつめてあり、階段の手すりは磨《みが》きこまれて黒光りしていた。

「この家はずいぶん古いんでしょうね？」

島崎は興味に駆られてそう訊《たず》ねていた。

「ええ、昭和の初め頃かしら。ドイツ人の貿易商が造ったんです。この辺りは大和郷《やまとむら》といって、昭和の初期に分譲された住宅街なんです」

「そうですか。明治か大正の頃だと思いました」

「昭和の初めに造ったとしても、もう七十年はたってるわけでしょ？　それだけでも、けっこうなものですよ」

この建物は、どのような経過を辿《たど》って小松原妙子の所有物になったのだろう。もちろん、宝石商をやっているくらいだから、資金は充分あったのだろうが。

灰色の壁に手を触れると、ひんやりとした材質感が伝わってくる。踊り場の台に金髪の西洋人形がガラスのケースに収めて飾ってあった。青い眼《め》をしたセルロイド人形。その時、先を行く妙子の様子が変わった。彼女はチラッと人形に目を走らせると、「青い眼の人形」のメロディーを口ずさみ出したのだ。

青い眼をした　お人形は

アメリカ生まれの　セルロイド
日本の港へ　ついたとき
一杯涙を　うかべてた

彼女の口からそれが漏れると、童謡がぞっとするほど哀愁を帯びた旋律に変化するのはなぜだろう。

人形の上にランプの形をした薄暗い照明があった。光は隅々まで届いておらず、吹き抜けの天井はぼうっとしていて、はっきり見えなかった。それが館《やかた》の全体的イメージを暗くしている。

わたしは言葉が　わからない
迷い子になったら　なんとしょう

唄《うた》をうたう妙子の足の運び方は、どこかゼンマイ仕掛けの人形を思わせ、目に見えない誰かに操られているような感じさえする。島崎は声をかけるのもためらわれて、そのまま黙って後をついていった。二階に上がってすぐの部屋が彼女の子供の部屋らしい。

やさしい日本の　嬢ちゃんよ

仲よく遊んで　やっとくれ

妙子は歌をやめて、こつこつと拳《こぶし》でドアを叩《たた》いた。応答はなかった。

「どなたか、中にいるんですか？」

島崎は訊ねた。建物の外から二階を見上げた時、カーテンがかすかに動き、女の顔がのぞいたのはこの部屋だ。

「いいえ、ここは淳が出ていってから、誰も入っていません」

妙子はふり返り、怪訝《けげん》そうに首を傾《かし》げた。

「でも、さっきどなたか、ここから外をのぞいていましたよ」

「そんなはずは……」

「それに、奥さん、今ドアを叩いたでしょう？」

「ドアを叩くのは、いつもの癖です。あの子がいるものと思って、つい」

妙子は鍵束《かぎたば》の中から一つを選び出した。

「でも、もしかして、あの子……」

彼女の目が急に揺らぎ、震える手で鍵を鍵穴に差しこんだ。「淳ちゃん、帰ったの？」

ドアが開くと、妙子は声をはずませて、中へ駆けこんだ。島崎もそれにつづいて足を踏み入れる。ここも十畳ほどの広さの部屋だったが、窓とドア以外のスペースは、すべて本で埋め尽くされていた。島崎の口から思わず嘆声が漏れた。

本はミステリー関係が多いようだった。しかも、ここに並んでいるのは骨董的な価値さえある作品群であることがわかった。江戸川乱歩全集、夢野久作全集を始め、伝奇的な小説群、おびただしい数の翻訳ミステリー。それに、島崎が子供の時に狂喜して見たような怪獣の本、少年雑誌、少女漫画……。

作りつけの本棚《ほんだな》が床から天井まであって、入りきらない本や段ボールが床に積み上げてある。窓際《まどぎわ》にはデスクがあって、大きなワープロが鎮座《ちんざ》している。ここで小松原淳が、何か文章でも綴《つづ》っていたのだろうか。

「淳ちゃん」

幼児のような妙子の声で、島崎は我に返った。彼女は気がふれたように、部屋の中をまわっていたが、淳らしき姿はないし、人が隠れるスペースも見あたらなかった。

「誰もいませんよ、奥さん」

「え、ええ。そうみたいね」

しかし、彼女はあきらめきれずに、本棚の隙間《すきま》などをのぞきこんでいた。

「ごめんなさいね、取り乱してしまって。あの子はわたしのすべてだったんです。親としてのわたしの気持ち、あなた、わかってくださいますね？」

「ええ、もちろんですとも」

島崎はうなずき、失踪した彼女の最愛の子供の一生を書くことに、興味を持ち始めている自分に気がついた。これはひょっとして面白いストーリーになるかもしれない。部屋全体から姿の見えない人物の鼓動が、直《じか》に伝わってくるような気がしてならなかった。

「奥さん、ご期待に添えるよう、一生懸命頑張《がんば》りますよ」

これは、いつもの義務的なゴーストライティングではなくなるような予感がある。この部屋にいると、小松原淳の強烈な意志が直接島崎に伝わってくる。超自然現象ではないが、部屋全体が一個の生命体として呼吸しているような錯覚に陥るのだ。

「ありがとう。そう言っていただくと、こちらも頼みがいがあるというものだわ」

小松原妙子は満足そうにうなずいた。「あなたでよかった」

「ところで、どのように資料を使ったらいいでしょう」

心配なのは、小松原淳を浮かび上がらせる具体的な資料の存在だった。それがあるかないかで、ストーリーの組み立て方も展開も異なったものになるだろう。

「そのことなら、ご心配なく」

妙子はデスクのそばにある大きなファイルケースの前に立った。「ここに、淳が生まれた時からの記録の一切合切があります」

彼女が見るように手振りで示したので、島崎は一番上のファイルケースをのぞきこんだ。

「よろしいんですか、僕が見て？　プライバシーの問題もあるでしょうし」

「かまいません。淳の心の奥底までのぞきこんで書いてもらわなくては、あなたに頼んだ意味がないでしょ？」

「まあ、それはそうですけど……。これは、全部ご本人が集めたのですか?」

「そうです。淳が自分に関《かか》わるものをすべて整理して、しまいこんでおいたのです」

小松原淳は異常なほど収集癖のある人間らしい。

「もし、お子さんが万が一もどってきた時……」

島崎はそこで口をつぐんだ。なぜなら、妙子の顔が一瞬、こわばるのがわかったからだ。

「淳は生きてます。不吉なこと言わないでください」

妙子はきっぱりと言った。

「すみません。そんなつもりで言ったんじゃないんです」

島崎は即座に訂正した。「お子さんが帰ってきて、僕が資料をかきまわしているのを知ったら、ご本人としては面白くないんじゃないかと思いましてね」

「あなたはよけいなことを心配しないでください。わたしが全責任を負いますから。ただし、資料はファイルケースごとに開けてください。必要なファイルの鍵はわたしが開けます。それから、出したものは元の場所にもどしてください。資料は持ち出し厳禁です」

妙子の目が鋭くなった。

「わかりました」

「上から下に行くにつれ、新しくなっていきます。生まれた時から、失踪する直前までの資料が全部」

彼女は「幼年期」と書かれたファイルの鍵を開け、島崎にのぞいてみるよう目で合図した。そこには、絵日記帳、塗り絵、折り紙など、保育園で作ったもの、それに、写真などの資料がきちんと分類されて入っていた。

「すごいですね」

「やり方はあなたに一任します」

彼女はそこで言葉を切って、興味深げに島崎を見た。「ところで、島崎さん。あなた、小説の新人賞を取ったことがあるんですってね？」

どういう意味で彼女がそう言ったのかわからないので、島崎は彼女の顔を黙って見返す。しかし、彼女の表情から答えは読みとれなかった。

「ええ、まあ……」

賞を取って、いまだにこのざまというのは、少し照れ臭い。

「実は、淳も賞を取ったことがあるんです。ご存じでしたか？」

「いいえ、聞いておりませんが」

思いがけないことだった。「どういう賞なんです？」

「児童文学の新人賞なんです」

「編集の佐藤さんはそんなこと一言も話してくれませんでした」

「彼には話していません。もう二十年も前の話ですからね」

「二十年前？　でも、お子さんは今二十代の後半なんでしょう？」

話が少し矛盾している。二十年前といえば、小松原淳は小学生だったはずではないか。

「淳が小学三年の時に受賞したんですよ。あの子が書いた童話がね」

「あ、そうでしたか。作文コンクールか何かですね？」

それなら、話はわかる。島崎だって、学校のコンクールで賞をとったことがあった。

「冗談、言わないでください」

妙子が語気荒く言った。「あの子は、大人にまじって堂々と受賞したのよ。日本児童文学賞という権威のある賞なんだから」

「そうでしたか。それは失礼しました」

島崎は慌《あわ》てて謝った。

子供の小説といえば、何年か前に竹下龍之介《りゅうのすけ》という六歳の幼稚園児が「ＳＦ童話大賞」を受賞して話題になったことがあった。島崎はそのことを知っていたので、小松原淳が日本児童文学賞を受賞した事実を比較的冷静に受け止めていた。むしろ、それよりは、小松原妙子が突然見せた感情の激しさに驚いていた。

「これがその時の賞状です」

妙子は小学校の区分の中から、茶色に変色しかかった厚紙を取り出して、島崎に見せた。そこには、確かに「小松原淳殿に日本児童文学賞を授与する」と、墨文字で書いてある。

た。


「すごいですね。大人の応募者を蹴散《けち》らして、受賞したんですか」

妙子は誇らしげに笑った。彼女の顔に、それまでの怒りの色は影も形もなくなってい

「淳は、その時から小説家を目指すようになったのです」

「なるほど」

また同時に、それ以来、小松原淳の転落の人生が始まったということなのだろうか。結局、淳は小説家になることができなくて、人生を狂わせてしまった……。そうだとすれば、ひどく身につまされる話である。

「あの子の書いた小説は、親が言うのもなんだけど、とても面白かったのよ。審査員に見る目がなくて、いつも落選。あの子のつらい気持ち、わたしにはよくわかるの」

妙子は大きな溜息《ためいき》をついて、窓の外を望んだ。「子供の時にとった児童文学賞が重荷になったのよ。可哀相《かわいそう》に」

「そうでしたか」

島崎は、次第に興奮を覚えていく自分を抑えられなかった。作家を目指していた小松原淳の心の軌跡を自分自身のそれに重ね合わせていた。

「わかりました。僕、精魂を込めて書きます」

その言葉は単なる職業意識を超えていた。ギャラはもちろん高いに越したことはないが、ギャラがなくても、この仕事に全精力を注いでいいとさえ思う。これは、同じく作

家を目指している者の直感めいたものだ。これらの資料には、一人の作家志望者の熱き体臭がある。挫折《ざせつ》し、社会から脱落した人間の——。

「では、お願いしますね。報酬のほうは佐藤さんから聞いていると思いますけど、最低二百万円は保証します。あとは内容次第で上積みします。取材費、資料費は別途に請求してください」

小松原妙子は、後は任せるといったふうに、島崎を見た。

「締切りは？」

「三ヵ月を目処《めど》に考えてください」

三ヵ月で最低二百万円にプラスアルファ。彼にとっては、実に割りのいい仕事だった。たとえ、小説で食べていくにしても、純文学の場合などたいへんである。例えば、千八百円の本が三千部発行されたとして、印税は四十八万円。これにかける時間を半年と見ると、こんな割りの合わない商売はない。本にしてもらえれば御の字で、たいていの小説家志望者は本も出せずに一生を終える。そうでなければ、大幅な赤字を覚悟して自費出版に近い形で出版し、自己満足するしかないのだ。

「任せてください。必ずご希望に添えると思います」

小松原淳の内面に踏みこんで、じっくり掘り下げるタイプの評伝か、でなければ迫真のルポといったスタイルか。島崎の中で、早くも作品の構想がふくらみつつあった。

「じゃあ、早速今日からかかってください」

小松原妙子はそう言うと、お店に出なくてはいけないのでこれで失礼する、終わったらお手伝いの宮野静江を呼ぶようにと言った。そして、この部屋のスペアキーを島崎の手に置くと、出る時は必ず鍵を掛けるようにと言い残して、部屋を出ていった。

ドアの向こうから、「赤い靴《くつ》」のハミングが聞こえた。体中が総毛立つような独特の節回し。それは次第に遠ざかり、やがて聞こえなくなった。そして、島崎はだだっ広い部屋の中に一人取り残されたのだ。

おびただしい量の書物の間から伝わってくる小松原淳の意志。この部屋の住人によって、心の中をのぞきこまれているような薄気味の悪さ。

何なのだろう、この強烈な意志は――。部屋のあちこちから視線を浴びせかけられているようだ。興味をそそられるのも事実だが、資料調べという目的がなければ、この空間からとうに逃げ出しているかもしれない。

ここは、ある意味で狂気じみた個人博物館なのだ。

改めて室内を見まわす。デスクの上に、卓上式の日めくりがあって、去年の九月十日のままになっていた。その日付が小松原淳の失踪《しっそう》した日なのだろうか。手にとってみた時、彼をさっきからずっと見ていたものの正体がわかった。島崎は一瞬心臓が停《と》まったかとさえ思った。息を吸いこんだまま、しばらく胸を押さえていた。

小松原淳の幼い頃《ころ》、おそらく七、八歳頃の顔写真が、日めくりの後ろに立てかけてあったのである。髪を耳のすぐ下まで伸ばし、撮影者をまっすぐ見つめる目は確かに神経質そうである。二重まぶたの目と高い鼻は日本人離れしたものがあるが、全体的な顔だちには、どことなく母親の妙子の面影《おもかげ》があった。

そのまま見ていると、淳の目の中に引きずりこまれそうな気がした。すぐさま頭をふり、目を逸《そ》らすが、また淳の顔に引きつけられてしまう。

「僕は島崎潤一。これからよろしく」

島崎の口からひとりでにそんな言葉が出ていた。すると、奇妙なことに、淳の目つきが少しやわらいだように感じられた。

「君のことを調べるから、協力してほしいんだ。悪いようにはしないから」

写真の中の淳が、心なしかうなずいたような気配。

次の瞬間、背後に人の息づかいを感じ、島崎の体は金縛りにあったように動かなくなった。淳が現れたのだろうか。まさか。

うずたかく積み重ねられた本の上に立つリカちゃん人形やゴジラの模型が、まるで生きているように、島崎を見下ろしていた。

おそるおそる後ろをふり向くと、妙子が閉めたはずのドアが薄く開いていた。ドアの下から、赤い靴の先がのぞいている。赤い靴――。

「だ、誰だ?」

島崎が小さく叫ぶと、ドアが開いて、若い女が姿を現した。

「君は?」

「もしかして、淳さんの妹さん？」

「そうよ。驚かして、ごめんなさい」

彼女はいたずらっぽい大きな目を光らせて、部屋の中に足を踏み入れ、興味深そうに部屋の中を眺《なが》めた。「この部屋に入るの、ずいぶんひさしぶりだわ」

彼女はその名前の通り、色が透き通るように白かった。少し赤みを帯びた、ふわっとした髪が外光を受けて輝いている。見ようによっては、踊り場にあった青い眼のセルロイド人形がそのまま成長したように見える。年齢は二十を少し超えたところか。島崎は思いがけない美女の出現に大いに困惑した。

「わたし、この部屋に入るの、五、六年ぶりなの」

「淳さんは誰も入れなかったんですか？」

「そういうこと、ここは小松原淳という人物の聖域。お母さんだって立入禁止だったのよ」

ユキは島崎のそばまで歩いてきた。少女漫画のヒロインが着るような白いフリルのついたワンピース。化粧っけはないが、その美しさを少しも減じていない。ワンピースの胸元から二つのふくらみが見えた。幼い顔と成熟した体のアンバランスが何とも言えず、魅力的である。

「僕、島崎潤一です。よろしくお願いします」

「小松原ユキ」

胸が高鳴り、顔が火照《ほて》った。

「わたし、ユキ。カタカナで書くの。一月の雪の日に生まれたから、ユキ。簡単明瞭《めいりょう》でしょ？」

彼女は聞かれもしないのに、自分からどんどんしゃべった。「あなた、どういうお仕事をするの？」

「淳さんの伝記を作るんです」

「ふうん、たいへんなのね」

ユキは興味深そうにデスクのそばのファイルをのぞきこんだ。「わたしもお手伝いするから、遠慮しないで何でも言いつけてね」

彼女は初対面なのに、少しも臆《おく》する様子もなく、気安く島崎に話しかける。

「あら、お嬢さま、こんなところにいらしたんですか？」

その時、ドアの外から、お手伝いの宮野静江の声が聞こえてきた。「ここへ入っちゃだめだって、奥さまがあれだけおっしゃってますのに」

「妹なのに、どうしてだめなの？」

ユキは不満そうに口を尖《とが》らせた。

「奥さまからきつく言われておりますから」

「やれやれ」

宮野静江はユキの背中を軽く押して、二人して部屋を出ていった。

思わぬ闖入者《ちんにゅうしゃ》に島崎はしばし戸惑っていたが、ようやく我に返ると、最初のファイルケースの中を小松原淳の誕生から見ていった。

最初のファイルには、「幼年期」とワープロで印刷された文字が貼《は》ってあった。アルバムを開くと、真っ赤な服を着た淳が座布団《ざぶとん》の上に座って、カメラのほうに視線を向けていた。神経質そうな目は、この頃から変わっていない。

もう一枚の写真は、真っ赤なケープにくるまれた淳を若い頃の妙子が抱いているものだった。今から逆算すると、妙子は二十二、三という年齢か。今より頬《ほお》がほっそりして、着ているものもそれほど高価そうには見えない。バックに写っているのは、お世辞にもきれいとは言えないアパートの玄関先だった。淳は頭に赤い毛糸の帽子をかぶせられて、頬を真っ赤に染めている。可愛《かわい》い女の子といったイメージだ。

写真の端に、太陽光線の関係からか、撮影した人間のカメラを持った姿が黒い影になって写っている。髪型からすると、男らしい。父親なのだろうか。

そういえば、島崎は淳の父親の話を一度も聞いていないことに気づいた。奇妙なことに、アルバムのページをめくっていっても、どこにも父親らしい男は写っていない。

それから、淳の一歳の時の写真。ようやく歩けるようになったらしく、アパートの玄関のドアに手をついて立っている。おかっぱ頭の淳が赤いワンピースを着ていた。それに、赤い靴も。

妹のユキの見間違いではないかと思ったが、説明書きには、「淳、一歳の誕生日、自宅前にて撮影」と色褪《いろあ》せた万年筆で記されていた。

なぜ、淳は「赤い靴」の女の子みたいな恰好をさせられているのか。妙子はどうして、あのような安アパートで淳の写真を撮ったのか。父親はどうしたのか。今のこの屋敷にどのような経緯で住むようになったのか。疑問が次々に湧《わ》いてくる。

島崎は保育園の時の作文、絵、卒業証書などを眺めながら、淳がこの頃に関《かか》わった人物、施設などをリストアップし、当時の人間にどれだけ会えるかわからないが、可能なかぎりインタビュー取材してみることにした。多面的に見ていったほうが、小松原淳という一人の人間が生々しく再現されるだろう。

小松原家を辞去する時、応接間に掛かっていた奇妙な額について、宮野静江に聞いてみた。

「あの文字を書いた譲司という人は誰なんです？」

「ご主人さまです」

「あれは『和』と読むんですか。それとも『知』なんですか？」

静江はポーカーフェイスを崩さず、肩をすくめた。

「さあ、私には……」

「書道に興味があるということは、あの刀や兜《かぶと》もご主人が集めたものなんですね？」

「そう聞いてますけど、よくは存じません」

静江はそれ以上の質問を拒むように歩を速めた。

門に達して背後をふり返ると、二階の淳の部屋のカーテンがチラッと動くのが見えた。鍵《かぎ》はちゃんと閉めたはずなのに、どうしたのだろう。目をしばたたいて、もう一度見ると、カーテンはそのまま動かなくなった。

〔小松原淳の肖像〕1――誕生

小松原淳・年譜（0歳）

64・2・16　東京都板橋区本町のアパート「平和荘」にて生まれる。東京オリンピックの開催された年だった。16日午後8時15分頃、妙子は激痛を覚え、近くの産婦人科に行こうとしたが、間に合わず自宅の外で出産。出産の際の出血で折からの雪が真っ赤に染まったという。妙子が倒れているのをアパートの大家がたまたま発見し、救急車を呼んで、母子とも助かる。波瀾《はらん》の生涯《しょうがい》の幕開けである。水瓶《みずがめ》座。身長48cm、体重2500gだった。

●**三宅《みやけ》清子**（平和荘102号室元住人・52歳）

私がここに住んでること、よくわかりましたね。大家さんが教えてくれたんですって。まあ、そうでしたか。ええ、確かに、私、あの時、小松原さんの隣の部屋に住んでいましたよ。ですから、妙子さんと話をする機会は何度かありました。

お世辞にもいいアパートとはいえないのに、どうして彼女みたいに上品そうな女性があんなところに転がりこんできたのか。人には話せない事情がいろいろあったんでしょうね。人目を忍んで生きているって感じでした。

彼女が入居した時、すでに妊娠していたことは知ってました。ご主人？　いいえ、一度も見たことはありません。男の人は出入りしていないようでしたよ。私、洋裁をやってた関係で、一日中部屋にいることが多かったんですけど、隣に男の人が来たら、すぐわかったはずです。壁は薄いし、隣の物音はほとんど筒抜けでしたから、しわぶきの音だって、全部聞こえましたもの。

そうですね。その頃で印象深いことといったら、あの人、よく童謡を口ずさんでいたことかしら。「赤い靴《くつ》」ですか。ほら、「赤い靴、はいてた女の子、異人さんにつれられて……」ってやつです。あの人が歌うと、せつなくてね、胸にジーンとくることがありました。ある時なんか、夜に歌うから、眠れなくなってしまって、ドアを叩《たた》いて静かにしてくださいって声をかけたことがあるんです。

そうしたら、小松原妙子さんは玄関先で申し訳ありませんと言って、頭を深々と下げました。

「何か事情がおありのようね？」

私が言うと、彼女、お上がりくださいと言ったんです。それがお付き合いの始まりですね。間取りは私の部屋と同じで、六畳一間だけの狭い部屋でした。箪笥《たんす》とかいったものは何もなく、卓袱台《ちゃぶだい》兼用の小さなコタツがあるだけで、殺風景でした。生活感というものがないんですね。わかりますかしら？　十二月の半ばで寒いのに、ストーブもなくて、それはもう冷えびえとしてました。

お茶を飲んで、世間話をしているうちに、彼女の身の上のことまで話が及びまして、何でも男の人と道ならぬ恋をして、親の反対で泣く泣く別れたようなことを話してくれました。今はよく知りませんが、当時は細身のきれいな人でした。

「子供ができたんでしょ？　だったら、引き下がることはないのに。相手は独身？」

私はそう訊《たず》ねました。

「はい」

「だったら、不倫じゃないから、問題はないじゃないの」

「ええ、でも……」

彼女は言葉を濁しました。

「どういうことかしら」

「身分が違いすぎるんです。相手はおぼっちゃんだし、わたしは単なる会社員ですから」

「あら、そうなの。相手は遊びのつもりだったんだ？」

「いいえ、彼は本気です。でも、ご両親を説得することができなかったんです」

「情けない男ね」

「しょうがないんです」

彼女は大きな溜息《ためいき》をつきます。

「堕ろせなかったの?」

「堕ろせる時期をとうにすぎてましたから」

「だったら、慰謝料を請求したら?」

と私は言いました。今なら、慰謝料をもらうのは当然でしょう。そうしたら、彼女、

「お金ならいただいてます」

と言うんです。なるほど、それで一日中、閉じこもっていても生活できるのかと思いました。

彼女は赤い毛糸で、赤ちゃん用の帽子を編んでいました。

「予定日はいつなの？」

「桃の節句前後です」

彼女はほっそりした体ですが、お腹《なか》は目立っていました。「女の子なんです」

今でこそ、医学の進歩で六ヵ月くらいになれば、性別はわかるのでしょうが、当時は生まれるまで、わからなかったはずです。

「え、性別はもうわかってるの？」

「何となく、そんな気がするんです」

「そうねえ、そのお腹の張り具合からすると、女の子みたいな気もするわね」

私は当時独身だったんですが、洋裁をやっていた関係で妊婦の方と付き合うことが多かったもので、何となく勘みたいなものが働いたんです。

「あなたもそう思います？」

彼女はニコッと笑い、「よかったわね、淳ちゃん」と言ってお腹をさすりました。

「あら、もう名前も決めてるのね？」

「ええ、淳と言うんです。小松原淳……、いい名前でしょ？」

「そうね。とてもいい名前だわ」

彼女は嬉《うれ》しそうにまた笑いました。笑うと、えくぼができて、とても可愛い人でした。その時、気がついたんですが、彼女のそばには、赤ちゃん用の赤い産着《うぶぎ》、赤い毛糸帽、赤いセーターがきちんとたたんでありました。すべて彼女の手作りのものです。ずいぶん用意が周到だと思いました。

それと、青い眼《め》のセルロイド人形が置いてありました。戦前の古いタイプのものかしら。

「まあ、懐《なつ》かしいお人形」

私は思わず叫びました。

「それ、あの人の家から持ってきてしまったの」

きっと恋人の形見みたいなものなんでしょう。

妙子さんはその人形を膝《ひざ》の上に載せると、愛《いと》おしそうに抱きしめ、「青い眼をしたお人形は、アメリカ生まれのセルロイド……」と歌い出したのです。

それはそれは気味の悪い歌でした。私は居心地が悪くなって、早々に退散したのですけど、彼女、そんなことに気づかないで、歌いつづけるんですね。彼女は目が据わって、自分の殻《から》に閉じこもっていました。

淳ちゃんが生まれた日のことですか？　ええ、よく覚えてますよ。あれは、確か二月の中旬の雪の降った日でした。いつもは私、家にいたのですけど、あの日にかぎって、でき上がった洋服を業者に持っていって、留守にしていたんです。ですから、妙子さんが産気づいた時、いてやれませんでした。ほんと、大家さんが来なかったら、あの人、凍え死んでいたかもしれませんね。

私は別の仕事が入っていて忙しかったので、病院へ見舞いにいくこともできず、とても悪いことをしたと思ってます。ええ、予定より半月早く生まれたので、二千五百グラムと小さめだったそうです。

そう、とても可愛い女の赤ちゃんでした。

淳ちゃんが退院してきたのは、それから二週間後でした。小さいと聞いてましたけど、実際に見ると、普通の赤ちゃん並みの大きさでしたね。とてもきれいな赤ちゃんで、私は妙子さんをうらやましく思ったものです。

淳ちゃんはおとなしくて、あまり泣かない子でした。一年くらいたつと、髪が長く伸びて、とても可愛らしくなりました。妙子さんは毛糸で編んでいたものを淳ちゃんに着せて、自慢でしょうがないという感じでしたね。

毎日、「赤い靴」の歌をうたって聞かせていましたけど、心なしか声が明るくなったようでした。私、出産のお祝いに「赤い靴」のメロディーのオルゴールを贈ったら、とても喜ばれました。

妙子さんは三年後にあのアパートを出まして、それ以来、一度も会っていません。お元気なんですか？　もし、妙子さんにお会いになったら、よろしく伝えてください。

そうそう、淳ちゃんもお年頃《としごろ》になったでしょうね。もう、お嫁に行ったのかしら。え、何ですって？　淳ちゃんは男じゃないかって。じょ、冗談言わないでください。淳ちゃんは女です。間違いありませんよ。あなた、誰か他の人と勘違いしてるんじゃないですか？　妙子さんが嘘《うそ》をつくわけないでしょ。

5

島崎潤一は、小松原淳が生まれた板橋区の平和荘から取材を始めた。アパートは真新しいコーポに建て替わっていたが、三宅清子は健在だった。

淳が生まれた時の経緯を聞いているうちに、島崎は三宅清子がひどい誤解をしていることに気がついた。淳は男であって、女ではないのである。それは島崎自身、淳の部屋で写真を見てよく知っている。彼が三宅清子の勘違いを指摘すると、彼女は感情的になってしまったので、そのままにしておいたのだが……。

しかし、今はそれよりも、東京の場末の狭いアパートの一室で私生児を産んだ小松原妙子がどのようにして宝石商にまでのし上がっていったのか、そちらの過程のほうがはるかに興味があった。彼女の身にどのような運命の転変があったのか。一人の女のサクセス・ストーリーとしてみれば、かなり面白そうである。

それは本人に聞けば手っとり早いのだが、調べていくうちに、おいおいわかっていくはずだ。

取材を終え、板橋本町のアパートから、旧中山道《なかせんどう》沿いの商店街をＪＲの板橋駅まで歩いて、券売機で池袋までの切符を買おうとした時、島崎はふと背後に人の気配を感じた。首筋が何となくこそばゆいような気がするのだ。さりげなくふり向いたが、誰もいない。

気のせいだ。誰が自分を尾行しているというのだろう。彼を追って、どんな得があるというのか。苦笑しながら改札を通った。埼京線に乗って池袋で降り、地下鉄の有楽町線で東池袋まで行った。地上に出て、疲れた足を彼のアパートに向けた。

インタビューで神経を使ったので、角の薬局でドリンク剤を買って、ひと息に飲んだ。飲み終えて、ふと顔をドリンク剤の入ったガラスケースに向けると、ガラスに誰かが映っている。再び首筋に誰かに見られているようなむずがゆさを覚えた。

気づかないふりをして、さりげなく見ると、それは中年の男だった。中肉中背、茶系統の背広。どこといって特徴がない、サラリーマンタイプの男だった。

本当に尾行しているかどうか確信が持てないので、薬局を出ると、アパートと反対方向に歩き出した。そのまままっすぐ行けば、サンシャインシティ方面で、狭い路地を何度か曲がった。それから雑居ビルの多い路地裏で不意に後ろをふり返った。

いない。男の影などどこにもなかった。

疲れが頭に妄想《もうそう》を呼びこんでいるのだ。自分で頭を小突きながら、アパートのある一角に入ったが、その時また人の気配を感じた。

「畜生」

尾行者は彼の住んでいるところを知っていて、先まわりして待っていたのだろう。サンシャインシティのほうに行くなんて、とんだ茶番だった。

そっちがそのつもりなら、追いかけてやるまでだ。あたりに目を走らせると、コンビニエンスストアのある曲がり角に黒い影がさっと消えたので、島崎は全速力で男を追った。足の速さなら自信がある。わずかの間に曲がり角に達して、向きを変えた。

その瞬間、向こうから買い物用のカートを転がしてきた五十年配の女と出会い頭にぶつかりそうになった。

女は大きな声を出して、のけぞった。

「何よ、あなた。びっくりするじゃない」

島崎は相手の顔も見ずに頭を下げ、ほうほうの態《てい》でその場を逃げ出した。中年男はすでに消えていた。隠れる場所はどこにもないはずなのに。それとも、またこちらの思いすごしだったというのか。

アパートは、都電の踏切をわたって、すぐの場所にある。部屋の真下に歩道が走っており、その向こう、金網ごしに都電の線路が見下ろせる。

鍵《かぎ》を開けて、部屋に入った時、彼はふと異臭を嗅《か》いだように思った。

侵入者？　そんなばかな。鍵はちゃんと掛けたままだったし、窓だって、内側から差しこみ錠が掛かっている。いくら安普請《やすぶしん》のアパートとはいえ、今の鍵はけっこう頑丈《がんじょう》にできているのである。合鍵でもないかぎり、侵入するのはむずかしい。

窓を開けると、早稲田行きの都電がガタンゴトンとのんびりした音を出して通りすぎていった。窓の下には誰もいない。

窓際《まどぎわ》のデスクに、少し型の古いワープロが置いてあった。スイッチを入れようとした時、ワープロの本体が熱くなっていることに気づいた。

「変だな」

彼のワープロはガタが来ているので、長時間使っていると、機械がブンブンと抗議の唸《うな》りをあげてくるのだが、スイッチを入れた途端、ワープロは悲痛な叫びを上げ始めたのである。

誰かが、島崎の書いた原稿を盗み見たのだろうか。

何のために？

島崎の仕事を邪魔しようというのか。

島崎の当面の仕事は、小松原淳の生涯をまとめることである。それが公《おおや》けになって困る人間が存在するのだろうか。いや、小松原妙子が子供の思い出のために依頼したのは、自費出版であって、広く世の中に問うものではない。はっきり言って、自己満足の世界なのである。

だが、そうした事実にもかかわらず、現に島崎の部屋に忍び入って、フロッピーに登録された内容を読もうとした人間が間違いなく存在するのである。

信じたくなかった。内側から鍵の掛かった部屋に自由に出入りして、島崎の仕事をのぞき見る奴《やつ》。それは、彼を尾行していたあの中年男か。

いや、そうではなかろう。ワープロの具合からみてそんな早業《はやわざ》は不可能だ。

では一体、誰なのだ。

彼を尾行する中年男。そして、彼のアパートに出入りする者。少なくとも、二人の人間が彼の動静を探っている可能性がある。しかも、それは彼が小松原家の調査に入った後であるのは間違いなかった。

〔モノローグ〕2

……雨が激しく地面を叩《たた》く音に、私は目を覚ました。うつぶせのまま、頭をもたげると、洞穴《ほらあな》の外に雨の飛沫《しまつ》で白い膜ができていた。

雨がじくじくと浸み出して、私のほうに流れてきている。水たまりに入りこまないうちに身を起こし、洞穴の奥へ移動した。バッグの中に、わずかながら食料があった。助けが来るまで、できるだけ体力を温存しようと、食事は一日一回にしている。量を減らせば、胃のほうもそれにつれ収縮するようで、空腹はそれほど苦にならなくなっていた。ビスケットを一かけら口に押しこみ、ゆっくり噛《か》む。唾液《だえき》の海の中に甘い固まりが溶け、たちまち喉《のど》を通って胃のほうへ落ちていった。

少しばかり力が甦《よみがえ》り、体が温まるとともに、強烈な眠気に襲われた。目を閉じると同時に、彼女の顔が映画館のスクリーンのように大きくまぶたの裏に浮かび上がった。

「死にたくない。助けて！」

すると、「あなたはだあれ？」と問う女の声がどこからか聞こえてきた。

助けがきてくれたのかと思い、私は必死に目を開けて叫んだ。

「私はこまつばら。こ・ま・つ・ば・ら・じゅ」

その途端、暗幕が目の前に垂れ、私は暗闇《くらやみ》の中に一人取り残される。

くそ、また夢だ。そう、夢はいつも最初は期待を持たせて、後味の悪い終わり方をする。

今度もハッピーエンドにはならないだろう。あの童話のように。

そう、あの童話。気色の悪い結末の童話。

ハッピーエンドではない『あかずきん』——。

6

小松原家へは週に二、三回程度のわりあいで訪問した。いつも門前でチャイムを押して、しばらくすると、無愛想な宮野静江が応答する。彼女に先導されて、そのまま二階の淳の部屋に行く。別に彼女が親切だからそうしているわけではなく、家の中を勝手に動きまわれないようにとの配慮からと思われた。主人の小松原妙子は店に出ていて、日中はめったに会うことはなかった。

資料調べは、たいてい午後の一時から五時くらいまでで、三時になると、宮野静江が茶菓子と緑茶を持ってきて黙って帰っていく。それ以外は一人でファイルの中の膨大な資料と格闘するわけだ。それをノートに写し取って、自宅のワープロにデータを打ちこんだ後、淳に関《かか》わりのあった人たちに取材をするのである。

板橋区で淳の誕生の経緯を取材した帰りに奇妙な体験をした翌日も、島崎は小松原家の淳の部屋で資料を調べていた。

前夜の疲れから、三時のお茶を飲んだ後、カーペットの上で眠りこけてしまった。その時、不思議な夢を見た。洞穴内で誰かがうごめいている夢だ。

何とも後味が悪くて、呻《うめ》き声をあげながら目が覚めた。汗で下着が背中に張りついている。

大きな息を吐いて起き上がろうとした時、デスクの下に古い段ボールが突っこまれているのに気づいた。ふだんデスクで仕事をしているため、そこは死角になっていた。たまたま横になり、低い角度から見て初めて気づいたというわけだ。

頭をデスクの下に屈《かが》めて、段ボールを引っ張り出してみた。その存在そのものが忘れ去られていたらしく、表面に埃《ほこり》が分厚く付着していた。段ボールのガムテープをはがし、中をのぞいてみた。

絵本だった。『白雪姫』『かちかち山』といった童話が日本物と外国物の区別なく入り交じっている。どれもよく読みこまれたらしく、本の綴《と》じ紐《ひも》がゆるんでいた。日灼《ひや》けして色落ちもしている。

一番端にあるのは『あかずきん』で、やはり本がばらばらになりかけていた。

「あれっ」と思わず声をあげたのは、物語の結末の部分がなくなっていたからだ。それも、カッターのような鋭利な刃物ですっぱり切り落とされている。

結末のない『あかずきん』――。

あかずきんはお婆《ばあ》さんにものを届けるが、お婆さんがオオカミに食べられてしまったとは気づかずに、結局自分もオオカミに食べられてしまう。本来なら、オオカミが眠った時にお腹《なか》をハサミで切り裂いて、あかずきんもお婆さんも助かるという筋なのだが、この絵本の場合、肝心の最後の部分が削除されているので、オオカミにとってのハッピーエンドになっているのだ。

同じことは、他の絵本についても言えた。『白雪姫』は魔女に毒を飲まされて死んでしまうが、王子がキスして助かる肝心の場面がカットされていた。魔女が高らかに笑い、七人のこびとが死んだ白雪姫を囲み、嘆き悲しむところで、話は終わっている。

片っ端から調べると、他のすべての絵本にも同じことがなされていた。もし、無垢《むく》な子供がこれを読んだら、どのような反応を示すだろう。ハッピーエンドに終わらない残酷な童話は、子供に悪影響を及ぼし、歪《ゆが》んだ心が形成されるにちがいない。

絵本の裏を返すと、稚拙《ちせつ》な文字で「こまつばらじゅん」と書いてあった。

小松原淳の所有するこれらの本に〝細工〟をしたのは、果して本人か。いや、これだけきれいにカッターで本を切る技術は幼児には備わっていまい。〝犯人〟は疑いなく大人である。もっとも、成長してからの淳がやった可能性もあるが、切り口が古いところを見ると、小松原妙子が一番怪しい。一体、彼女は何のために、こんなことをしたのだろう。

この辺の経緯を知っている者がいれば……。

その時だった。出し抜けに、島崎の目の前が真っ暗になった。首筋にひやりとした感触があって、背後でくすくすと笑う声がした。誰かが島崎の目に手をあてているのだ。子供の時によくやられた目隠し。

「だあれだ?」

女の声。島崎はその手をふり払った。ふり返ると、小松原ユキが立っていた。

「驚かさないでくださいよ。どうして、ここへ入ってきたんですか？」

「だって、鍵が掛かっていなかったんだもの」

ユキは白いブラウスに、ミニのスカートをはいていた。両手を背中で組んで、首を傾《かし》げる仕草がはっとするほど愛らしい。

「どう、仕事は順調に進んでいる？」

彼女はつぶらな瞳《ひとみ》を島崎にまっすぐ向けていた。

「ええ、まあ」

と言いながら、島崎は頬《ほお》が急に熱くなるのを意識した。

「あら、それ読んだのね？」

ユキは島崎の手にある『あかずきん』を指差した。「どう思った？」

「どうって？」

「異常だと思わない？」

「確かにそうですね」

「それ、お母さんが切り取ったのよ。わざと」

「わざと？　どういうことですか？」

「お母さんが教育のために、意識的に結末をハサミで切っちゃったんだって」

「淳さんの教育のために？」

「そう、創作の才能を伸ばすために、わざと切ったのよ。結末をなくして、子供なりにどういう結末をつけるか、創造力を伸ばそうとしたんだって」

「それはまた、すごいことをするんですね」

それは教育という概念を超えている。そういう教育をされた子供は将来どんな子になってしまうのだろう。他人事《ひとごと》ながら、気になってしまう。

「その成果が、児童文学賞なのよ。いろいろと、すったもんだはあったけどね」

ユキが珍しく不快そうな顔をした。淳が児童文学賞を取った話は妙子から聞いていた。

だが、その背景には、こんなことがあったのか。

ちょうどその時、タイミングを計ったかのようにドアがノックされた。

「あ、やばい」

ユキが小さく叫んで、慌《あわ》ててデスクの下にもぐりこんだ。「ねえ、わたしが来たこと、静江には黙ってて。お願いだから」

「あ、はい」

島崎はドアとユキのどちらに対してもとれる曖昧《あいまい》な返事をした。ドアが開いて、宮野静江が顔を出した。

「あら、お一人でしたか?」

宮野静江はけげんな顔をして、部屋の中を見まわした。「ユキお嬢さまはいらっしゃいませんでしたか?」

「いいえ」

「あら、そうですか」

「僕、ずっと資料にかかりっきりでしたから」

彼は平然と嘘《うそ》をつき、ファイルをのぞくポーズをとった。

「そうですか。失礼しました。もし、お嬢さまがおいでになっても、絶対中に入れないでくださいね」

「何かまずいことがあるんですか？」

「いいえ、そういうわけじゃないんですけど」

彼女は曖昧に言葉を濁した。「奥さまから、そうするようにきつく言われてますから」

宮野静江は一礼してドアを閉めた。彼女の足音が遠のいていくのを確認して、島崎はドアに錠を下ろした。

「ありがとう、助かったわ」

ユキがデスクの下から顔を出し、いたずらっぽくウインクした。体を屈めて、出てくる時、彼女の胸の谷間がのぞけて、島崎は慌てて視線を逸《そ》らした。

「今日はこれで失礼するわ。時々お邪魔したいけど、入れてね」

「ええ」

「合図を決めましょう。ドアを三つ叩いたら、わたし。いいわね？」

悪くない提案だった。この娘なら、いつでも大歓迎だ。

「わかりました」

「ありがとう、ご褒美《ほうび》をあげるから、目をつむって」

ユキに言われるまま、彼が目を閉じると、唇《くちびる》に温かいものを感じ、胸に柔らかな感触を覚えた。驚いて目を開けると、ユキが彼の口にキスをしていたのだ。至近距離で二人の目と目がからみ合った。

「嘘つき。目を開けないと約束したのに」

ユキは飛びのいて、島崎の顔をにらんだ。しかし、その目には怒りの色はなく、してやったりといった感じがあった。

「じゃあ、さよなら」

呆然《ぼうぜん》とする島崎を残して、ユキは去った。島崎の手に残った、ユキの豊かな肢体《したい》の感触が彼の動物的な感情をいたく刺激した。

その時、額の中の淳の目がきらりと光ったように感じた。まるで、島崎のそうした感情をとがめだてするかのように。

島崎は自分の卑《いや》しい感情に狼狽《ろうばい》しながら、資料に全神経を集中しようとしたが、しばらくの間うまくいかなかった。

〔小松原淳の肖像〕２――サンタクロース

小松原淳・年譜（1～5歳）

67・3・13（3歳）板橋区本町から港区白金台3丁目の2DKの都営住宅に移る。妙子、宝石店に就職し、淳を近くの無認可のさなえ保育園に預ける。

68・4・1（4歳）淳、4歳で私立マリア保育園に入園。この頃《ころ》、絵本を相当数、読破。ひらがなはもちろん、カタカナ、簡単な漢字の読み書きができるようになる。あまり協調性はなく、一人で本を読んでいることが多い。読書以外の趣味は人形遊び。

69・12・24（5歳）淳、誘拐《ゆうかい》される。外人が淳の手を引いていたという情報があったが、翌日無事保護される。「サンタクロースのおじさんと一緒にいた」と言う以外、固く口を閉ざす。この頃から無口な子供になる。妙子、淳の軽度のひきこもりの治療に神経科の医院に通う。

●辰巳牧子（さなえ保育園の元保母・46歳）

ええ、淳ちゃんのことは、はっきり覚えていますよ。あれからもう二十五年くらいたちますかしら。月日がたつのは早いものですね。あの頃、私、短大を卒業して保育園に勤め始めたばかりだったんです。

お母さんが淳ちゃんを連れてきたのは、三月だったと思います。とても寒い日だということを覚えています。

ええ、お母さんはきれいな方でした。身なりもまあまあで、宝石店にお勤めと聞いて、なるほどと思いました。

淳ちゃんはとてもきれいな女の子でした。おかっぱ頭で目がぱっちりして、高価そうな赤いスカートにぴかぴかの赤い靴《くつ》をはいていました。ですから、誰だって女の子だと思うでしょう。

でも、本当は男の子だったのです。

なぜわかったかというと、入園して一ヵ月ほどたったある日、あの子、昼寝の時間におねしょをしたからです。それで、下着を替えようとして、淳ちゃんのあそこにおちんちんがついているのに気づいて、私、悲鳴をあげてしまったんです。

園長さんが何事かと、びっくりして飛んできまして、やっぱり淳ちゃんのおちんちんを見て、えっと叫んだきり絶句してしまいました。保母が四人の小さな私立の保育園だったんですけど、みんな口をあんぐりです。女の子だと思って世話をしてきて、スカートの中に男性の象徴を見つけたら、あなただって、きっとびっくりするはずですよ。

その翌日から、あの子のお母さんを見る目が変わってしまいました。どこかおかしいんじゃないかしらってね。

翌朝もあの方はいつものように、淳ちゃんにスカートをはかせてきました。で、園長さんが我慢できなくなって、お母さんに問いただしたんです。

「あのう、淳ちゃんのことなんですけど……」

「あら、淳がどうかしました？」

お母さんは静かな口調で聞き返しました。あのことがなければ、とても上品できれいな方と思ったんですけどね。

「ちょっと聞きにくいことなんですが」

「どうぞ、おっしゃってください」

「淳ちゃん、男の子ですよね？」

「あ、はい」

お母さんは、きょとんとした顔をしました。「そうですけど、何か？」

「男の子なのに、どうしてスカートをはかせるんですか？」

「あら、おかしいですか？」

お母さんはなぜそんな質問をされるのか心外だといった顔をしています。

「おかしいとは思いませんか？」

園長さんはなおも聞きます。「男の子だったら、男の子として育てないと」

「まあ、よけいなお世話ですよ。わたしの子供は、わたしの一存で育てます」

あの物静かなお母さんの顔が、みるみる紅潮しました。

「まあまあ、そんなにお怒りにならないでください」

園長さんはことを荒立てたくないので、家庭の事情を思いやるような言い方にしました。「何かわけがおありのようですね。どういう理由か話していただけませんか？」

するとどうでしょう。淳ちゃんのお母さんの顔に、次の瞬間、羞恥《しゅうち》の色が浮かび、目からみるみる涙があふれてきたのです。

「実は……」

とお母さんは言って、いったん溜息《ためいき》をつきました。「わたし、この子が産まれるまで女の子と思いこんでいたんです。淳という名前までつけて、待っていたら、男の子が産まれてしまったんです。でも、この子が物心つくまで、女の子として育てたいと思って、それで……」

声は涙に飲みこまれてしまいました。淳ちゃんはおとなしい子ですが、お母さんが責められていると感じ取ったのか、お母さんと一緒に泣き出してしまいました。

それで、その日はお引き取りいただいたんですけど、翌日から、淳ちゃんは来なくなりました。お母さんの勤め先に電話したところ、知り合いに預けたから心配しないでくれとのことでした。

もう、それっきり二人には会っていません。あの子、今頃どうしているのか、時々思い出すことがあります。もう立派に成人したんでしょうね。

●沢木光弘《みつひろ》（マリア保育園の同級生・会社員・28歳）

淳ちゃんですか、名前はよく覚えてますよ。とても頭のいい子でしたね。あの頃、四歳で、ひらがなやカタカナ、漢字だって簡単なものは読めたくらいだもの。先生たちが神童って騒いでいたんだけど、ぼくはシンドーの意味がわからなくてね。でも、とてもすごい奴《やつ》なんだと思って、子供ながら、一目置いてました。

スカートをはいてることはなかったかって？

あなた、彼を誰かと勘違いしてるのとちがいますか。小松原淳君でしょう。男に決まっているじゃないですか。確かに、女みたいになよなよして、赤いセーターなんか着ていたけど、ぼく、あいつのおちんちん、見たことありますよ。児童公園でおしっこの飛ばしっこしたことありますもの。

ぼくたち、大の仲良しでね、一度、淳ちゃんの誕生日に彼のアパートに行ったことがあるんです。

狭かったけど、とてもきれいな部屋でした。お母さんがとっても美人で、ケーキと紅茶を出してくれて、「淳ちゃんと仲良くしてくれたごほうびよ」と言いました。

あの時は、ぼくもこんなお母さんがいたらいいなって、うらやましく思ったものです。部屋のことですか？　そうですね、何しろ二十五年近く前のことだし、こっちはこんなちっちゃな子供でしたから、はっきり印象に残っていることといったら……。

あっ、そうだ、思い出しました。人形があったような気がします。金髪で赤い服を着た人形がテーブルの上に置いてあったんですよ。部屋の中でそれがすごく目立っていたのを覚えています。そのくらいかな。子供の時のことだから、記憶が曖昧なんですよ。

すみませんねえ、わざわざ訪ねてきたのに、これくらいしか覚えてなくて。保育園を出てからのことは、わかりません。それに、彼、引っ越してしまったでしょ。それっきり、会ったことはありません。

誘拐事件のことですか？　ええ、すごい騒ぎになったことは知ってます。でも、サンタクロースが犯人ということくらいしか、覚えてないですね。お役に立てなくて申し訳ありません。

●榊原俊子《さかきばらとしこ》（マリア保育園の元保母・49歳）

誘拐事件ですか。忘れろったって、忘れるものですか。私、心配でまる二日間も眠れなかったほどですからね。

はい、小松原淳君は四歳児のクラスから入りまして、私が担当しておりました。淳君は女の子みたいに華奢《きゃしゃ》な子で、最初、赤い上下の服を着てきたので、私、てっきり女の子だとばかり思いこんでいたんですよ。

「僕、男の子だもん」

淳君は蚊の鳴くような小さな声で言って、悲しそうにうつむいたことを覚えています。本人は赤い服を着るのを嫌《いや》がっていたみたいですけど、お母さんがそうさせたかったようですね。年上の男の子に「女おとこ」とからかわれるので、私がお母さんに男の子らしい服装をさせたらどうかと話したことがあるんです。そうしますと、「わたしにはわたしのやり方があります。よけいなこと言わないでください」と逆にすごい剣幕で怒られました。

それが、入園して半年くらいたってからでしょうか、ある時を境に逆になりました。そうなったのは、年上の子から淳君が痣《あざ》ができるほど殴られてからだと思います。そのことがあって、やっとお母さんもあきらめたのでしょう。

淳君はとても頭のいい子でした。たしか、小学校に進んでから、童話の賞を取ったと聞いてますけど。

「僕、大人になったら小説家になるんだ」

と話してましたので、なるほどなと感心したものです。

ええ、その頃から彼の読み書き能力は小学校の高学年くらいのレベルはあったでしょう。一度、家庭訪問したことがあるんですけど、部屋のあちこちに漢字の札が貼《は》ってあるんです。「憂鬱《ゆううつ》」とか「暗澹《あんたん》」とか「躊躇《ちゅうちょ》」だなんて札にカナがふってあるんですね。私にも書けないようなそんな難しくて嫌な言葉、覚えてどうなるんでしょうと、その時思ったものです。

本棚《ほんだな》には絵本とか、童話が並んでいました。この子は何度も読んで、ストーリーをそらで言えるんですよって、お母さん、自慢げに話していました。

そんな子ですから、「女の子をやめて」からは、みんなに一目置かれるようになったようです。

誘拐事件ですか。クリスマスイブに起こったことを、はっきり覚えています。保育園で午後三時頃にクリスマスのパーティーをやったんですね。あの日はとても寒くて、午前中から雪がぱらつき始めまして、少し早めに切り上げようとしたんです。全部で五十人くらいの園児、それから保母が園長を入れて八人いましたかしら。ゲームと歌を楽しみ、ケーキを食べ終わった後に全員にプレゼントが配られました。プレゼントといっても、そんなに高価なものではなくて、お菓子や塗り絵の道具といったものです。

そんな時でした。園児の一人が外にサンタクロースが来ていると騒ぎ出したんです。教室のガラス窓から見てみると、確かに校門のそばで赤い服を着て、白い髭《ひげ》をたくわえた人が立っていました。もちろん、頭には赤い帽子をかぶっています。クリスマスイブだし、雪がちらついていますから、その場の雰囲気《ふんいき》にとてもマッチしていました。

でも、ケーキ屋の前にサンタクロースに扮装《ふんそう》した人がいるのなら、おかしくはないんですけど、住宅街の真ん中のあまり人通りのないところにサンタクロースがいたら、変だと思いませんか。誰かのお父さんが変装したのかなと思った園長先生が窓を開けると、園児たちが歓声をあげて、「わあ、サンタクロースのおじさんだ」と騒いだんです。

すると、サンタクロースは慌てた様子で私たちに背中を向けると、どこかへ消えてしまいました。ええ、プレゼントの入っているような袋は持っていませんでした。背のひょろっとした男の人だったような記憶があります。でも、それっきり姿を現さないので、私たちはその男のことを忘れてしまいました。

それを思い出したのは、警察の人に不審なことはなかったかと聞かれた時です。話を元にもどすと、パーティーが終わり、園児たちの親が引き取りにきたのが四時くらいからで、五時すぎには子供は一人もいなくなりました。そして、私たち職員は大掃除をして、帰ろうとしたのが午後六時頃です。

で、その時になって、淳君のお母さんが血相を変えてやって来たのです。「遅れてすみません。淳を引き取りにきました」と言うので、私たちはびっくりしました。淳君が見当らないのはすでにお母さんが迎えにきたためだと思いこんでいたのです。保育園にあるまじきミスでした。私たちは慌《あわ》てて、手分けして心あたりの場所を探しました。でも、淳君は見つかりませんでした。辺りはもう真っ暗で、我々の手に負えなくなり、警察に通報しました。

私たちはその晩、保育園に待機していました。私は彼の担任ですから、心配でたまりませんでした。そして、警察から不審な人物を見なかったかと聞かれて、初めてあのサンタクロースのことを思い出したのです。クリスマスイブですから、ケーキ屋さんやお菓子屋さんにはサンタクロースがいるでしょうが、あののっぽのサンタクロースはそんな感じではありませんでした。

翌日になって、淳君らしき男の子が品川駅付近で目撃されたという知らせが入りました。驚いたことに、外人に連れられていたらしいのです。あの時の淳君は、白いセーターに紺の半ズボン姿で、白いストッキングをはいて、真っ赤なマフラーをしてました。目撃者は外人が日本人の子供を連れていたので、はっきり覚えていたそうです。それまで半狂乱になっていたお母さんは、どうしたことか、それを聞いて、何か深く考えこむような仕草をしました。それから、

「赤い靴、はいてた女の子、異人さんに連れられていっちゃった」

と「赤い靴」の曲を歌い出したのです。園長先生を始め、保母たち皆、静かに待機していたところでしたので、室内に独特の悲しいメロディーが沁《し》みわたったのを覚えています。

こういうことを言っては、お母さんに失礼かもしれませんが、ちょっと不気味な気がしたことも事実です。お母さんの目は虚《うつ》ろで、遠くをぼんやり見ているようでした。その視線に合わせて外を見ると、雪が以前にもまして激しく降っていました。

淳君の身を案じて、警察では公開捜査をしなかったのですが、身代金《みのしろきん》の要求の電話もないので、公開捜査に踏み切ろうとした矢先、淳君が警察に無事保護されたのです。

見つかったのは、浜松町駅のガード下で、彼は一人でコンクリートの壁にもたれていたのです。夜だったので、不審に思った通行人が交番に連れていって、初めて淳君だと

わかったのです。淳君はその場で保護されて、病院で検査を受けましたが、体のどこにも異状がなかったので、関係者一同ほっと胸を撫《な》で下ろしました。

「淳ちゃん、どこに行ってたの？」

相手が子供のことですから、警察の人も穏やかに訊《たず》ねたようです。でも、淳君は固く口を閉ざしていました。

「ねえ、誰が淳君を連れていったの？」

居合わせた私も訊ねましたが、淳君はまったく反応を示しません。いっこうに埒《らち》があかないので、本人の精神状態が平常にもどるのを待ってということにして、その晩はお母さんと一緒に帰らせることにしました。

何日かして、淳君は落ち着きをとりもどしましたが、あの二日間のことに話が及ぶと、途端に貝のように口を閉ざしてしまい、結局、警察も本人に訊ねることを断念したようです。

ですから、私たちもあの時のことは今でもキツネにつままれたような気持ちでいます。淳君はもともと無口な子でしたけれど、あの事件を契機にさらに内向的な子供になってしまったような気がします。あの事件はあの子に精神的に悪影響を及ぼしたと思いますよ。

その後すぐ、私結婚して、退職しましたので、淳君との付き合いはそれっきりになりました。

●篠塚貞夫《しのづかさだお》（篠塚クリニック院長・65歳）

一九七〇年の冬？　小松原淳という五歳くらいの男の子が母親に連れられて診療に来なかったかって？

そんな前のことですか。うちの場合、カルテは十年で破棄してますから、当然その小松原淳さんのカルテは存在しません。コンピュータを導入する以前のことですし、データを呼び出すこともできません。それに守秘義務がありますから、カルテがあっても、お見せするわけにはいきません。

せっかくおいでいただいて、申し訳ないのですが、そんなわけで失礼。

●竹山道子《たけやまみちこ》（都営住宅住人・55歳）

小松原妙子さんのことね。ええ、よく覚えてますよ。この部屋の隣に住んでいましたから。二十五年も前は、このアパートは新築でね、とてもきれいだったのよ。今じゃ、その頃《ころ》の面影《おもかげ》はちっともないですけど。

小松原さんは母子家庭だった関係で、優先的に入居できたんだと思います。私も母と二人っきりでしたから、同じ条件です。収入が何万円以下だなんて、都営のアパートは入居する際にうるさい審査がありましてね。

妙子さんは私と同年代で、今で言うＯＬ同士でしたから（昔はＢＧなんて言いましたけど、あなたのご年代なら、当然ご存じですよね)、道で会った時、何度か立ち話をしたことがあります。

子供は確か淳ちゃんと言いましたかしら、とても可愛《かわい》い男の子でした。おとなしすぎて、妙子さん、淳ちゃんが自閉症じゃないかと心配して、神経科のお医者に連れていってたみたい。

誘拐《ゆうかい》ですか? さあ、私は何も聞いてませんけど。

よく外人さんがお部屋のドアの前に来てたみたいだったけど、誰なのか、妙子さんは教えてくれませんでした。ええ、たぶん白人だったと思います。亡《な》くなった私の母は、パンパンみたいだと言って、妙子さんをとても軽蔑《けいべつ》していました。母は戦後、そんな女をたくさん見ているものですから、頭の中に固定観念ができているんです。母は妙子さんが外人を部屋に連れこんで、体を売っているんじゃないかと本気で信じていました。かつては母のように旧弊《きゆうへい》な考え方の人が多かったものです。でも、私は妙子さんが彼を部屋の中に入れたとは信じていませんよ。

私は相手が好きなら、どんな方でもいいと思ってます。でも、結婚相手に恵まれなくて、ここまで独身を通しちゃいましたけど、今でも結婚をあきらめたわけじゃありません。

妙子さんは道ならぬ恋をして、その結果生まれたのがあの淳ちゃんだったみたい。だから、相手のことが忘れられなくて、あの子をとても可愛がったんだと思います。

あの人の収入なりに英才教育して、淳ちゃんもそれをどんどん吸収して、文字は何でも知ってたようですよ。「小説家になるんだ」なんて、淳ちゃんはよく言ってました。

あら、もしかして淳ちゃん、作家になったんですか？

だって、あなたが取材に見えたのも、淳ちゃんが偉くなったからでしょ？　きっと、そうに決まってるわ。まあ、そんな有名人の子供時代を知ってる私って、幸せ者だわ。淳ちゃんによろしくお伝えください。

竹山のおばさんは、今でもあのアパートに住んでますって。もし、いらしていただけるなら、いつでも大歓迎しますわよ。

今はこのアパートも老朽化しちゃったみたいに、私も今は老後のことばかり考える歳《とし》になっちゃったけど。

このアパート、もうじき新しく建て替える話があるんです。でも、私、他に移るなんて真っぴら。私、このアパートと運命を共にするつもりです。一蓮托生《いちれんたくしょう》よ。

お話しできることはそれくらいかしら。妙子さん、宝石店のオーナーなんですって？　まあ、出世したものですわね。私のことなんか、覚えていないんでしょうね。

寂しいわ、人生なんて。虚《むな》しい……。

7

島崎潤一は、資料をまとめ、小松原淳の幼年時代の関係者のリストを作成した。そうしてできあがったのが、年譜とインタビュー形式の「小松原淳の肖像」だった。

淳にとって必ずしも好ましいことばかりが出てくるわけではなかった。

例えば、女の子として育てられていたが、実は男の子だっただなんて、もしこのレポートを誰かが読むことがあったら、この母子にある種の薄気味悪さを感じるだろう。島崎自身も、最初のうち淳を女として育てた妙子に狂気じみたものを感じたほどだ。

そうした諸々《もろもろ》のことを小松原妙子の承諾を得ずに進めることに、若干の不安があった。

そこで、妙子が在宅する朝早い時間帯を選んで、小松原家に出かけていった。

「あら、そういうことは、わたしにいちいち相談しなくていいのよ」

妙子は、島崎の話を聞くなり、そう言った。彼女は黒いシックなワンピースを着ていた。すでに五十を超えているはずなのに、化粧でうまく歳をごまかしている。わずかに歳を感じさせるのは、目尻《めじり》のしわと首筋の線くらいのものだった。それも高価そうな真珠のネックレスでさりげなく隠している。正門の前に黒塗りの外車が駐車してあったところをみると、これからすぐに出勤ということらしかった。

「でも、一度、原稿に目を通していただけますか？　完成間近でお気に召さないことになったら、僕も困りますから」

島崎は念を押した。

「わたし、あなたの実力を信じて、お願いしてるわけですから、あなたの好きなようにまとめてくださってけっこうですよ」

「でも、最初のほうだけでも、ざっと見ていただけませんか？」

いくら二百万円が保証されているといっても、全面的な書き直しになったら、たまらない。

「あなたがそういうのなら」

妙子はそう言って、島崎がプリントアウトした原稿にざっと目を走らせた。すでにできているのは、淳の保育園時代までだから、そんなに枚数は多くない。妙子が原稿を見ている間、島崎はいつ彼女が怒り出すか気が気ではなかった。紙をめくる音だけが、応接間の中に響く。島崎は応接間の中を見まわしたが、奇妙な装飾品類にかえって落ち着きを失った。

妙子の表情は能面のようにほとんど変わらなかった。まるで、原稿の内容を予想していたかのように。

「ええ、これでいいと思うわ」

ややあって、妙子は淡々とした口調で言った。「よく書けています」

「そうですか。本当にいいんですか？」

「本当にいい？」

妙子が顔を上げ、かすかに眉間にしわを寄せた。「それ、どういう意味かしら」

「あ、あのう、こちらのお宅の、ある意味で……」

島崎は言葉につまった。

「小松原家の恥部みたいなものとおっしゃりたいの？」

本音をずばりと言いあてられて、島崎は返事に窮した。

「あ、はい、そんなものです」

「そのことなら、どうぞお気づかいなく」

妙子はさもおかしそうにからからと笑った。「本当のことなんだから、少しもかまわないわ。真実をありのまま書かなければ、伝記の意味がないでしょ？　事実を歪曲《わいきょく》して書いても、淳は喜ばないと思うわ。それにこれは市販するわけではありませんからね。あくまでも、わたしと淳のための愛蔵本なのよ」

「わかりました。奥さんにそう言われると、非常に勇気づけられます」

「このレポート、よく書けてると思うわ。この調子で書いてください。あとは完成した時にまた拝見します」

そして、妙子は、

「お客さまを待たせてるので、出かけます」

と言って、部屋を出ていった。

二階に上がると、淳の部屋の前でユキがドアにもたれて立っていた。

「こんにちは、島崎さん」

ユキは両手を後ろにまわして、好奇心ではちきれそうな目で彼を見ていた。真っ白なブラウスとスカートをはいているが、肌《はだ》はそれに負けないほど白い。島崎はふとそのうなじに手を触れてみたい誘惑に駆られた。

「やあ、どうも」

さりげない態度を装ったつもりだが、成功したかどうか自信はない。鍵《かぎ》を鍵穴に差しこみ、ドアを開く。島崎が入ると、ユキもつづいて中に入ってきた。

「お邪魔かしら？」

「いいえ」

本当は嬉《うれ》しいのに、彼はわざとぶっきらぼうに言った。彼女から甘い体臭が漂ってきた。

「ねえ、島崎さん、わたしが嫌《きら》いなの？」

「いいえ、とんでもありません」

「無愛想な人ね」

彼女は不満そうにつぶやく。

「僕、仕事があるので、お相手できなくて、すみません」

「いいわ。わたし、あなたの邪魔しない。ここでおとなしくしてるだけだから」

そう言われたって、このような可憐《かれん》な女性にそばにいられて意識しないでいるのは難しい。ユキは絨毯《じゆうたん》の上に座って、手持ち無沙汰《ぶさた》そうにスカートのごみをはらっていた。スカートの下から、すらりとした白い太ももがのぞき、いやでも彼の目に入った。

島崎は妄想《もうそう》をふりはらい、ファイルを開けて、淳の小学校時代の資料を漁《あさ》り始めた。

「ねえ、お兄ちゃんの伝記って、面白い？」

ユキはつまらなそうに言った。

「ええ、面白いですよ」

「おたくっぽいと思わない？　自分で自分の資料を集めてるなんて。自信過剰というか、自己顕示欲が強いというのか」

「小説家を目指す人は、たいていそういうものですよ」

「島崎さんも？」

「程度の差こそあれ、誰でもそういう傾向を持っていますよ」

「ふうん」

と言って、ユキは肩をすくめる。

「ユキさんは一日中、家でぶらぶらしてるんですか？」

島崎は視線を資料に向けたまま訊《たず》ねた。「お仕事は？」

「これでも、一年前までＯＬやってたのよ」

彼女は意外なことを言った。島崎が目を上げると、彼女の視線とまともにぶつかった。

「そうなんですか。ＯＬね？」

「今は充電中なの」

「充電中？」

「充電中というと聞こえはいいけど、実はちょっとごたごたがあったの。謹慎中といったほうがいいかしら」

ユキがウフフと笑うと、二つのえくぼが両頬《りょうほお》にできた。

「実はわたし、駆け落ちしたの」

「えっ」

島崎の手が宙で止まった。

「驚いたでしょ。わたしだって、恋愛したことあるのよ」

あっけらかんとした言い方だった。

「そ、そうですか」

ショックではあったが、このくらいの年齢の女性で恋をしないほうがおかしいと思い直した。こんなきれいな女性を世の男どもが放《ほう》っておくはずがないではないか。

「嘘《うそ》よ」

「え、何が？」

島崎はきょとんとして、ユキを見返した。

「ばかね、本気にして。嘘に決まってるじゃない。あなたの反応をちょっと見てみたかったたけ」

「からかわないでください」

と怒ってみせたものの、内心はほっとしていた。

「ＯＬだったのは本当よ。英会話ができたから、大学を出てから二年、貿易会社に勤めていたの。でも、人間関係が嫌《いや》になって、思いきってやめちゃった」

「いつまで充電するつもりですか？」

「その気になったら、いつまででもかまわない」

「このお屋敷の中じゃ、窮屈じゃないですか？」

「大丈夫、適当に息抜きしてるから。夜遅くなければ、裏の通用門からは自由に出られるから、時々友だちと会ったり、レストランで食事したりしてるわ」

「そうですか。よかった」

「あら、よかったって、どういう意味？」

「この前、宮野さんのユキさんに対する態度を見てたら、あなたがこの家に監禁されてるみたいに思えたんです」

「まあ、いやだ。ハーレクイン・ロマンじゃあるまいし……。だったら、島崎さんはわたしを救いにきてくれた王子さまかしら？　ちょっとサドっけのある男で、ヒロインはやがて男に惹《ひ》かれていくのでした。めでたしめでたし、なんちゃって」

「すみません、美男子じゃなくて」

「あら、自分を卑下することないわよ。眼鏡をとったら、けっこうかっこいいじゃない」

「冗談言わないでください」

「あ、赤くなってる」

二人は顔を見合わせて、プッと吹き出した。

「ねえ、これからお食事にいかない？　すぐそこに感じのいいレストランがあるの」

「いいですねえ」

彼の口から自然にそんな言葉が出た。

二人は宮野静江に見つからないように、裏口からこっそり出た。

レストランは、小松原家から歩いて五分もかからなかった。ビストロ・プレザンという西洋風のしゃれたフランス料理店で、昼どきだったので、けっこう混《こ》んでいた。窓際《まどぎわ》の通りが見える二人席に案内されると、黒い服を着た四十くらいのシェフがユキの前に来て言った。

「ようこそ、いらっしゃいました。お母さまはお元気ですか？」

小松原妙子はこの店の常連らしい。

「ええ、相変わらず忙しいみたいだわ」

「そうですか。たまにはうちにもいらっしゃってくださいと、お母さまにお伝えいただけますか？」

「わかりました」

ユキはにっこり笑うと、シェフから島崎に視線を移した。「あなた、ワインは飲めるの？」

「お付き合い程度には飲みますけど、そんなに強くありません」

「だったら、一杯くらいいいわね」

ユキがメニューを見ながら、適当に注文すると、シェフはにっこりうなずいて厨房《ちゅうぼう》に消えていった。

ワインで乾杯すると、島崎たちは次々と運ばれてくる料理に舌鼓《したつづみ》を打った。

「つけにしとくから、お勘定の心配はないわよ。さっきから見てると、あなた、腰が落ち着かないみたい」

「わかりましたか。図星ですよ。今、僕の財布の中は限りなくゼロに近いんです」

ユキの目元は、アルコールのせいで、ほんのり赤くなっていた。頬も薄い紅を塗ったように赤い。島崎自身も適度のアルコールが入ったことで軽口を言えるくらい、口がなめらかになっていた。

「島崎さんのお仕事、どのくらいかかるのかしら？」

「まだ始めたばかりだから何とも言えないけど、あと二、三ヵ月はかかると思います。資料の内容にもよりますけどね」

「どこまで進んだの？」

「淳さんの保育園時代までです」

「どう、面白い？」

「面白いの意味にもよりますけど、少なくとも、興味深い幼年時代だとは思います」

「何か、変だと思わなかった？」

ユキは口元に謎《なぞ》めいた微笑を浮かべた。彼女の持ち上げたワイングラスに島崎の戸惑ったような顔が映っている。

「変だといいますと？」

「鈍感な人ね。ヒントはわたしよ」

「ユキさんが？」

彼女が何を言わんとしているのか、まったくわからなかった。

「わたし、お兄ちゃんのお話の中に一度でも登場してきたかしら？」

なるほど、そう言われればそうだ。

「いいえ、全然」

「でしょ？　わたしとお兄ちゃんの年齢差は四つだから、お兄ちゃんが六つの時、わたしは二歳だったのよ」

「そういう計算になりますね」

と言いつつ、ユキの年齢が二十四であることを頭の中で素早く計算した。

「それで？」

「あなたの進めている話の中に、わたしのこと、一行も書かれていないというの、おかしいと思わない？」

言われてみれば、確かにおかしい。四歳違いの妹なら、一度くらいは話の中に出てきてもいいはずだ。その当時の淳を撮った写真の中にも、ユキの姿は見えなかった。

「ミステリー好きの人なら、気づいてもいいはずでしょ？」

「あいにく、僕は純文学志向なもので」

島崎は頭をかいた。「で、それはどういう意味なんですか？」

彼はユキに話のつづきを促した。

「小松原淳の歴史の中に、まだ小松原ユキは登場していない。ただ、それだけのことよ。簡単明瞭《めいりょう》じゃない？」

ユキはワイングラスに口をつける。隣席のサラリーマン風の二人が、ユキの存在が気になるらしく、時々彼女にちらっと視線を送ってくる。

「意味がよくわかりませんが」

島崎は言った。

「小松原淳の小学校時代を調べていくうちに、おいおいわかっていくと思うわ」

「今、教えてくださらないんですか？」

「そういうこと。自分で調べたほうがいいんじゃないの。そのほうが楽しみは大きいわよ、きっと」

「けちんぼ」

「そう、どうせ、わたしはけちんぼ」

ユキは下を向いてくすくす笑った。

「じゃあ、早く小学校時代に進むよう頑張《がんば》りましょう」

「そう、それが一番よ」

デザートのアイスクリームが運ばれてくると、二人はそれを平らげてしまった。そして、ユキがサインをして出ようとしたその時だった。ユキが突然、

「座ってちょうだい。何事もなかったように、ふるまって。お願いだから」

と押し殺した声で言った。

「何があったんですか？」

「あなたの後ろに変な人がいるのよ」

島崎がふり返ろうとすると、「だめ、そのまま動かないで」

とユキはぴしりと言った。

「中年の女の人がさっきから、お店の外からこっちをのぞいてるのよ」

「中年の女？」

誰だろう。中年の男が彼を尾行したことはあったが、中年の女となると、見当もつかない。

「どういう服装をしてますか？」

「茶色のスプリングコートに、サングラス。頭はかつらみたいなものかしら」

島崎は我慢できなくなって、背後をふり返った。

「あ、だめよ」

ユキが言うのと、島崎がふり返るのがほとんど同時だった。島崎の視野の中に、薄い茶色のコートがひるがえって、曲がり角に消えるのが見えた。

「あの人ですね。追いかけてみましょう」

立ち上がった島崎の手の上に、ユキが手を置いた。

「やめて。わたしの勘違いかもしれないから」

「でも……」

誰かが彼を尾行しているのは、わかっていた。小松原淳の生涯《しょうがい》を掘り起こされると困る人間がやはり存在するのだ。

女の影が消えたのは、小松原家のある方角だった。二人でレストランを出て、そちらの角に曲がった時、すでに人影はなくなっていた。

「やっぱりいませんね」

「あたりまえじゃない。もう逃げちゃったのよ」

ユキは島崎の軽率な行動をとがめるように、不機嫌な顔をする。そして、小松原家の裏口の通用門に着くまで、ユキは黙りこんで物思いにふけっていた。

「あと二ヵ月ね？」

出し抜けに、彼女が言った。

「え？」

島崎は驚いてユキを見た。彼女の首筋の産毛《うぶげ》が日の光を受けて、金色に輝いている。

「島崎さん、あと二ヵ月くらい、うちに通ってくるのね？」

「場合によっては、もっとかかるかもしれません」

「よかった。じゃあ、わたしたち、何度も会えるのね」

「幸か不幸かわかりませんけど、そういうことになりますね」

「わたし、仕事中、そばにいていいわよね。邪魔しないから」

「かまいませんよ」

「仲良くしようね」

苔《こけ》むした裏口の通用門を頭を屈《かが》めて入った時に、ユキはそう言い、小走りで屋敷のほうへ駆けていった。彼女のつややかな長い髪がそよ風に揺れた。

島崎はしばらくその場に立ち尽くし、彼女の後ろ姿が屋敷の中に吸いこまれるように消えるのをうっとりと見送っていた。

〔モノローグ〕3

私は洞穴《ほらあな》の中でまどろんでいた。チョコレートのかけらを口の中に入れ、徐々に溶かしていくと、甘い香りが広がり、束《つか》の間《ま》、幸福な気分に浸ることができた。

意識は次第に朦朧《もうろう》とし、夢とうつつの境界線上をサーカスの綱渡りのように進んでいた。彼女とすごした楽しい日々を夢で見ていた。

彼女の顔が大写しになり、笑顔が広がった。ああ、愛《いと》しいおまえ。

それから、その顔が醜く歪《ゆが》み、ぐずぐずと崩れ出した。そして、肉が溶けて、白い骨がのぞき始め、やがて骸骨《がいこつ》になった。

その目は怒りに燃え、口は聞くもおぞましい呪《のろ》いの言葉を吐いていた。女の口からそんな呪詛《じゅそ》の声が出ることが私にはショックだった。骨の剝《む》き出しになった口が大きく開いた。

「畜生、おまえのために、おまえのために……」

耳をふさごうとしたが、声は耳の中に侵入し、私の鼓膜を震わせた。

「悪かったよ。僕がすべて悪かったんだ。君を引きずりこむつもりはなかったんだ」

突然、骸骨の顔が消え失《う》せ、代わって母親の顔が浮かび上《あ》がった。

慈愛に満ちた優しい笑顔は、悪しき骸骨を視野の外に放《ほう》り出した。

「ああ、母さん、来てくれたんだね。待っていたんだ」

「遅くなってごめんね。わたしが来るのが遅れたばかりに、こんなことになって」

「いいんだよ。ちょっと寒かったけどね」

「待っててね。すぐにそこに行くから」

母親の声は私を元気づけてくれた。母は洞穴の入口に立っていた。背中に光線を受けて顔は暗かったが、姿形は母に間違いない。

横になっていた私は頭を起こし、這《は》いながら母を迎えにいこうとした。ちょうどその時、洞穴の入口の土砂が崩落し、たちまち入口の一部を埋めた。母の絶叫が電源を切ったステレオのように突然切れた。

「ああ、母さん」

叫んだ私の口の中にも土砂が入ってきて、声を奪った。それと同時に、あの骸骨のけたたましい笑い声が洞穴の中に響きわたった。

「負けたよ、おまえには」

絶望にうちひしがれながら、私は思った。

それに呼応するかのように、獣じみた笑いが洞穴に谺《こだま》した。

「助けて、母さん、寒いよう」

そこで、目が覚めた。湿った冷たい風が外から入ってくるが、私にはそれを防ぐこともできない。体をひからびた老婆《ろうば》のように縮めて、己れのみじめな運命を黙って耐えることしかできなかった。夢も現実も、私にとってはひどいものだった。寝ても、覚めても悪夢。

地獄の責苦から解放されるためには、死しかないが、自分では命を断つこともできない。

地面を叩《たた》く現実の雨音を聞きながら、私は過酷な運命を呪った。

8

島崎潤一は、小松原妙子から次のファイルケースの鍵《かぎ》をもらい、淳の小学校低学年期の調査に着手した。ユキが言ったことが頭に残っていて、どこでユキが淳の〝歴史〟の中に登場してくるのか、そればかりが気になった。

ファイルといっても、幅が五十センチほどの区割りの中に、通信簿、新聞や週刊誌の切り抜きなどが入っているものだ。幼年期に比べて資料が格段に多いのは、淳本人が直接書いたり、集めたりしたものが増えてきたからだと思われる。アルバムや写真類はなぜか入っていないが、その代わりに絵日記があった。

絵日記は、いわゆる幼児が書くような幼稚なものではなく、かなり本格的なものだった。人物画、風景のスケッチがあって、余白に本人の覚え書きめいたものがつけ加えてある。例えば、「小学校入学式風景」と題する一九七〇年四月六日の項には、母親の妙子に連れられた淳のランドセルを背負った姿が描かれている。紺の上着に紺の半ズボンをはいた淳は、黒い学帽をかぶっていた。

「入学式、僕は新しい服を着て、ぴかぴかの一年生。お母さんはきれいで、僕は鼻たかだかだった。クラスは一年三組。担任の先生は仲村美代子先生。とてもやさしそうな先生で僕はとても満足した」

小学一年とは思えないほど漢字を多用しているし、文字もしっかりしていた。妙子の英才教育の成果が出ているのだろうか。大人が書いたとしてもおかしくない内容だった。しかし、その反面、このような子供はこまっしゃくれて、可愛《かわい》げがないということにもなる。他の凡百の子供と一緒に教育するのだから、教師としては扱いにくいにちがいない。

淳の通信簿は、五段階評価で一つを除いて5だった。5でないのは体育だけで、評価は2になっている。教師のコメントを見ると、「成績はよいのですが、協調性に欠けます。授業の時もっと積極的に参加してほしいと思います」とあった。

二学期も三学期も表現は変えてあるが、似たようなコメントであるところを見ると、淳の性格は変わっていないし、本人にも変える意志がないことが窺《うかが》えた。

淳にとって、人生の上での大きな転機となったのは、児童文学賞の受賞だと思われる。あの絵日記の内容を見れば、当然の結果だろうが、その受賞作がファイルの中に入っていないのが気にかかった。これだけの資料を集めているのだから、当然掲載誌があってもいいはずなのだが、どこにもない。本棚《ほんだな》の中も隈《くま》なく探したけれども、見つからなかった。

なぜ、受賞作がないのか。調べてみる価値は充分ありそうだった。

〔小松原淳の肖像〕3――児童文学賞

小松原淳・年譜（6～8歳）

70・4・1（6歳）新宿区立江戸川小学校入学（前年に港区から新宿区赤城《あかぎ》元町に移転する）。妙子、宝石店のマネージャーを任され、生活水準は上向きになる。

72・6・22（8歳）淳の小説家の才能、花開く。三十枚の小説が、児童文学賞に選ばれるが……。

●**仲村美代子**（江戸川小学校元教諭・58歳）

私が千葉にいること、よくわかりましたね。え、職員名簿で調べたって？　それはそれは、ご苦労なことです。ま、どうぞお上がりください。

小松原淳君のことですね。ええ、もう二十年以上前のことになりますけど、あの子のことは忘れませんよ。よきにつけ、悪《あ》しきにつけ、印象の強い子供でしたもの。

ええ、天才だったと思います。私たち教員の間で、神童だと騒いだものでした。あのまま成長していったら、とんでもない文豪になったんじゃないかと思いますよ。末恐ろしい子でした。

とにかく頭のいい子で、勉強はいつもトップでした。一年生の頃《ころ》にもう五、六年くらいの学力がありましたから、授業の時もこっちの話していることをろくに聞いていませんでした。本を読んでいたり、漢字を書いていたり、他の子と全然協調しないんですね。ナルシストというのかしら。自己愛が強く、いつも自分の殻《から》に閉じこもっていました。そういう意味では、扱いにくい子でした。

そんなわけで、わりといじめられることが多かったようです。体が細くて、もやしみたいにひ弱だったので、いじめっ子の恰好《かっこう》の餌食《えじき》になるんですね。いつだったか、集団でリンチにあって、しばらく登校拒否を起こしたこともありました。

ところが、どうしたことか、ある日を境にして、いじめがピタッとやんだんですね。その理由は何となくわかりました。いじめっ子の大将だった子供が顔に青い痣《あざ》を作っていたんです。その子は高石明という子でした。

「明ちゃん、何があったの?」

高石君も同じクラスでしたので、私は放課後、高石君に訊《たず》ねてみました。実は彼の親からも電話があって、痣のできた理由をぜひ聞き出してくれとのことでした。彼は親にも黙っていたのでした。

「ううん、何もなかった」

高石君は蚊の鳴くような声でそれだけ言うと、うつむいたまま、口を固く閉じていました。顔の痣が尋常ではなく、首筋にもミミズ腫《ば》れができています。

「ねえ、先生、怒らないから、話してくれる？」

しばらくたった後、高石君は涙ながらに一言だけ口にしました。

「外人がやったんだい」

「外人？」

どうして、外人が話に登場してくるのか、わかりませんでした。嘘《うそ》にしては下手すぎます。

「嘘をついてはいけないでしょ」

と私がさとすと、彼は、「嘘じゃないよ。そいつが僕をぶったんだ」と泣きじゃくりながら言ったのです。あとは私がいくら注意しても、本当のことを言いませんでした。ただ、高石君が淳君をいじめなくなったのは、その〝外人〟にやられてからなのは明らかでした。高石君が淳君をいじめなくなると、他の児童もそれにならうようになりました。

私は淳君が高石君に何らかの形で仕返しをしたのだと思います。淳君はそれだけの悪知恵の働く子でしたから。

児童文学賞のことですか。ええ、あれだけの文才のある子ですから、二年後、賞を受賞した時、やっぱりやったなと思いました。私は三年の時、彼を担任しておりませんでしたけど、そのことをすごく誇りに思っています。でも、私は作品を読んではいません。

出版社側と淳君のお母さんの間で何かもめごとがあって、作品の掲載がとりやめになったと聞いております。

その後の淳君のことは何も聞いていません。彼は今二十八か九だと思いますけど、どうなりましたか。小説家として大成したんですか？

え、やっぱりだめでしたか？　神童も二十歳すぎれば、ただの人っていいますから、それも仕方がないのかもしれませんね。

●高石明（店員・28歳）
小松原淳のこと？　うん、覚えてるよ。あいつとは小学一年と二年が同級だった。頭のいい奴《やつ》だったけど、今はどうしてるんだろうね。

一年の時、俺《おれ》、体がでかくてガキ大将でね。ああ、おつむはあんまりよくなかった。それでもって、あいつ、勉強ができて、俺なんか、てんで相手にしてくれなかったじゃん。憎らしくて、よくいじめたな。あいつ、女みたいな奴だったから、いじめやすかったんだ。

どうして、いじめなくなったかって？

それはあまり思い出したくないんだけど……。

そう、一年の秋頃かな、俺は仲間を集めて、学校からの帰り道、町工場の空き地で淳を待ち伏せしていたことがよくあったんだ。あいつが来ると、空き地に引っ張りこんで、殴ったり、蹴飛《けと》ばしたり、さんざんいたぶってやった。

　でも、あいつ、泣きごとを言わないんだ。助けてくれとか、堪忍《かんにん》してくれとか言って、可愛げのあるところ見せてくれたら、こっちもやめてやったんだけど、背中を足で踏みつけても、あいつ、歯を食いしばって、じっと我慢しているんだ。

　だから、こっちもあいつが泣くまで、意地になっていじめつづけたんだ。そのうちに、奴のおふくろが気づいてね、先生に言いつけた。で、先生が俺が怪しいと見て、放課後に俺を残して、絞りあげた。

　俺は話しやしないよ。だんまりを決めこんで、知らんふりをしてた。それで、先生もあきらめて、俺を解放してね。俺はまた翌日から淳をいじめ出した。前より残酷にね。外に見えないように、服を脱がせて、いたぶってやったんだ。

　そんなある時だった。俺が放課後一人で帰ることがあって、あの空き地を通りかかった時、後ろから誰かに引っ張りこまれたんだ。いきなりやられたんで、俺は助けを求めることもできなかった。

　力の強い大人だった。俺は一瞬、誘拐《ゆうかい》されたのかなと思って、逃げようとしたんだけど、てんで歯が立つ相手じゃなかった。俺は横抱えされて、空き地の奥の草ぼうぼうの場所に連れていかれた。そこにはでかい土管があってさ、俺はその中に引きずりこまれて、ほっぺたを思いきり叩かれた。それから、足蹴《あしげ》にされたり、背中をいやというほど蹴飛ばされた。

「助けてくれ、やめてくれよぉ」

俺は泣き叫んだ。

「淳をいじめないと約束すれば、やめてやる」

そいつは、口にでっかいマスクをして、サングラスをかけていた。

「いやだ、あいつは生意気だもん、いじめてやる」

どうして淳のことが男の口から出てくるのかわからなかったけど、俺はうんと言わなかった。意地っぱりだったからね。そしたら、俺はまたぶん殴られた。耳がジーンとしてさ、気絶しそうになった。

「わかったというまで、やめない。おまえみたいな虫けら、殺してもいいんだぞ」

そいつが本気だってことがわかった。だって、体が怒りで震えてたからね。だから、俺は泣きながら、「やらないよ」って約束したんだ。

あんた、外人がやったって、どこで聞いたんだね？　仲村先生か。なるほど。

外人と思ったのは、ただそんな気がしただけなのさ。あいつはマスクをしてたし、サングラスもかけてたし、背がものすごく高かったからね。確信は持てないけど、子供心に「こいつ、外人だ」って思ったんだ。

そんなことしか、思い出せないね。何しろ、二十年以上前のことだからさ。

あの頃のことで、奴は俺を恨んでるだろうが、俺は懐《なつ》かしいと思ってる。もし、奴に会ったら、そう伝えておいてくれないかな。昔のことは水に流そうぜって。

児童文学賞？　淳の奴、なんかすごい賞をとったって話は聞いたことあるけど、俺にはよくわからない。結局、小説家になったんかい、あいつ？

え、だめだった？　そうだろうな。俺、奴の名前、聞いたことないもん。

●「週刊春秋」の記事より

30枚の推理小説「赤い人形の秘密」
小学3年で文学賞を射止める

作文の達者な子供はざらにいるが、わずか八歳の児童が大人の候補者を蹴散らし、見事に児童文学賞を射止めたとなると、これは一大事である。選考委員をうならせた豊かな発想と抜群の描写力。その名を小松原淳という。

末恐ろしい子供

「とにかく面白い、大人では思いつかないような型破りの発想、奇想天外なストーリー展開、日本の児童文学につきものの変な道徳観みたいなものがなく、かぎりなく外国作品に近い」

児童文学賞の選考委員で推理作家の百瀬《ももせ》幸治郎《こうじろう》氏は、小松原淳君の「赤い人形の秘密」を手放しでほめている。百瀬氏をはじめとする選考委員たちがこぞって激賞するこの作品の筆者は、なんと小学三年生なのだ。

主催者の説明によると、過去の受賞者は三十代以上がほとんどで、一番若くて大学生だという。小学生の応募はこれまでないことはなかったが、すべて作文程度で予選に引っ掛かるものはなかった。それが今回の小松原君の作品は並居る大人の強敵を押さえての堂々の受賞だった。

応募総数百七十篇の中から選ばれた小松原君の作品とは――。

赤い靴《くつ》をはいた人形が何者かに盗まれるが、持ち主の少女が推理して、冒険の末に真犯人を突き止め、人形を取りもどすといったストーリーだ。子供の視点から大人の生態を皮肉に描いているところがなかなか面白い。

小松原君の筆力には選考委員の一人で推理作家の西崎哲哉《にしざきてつや》氏も脱帽する。

「まったく末恐ろしい子供だと思いましたね。この年齢でこれだけ才気走ったものを書けるんですから、あと二十年たって、彼がどのように変貌《へんぼう》するか興味のあるところです。選考している時に、この作品に出会って、今回はこれで決まりだなと思いましたが、果たして満票でこの作品が受賞作に決まりました。自信をもってお勧めできる作品です」


「将来は作家になる」


記者は新宿区赤城元町のマンションを訪ねた。小松原君は母親の妙子さんと二人暮らし。妙子さんによると、

「父親がいませんから、この子には偉くなってもらおうと、まだ言葉がしゃべれない頃

から、あらゆる努力をしました。家中のあちこちに、文字を書いた札を貼《は》ったりしましてね」

なるほど、部屋の中を見まわすと、ひらがな、漢字などが壁やカレンダー、机、テーブルなどにぺたぺたと貼ってある。

「三歳になってから、淳は日記をつけ始めました。それから、私が童話や小説などを寝る前に欠かさず読んで聞かせました」

淳君が小説に興味を持ち出したのは五歳頃で、ノートに童話を書いたのが始まりらしい。それが今回の児童文学賞の受賞につながった。ちなみに、本人に受賞の感想を聞いてみると、「書いているうちに、(賞を)とれるかもしれないと思ったんだ」そうだ。

書く能力以外にも、算数、理科、社会の学力は小学校六年並みの実力があり、英語の勉強もすでに始めているというから、将来が楽しみだ。

今後は推理小説を書き、エッセイにも挑戦《ちょうせん》したいとのこと。受賞作「赤い人形の秘密」は、九月に「季刊児童文学秋号」に発表される。

9

島崎潤一は、「週刊春秋」の記事の切り抜きをファイルの中に見つけた。アルバムの中には、授賞式とおぼしきモノクロの写真が何枚かある。

ところが、「季刊児童文学秋号」なるものをどうしても見つけることができなかった。小松原淳に関する膨大なファイルの中に目当てのものがないのは解《げ》せないし、また、部屋を取り巻く本棚《ほんだな》の中にないのも理解に苦しむことだった。母親の妙子に聞いてしまうという手もあるけれども、そうなると、淳の不可思議な生涯《しょうがい》を暴《あば》く楽しみが失《う》せてしまうことになる。それに妙子自身、話したがらないかもしれなかった。やはり、自分で地道に調べていくしかあるまい。

そこで、島崎は「季刊児童文学」の編集部に問い合わせることにした。その雑誌の名前は聞いたことはあるが、今もあるのかどうか、わからなかった。確か、版元は児童出版社といったはずだ。

ホールの電話を借りて、番号案内で目あての出版社の電話番号を調べ、続けてメモした番号をプッシュしていった。

電話に出た女性編集部員は、それだけ前のバックナンバーは資料として保管されているが貸し出しはしていない、見たいのなら直接社に来てほしいと、慇懃《いんぎん》無礼に告げた。

翌日の午後、島崎は児童出版社を訪ねた。水道橋から神保町《じんぼうちょう》方面に向かい、いくつ目かの通りを左に折れた裏通りに、その会社の小さなビルはあった。

一階で来意を告げると、二階の応接室に通された。五分ほど待つと、赤いフレームの眼鏡をかけた三十くらいの女性編集部員が現れた。胸の名札には「村田幸恵」とある。彼女は島崎の希望する一九七二年の秋号のバックナンバーをすぐに持ってきてくれた。

二十年以上も前の雑誌なので、紙は黄ばんでいるし、写真も褪色《たいしょく》していた。表紙は何度もめくられているせいか、汚らしい折れ目がついている。

島崎はソファに掛けると、待ちきれずに本をめくってみた。ところが、どうしたことだろう。秋号のどこにも、児童文学賞の記事は掲載されていないのだ。目次にも小松原淳の名前はなかった。

奇妙に思った島崎は、その前後の号も調べてみた。

淳の受賞が決まったのは一九七二年の六月で、その時点では夏号はすでに発行されていたから、夏号に載っていないのは当然である。しかし、秋号の次の冬号にも、小松原淳関係の記事が出ていないのは妙だった。

「おかしいな。何か手違いでもあったのかな」

島崎はページを繰る手を止めて、独りごちた。あるいは、受賞したこと自体が嘘だったとしたら……。

いや、週刊誌の記事を捏造《ねつぞう》することは不可能だ。「週刊春秋」といえば、今も存在する雑誌だし、そこに掲載された記事に疑いを差しはさむことはできない。となると、受賞が決まってから、何かの手違いがあったとしか考えられなかった。

島崎は資料を返却する時、編集部員の村田幸恵に訊《たず》ねてみた。

「小学三年生が児童文学賞を受賞した時のことです。いくら古くても、話題性があるから、資料には残ってると思うんですが」

島崎が言うと、彼女は目を大きく見開いた。

「それがそんなに重大なことだったんでしょうか？」

村田幸恵は、なぜかソファから身を乗り出し、逆に島崎に質問をしてきた。

「実は、小松原淳という少年のことを今、調べているんです」

島崎は言った。

「小松原淳……」

彼女は、その名前に覚えがあるようだった。

「彼の名前をご存じなんですか？」

「はい、名前だけは知ってますけど」

島崎は、ようやく鉱脈を掘り当てたように思った。

「でも、その小松原さんが、どういう人なのか、わたしにはわかりません。今日、初めて聞いたんですから」

名前を知っているのに、今日初めて聞いた？　相手の話は矛盾している。

「実はさっき、あなたと同じように小松原淳という人のことを調べた人がいたものですから」

「え、僕の前にですか？」

意外ななりゆきに、島崎は声を失った。

「午前中に電話があって、一九七二年のバックナンバーを見たいというんです。それから、今あなたが同じ用件で来ました。同じ日に同じバックナンバーを閲覧《えつらん》したい人が二人もいるんですから、興味を引かれますよね」

「その人はどういう人でしたか？」

島崎は訊ねた。

「年配の女性でした」

「年配の女性？」

島崎には、そういう女性の心あたりはなかった。

「四十か五十か、はっきりしませんでしたけど」

村田幸恵は眼鏡を鼻の上に押し上げて、天井を見上げた。

「その人、どんな恰好《かっこう》をしてましたか？」

「そうですね。サングラスをかけていて、スーツを着ていました。たぶん、編集者かそういった類《たぐい》の仕事をしている人じゃないかしら」

「といいますと？」

「編集者？」

島崎はますますわからなくなった。「その女性は小松原淳のことを調べて、どうしました？」

「一九七二年当時のことに詳しい編集者の話を聞いて、それから帰りましたよ」

「その女性の名前は聞きましたか？」

「いいえ、雑誌の閲覧ですから、こちらから特に名前を聞くようなことはありませんでした」

「その女性に会った編集者の方に会わせていただけませんか？」

「ええ、それはかまいませんけど」

村田幸恵が去っていくと、島崎はこめかみに指をあてて、彼の前に小松原淳を調べていた女に思いをめぐらせた。四十から五十くらいの女性——。すぐに思い浮かぶのは、淳の母親の妙子である。年恰好からいっても、一番疑わしい。

だが、彼女は島崎に仕事を依頼した側である。その彼女がなぜ島崎に先んじて、そのような不可解なことをするのか。彼にとっては、まさかという思いがある。

しかし、妙子の他に考えられなかった。この話には最初から胡散《うさん》臭いものがつきまとっていたからだ。

応接室のドアが動いて、白髪頭《しらがあたま》の瘦《や》せた男が入ってきたので、島崎の物思いは途切れた。年齢は五十を超えているだろう。色が黒くて、いやにしわの多い男だった。

「編集主査の野々村真治と申します。小松原淳のことで、何かお訊ねだとか聞きましたが」

肩書からすると、すでに管理職を退いて、専門職のような部署についているのかもしれない。腰の低い、温厚そうな男だった。

「お忙しいところ、申し訳ありません」

島崎は立ち上がって、頭を下げると、早速用件にかかった。「わけあって、二十年前の児童文学賞のことを調べております」

「あ、そのことですか。一時間ほど前にも女性が調べにきましたが」

「どのようなことを調べたのですか、その女性は？」

「小松原淳君の授賞式のことです」

「では、彼はやはり受賞したのですね？」

「その答えはイエスであり、ノーでもあります」

野々村はかすかに口元を歪《ゆが》めると、意味ありげに笑った。

〔小松原淳の肖像〕3　（つづき）

●野々村真治（元「季刊児童文学」編集長）

そう、あれは一九七二年のことでした。特別の出来事だったので、今でも記憶に鮮明に残っています。何しろ、小学三年生が受賞したのですからね。いくら子供相手の読み物の文学賞だといっても、応募するのはほとんどが大人です。そうした大人たちを蹴落《けお》としての受賞ですから、誰もが驚きました。

応募総数は百七十くらいだったと思います。私はその時、編集長をしていまして、候補に上った五篇を目にして、びっくりしたのを覚えています。なぜなら、候補者の一人が八歳の子供だったからです。

数年前に竹下龍之介という六歳の幼稚園児が「天才えりちゃん金魚を食べた」という作品でSF童話大賞をとったことがありましたが、その時、二十年前の小松原淳のことを思い出したものです。

小松原淳の作品は、「赤い人形の秘密」というものでした。三十枚程度のストーリーですが、推理小説的な息をつかせぬ展開で、五篇の中では一番レベルが上でした。書き手が子供でなくても、おそらくこれが受賞したでしょう。

選考委員の先生方は満票でこれを選出しました。こんなにすんなり決まったことも珍しいことです。私は選考結果が出た直後、小松原淳の家に電話をしました。お母さんは留守で、小松原淳本人が出ました。

「君が淳君かい？」

と私が言うと、子供ながらしっかりした口調で、「はい、僕が淳です」と答えました。

「びっくりしないでほしいんだけど、君の作品が児童文学賞をとったんだよ」

「僕、ちっともびっくりしないもん。お母さんが絶対とれるって言ってたから」

本人はあっけらかんとしているので、私のほうが逆に驚いてしまいました。そんな会話をしている時に、お母さんが帰ってきたので、受賞の件を伝えると、彼女は信じられないといった声を出しました。そして、感極まったのか、電話口で泣き出してしまいました。

これだけ話題になったのに、なぜ「赤い人形の秘密」が雑誌に掲載されなかったかですって？

それは、いろいろ複雑な事情がありましてね。盗作じゃないかって話が出たんですよ。授賞式の日に、ゲラを読んだある編集者が外国にこれとそっくりのジュニア小説があると言ってきたんです。それは未訳でしたが、もし何なら原本を見せてもいいというんですね。

それで、私が確認しましたところ、確かに非常によく似ている。社内の会議にかけたところ、これが公《おおや》けになった段階で指摘されたら、反駁《はんばく》の余地がないという結論になりました。しかし、すでに本人に受賞の通知は出してあることだし、一部マスコミで小松原淳に取材しているところもあります。受賞者が年少で本人の将来に悪影響があってもいけないので、社ではことを穏便にすますことにしたのです。

それとなく、淳君のお母さんに話すと、彼女はそうでしたかと言って、とりたてて反論しなかったので、こちらは相手が事実を認めたものだと解釈しました。よくよく聞いてみると、そんな話をもっと小さい時に彼女が淳君に聞かせていたのが本人の頭に残っていて、童話として書いたんじゃないかという話でした。

ことがデリケートな問題なので、淳君とお母さんには社の社長室に来ていただいて、形だけの授賞式を行いました。それで本人も満足したようです。マスコミ関係の取材が事前にあっただけに、そっち方面の反応が恐ろしかったのですけれども、芥川賞や直木賞みたいな大きな賞ではなかったので、ほとんど話題にものぼらずに、その話は忘れ去られてしまいました。

「季刊児童文学」に作品が掲載されなかったのは、そうした理由からです。おわかりいただけたでしょうか。

その後、小松原母子のことは聞いておりません。あの子はもう三十近くになっているかと思いますが、どうなったんでしょうか。あの子のことは、受賞者のリストからも抹《まっ》消《しょう》されていますから、記録にも残っていないし、今では社内でも知る人は少ないと思います。

あなたはその辺の取材をされているんですか？　話を蒸し返すつもりなんですか。

個人的に調べてる？　ああ、それならかまわないんですけど。

10

編集主査の野々村真治の話が終わると、応接室の中に重苦しい沈黙が流れた。ややあって、野々村が顔を上げ、島崎の顔を真正面に見据《みす》えた。

「今お話ししたことを、あなたの前に訪ねてこられた女性にも話しました」

「そうですか」

島崎はその女が小松原妙子だと確信していた。島崎に淳のことを調べるように依頼したのに、どうして彼に隠れてこういう奇妙な行動をとるのか、理解できなかったが。

「その方はあなたのお知り合いなんでしょう?」

野々村が訊ねた。

「一応は知っています。野々村さんもご存じの人ですけど」

「いいえ、とんでもない。私にとっては初対面の方でした」

「そんなはずはありません。あなたは二十年前、彼女に会っているはずです」

「はて、そうでしたっけ」

野々村は天を仰いで、しばらく考える様子だったが、結局は首を左右にふった。

「いいえ、知りませんね。こういう商売をしてますから、私は人を見る目が肥えているつもりです」

「小松原妙子さんですよ」

島崎は焦《じ》れて言った。

「小松原淳の母親ですか。いいえ、違いますね。彼女ではありませんよ。彼女のことなら、はっきり覚えています。彼女は二重まぶたなのに、今日の女性は一重まぶたでした。昔の面影《おもかげ》はまったくないし」

野々村は言下に否定した。

「え、違うんですか？」

「いくら歳《とし》をとっても、顔だちが違いすぎますよ。年齢は同じくらいかもしれませんがね」

野々村は自信たっぷりに言った。

「では、誰だろう」

いくら考えても、その人物の正体がわからない。島崎の調査を妨害しているのではないが、狙《ねら》いがわからないだけに、気味が悪かった。そうか、あいつだ。ユキと彼がレストランで食事をしていた時、彼らを見張っていた女。

島崎は質問を変えた。

「あのう、小松原淳が書いたというその小説は、こちらに保管されているのでしょうか？」

「いいえ、初校のゲラまでは出しましたが、盗作とわかった時点で破棄しました。生原稿は本人に返却したはずですが」

「そうですか」

原稿はいずれにしろ、ここにはなく、小松原家にあるのだ。後日、あの部屋の中を徹底的に捜索してみることにしよう。

「他に知りたいことがあったら、いつでも連絡をください」

野々村は仕事があるからと断って、応接室を出ていった。一人残された島崎は、ソファに深くもたれ、瞑目《めいもく》した。いろいろやってくれるね、小松原淳さん。

〔小松原淳の肖像〕4――母の結婚

小松原淳・年譜（9歳）

73・5・12　妙子の結婚。淳にとっての義理の父・譲司《じょうじ》、その連れ子のユキ（淳にとって義理の妹）と同居する。現在の本駒込の家に移転。

譲司は都内の私立高校の英語教師。譲司、淳に気に入られるように涙ぐましい努力をするが、淳は新しい父親になじめず、自分の殻《から》に閉じこもるようになる。

ただ、四つ年下の妹のユキは淳のお気に入りで、いつも淳につきまとう彼女をかわいがる。

8・31　連続幼女殺人事件が起こる。ユキも被害に遭いそうになるが、危うく難を逃れる。犯人は逮捕される。

●三浦和枝（小松原ジュエル専務・48歳）

妙子さんと譲司さんが知り合ったきっかけですか？　さあ、あまりよく知りませんけど、かなり前からお付き合いはしていたみたいですね。

二十年前、妙子さんとわたしは同じ宝石店の先輩後輩の間柄《あいだがら》でした。わたしは彼女を「妙子さん」と気安く呼んでいたし、彼女もわたしを「和枝ちゃん」と呼んで親しくしてくれました。

彼女が淳ちゃんを未婚の母で産んだことは知ってましたし、いろいろ相談をしたりされたりしているので、彼女のことは何でも知っているつもりでしたけど、譲司さんのことは寝耳に水のことでした。天地がひっくり返るとは、ああいうことを言うのかもしれませんわね。妙子さんが突然結婚するといって、譲司さんをわたしに紹介してくれたのは、新宿高野ビルの中のレストランでした。

どうして、宝石店の店員が譲司さんのような方と知り合いになったのか、理解に苦しみました。一番ありそうなのは、顧客と店員の間柄かもしれませんけど、わたし、お店の中で一度も譲司さんの姿を見たことがありませんでした。

ああいうバタ臭い、目鼻だちのはっきりした長身の方ですから、もしお店にいたら、見逃すはずはないのです。彼の大きな目で見つめられると、心臓がどきどきしたことを覚えています。

譲司さんは文京区本駒込のお屋敷に住んでいて、ご両親を相次いでなくしたとのことでした。その寂しさを妙子さんが癒《いや》してくれたのかもしれませんね。妙子さんだって、幼い淳ちゃんを抱えての将来に不安を抱いていたわけですし、そこで、二人の気持ちがぴったり合って、一緒に住むことにしたのでしょう。

譲司さんは文京区内の私立高校で英語を教えているとのことでした。とっつきにくい感じはありましたけど、話してみると、とても心の優しい人のようでした。

「ぼくには娘がいるんです。ユキという可愛い娘です」

譲司さんはフォークを持つ手を休め、少し恥ずかしそうに言いました。その時まで、彼に結婚歴があるとは知りませんでした。しかし、突っこんで聞けるような話題ではないので、わたしはお嬢さんの年齢を訊《たず》ねました。

するとと、妙子さんが代わりに答えました。

「淳より四つ下よ」

「じゃあ、ちょうどいい遊び相手になるわね」

「淳も喜ぶと思うわ」

その後、わたしはユキちゃんを見る機会がありましたけど、透き通るような肌《はだ》をして、〝青い眼《め》のセルロイド人形〟みたいな女の子でした。

二人とも子連れというのも、境遇が似通っていて、気持ちが通じ合った一つの理由だったのかもしれません。

「妙子さん、お幸せにね」

わたしがどうこう言うべき問題ではないので、わたしはワイングラスを挙げて二人の前途を祝福しました。妙子さんはまだ三十になったばかりだし、譲司さんも三十二、三でしたから、人生はまだ長いですしね。譲司さんにとっては、結局、そうはなりませんでしたけど、その時はそう思ったのです。

「ありがとう、和枝ちゃんに反対されなくて、ほっとしたわ」

妙子さんはそれから間もなく、淳ちゃんと一緒に譲司さんの家に移り住むことになりました。彼女にとっては、結婚で人生がいい方向へ進んでいくように思えました。わたしも心から二人の幸せを祈ったものです。

二人とも、ご両親がいないので、特に結婚式のようなものはしないで、友だちや知り合いだけでこぢんまりしたパーティーをやりました。

本駒込のお屋敷、ごらんになったことありますか？　すごかったでしょう。あれは、譲司さんのご両親が、あの家を造ったドイツ人貿易商からお買いになったんですって。妙子さんは、それまで宝石店のただの店員だったのに、譲司さんの財政的な協力を得て、自分で店を持つことができたのです。その開店にあたって、わたしを専務として招いてくださって、妙子さんにはいくら感謝しても感謝しきれませんわ。彼女はわたしの生涯《しょうがい》の友であり、恩人であるわけですね。

譲司さんは財産に執着のない人でした。せいぜい刀剣類とか、骨董《こっとう》や古本の収集に情熱を傾けるくらいで、妙子さんに家の管理も任せているようでした。妙子さんは譲司さんのご両親の遺産を使って、充分おつりがくるだけのことをしたわけですから、譲司さんも妙子さんには感謝していることでしょう。

譲司さんは、当然のことながら英文学に造詣《ぞうけい》が深いようでした。日本の古武道の研究もしており、学校では英語部と剣道部の顧問をしていたそうです。人に好かれるタイプなので、淳ちゃんと気が合うかなと思ったんですけど、実際はその逆で、淳ちゃんは譲司さんをすごく嫌《きら》っていたようです。

淳ちゃんの十歳の誕生パーティーに招かれた時、一階の応接間で、ごく少数の仲間が集まりました。その中で、主役の淳ちゃんが一人寂しい顔をしているのです。

「まあ、淳ちゃん、どうしたの、そんな浮かない顔をして。せっかくの誕生日じゃないの」

わたしが言うと、彼は顔を背《そむ》けてしまいました。

「淳たら、反抗期なのよ」

妙子さんは言いました。二年前、淳ちゃんは児童文学賞という立派な賞をもらったのですが、どういう理由からか知りませんが返上したと聞きました。そのことが影を落としているのか、淳ちゃんの様子が暗くなったような気がしてなりませんでした。

テーブルの上には、大きなケーキがあって、蠟燭《ろうそく》が十本、立っていました。妙子さんが蠟燭に火をつけると、急に部屋の中が真っ暗になりました。演出効果満点で、ムードがいやがうえにも盛り上がります。

すると譲司さんが淳ちゃんのそばに行って、肩を叩《たた》きました。

「さあ、淳ちゃん。みんなと一緒に楽しもうよ。ケーキの蠟燭を吹き消すんだ」

新しい父親は、淳ちゃんに気に入られようと懸命に努力をしていましたが、なかなか受け入れてもらえないようでした。

「いやだ。おまえなんか大嫌いだ」

淳ちゃんは譲司さんの手をふり払いました。

「淳、お父さんに何てことを言うの」

妙子さんが言うと、淳ちゃんはぷいと横を向きました。ところが、ユキちゃんが淳ちゃんのそばに行って、耳元に「お兄ちゃん、すねないで。ユキ、悲しくなっちゃう」と言うと、彼の態度がころっと変わりました。すねていた淳ちゃんは顔を上げて、ユキちゃんの差し出した手を嬉《うれ》しそうに握ったのです。

ユキちゃんは淳ちゃんの手を引いて、ケーキのところまでやって来ました。

「お兄ちゃん、お誕生日、おめでとう」

ユキちゃんが言うと、淳ちゃんは満面に笑みを浮かべ、口にいっぱい息を吸いこんで、フーッと蠟燭の火を吹き消したのです。拍手がおきて、ようやく「ハッピーバースデー」の合唱になりました。

このように、淳ちゃんはユキちゃんにだけは心を開いていたのです。外へ行く時は、いつもユキちゃんを家来のように連れて歩いたりして、可愛い妹を自慢していたそうです。ユキちゃんは「お兄ちゃん」と言って、とても淳ちゃんになついていました。自分の世界に閉じこもって、小説なんか書いてる子ですから、扱いがとてもむずかしかったんです。その子が気に入ったんですから、よっぽどのことだったのでしょう。

あの頃《ころ》のユキちゃんはそれはそれは可愛い女の子でした。肌が抜けるように白くて、お父さん譲りの美形なんです。わたし、ああいう子供が自分の娘だったら、夢中になってしまうわと、妙子さんをうらやましく思ったものです。

でも、妙子さんはユキちゃんをあまり好いていないようでした。溺愛《できあい》していた淳ちゃんをユキちゃんに取られてしまったように感じたのでしょう。母親の心理って複雑なものですね。

一方、淳ちゃんにしてみれば、母親の異常なほどの愛に窒息《ちっそく》しそうになっていたところへ、父性愛の強い譲司さんが現れたんじゃ、たまらなかったのでしょう。そのはけ口がユキちゃんに向いたのかもしれません。

小松原家の中は、人間関係がとても入り組んでいたみたいですね。その辺のことは、当時の家政婦が知ってるのじゃないでしょうか。今の宮野静江さんは十年前からお勤めですから、その前のことだったら、ええと、何といいましたっけ……。そうそう、川北房子さんと言いました。健在だとしたら、七十五、六になっているんじゃないかしら。

●**川北房子**（元家政婦・74歳）

あら、よくここがおわかりになりましたね。こんなに歳をとってしまって、びっくりなさったでしょう。最近は忘れっぽくなってしまいまして、昔のことしか覚えていないのです。え、昔のことをお知りになりたい？

あら、あの家のことですか。ええ、よく存じておりますよ。五十年前に、あのお屋敷に奉公するようになりましてから、そうですね、新しい奥さまがいらっしゃるまでですから、三十年もお仕えいたしましたかしら。旦那《だんな》さまも奥さまもそれは立派な方で、あたくしのような下働きの者にもやさしくしていただき、今でも感謝しておりますのよ。

譲司おぼっちゃまはお二人の一粒種で、とても上品なお子さまでした。それが、あんな女に引っかかるなんて……。譲司さまは人を疑うことを知らない方でしたから、手練の女にとっては赤子の手をひねるより簡単だったんですわ。その前にも、どこかの水商売の女に引っかかっているんですから。ええ、ユキお嬢さまはその女の子供です。女はユキお嬢さまを捨てて、どこかへ消えてしまいましたよ。

今考えても、あの女、いまいましい。

あの女？　もちろん、妙子のほうです。まるであの家を乗っ取ったも同然ですよ。宝石店の店員ふぜいが、まあ、確かに顔はきれいでしたよ。それが譲司さまをだまして、家に入りこみ、小松原の姓を名乗っていたんですから。まったく図々《ずうずう》しいったら、ありゃしない。

あの女、まだ生きてるの？　あら、憎まれっ子、世に憚《はばか》ると言いますから、どうせそんなところでしょうよ。

淳？　あのうじうじした子ね。陰気で何を考えてるのか、わからない子供でしたよ。

教育ママの言うなりになって、可哀相《かわいそう》といえば可哀相だけど、蛙《かえる》の子は蛙ですよ。

あたくし、譲司さまの身が心配で、旦那さまと奥さまが相次いでお亡《な》くなりになった時、譲司さまを守る覚悟でお仕えしようと思いました。ところが、あの女はそうはさせてはならじと、あたくしを追い出したんです。結婚もしないで、あの家のために尽くしたあたくしの身になってごらんなさい。しばらく途方に暮れて、何もできないありさまでした。そりゃ、しばらく食べるに困らないだけの退職金はもらいました。でも、お金の問題ではないのよね、こんなこと。

譲司さまがああいうことになったのも、風の便りに聞いて、しばらく泣き暮らしました。妙子って女は性悪です。早く死んでしまえばいいのに。

ひさしぶりに思い出して、血圧が上がってしまったわ。

あら、ごめんなさい。最近、すぐ話が脱線しちゃうんです。もう先が長くない身なので、失礼の段、お許しください。

幼女連続殺人事件のこと？　ええ、よく知ってますよ。ユキお嬢さまが誘拐《ゆうかい》されそうになったことでしょ。その時、あたくしがその場にいさえすれば、どんなによかったかと思ったものですわ。幸い、お嬢さまは怪我《けが》されることなく、解放されましたけど……。

その時のこと？　さあ、よくは存じません。あの頃は家政婦はいなかったんじゃないかしら。妙子か警察に聞いたほうがいいんじゃないの。

話せることは、そのくらいかしら。あたくし、これから医者に行かなくてはならないので、これで失礼します。リューマチがひどいのよ、まったく。

●**白浜誠之助**（元刑事・60歳）

あの事件のことかい、うん、忘れっこないだろ。俺《おれ》の手掛けた事件の中でも、とびっきり厄介《やっかい》な事件だったもんな。

文京区一帯で起こった連続幼女殺人事件だ。犯人を挙げたのは、他ならぬこの俺さ。Mが犯人だと突き止めるまで、どれだけ苦労をしたか。あんた、わかるかい？

今は、ビルの警備員の仕事をしてるけど、あのことは今でも自慢話のタネさ。我ながらよくやったなと思ってるよ。

事件は最初、六義園の近くで起こった。被害者は五歳の幼稚園児だった。あそこに有名な私立の幼稚園があってね、そこの園児だった。あの辺一帯って、高級住宅街で、人通りがすごく少ないんだ。夕方ともなると、歩くのが怖くなるほどさ。

だから、怪しい人影があったら、逆に目立つんだけど、犯人はなかなか巧妙だった。幼女は神隠しにあったように忽然《こつぜん》と消え、六義園の塀《へい》の外の路上で死体で発見された。後頭部を石のようなもので殴られていたんだ。

二番目の子は巣鴨《すがも》の駅に近かった。三番目の子は千石《せんごく》に近いほうかな。全部五歳の女の子ということで共通していた。こうも立てつづけに事件が起こると、どの家も警戒するし、幼稚園の送り迎えも父兄が自発的にやるようになった。警察も覆面でパトロールして、不審者の割り出しをしたが、目撃者の情報はほとんど集まらなかったんだ。

三番目の事件から何ヵ月かたって、事件が起こらなくなると、さすがに父兄たちの警戒がゆるみ、警察のほうも捜査人員を削減した。その油断をついて、また事件が起きたんだ。それは暑い夏の日だった。

夏休みの最中だったが、その日は通園日だったんだ。正午に幼稚園が終わって、園児たちは帰ったけれど、一人の女の子だけがもどらなかった。またしても五歳の女の子だった。

俺は大塚署に所属していたが、緊急出動がかかり、幼女の行方を探した。今度は目撃証言があって、住宅街の中の公園で、その子が砂遊びをしていたというんだ。目撃者は孫の子守をしていた老女で、危ないから早く帰りなさいと幼女に声をかけると、その子は「大丈夫よ」と答えたらしい。

夜を徹して、付近の捜索が行われたが、有力な情報は何一つ得られなかった。車でどこかへ連れ去られたかもしれないと、捜索を都内全域に拡大した。だが、翌朝になっても、子供の行方はわからなかった。

死体を発見したのは、都の清掃局の人間だった。ゴミを収集している時に、ある家の生《い》け垣《がき》の中に、赤い布きれを発見したんだ。何かと思って、一人が駆け寄って、布を引っ張ると、それが子供のスカートだったんだな。

幼女は植え込みの中に突っこまれるようにして、あおむけに倒れていた。まるで眠っているような安らかな死に顔だったよ。やはり後頭部を強く殴られていた。

俺はこんな可愛《かわい》い娘を殺した犯人に対して、はらわたが煮えくり返る思いだった。あの頃はまだ若かったし、絶対つかまえてみせるといった意気込みで捜査にかかったんだ。前より捜査人員も大幅に増やした。

それなのに、犯人の姿は見つからなかった。一体どうなっているんだ。これだけ連続してやるからには、必ずどこかにボロが出るものなのに。犯人はこの辺の土地鑑がある奴《やつ》で、おそらくここの住人だろうと、俺はにらんだ。

最後の事件は、それから一ヵ月後に起こった。その被害者が小松原ユキという女の子だった。幸いにも、この時は殺されることはなく、彼女の証言から犯人が割り出されることになったんだ。

その日は、夏休みの最後の日だった。八月三十一日のことさ。小松原ユキは兄に連れられて、六義園に遊びにいった。うだるような暑さの日だったが、木陰に入ると、とても涼しかったそうだ。

庭園の中では昆虫《こんちゆう》採集や水遊びはやってはいけないことになっているんだが、さすがに地元の子だけあって、管理人の目を盗んで遊ぶ術《すべ》を心得ていて、二人で遊んでいたらしい。見学者はけっこういるし、人の目もあるから、それほど危険なところではないんだ、普通はな。

正門が閉まるのは五時だった。ところが、二人は遊びに熱中して、時間のたつのを忘れてしまった。子供のことだから、時計を持っていないものね。あたりには人影がなくなり、だんだん薄暗くなってきた。そこで、兄のほうがようやく遅くなったことに気づき、門に向かおうとしたが、妹の姿が見えなくなっている。

六義園の中って、けっこう広いし、木が鬱蒼《うっそう》としているから、木立ちの中にまぎれたら、見つけにくくなってしまうんだ。それで、兄も慌《あわ》てて妹の名前を呼んだのだけど、返事はまったくなかった。もし、池の中にはまってしまったら……。それを考えると、兄は頭が変になりそうになったらしい。

「ユキ、ユキ」って、兄は泣きながら、園内を駆けまわった。そのうちに、疲れてきて、店じまいした後の人影のない茶屋のベンチに座って頭を抱えこんでしまった。妹がいないことが家の者にわかってしまったら、どうしようってね。

そして、この近辺で頻発《ひんぱつ》している幼女連続殺人事件のことに思いが行った。妹はこれまでの被害者と同じ五歳であり、本駒込に住んでいる。ひょっとして、妹が残忍な殺人犯の毒牙《どくが》にかかってしまったのかと思ったらしい。

これはもちろん、俺の想像だよ。兄貴の気持ちになって考えてるんだから、そのつもりで聞いてくれよ。

兄は涙で濡《ぬ》れた顔を垂れて、絶望にうちひしがれていた。その時だった。どこからか泣き声が聞こえてきたのだ。妹だとピンと来た兄は、声のした方向へ駆けていった。

何しろ、あたりは暗くなってきている。西の空の夕焼けの光も残り少なくなっている。

今のうちに妹を探し出さないと、とんでもないことになると、兄は必死に駆けまわった。すると、くさむらの中から「助けて」と蚊の鳴くような声がしたんだ。それから、何かがピカッと光った。

そこに妹がいるんだなと思い、兄はそっちへ向かって、「ユキ」と叫んだ。すると、がさがさという音がして、黒い影がくさむらの中からすさまじい速さで飛び出し、兄とぶつかりそうになった。一瞬、闇《やみ》の中で目と目が合った。それから、影は兄を突き飛ばすと、道の向こうへ逃げていった。

チラッと見た感じだと、長髪の男で、眼鏡をかけていたようだった。黒っぽいシャツを着て、目立たないようにしているので、あれが連続殺人犯だと思うと、全身が震え出してきた。

妹が、ああ妹が……。

そう思った時、また泣き声がして、こうしてはいられないと、ようやく我に返ったんだ。「ユキ!」と叫んで、くさむらに飛びこむと、素っ裸になった妹がしくしくと泣いていた。

「よかった、助かったんだね」

妹の足の下に下着がずり下ろされていたので、兄はそれをちゃんとはかせ、スカートとシャツを着せると、泣きじゃくる妹をおんぶして、庭園の入口のほうに向かった。たまたま帰り支度をしていた係員が幼い兄妹に気づき、二人を保護した。それでようやく警察に通報があって、大騒ぎになったってわけさ。

だけど、あの子が助かったおかげで、犯人が逮捕されたんだ。兄と妹の証言によれば、逃げた犯人は長髪でメタルフレームの眼鏡をかけた小柄《こがら》な学生風の男だったという。それで、我々は近くの家に下宿していた学生を突き止めた。

今で言う「おたく」って奴だな。離れに住んでいてさ、八畳間にはエロ本がいっぱいあった。奴（仮にMとしておこう）は、犯行を全面的に否定したが、Mの下宿していた家の庭の中から血痕《けっこん》のついた石が出てきた。それに兄妹はMがあの時逃げた男だと言った。長髪で眼鏡をかけた小柄な男。条件はあてはまる。

だけど、Mはあくまで犯行を認めなかった。

Mが犯人なのは絶対間違いないと思った。だって、連続殺人事件はその後ぴたりとやんだからね。あいつが犯人でなかったら、一体誰が犯人なんだね？　確かに、あの子とそれ以前の四人の被害者は手口が異なった。あの子以外は着衣を脱がされることもなく、撲殺されてるんだ。でもね、鑑定の結果、Mの下宿していた家の庭で見つかった石についていた血痕は、以前の被害者の一人のものと一致したんだ。これではMも逃げられないよ。

あの妹、どうなったかな。とても可愛い子供だった。大きくなったら、すごい美人になるだろうと思ったよ。あの子、助かって、ほんとよかった。

え、あんた、知ってる？

もし、会ったら、よろしく伝えてほしいもんだね。

11

島崎潤一は、元刑事で現在ビルの警備員をしている白浜誠之助を非番の時に荒川区の自宅に訪ねた。勤務先に行って、彼の住所を聞き出したのだ。そして、そこで、いささかショッキングな出来事に遭遇した。

白浜誠之助の家は狭い路地の突き当たりの家だった。丈の低い生け垣があって、小さな庭になっている、今どき珍しい造りの家だ。玄関でチャイムを押してみたが、応答がないので、庭のほうにまわってみると、初老の男が縁側に座って、のんびり足の爪《つめ》を切っていた。プチンプチンという音が島崎のところまで聞こえてくる。

「白浜さんですか?」

島崎は大きな声で訊《たず》ねた。

島崎が背伸びして、生け垣から顔を出すと、男が爪切りを足元に置いて、背筋を伸ばした。そして、島崎の姿を認めると、鼻の上にずり落ちた眼鏡をなおし、日に焼けた顔をしかめた。島崎が誰なのか、遠い記憶を探っているように見えた。彼はもともと人を見るのが商売である。一度会ったら、大体の人間は覚えているのかもしれない。

「どなたかな?」

白浜は記憶を探る作業を結局放棄して、島崎に声をかけた。

「あのう、突然お邪魔して、失礼ですが、少しばかりお時間を頂戴《ちょうだい》できないかなと思いまして」

「何ですね？　セールスならお断りだよ」

「取材にまいったんです」

「取材？　まさか、小松原ユキについて聞きたいんだって言うんじゃないんだろうね？」

白浜はにやりと笑う。

「え、どうしてそれを？」

島崎は心の中を読みあてられ、驚いた。

「ほほう、じゃあ、小松原ユキのことなんだ。それはそれはご苦労さま」

白浜誠之助は、大げさに肩をすくめ、新聞紙に集めた爪のかすを縁側から外に捨てた。

庭には手入れの行き届いた盆栽がたくさん載った台があって、庭の大部分を占めている。

島崎は狭い隙間を蟹《かに》のように横になりながら、縁側まで行った。

「まあ、掛けなさい。どういう事情があるか知らんが、一日のうちに二人も同じことで訪ねてくるんだからな。昔の職業病というのが頭をもたげてきてね」

島崎は、白浜のそばに腰を下ろした。飼い猫《ねこ》が廊下の隅《すみ》で、のんびりと昼寝をしている。

白浜は立ち上がると、いったん家の中に引っこみ、急須《きゅうす》と茶碗《ちゃわん》を持ってきた。そして、茶碗の中に出がらしの茶を注《つ》ぐと、黙って島崎のほうによこした。

「あんた、小松原ユキの誘拐未遂事件のことを知りたいんだろ？」

「どうして、わかるんですか？」

島崎の取材を予想した誰かが、またしても先まわりして調べているのか。

「だって、けっこうな歳《とし》の女が、メモと録音機を持ってきて、ここに取材にきたんだ。小松原ユキのことを知りたいってな。ちょっと変な女だった」

予想した通りの答えがもどってきた。

「俺はまた同じことをしゃべらなくちゃいけないのかね」

白浜は茶を音をたててすすり、興味津々の面持ちで島崎を見た。

「ぜひお聞かせください」

誰が何の目的で小松原淳のことを調べているのか。薄気味悪いことこの上もないが、だからといって、こちらが調査をやめるわけにはいかなかった。そんなことをしたら、正体不明の女の思うつぼだし、彼の進めている仕事も不十分なものになってしまうだろう。

「実を言うと、同じネタを追って取材合戦をしてるんです」

島崎は適当なことを言って、名刺を差し出した。白浜はそれを受け取ると、老眼のためか、遠くにかざして、ためつすがめつした。

「ほう、フリーライターかね。カタカナ商売はよく知らんが、具体的にどんな仕事をしてるんだね？」

「雑誌と契約して、文章を書いたり、ゴーストライターをやってます」

「ゴーストライター？　何だね、それ？」

「ほら、芸能人がいろいろ自伝やエッセイを書くでしょう。あれって、陰で書いている人がいるんですよ」

「あんたが、それをやってるのか。へえ、面白いもんだね」

白浜は白い歯を見せ、ようやく打ち解ける様子を見せた。

「それで、その女性ですが、どんな肩書の人でしたか？」

島崎は聞いた。

「肩書はなかった。名刺には名前だけしかなかったね。見たいかね？」

「ええ、ぜひ」

「わかった。名前だけなら、問題ないだろう」

白浜は難儀そうに腰を上げると、障子を開けて奥へ行き、すぐにもどってきた。

「これがそれだがね」

角の丸い名刺の中央に「尾崎愛」とあった。一度も聞いたことがない名前である。住所も電話もなく、肩書もついていない。名前だけが刷ってあるのだ。作家などがよくやるパターンである。裏を見ると、手書きで電話番号が書いてあった。急いで書いたらしく、文字が少し乱れている。

「それは連絡先だってさ」

白浜は意味不明の笑いを浮かべた。「何か思い出したら、そこに連絡をくれと言ってたよ」

「そうですか。僕も連絡してみようかな」

と言って、電話番号を暗記しようとした島崎の心臓がぴくんと跳ね上がった。

「そんな……」

と言ったまま、島崎は絶句した。

「どうかしたかね」

白浜の目がキラリと光った。

「い、いいえ。何でもありません」

うろたえながら、島崎は唾液《だえき》を飲みこんだ。喉《のど》の途中にポリープができ、それが引っ掛かっているような不快な感じだった。

なぜ尾崎愛という女は、島崎のアパートの電話番号を書きなぐったのだろう。悪質ないやがらせ、それとも妨害工作？　いくら推理しても、答えは出てこなかった。

「たぶんあのライターかなと、一人だけ心当たりがあるんです」

相手は腐っても元刑事だ。下手な嘘《うそ》では見破られると思い、島崎はとっさにそれらしい話をでっちあげた。

「ふうん、そうかい」

白浜が納得したかどうか自信はなかった。それに、島崎が白浜にわたした名刺には島崎のアパートの電話番号が書いてある。白浜が比較する気になったら、尾崎愛の書いた番号と一致することに気づいてしまうだろう。

「まあ、そういうことだったら、わしも意地悪はしないよ。尾崎さんに話したことをすっかりあんたに話してやるよ」

「すみません、お願いします」

島崎は白浜誠之助が語ったことを録音すると、丁重に礼を述べ、白浜家を後にした。そして、帰る道すがら、いつか感じた背中のむず痒《がゆ》さをまた感じるようになった。

誰かが彼を尾行している。

12

島崎は背後に視線を感じつつ、小松原家の門をくぐった。くそ、やれるものなら、やってみろ。僕は、小松原家の中に飛びこんで調べる特権をもらっているんだ。おまえなんか、僕の手にした資料を元に調べているだけではないか。

あくまでも、彼のほうが優位に立っているのだから、そんなに尾行者のことを気にしなくてもいいのだ。心が乱れれば、逆にそれだけ相手に付けこまれるだけのことで、彼のプラスにはならない。

相手は何の目的で、そんなことをしているのか。島崎を襲ったり、妨害するのが目的ではないのははっきりしているのだが……。いずれにしろ、白浜誠之助を訪ねてからは、彼は資料はできるだけ自分で持ち運びすることにした。

玄関からは、例によって宮野静江の後をついて二階に上がっていった。そして、二階の淳の部屋に入って、資料調べを始める。

小学校高学年のファイルまでようやく達したが、それでも全体のまだ半分にもなっていないことに、少々気が重くなってきた。

一体、いつになったら、この仕事は終わるのだろう。思いがけない展開の連続で、仕事としては面白い反面、だんだん心の負担になっていることも事実だった。

小松原淳の十一歳のファイルの中の資料を見ていった。

その中に赤茶けてぼろぼろになった紙が入っていた。折り目が破れ、セロテープで補修してあるが、セロテープ自体もかさかさに変質し、破れかけている。島崎は紙が破れないように、注意深くつまみ上げてみた。

広げると、ガリ版の稚拙な文字で「6年1組学級新聞」とあり、「小松原淳君追悼特集」と大きく書かれていた。

「淳が死んだ⁉」

思わぬ展開に、島崎は驚きの声をあげた。「そんなばかな」

そうすると、今まで調べていた小松原淳の正体は何なのだ。

「嘘だ。ここで小松原淳が死んでしまったら、今まで生きていたのは誰なんだ」

ファイルは中学時代、高校時代とつづいているのに、肝心の本人が小学生時代に死んでしまっていては、話にならない。

「冗談じゃない。そんなのありかよ」

島崎は呻《うめ》き声をあげた。

今までの仕事は何だったのだ。

〔小松原淳の肖像〕5――葬式

小松原淳・年譜（10〜11歳）

74・4（10歳）小学五年生。成績は常に学年でトップだが、クラスに溶けこむことはなく、いつも一人で行動。下校すると、家で一人で部屋に閉じこもり、創作に熱中。江戸川乱歩、夢野久作、小栗《おぐり》虫太郎、芥川龍之介、谷崎潤一郎などの作品を耽読《たんどく》する。

75・6（11歳）小学六年生。クラスで「幸福の手紙」が流行。差出人と疑われた淳に手紙が殺到する。それを破ってから、淳に不幸が訪れる。この頃《ころ》、いじめの集中攻撃を浴びる。

淳の葬式事件。

「きもだめし」が遺作？

●**三宅《みやけ》浩一郎**（昭和小学校同級生・28歳）

あの頃、ぼくが淳の一番の親友でした。二人とも虚弱体質で、住んでいるところが近かったことが、気が合った理由かもしれません。

そう、淳はよくいじめられていました。彼は授業中も先生の話を聞かないで、一人で何かやってるのに、成績がトップだったから、嫉妬《しっと》されてたんじゃないかな。

先生はずいぶんやりにくかったと思いますよ。先生の読んでいないような本を読んでいたし、漢字は高校生くらいのレベルのものは知ってましたからね。いつだったか、淳が授業中に小説を読んでいるのを先生に見つかって、取り上げられたことがあります。

「小松原、何を読んでるんだ」

担任は峰松正彦という教師でした。中年の風采《ふうさい》があがらない男で、授業もつまらないので、みんなからばかにされていたんですが、その辺の〝失地回復〟のために、犠牲者として選んだのが淳でした。峰松先生は淳の読んでいた本を取り上げると、クラスの全員の前に高々と掲げました。

「みんな、小松原はこんな本を読んでるぞ」

それは分厚い文庫本でした。その時はタイトルを見ても、何だかよくわからなかったんですが、今考えると、それは谷崎の『痴人の愛』だったと思います。

「これはエロ本じゃないか。子供のくせにこんなものを読むな」

峰松先生は一喝《いっかつ》すると、よせばいいのに、文庫本を真ん中から裂いてしまいました。

すると、どうでしょう。淳は顔を真っ赤にして立ち上がると、

「ひどい、先生にはそんなことする権利はないんだぞ」

と言って、いきなり先生に体当たりしていったのです。先生は不意をつかれて、尻《しり》も

ちをつき、前の生徒の机の角に頭をぶつけてしまいました。

「この野郎」

先生はかんかんに怒って、淳の胸ぐらをつかむと、彼の痩《や》せっぽちの体をぐいと持ち上げました。「おまえ、誰に向かって、そういう態度をとるんだ」

教室の中は、次にどうなるのか、展開を見守ろうと、みんな息を呑《の》んで見つめています。

「先生だって、悪いじゃないか」

淳だって、負けてはいませんでした。

「こいつ、先生に口答えする気か」

峰松先生はいったん淳の体を床に下ろすと、今度は首筋をつかんで、黒板の前に連れていきました。「授業中、ここに立ってろ」

淳は屈辱に唇《くちびる》を噛《か》みしめ、うつむいていました。腕がぶるぶると震えていました。

「おまえ、少しばかりいい気になってるぞ。先生がいいと言うまで、ここから動くな」

先生はそれから生徒に向かって、「みんな、こいつみたいに頭でっかちの人間になるなよ。将来、ろくな奴《やつ》にはならんからな」と言いました。

そのことがあって以来、淳はクラスのみんなにスケベ野郎と罵《ののし》られるようになったのです。彼、運動神経が発達していないもので、体育の時、鉄棒もできないし、駆け足も遅いし、ドッジボールでは集中砲火を浴びるし、いじめの対象になってしまいました。

そして、しばらく登校拒否して、学校に姿を見せなくなりました。

ぼくは数少ない心を許し合った友だちですから、彼が学校に行かないでいる時に、一度彼の家に行ったことがあります。彼の家は六義園の近くにあって、とても立派な家でした。

植木職人が何人か庭に入っていて、鋏《はさみ》の音がチョキンチョキンと小気味のいい音をたてていました。門のベルをおそるおそる鳴らすと、淳が駆けてきて、ぼくを家の中に連れていきました。

淳の部屋は二階で、そこにはすごい量の本がありました。

「え、淳、これ、全部読んだのか？」

ぼくがびっくりして訊《たず》ねると、

「全部じゃないけど、かなり読んでるよ」

「むずかしい漢字ばっかりじゃん。おまえ、よく読めるな」

「あたりまえさ」

淳はけろりとした顔をして、黴《かび》が生えてるような古い本を出して、自慢げにぼくに見せます。峰松先生がカッとなるのもやむをえないかなと思いました。

「そろそろ、学校へ出てきたほうがいいんじゃないの」

「先生に言われて来たのかい？」

機嫌《きげん》のよかった彼が、急に顔をしかめました。

「違うよ。君が心配だからさ。僕一人じゃ寂しいじゃないか」

「僕は行かないよ。峰松が謝りに来るまでは」

淳は窓の外を見ながら吐き捨てるように言いました。その時の毅然《きぜん》とした顔が今でも印象に残っています。

「お父さんは何も言わないの？」

登校拒否しても、どういうわけか、家族の者は彼に何も言わなかったようです。

「僕は治外法権なのさ」

彼は言いましたけど、ぼくにはそのチガイホーケンの意味がわかりませんでした。でも、いい意味に使っていないことは、何となくわかります。

その時、部屋の外からくすくすと笑い声がしました。ふり返ると、真っ赤なスカートをはいた小学一年くらいの女の子が立っていました。

「お兄ちゃん、遊ぼう」

女の子はそう言ってから、ようやくぼくの存在に気づきました。

「だあれ、この人？」

「友だちの三宅浩一郎君だよ。ユキちゃん、忙しいからまた後でね」

感情を表に出したことなどめったにない淳が、あのように嬉《うれ》しそうな顔をするのを見たのは初めてです。それに、ぼくはこの女の子のこの世のものとも思えぬ美しさに圧倒されました。思えば、それがぼくの初恋だったのかもしれません。

「なんだ、つまんないの」

女の子は不満そうに口をふくらませて、部屋を出ていきました。彼女の赤い短いスカートが翻《ひるがえ》り、白い足が脳裏に焼きついています。そんなぼくの反応を淳はずっとひややかに見ていました。

「妹のユキだよ」

彼はぶっきらぼうに言いました。僕は火照《ほて》った顔から彼の注意を逸《そ》らそうと、机の上にあった一冊の本を取り上げました。

「あ、それ、峰松先生が取り上げた本だ」

紙が日焼けして赤茶けているのは例の本で、真ん中から裂かれたのがセロテープで補修してありました。

「こんなもん、少しもエッチじゃないんだぞ」

彼は『痴人の愛』を本棚《ほんだな》にていねいに入れると、今度は『家畜人ヤプー』という本を見せてくれました。今でこそ、内容はわかりますけど、当時は本当に何の本かチンプンカンプンでした。淳は小学五年なのに、そんな本を全部読んでいるようなのです。

「こんなの読んで、君は将来何になるのさ」

ぼくは素朴《そぼく》な疑問をぶつけました。すると、彼は今さら何を言うんだという顔をして、

「小説家になるに決まってるじゃないか」

と平然と言ったのです。そして、彼が原稿用紙に書いた小説を見せてくれました。タイトルはよく覚えていません。

その日からしばらくして、淳は学校へ出てくるようになりましたが、前にもまして自分の殻《から》に閉じこもって、誰とも口をきかなくなりました。ぼくは六年になって、千葉に引っ越したので、それ以来、彼に会っていません。

もし、彼があの頃の勢いで、本を読み、小説を書いていたら、今頃小説家になっているのかもしれませんね。

●**田所勉**（昭和小学校元教諭・40歳）

小松原淳のことは、忘れようとしても忘れられるものではありません。あのようなユニークな子供は他にはちょっといませんでしたからね。ただ、あの頃、私は若かった。教師になったばかりで、仕事に燃えていたというか、それが強すぎるあまり気持ちにゆとりがなかったんですね。小松原のような枠《わく》からはみ出た児童は、今だったら、冷静な目で見て正当に評価できるのでしょうが、その当時は彼の存在自体が許せなかったのです。

そうです、担任になったのは彼の六年の時だったと思います。先年、亡《な》くなられた峰松先生から、新学期の始めに小松原のことについてレクチャーを受けましてね、それが頭に残っていたんでしょうね。よけいな先入観を持ったものだと反省しております。

小松原のような児童は放任して自由にしてやればよかったのかな。あのような児童は指導要領に従って教えていたら、かえって彼独自の芽を摘むことになるのかもしれませんね。

若い私の目から見ると、小松原は反抗的な態度をとる生意気なガキでした。彼は体が華奢《きゃしゃ》だったので、よくいじめられていました。でも、彼は絶対泣かないし、じっと耐えていました。

クラスでも彼に同情的な子も少しはいましたけど、ある事件を契機に全員が彼を敵にまわすようになったのです。

それが「幸福の手紙」事件です。

幸福の手紙ってご存じですよね？　この手紙を受け取った人は何人かに送らないと不幸になりますってやつですよ。悪ふざけなんだから、受け取ったらすぐ破棄してしまえばいいんでしょうが、もらった身になってみると、なかなかそれができないんですね。捨てると何かしら祟《たた》りがあるのではないかと恐れ、差出人の思惑にまんまとはまってしまうことになる。不愉快千万な話だけど、あの頃、あれがすごくはやったんです。

ところが、よく調べてみると、もらった人間は私の受け持ったクラスだけで、しかもハガキ全部が同じ筆跡なんですね。そして、誰かが小松原が怪しいと言い出したんです。

「小松原、おまえがやったのか？」

放課後、私は彼を教室に残して、問いただしましたが、彼は首を勢いよくふって否定しました。

「正直に言ったら、怒らないから、話してみなさい」

「僕、やってません」

「じゃ、おまえ、この宣誓書に署名しろ。僕はやってませんと書くんだ」

私は彼に紙と鉛筆をわたしました。放課後の教室は、だんだん暗くなっています。その時、教室の外で誰かが立ち聞きしているなんて、その時は夢にも思いませんでした。

小松原はしぶしぶといった様子で、鉛筆をにぎると、「ぼくはやっていません。小松原淳」と書きました。

「よし、わかった。先生はおまえを信じるぞ。帰ってよろしい」

私はそう言ったものの、一人の生徒に差し出された幸福の手紙の筆跡と、それが一致していることを知りました。しかし、私は小松原の罪を許そうとしました。なぜなら、彼がいじめの対象になっていて、その点では同情していたからです。彼なりのクラス全員に対する復讐《ふくしゅう》のつもりなんだと、大目に見るつもりでした。

ところが、翌日になって、クラスの雰囲気《ふんいき》が違っていることに気づきました。一時限目の授業になって、教室に入ってみると、黒板に大きく「幸福の手紙の犯人は小松原じゅんだ」と書いてあったのです。小松原の席を見ると、彼はじっと黙って、暗い目で私を見ていました。私がしゃべったのだと非難しているのがはっきり見て取れました。彼の右目のまわりに痣《あざ》ができているところを見ると、誰かに殴られたのでしょう。

一度はうまくいきかけた彼との間も、元の木阿弥《もくあみ》になってしまいました。

小松原のもとに、その後、クラス全員からの幸福の手紙が行ったのです。

13

島崎潤一は、ワープロの画面に映し出された田所勉のコメントをチェックしてから、淳のファイルに目を向けた。ひょっとしてという直感が働いて、ぱらぱらとめくってみると、果たして、紐《ひも》でくくられた小さな茶色の包みがあった。

表面には万年筆の色褪《あ》せた文字で、「ハガキ」とだけ書いてあった。紐を解いて、中身を取り出すと、官製ハガキが何枚も入っている。

すっかり伸びた輪ゴムをはずそうとすると、弾力を失なったゴムはプツンと切れた。

> 四十五人の不幸をお返しします。これは幸福の手紙という、じごくから順に私のところにきた手紙です。あなたのところで止めると、かならず不幸がおとずれるそうです。一週間以内に四十五人に出してください。私は九九九番目です。もうしわけありませんが、私も被害者なのです。
> 一千番目のあなたへ。
>
> 幸福の使者より

どのハガキも同じ文面だった。これに似た異常な内容の手紙を、かつて島崎も受け取ったことがある。やはり小学生の頃《ころ》だったと思う。母がたまたま見つけて、こんな気味の悪いもの早く破ってしまいなさいと言ったが、彼は悪魔に魅入られたように異常な文面に釘《くぎ》づけになり、その夜ずっと眺《なが》めていたものだ。捨てると本当に不幸になるのだろうか。この世に呪《のろ》いなど存在しないと思うが、もし万が一自分のところでストップをかけたら、どうなるのか、好奇心もあった。

しかし、結局、恐怖心が打ち勝ち、ハガキに指示されていたように五人に手紙を書いた。その五人は島崎の嫌《きら》いな奴だった。受け取った連中の反応が見たくてずっと観察したが、別に変わった様子はなかった。しばらくして、五人のうちの一人が交通事故で足を折った。それが幸福の手紙を出さなかったせいなのか、とうとう聞きそびれてしまった。

一枚もらっただけでもいやな思いをしなくてはならないのに、クラス全員から〝お返し〟の四十五枚をまとめてもらったらどんな気持ちがするだろうか、と島崎は考える。いや、それよりも不愉快なハガキを一枚も捨てずにとっておく淳の心理こそ異常と考えるべきか。

島崎は背筋に寒気を感じながら、ハガキの一枚一枚を丹念に見ていった。どれも子供が書いたとわかる稚拙な字だった。差出人の名前がないのに、一つだけ名前が書いてあるのがあった。匿名《とくめい》で出すべきなのに、うっかり書いたとしか思えない。

芳賀《はが》健司。

このドジな子供の名前を淳はどのような思いで読んだのだろう。淳の苦しい胸のうちは痛いほどによくわかる。淳はおそらく絶望の底に落ちこんで、いよいよ自分の世界に没入するようになったのだ。そして、小松原淳は間もなく死を迎える。

島崎は再び「6年1組学級新聞・特別号」を見た。

――**「小松原淳君追悼特集」**――

『天国へ行ってもしあわせにね』（永島良太・編集長）

「天才・小松原淳くんが昨日とつぜん原因不明の病気でなくなりました。淳君は成績がいつも一番でした。あんなにみんなに愛されていたのに、どうして？　なくなったということを聞いた時、ぼくたちはびっくりしてしまいました。神さまはひどい。淳くんをかえしてください。というわけで、五人に淳くんの思い出を書いてもらいました」

『小松原君よがんばれ』（担任・田所勉）

「小松原君は成績が優秀でした。天国に行っても、きっとがんばってくれると先生は信じています」

『きもだめしのこと』（芳賀健司）

「淳くんのことでまず思い出すのは去年のきもだめしのことです。夏休みに近くの寺でやったのです。十人くらいで山門の下であつまって、順ばんになるとひとりずつ、はか場に行くのです。一ばんおくのおじぞうさまのところにろうそくがおいてあって、それを持ってこないといけないのです。淳くんはこわがりで、おじぞうさまのところでちびってしまいました。みんなでわらって、わるかったかなと思ってます。おわり」

*

学級新聞には、淳を送る言葉として、他に何人かの文が載っていた。どれも淳の死を悼《いた》む言葉が並べてあったが、最後の芳賀健司の文章だけは淳を愚弄《ぐろう》したような内容である。芳賀健司といえば、幸福の手紙の中でただ一人、名前を書いていた児童だった。一度、この男に話を聞いてみなくてはなるまいなと、島崎は芳賀健司の名前を取材先名簿にリストアップしておいた。

島崎はそれから、ファイルの次の段に進んだ。すると、一番始めにホッチキスで束ねた十三枚の原稿用紙が無造作に突っこんであった。

「これは……」

手書きの幼い文字が枡目《ますめ》の中で躍っている。今は見慣れた淳の文字だった。冒頭に「きもだめし」というタイトルが書かれ、その下に小松原淳と署名してあった。

初めて出会った淳の小説だった。興奮が島崎の体の奥底から込み上げてきた。

きもだめし

作・小松原淳

白色仮面には、死ぬほどおどろかされた。

暗い墓地の間から、いきなり姿を現したおぞましい仮面の男は、淳を恐怖でうちのめした。

数年前の冬、アイスホッケー・クラブのゴールキーパーが、吉福寺の墓地内で、白いマスクをしたまま、頭をおのでわられて死ぬという残ぎゃくな事件がおきた。わられたところから、血がいくすじも流れ、血しぶきが墓石をまっ赤にそめていたという。その犯人は、まだつかまっておらず、天国に行けない白い仮面の幽霊が墓地をさまよっているといううわさが広まっていた。

去年の八月十五日の夜、町の小学校の悪ガキどもがその吉福寺の墓場できもだめしをやることになった。そのようなこわい場所だからこそ、きもだめしには最適だと考えたのだ。

淳はたまたまリーダー格の芳賀健司の家のとなりに住んでいたことから、むりやり恐怖のイベントにひっぱりだされた。

「ぼく、心臓がよわいんだ。こわくて死んじゃうよ」

淳はきもだめしに参加したくなかった。小学六年の彼は、先天的な心臓の病気があり、少しのショックでも呼吸が苦しくなってしまうからだ。おまけに人一倍おくびょうときていた。真夜中に人けのない墓場を一人で歩かされたら、恐怖のあまり心臓が止まりかねない。

行きたくないと必死に抵抗したが、健司はせせら笑って淳の腕を強くつかんだ。

「いいか、淳。おまえが弱虫だということをみんなに言いふらしてやるぞ。こわくてションベンちびったってな」

「わ、わかったよ。行けばいいんだろ」

結局、健司の命令に従わざるをえなかった。淳は虚弱体質で、せたけも低かったので、百六十センチをこえる健司にさからおうものなら、ゲンコツでなぐられるか、悪口攻撃で精神的にずたずたにされてしまうからだ。

午後八時。

くもり空で、あたりはまっくらだった。フクロウの鳴き声が、恐怖心をあおった。きもだめしには絶好の夜である。

みんなは石段の下の大きなイチョウの下に集まり、懐中電灯を持ちながら、緊張で顔をこわばらせていた。

「よし、淳、おまえからやれ」

健司は、淳の不安な心理を見ぬいて、にたにたと笑いながら命令した。淳がそれでもぐずぐずしていると、健司は淳の背中をらんぼうについて、「弱虫野郎。早くしろ」とののしった。

「わかったよ、やればいいんだろ」

淳はあきらめて、まん中のすりへった古い石段をのぼりはじめた。

まっくらやみの中に、くさりかかったかやぶきの山門が彼にのしかかるように立っていた。懐中電灯の明かりがふるえてゆれるので、門のかげが右に左に大きく動いて、まるで生きもののように見える。

歯ががちがち鳴るのをこらえながら、門をくぐりぬけた。しかし、その先には、さらにぶきみな参道がある。月が出ていないのに、参道の中央のしき石が白くうかびあがっていた。

あれほうだいの境内。参道のつきあたりに、今にもこわれそうなお堂があって、そこをしき石にそって右に折れると、草ぼうぼうの道をへて墓場に行くことができる。

境内に足をふみ入れてからずっと、淳の全身をなまぬるい空気がつつんでいたが、彼のせすじにはずっと冷たいものがはしっていた。胸のどうきが息ぐるしいほど高まり、両手で胸を強くおさえつける。息がくるしくて、このままではだめになってしまいそうだった。

淳は足を止めた。

死ぬほどこわい思いをして、きもだめしをやる必要がどこにあるのかとふいに思ったのだ。これから入っていく墓場には、うかばれないゴールキーパーの霊がさまよっている。

その恐怖にくらべれば、健司になぐられたり、ぐろうされたりすることなど、とるにたりないことなのかもしれない。

今ごろ、かあさんが帰っているころだろう。二人きりの家庭だった。かあさんは彼がいないと知って、きっと心配しているはずだ。

「もう、こんなことにつきあっていられるか」

淳がふるえ声でつぶやいたとき、彼のうしろでガサガサッと音がした。

ふりかえると、人だまのような赤い光がよこぎり、線香のにおいがツンと鼻をついた。

「誰かがぼくをつけている」

足をするような音が、山門のほうからしだいに近づいてきた。

「ゆ、ゆうれい！」

きもだめしをやめようと決意した淳だったが、今やうしろの道をたたれ、墓地のほうへ進むしかなかった。

墓地のいちばん奥におじぞうさまがあって、そこがきもだめしの目的地だった。

おじぞうさまの足もとに小さなロウソクが人数分おいてあり、それを持ちかえることが、目的地にたっした証明になるのである。

淳は懐中電灯で足もとだけ照らしながら、草ぼうぼうのふみわけ道を足ばやに歩く。墓石はどれもかたむき、くずれ、元の形をとどめないものが多かった。彼はパニック状態になりながらも、先をいそいだ。

いぜん、うしろから足音がする。

「たすけてくれ！」

声にならない悲鳴がのどからもれる。つゆをふくんだ雑草が、ズボンのすそをぬらした。墓場のどんづまりはうっそうと木がおいしげり、まっくらやみだった。気がつくと、いつのまにか、足音は消えており、虫の鳴く音しか聞こえなくなっていた。

「ああ、たすかった」

足音は気のせいだったのだろう。ほっとして懐中電灯でおじぞうさまの位置をたしかめる。

「あったぞ」

目と鼻がすっかりそげているおじぞうさまの首に、色あせた赤いエプロンがかけてあった。ひからびた花にまじって、ロウソクが九本、立てかけてあった。

「ぼくは勝った。きもだめしなんか、どうってことはなかったんだ」

これでロウソクを持ちかえって、健司の鼻をあかすことができるのだ。よろこびが胸をみたした時、彼の心に一瞬のすきができた。

そのとき。

とつぜん、おじぞうさまのうしろから、けもののような叫び声をあげて、白色仮面が現れたのである。われた面におのがつきささり、赤い血が白い面をよごしていた。

「うわあ!」

意表をつかれた淳はぜっきょうし、そのまま気をうしなった。

白色仮面がはずされ、中から芳賀健司のにやついたニキビ面《づら》があらわれた。地面に横たわった淳の体を健司は足でつつきながら、

「へへへ、やったぜ」

それからちょうど一年後の八月十五日。

健司たちが今年もきもだめしをやるという話を聞きこんで、淳はいてもたってもいられず、吉福寺にやってきた。去年の屈じょくはぜったいに忘れられるものではなかった。

ところが、健司たちは淳を無視して、自分たちだけできもだめしをやるという。去年の淳の反応におそれをなしたのか。

「ちくしょう、そっちがその気なら、こっちにも考えがある」

その夜も去年とおなじくもり空で、境内はまっくらだった。寺はさらに荒れはて、草がわがもの顔にはびこっている。きもだめしには、まさに絶好の夜だ。

淳はすきとおるような白い手を胸にあててみたが、心臓は苦しくなく、やみの中にいても、すこしも不安を感じなかった。わずか一年の間にずいぶん成長したものだと思う。

山門のかげで待っていると、きもだめしの最初のひとりが懐中電灯を片手に石段をのぼってきた。ぼうず頭で小柄《こがら》な少年は、健司が今年最初にえらんだいけにえだった。

少年は去年の淳のように、こわごわと進んでいく。途中、彼は淳の気配を感じたらしく、うしろをふりむいて、懐中電灯をむけてきたが、淳は見つかるようなドジはふまなかった。

しかし、少年の恐怖心は頂点にたっしたのか、お堂をすぎると、墓地へむかってかけだした。墓石のあいだのふみわけ道をライトが左右にはげしくゆれる。

「たすけて！」

ボーイソプラノが夜のしじまにひびきわたるが、たちまち深いやみにすいとられてしまった。

淳は足音をたてないようについていく。少年の反応が去年の淳のそれにそっくりなので、おもしろかった。

やがて、目的地にたっした少年はおちつきをとりもどして、懐中電灯でおじぞうさまの位置をたしかめた。

「あったぞ」

声によろこびの感情がまじっている。一年前と同じく、鼻がそげているおじぞうさまの首に色あせたエプロンがかけてあった。足もとにはロウソクが何本か置いてあったので、少年はそのうちの一本に手をのばした。

少年の行動を見まもる淳には、次にどんなことが待ちかまえているのか、よくわかっていた。少年の心にゆだんが生まれた瞬間をえらんで、おじぞうさまのうしろから白色仮面がおたけびをあげて、あらわれるのだ。

きもだめしのハイライト。

これに耐えられるかどうかで、勝敗がきまる。

白色仮面は、健司がかぶっていた。彼はおもちゃのおのを面につきさし、赤い絵の具をつけるといったうまいメイクをしている。

たいていの少年は、白色仮面の登場にこしをぬかすほどおどろいて、ロウソクをほうりなげてしまう。たとえ、白色仮面の正体を見ぬいていても、いざぶきみな仮面を前にすると、恐怖で身がすくむのだ。

淳が見ていると、あんのじょう、白色仮面がガオーッと叫びながらあらわれ、少年を恐怖のどん底におとしいれた。

「ギャッ」

白色仮面の叫び声に、少年は口からあわをふきながら、しりを地面につけたまま、あとずさった。それから、かんだかい声をあげながら、山門のほうにわき目もふらずに逃げていったのである。

木のかげから、すべてを見まもった淳は、逃げる少年のうしろすがたが消えるのを待って、おじぞうさまへゆっくりすすんだ。

そこには、作戦がまんまとあたって、ひとり大よろこびしている健司が、仮面を顔からはずし、おじぞうさまの前の石の上にすわっていた。

「へへへ、やったぜ」

健司は指をパチンと鳴らした。

「うん、やったね」

淳はそういって、健司に近づいていった。

ギョッとした健司が淳を見た。

「お、おまえ……」

「やあ、しばらくだったね」

淳はあいそうよくいった。健司は目を大きく見ひらいて、よろよろと立ちあがると、さっきの少年より高い悲鳴をあげて、逃げていった。

「た、た、たすけてくれえ！」

去年、健司は心臓の弱い淳を死ぬほどおどろかせた。だから、ショック死して幽霊になった淳は一年後に健司にたたって仕かえしをしたのである。

「へへへ、やったね」


（終）

14

島崎潤一は、小松原淳の小説を読み終えて、溜息《ためいき》をついた。小学六年ということは十二歳である。確かに子供の作品で荒削りなところはあるが、作品の世界に没入することはできたし、最後のどんでん返しにはまんまと一杯食わされた。四百字でわずか十三枚の短い作品だが、淳の才能の片鱗《へんりん》を見る思いがした。

作中の「淳」はおそらく筆者の分身であろう。体が小さくて虚弱体質で、仲間にいつもいじめられている子供である。いじめる側の芳賀健司も実名で登場する。

筆者は現実の世界でいつもいじめられているので、虚構の中で健司に仕返しをしようとしたことが容易に推理できた。そうすることで、彼はストレスを発散させていたのだ。「きもだめし」事件は現実にもあったことらしく、芳賀健司に取材すれば、かなり面白い話が聞けるかもしれない。

島崎は小学校の卒業アルバムを探し出して、芳賀健司の住所を調べた。十六年前のことなので、移転しているかもしれないが、少なくとも一つの取っかかりにはなる。巻末の住所録で六年一組の名簿に目を通した。

「あれ、変だな」

というのは、芳賀健司の名前がどこにも見あたらなかったからだ。前のページにもどって、六年一組の集合写真を見た。奇妙なことに、そこにも芳賀健司はいない。他のどのページにも見つからなかった。

ようやく見つけたのは、盲点というべき欄外だった。卒業写真を撮る日に運悪く病気で欠席した場合、写真の外に別枠《べつわく》が設けられることがあるが、そこに芳賀健司がいたのだ。隣には小松原淳の緊張気味の顔もある。二人が並んでいるのが興味深かった。

他の生徒が私服でいるのに対し、芳賀健司だけが学生服を着て、ふてくされたような顔をしている。坊主頭のいかにもガキ大将タイプの子供だった。

だが、撮影の日に登校できない何らかの理由があって、欄外に写真が載ったとしたら、当然、名簿に住所が出ていてしかるべきだった。引っ越しでどこかへ移転したのなら、写真も掲載されていることはあるまい。その点が引っかかった。

〔小松原淳の肖像〕5　（つづき）

●永島良太（昭和小学校同級生・銀行員・28歳）

え、芳賀健司ですか？　彼は死にましたよ。

どういう状況かと聞かれましても、説明に困るんですがね。神隠しにあったみたいに、いなくなり、一ヵ月後に、荒川の河原で死体で見つかったんです。

行方不明になったのは、六年の夏休みの最中でした。そう、お盆の後だったと思います。最後に見かけたのは、近くのお寺で子供たちだけできもだめしをやった時です。きもだめしを取りしきっていたのが健司でした。

ぼくたち悪ガキどもは、前の年から、近くのお寺の墓場できもだめしをやってまして、あの年もやろうということになりました。ええ、小松原淳もその中にいましたよ。彼は芳賀健司が無理やり引きずりこみましてね。淳の奴《やつ》、こわがりだから、反応を見るのが面白かったんです。淳にはずいぶん悪いことしましたけど、ぼくたち、健司の子分みたいなもので、いつも健司の言いなりだったんです。従わないと、こっちがやられますからね。健司は体は中学生並だったし、乱暴者でした。

本駒込の何というお寺でしたか、よく覚えていませんけど、墓場が広くて、きもだめしにはちょうどよかったんです。都会の真ん中にも昔は寂しいところがあったんですよ。山門の外に大きなイチョウの木があって、そこでみんなが待機していたんです。最初の番は淳でした。前の年もあいつがトップバッターで、健司のトリックにはまって、地蔵さまのところで、ちびってしまったそうです。だから、その時も淳がトップに選ばれて、一人で階段をのぼっていきました。

それからすぐに健司が淳を料理しようと、後を追っていきました。で、ぼくたちは木のそばで固まって、順番の来るのを待っていたわけです。

三十分ほどたった頃でしょうか。遅いなと誰かが言い出したので、ぼくたちは落ち着かなくなりました。九時までに帰ると家には言ってあるので、急がないと門限に遅れてしまうからです。時刻は八時をまわって、大分涼しくなってきました。急に尿意をもよおしたぼくは、近くの木の陰で立小便をしました。

と、その時でした。お寺のほうでギャーとすごい悲鳴が聞こえてきたのです。足元がぐらぐらして、おしっこが靴《くつ》を濡《ぬ》らしてしまいました。慌《あわ》ててズボンのチャックを閉めて、イチョウの木の下にもどると、みんなが顔を見合わせて、ぶるぶる震えているのです。

「今の悲鳴、おまえのか？」

誰かがぼくに訊《たず》ねました。

「ううん、違うよ。お寺のほうから聞こえたような気がするぜ」

誰もがそれを知っているのに、それを口にするのが怖いのです。互いの顔を探るように見ましたが、懐中電灯で照らされたどの顔も不気味に思えました。

「淳の悲鳴じゃないのか」

「いや、違う。淳だったら、もっと甲高い声のはずだぞ」

悲鳴は明らかに大人の声でした。つまり、声変わりした男の声なのです。声変わりしているませた奴は、我々の仲間では健司だけでした。

助けを求めているのは、淳ではなく、仕掛け人の健司なのです。

「た、助けてくれよう。おじさん」

健司の声が上のほうから聞こえてきました。「離してよ、俺《おれ》が何をしたって言うんだ」

それに答える声がぼそぼそと聞こえますが、内容までは聞き取れません。誰かが健司を叱責《しっせき》しているようでした。住職に見つかったのかと思いかけました。でも、そんな感じではありません。だったら、健司をつかまえているのは誰なんだ？

「よし、行ってみよう」誰かがぼそぼそと言いました。「そうだそうだ」

相手がいくら大人でも、こちらは集団ですから、まとまってかかれば、負けるはずがないと思ったのです。みんな、へっぴり腰でおそるおそる階段をのぼり、山門をくぐり抜けた時のことでした。

お堂のほうがほの明るくなっていて、そこに誰かが立っていたのです。一人は健司ですが、大人に抱きかかえられているようです。足をばたつかせて、精一杯抵抗するのですが、相手は健司よりはるかに大きく、いっこうに動じた様子はありません。

我々は足がすくんで、そこに立ちつくしていました。

「人殺し。やめてくれよ」

健司が叫んでいるのに、どうにもできませんでした。そのうちに、二人の影はお堂の裏へ消えてしまい、健司の声も聞こえなくなってしまいました。そこで、ようやく我々をとらえていた魔法みたいなものが解け、お堂に駆けつけましたが、時すでに遅し。

「健司をつかまえてた奴、誰か見たか？」

僕はみんなに聞きました。

「ああ、背のものすごくでかい男だった」

「怪物だった」

「フランケンシュタインだった」

「外人だった」

みんな思い思いのことをしゃべり出しましたが、背が高いというところで話は一致しました。それから、このことをどうしたらいいか、話し合おうとしているところに、淳が暗闇《くらやみ》の中からのそっと現れたので、みんなはびっくりしました。

「おい、淳。おまえ、健司がどうなったか知ってるか？」

ぼくは訊ねました。

「知ってるよ」

淳はぶっきらぼうに言いました。

「どうしたの？」

「きもだめしで、あいつ、おじけづいて、小便ちびったのさ」

淳はにやっと笑いました。

「嘘《うそ》だろう。健司にかぎって、そんなことはないよ」

「ほんとさ。本物の幽霊が出てきて、あいつ、墓場から尻尾《しっぽ》をまいて逃げ出したんだ。それから先は知らない」

淳の顔は何だか、暗闇の中でぼうっと幽霊のように白く浮かび上がっていて、気持ち悪かった。もともと色白で「しろんぼ」というあだ名があったくらいですからね。

結局、健司の身に何があったのか、誰にもわかりませんでした。あの時が生きている健司を見た最後で、それから一ヵ月後、健司の死体が荒川の河原で見つかったのです。

腐乱死体なのに身元がわかったのは、失踪《しっそう》当時に着ていた衣類と歯形がぴたりと一致したためです。僕たちがお寺で見た男については、警察に話しましたけど、結局、犯人はつかまりませんでした。

淳が死んだのはいつかですって？　どういうことか、おっしゃる意味がわかりませんが。

は？　学級新聞の追悼特集ですか？　ああ、わかりました。

確かにぼくは新聞委員をやっていましたけど、あの「小松原淳君追悼特集号」はまったくのジョークですよ。淳は死んではいません。いじめの対象になっていただけです。一番いじめたのが、死んだ芳賀健司だったわけです。

子供相手に悪質すぎる冗談？

いや、子供相手といっても、ぼくたちも子供でしたから、罪のないジョークくらいに考えていました。淳の反応が面白いから、こっちもつい悪乗りして、みんなでからかったんです。

悪いといえば、田所先生のほうが格段に悪いですよ。なぜかっていうと、あっちは大人ですからね。いくら子供たちに焚《た》きつけられたといっても、教師としては悪乗りしすぎたんじゃないですか。あの先生、大学を卒業したばかりで、経験が浅かったから、子供に迎合してやったんでしょうね。色紙に「淳君を送ることば」だなんてのをやりまして、クラス全員がサインした後に、先生もサインしたんです。

今でも覚えてます。「淳君、天国でも健闘を祈る」だなんていう文。教師のやることですかね、まったく。後でそのことがPTAにばれて、校長からきつくたしなめられたみたいですがね。

小松原淳か。懐《なつ》かしい名前だな。へえ、彼の伝記を作っているんですか？　ぼくと同じ歳《とし》なのに、彼も出世したものですね。

淳は私立の中学に行きましたから、小学校卒業後は彼に会っていません。小説の新人賞でもとったんですか？　どうも、銀行員なんかやってると、毎日が慌ただしくて、ゆっくり小説も読めませんからね。きっと、偉くなったんだろうな。

ぼくのこと、覚えていないかもしれないけど、彼によろしく伝えてくれませんか。

15

淳の部屋で、島崎潤一はワープロに打ちこまれた文章をチェックしながら苦笑した。

「そうだよな、ここで死なれたら、その後の淳は替え玉ってことになるものな」

むしろ、そのほうが怪奇色が加わって話としては面白くなるかもしれないが、現実はそんなにひねくれてはいない。

この仕事を始めてから、すでに二ヵ月近くたち、七月になっていた。

その日、小学校高学年のファイルの最後の部分を見ていた時、ケースの下のほうにゴムバンドで留めた茶封筒があった。不審に思って、開けてみると、写真の束だった。驚いたことに、それはすべて幼女の写真で、同一人物のようだった。

ユキだ。

まだ、小学校低学年であどけなさの残る顔だが、現在のユキの面影《おもかげ》がある。彼女は当時からすごい美少女だったのだ。だが、なぜユキの写真がここにあるのだろう。二十枚ほどの写真はすべて違うカットのもので、ユキ本人は写されたことに気づいていないようだ。つまり、隠し撮りのようなのである。

「島崎さん」

その時、いきなり背後から妙子の声がして、彼の心臓が停《と》まりそうになった。彼はユキの写真をファイルの中に押しこむと、平静を装って後ろをふり返った。午後三時頃《ごろ》に彼女がいることは珍しい。彼女は薄紫色のスーツで決め、いかにも女性実業家らしく物腰に隙《すき》というものがない。

「仕事は捗《はかど》ってますか？」

「はい、順調に進んでます」

島崎はうなずいた。

「それはよかったわ。あと二ヵ月くらいで何とか恰好《かっこう》はつくわね？」

妙子はワープロの画面にチラッと目をやった。

「たぶん、大丈夫だと思います」

島崎のアパートと小松原家の間は、時間にして三十分ほどの距離だが、より仕事の効率化をはかるため、妙子がワープロを用意してくれた。島崎の使っているのと同じ会社の製品なので、互換性があり、彼はフロッピーを持って自宅と小松原家を往復するだけでよかった。

「ワープロを入れていただいたおかげで、助かります」

「そんなものでいいのなら、遠慮なくどんどんおっしゃって。必要があれば、何でも買いますから」

「ありがとうございます」

「ここをあなたの仕事部屋と思ってくださいね」

妙子はそう言うと、窓際《まどぎわ》に行って、レースのカーテンを開いた。強い日差しが庭の芝生一面にあたり、緑の反射光がこの部屋にまで入ってくる。しかし、部屋の中には熱気は入ってこず、ひんやりとしたままだった。特殊な造りのせいで、外気が遮断《しゃだん》されているらしい。

彼女の視線は虚《うつ》ろで、どこか現実から遊離しているようだった。島崎は妙子の目に尋常ならざる光を認めたような気がしたが、その光はすぐに消えた。島崎が初めてこの屋敷を訪問した時、二階のこの部屋のカーテンが揺らめき、女の顔がのぞくのを目にしたが、その女は妙子だと、ふと思った。なぜなら、あの時、この部屋の鍵《かぎ》を持っているのは彼女しかいなかったのだから。

「あなたがそうしてデスクに向かっているのを見ていると、淳のことが思い出されて、とても悲しいわ」

妙子は寂しい目をして、ぽつりと言った。

「……すみません」

「あら、違うの。そんなつもりで言ったんじゃないの。いいのよ、ここは自由に使ってください。作品のためなんだから」

「………………」

「期待してますよ。私はこれからお店に出かけますから、後はよろしくね」

妙子は島崎にかすかな笑みを見せると、悠然《ゆうぜん》とした足取りで出ていこうとした。

「あのう……」

島崎はおずおずと切り出した。

「何か」

妙子はふり返ると、けげんそうな顔をした。

「奥さんにインタビューをしたいんですけど、お願いできますか?」

「わたしに?」

「ええ、淳さんの産みの親なんですから、当然、奥さんが彼のことについては一番よく知っていると思うんです。補足的に話を聞かせていただければ、伝記に厚みが出るはずなんですが」

今までの関係者のインタビューでわかっているのは、あくまでも小松原淳の表面の部分だけで、内面まで踏みこんだ取材にはなっていないのだ。

「おっしゃる意味はわかります。でも……」

妙子は眉根《まゆね》を寄せ、言葉を切った。

「でしたら、協力していただけますか?」

「もちろん、協力は惜しまないつもりだけど、それ、最後にしていただけないかしら。どうせワープロで書いているわけだから、挿入《そうにゅう》や削除は簡単にできるんでしょ?」

「それはそうですけど、後でこれはだめだから書き直しだなんてことはないんでしょうね?」

「そのことだったら、安心してください。前にも言ったように、私はあなたを信用してやってもらっているんですから」

「わかりました。それだけ確認できれば、けっこうです。全力を尽くして、奥さんの気に入っていただけるものに仕上げます」

島崎には妙子の態度が少し不満だったが、そういうより他になかった。

「ありがとう。きっと淳も喜んでくれると思うわ。わたし、これから店に行きます。では……」

妙子はそう言って、部屋を出ていった。

「あ、奥さん、ご主人の譲司さんのことですが……」

島崎は聞き忘れたことを急に思い出し、彼女に声をかけたが、すでにドアは音高く閉められ、足音は遠ざかっていった。

譲司のことは、あまり誰も触れていないので、もう少し追及しておく必要があると思っていたところだった。譲司はいつの間にか淳の〝歴史〟の中に現れ、そしていつの間にか姿を消している。そんな影の薄い存在なのだ。

でも、今はまだいいか。彼女に会う機会はこれからもあることだし、調べていくうちに、譲司の実像に迫れるだろう。

島崎は再びワープロに目をもどした。すると、今度はその画面に若い女の顔が映っていた。

彼はまた飛び上がりそうになった。

「ごめん、驚かせちゃった？」

ジーンズにTシャツ姿のユキが両手を背中に組み、首を傾《かし》げていた。

「心臓が縮み上がりましたよ」

とは言ったものの、ユキに会えたことで胸がはずんだ。

「ねえ、今、お母さんが来てたでしょ？」

「ええ、来てましたよ」

「どんな話してたの？」

ユキの目に好奇の光が差している。

「仕事の話です。気になりますか？」

「ううん、別に」

ユキは首を強く横にふった。まるで、小学生がわざと知らんぷりをしているような仕草だ。二ヵ月の間に二人の間は親密になっていたが、彼女が本当に島崎に興味があるのか、それとも何か別の目的で接近してきたのか、彼には判断がつきかねた。

「ほんとはお父さんの話をしていたんです」

島崎はあえてそう言ってみた。

「パパのこと？」

「ええ、譲司さんのことです。応接間に掛けてあるあの書、なかなか味がありますね。

英語教師なのに、剣道や書画、古書に興味をお持ちだというし、とてもユニークな方だったと思うんですけど」

「そうかなあ。ふうん」

ユキは興味なさそうに言った。

「お父さんは今、どうしてるんですか？」

「さあ、知らない」

彼女は珍しく沈鬱《ちんうつ》な表情を見せた。

「パパ、いなくなっちゃったんだもの」

「いなくなった。失踪したってことですか？」

「突然、誰にも行き先を告げずに消えちゃったの」

「それじゃ、まるで淳さんみたいですね」

「そうね。そういえば、そうみたい」

ユキはうわ言のようにつぶやいた。「わたし、そのこと話したくないの。……そんなことより、散歩しない？」

「今からですか？」

外を見ると、池に架かる橋には、陽炎《かげろう》が立っていた。熱気に庭の植物がしおれている。

「行くの、行かないの、どっち？」

ユキは不機嫌《ふきげん》そうに言って、ドアのほうへ歩きかけた。島崎はファイルケースの鍵を掛けると、慌てて彼女を追った。

「行きますよ。待ってください」

二人はこの前と同じく、宮野静江に見つからないように、裏口からこっそり外へ忍び出た。

六義園の苔《こけ》むした煉瓦《れんが》塀《べい》のそばの歩道を二人は横に並んで歩く。前からゲートボール帰りの老夫婦がやって来て、すれ違う時に、彼らに無関心な視線を送った。塀の尽きたところを左手に折れ、六義運動公園をすぎると、ユキは黙って六義園の入口に入っていった。彼女が二人分の入場券を買い、一枚を島崎に黙ってわたした。

木立の多い公園は、緑陰に入ると、さすがに涼しかった。園内をざっとまわって、茶店に入ると、ユキは縁台に腰を下ろした。

「抹茶《まっちゃ》を頼んで」

彼女は島崎の顔を見ず、池のほうに目を向けたまま言った。

「はい、わかりました」

まるで深窓《しんそう》の令嬢のお守《も》りをしている下男みたいだと内心苦笑しながら、島崎は抹茶を二つ注文した。しばらくして、抹茶が運ばれてくると、二人は無言のまま啜《すす》った。

苦い液体が喉《のど》を通過すると、渇きが癒《い》えた。暑い時の抹茶も悪くないものだと思いつつ、島崎はユキの横顔に目を移した。池の水面の反射で、彼女の目が青く光って見える。彼はそのままユキの顔から視線を逸《そ》らさなかった。成熟した体と幼い顔つきのギャップが、その魅力を倍加させている。

ふと、淳の部屋で見つけたユキの写真の束を思い出した。だが、そのことを彼女に聞くわけにはいかないだろう。あの写真には何かしら秘密の匂《にお》いがする。

出し抜けにユキがふり返り、島崎の顔を真正面に見据《みす》えた。

「わたしの顔に何かついてる？」

「いいえ、何も」

島崎はうろたえ気味にうつむいた。

「そんなはずはないわ。あなたの顔にちゃんとそう書いてあるもの」

島崎は顔に手を触れた。

「ほんとに顔をさわらないでよ。古典的な冗談じゃないの」

「はあ」

「ばかね」

彼女にふりまわされても、少しも腹は立たなかった。

「あのう、淳さんのことでお聞きしたいことがあるんですけど」

島崎が訊《たず》ねると、ユキは彼の顔をじっと見つめた。

「淳さんには、写真の趣味がありませんでしたか？」

「いいえ、お兄ちゃんは大の写真嫌《ぎら》いだったわ。自分が写されるのがいやだから、アルバムのようなものは残していないはずよ」

「なるほど、そういえば、家族団欒《だんらん》の写真がないですね」

「うちは、ばらばらの家族だから」

寂しげな声が返ってきた。

「そうなんですか」

だったら、あのユキの写真は何なのだ。淳が彼女に気づかれないように盗み撮りしたものなのだろうか。

島崎は黙りこんで、池に目をやった。

ウイークデイなので、それほど入場者はいなかった。池の魚が飛び跳ねる音がはっきりと耳に届く。

「わたし、昔ここで殺されそうになったのよ」

彼女が他人事《ひとごと》のように言った。

「ええ、知ってます。幼女連続殺人事件ですよね」

「そう、よく知ってるのね」

「その辺は調べてますから。でも、ユキさんの時は未遂に終わって、その時のあなたと淳さんの証言から、犯人はつかまった」

「あの辺の木陰で、あいつがわたしに寄ってきたの。いきなり……」

彼女は突然立ち上がると、指差した方角へ歩き出した。島崎は慌《あわ》てて抹茶の代金を払い、彼女の後をついていった。

遊歩道をはずれ、立入禁止の札があるところで、ユキは何を思ったのか、柵《さく》をまたいで木立の中に入ってしまった。

「ユキさん、入ってはだめですよ」

「平気。誰も見てやしないもの」

柵の中にいったん入ると、樹影が濃くなり、遊歩道がまったく見えないどころか、空さえ見通せなかった。苔の生えたすべりやすい地面を行くと、やがて塀の際《きわ》に着いた。塀は内側からのほうが外側から見るより高く大きく見える。まるで刑務所の塀のように、人を寄せつけない厳《いかめ》しい雰囲気があった。

「こんな暗いところで遊んでいたんですか？」

「そうよ」

ユキは塀に達すると、くるりと反転し、島崎に向き合った。ほの暗く湿気の多いところだった。木の幹にさわると、ぬるぬるとした感触がある。ナメクジが触角を伸ばし、粘液の痕《あと》を木に残しながら這《は》っていた。

「こんなところにいたら、犯人にわざわざ襲ってくれと言ってるようなもんじゃないですか。子供には危険すぎる」

「わたし、殺人犯なんか怖くなかったわ。こういうところに入ってしまえば、わたしたちのほうが逃げ足が速いもの。サバイバル術って知ってる？」

「ええ、少しは」

「お兄ちゃんもわたしもそういった方面に強いの。お父さんの部屋に英語の本だけど、『サバイバル術』なんていう米軍の資料があって、遭難したら、どうすればいいかとか書いてあるのね。お兄ちゃんが読んで、小さい頃からわたしに教えてくれたってわけ」

ユキは小石を拾うと、右へ行く時は石を鏡餅《かがみもち》のように積み重ね、さらに右に石を一つ置くといったことや、草のしばり方で方向表示をするやり方などを事細かに教えてくれた。

「でも、実際はつかまってしまったんでしょ？」

「うん」

ユキはいたずらを見つかった子供のようにうなずいた。

「わたし、隠れんぼしてたら、木の陰からいきなり男の人が出てきたの」

ユキはそう言うと、子供の時のことを思い出したのか、急に震え出して、島崎にしがみついてきた。「あの男が来る。怖いわ」

「大丈夫ですよ。誰も来やしませんよ」

島崎はユキの奇矯《ききょう》な行動に困惑しながら、彼の腕の中で震えている娘の背中を抱き寄せた。薄いTシャツの生地《きじ》を通して、ユキの体のぬくもりと胸の鼓動が彼の手に伝わってくる。ユキはうるんだ目で島崎を見た。

「真犯人はまだつかまっていないのよ。わたしをつかまえにくるわ。いつかきっと」

「Mという大学生がつかまってるじゃないですか」

「彼はわたしに悪戯《いたずら》をした男よ」

「だったら、問題はないじゃないですか」

「幼女殺しの犯人は別にいるような気がするの」

「でも、Ｍが逮捕されてから犯行はぴたりと止《や》んでいる」

「それは、真犯人がわたしの様子を探っているからよ」

「そんな執念深い犯人、いるのかな。もう二十年近くたっているのに」

「絶対いるわよ」

「もし、そんな奴《やつ》が現れたら、僕がこうして守ってあげますから、心配しないでください」

彼はユキの体をさらに強く抱きしめた。

「ほんと？」

「ええ、任せてください」

「じゃあ、証拠見せて」

「証拠？」

島崎は困惑気味にユキを見た。「どういうことですか？」

「鈍感ね」

ユキが腕に力を加え、島崎にむしゃぶりついてきた。彼は衝動的にユキの顎《あご》を持ち上げると、その唇《くちびる》にキスをした。意識下に押しこめていた本能が、ユキの大胆な行為によって解き放たれたせいかもしれなかった。

強く抱くと、ユキはそれに応《こた》え、さらに強い力で島崎を抱き返した。ユキの首筋を吸う。彼女のあえぎ声が彼の理性を狂わせた。甘い吐息が彼の理性を断ち切った。そのまつづけていたら、彼はユキを苔むした地面に押し倒していたにちがいない。

いきなり近くでがさがさと音がした。二人は身を離し、とっさに木の陰に隠れた。

水色の服が木の間隠れに見えた。島崎はユキの体を前に抱えるようにして、誰が来たのか確認しようとした。

「また捨て猫《ねこ》かね」

歳《とし》のいった女の声がした。

「そうだね。猫が増えちゃって困るわね」

別の女の声がそれに応じる。よく見ていると、掃除婦たちだった。最近の若い連中は平気でものを捨てて困るなどと口々に言いながら、彼女たちは木の間を抜けて、遊歩道のほうへ消えていった。

「そろそろ、帰ろうよ」

ユキが島崎の手を邪険に突き放し、夢から覚めたような目で彼を見た。ついさっきまで本能の赴《おもむ》くままに動いていたのが嘘《うそ》のようだった。急に彼らのいる空間だけが、興ざめな雰囲気《ふんいき》に満ちた。

「あ、そうですね」

島崎の額から急に汗が噴き出してくる。さっきまでの抱擁は何だったんだ。彼としては、単なる衝動的な行為と片付けたくなかった。

戸惑っている島崎を置いて、ユキはどんどん先に行ってしまった。なるほど、林の中では彼女の足取りも軽やかに見える。雨で湿って少しぬかるんでいる地面を彼女は何の苦もなく歩いていく。サバイバルに強いというのも嘘ではなさそうだ。島崎が苔に足をすべらしたり、木にぶつかりそうになりながら、ようやく池のある明るい空間に出ると、ユキは何事もなかったかのように、ひとり水面に目を落として佇《たたず》んでいた。

鯉《こい》の群れが餌《えさ》を求めてやって来た。亀《かめ》が甲羅《こうら》を見せて、悠々《ゆうゆう》と泳いでいる。

「あの亀、何て名前の亀か知ってる？」

ユキが石の上で悠然と甲羅を干している亀を指差した。

「さあ、何でしょうね」

「ミドリガメ。ほら、縁日で売ってる緑色の小さな亀よ」

「え、あれが？　けっこう大きいじゃないですか」

「そうなのよ。子供がここに捨てたら、どんどん増えちゃったんだって」

「そうですか」

「わたしもパパに捨てられたの」

彼女はぽつりと寂しそうにつぶやいた。「あの亀と同じなのよ」

「そんなことを言っては、バチがあたりますよ」

「わたし、あの家でとても孤独なの。心を許せる人が全然いないんだもの」

どうして、ユキがそんなことを島崎に話すのか、彼には理解できなかった。

六義園を出たのは、閉門直前だった。太陽は西に沈みかけていたが、気温はいっこうに下がる気配を見せなかった。

それにしても、ユキがさっき漏らしたことは本当なのだろうか。

連続幼女殺人事件の真犯人は別に存在して、現在も野放しの状態であるということ。

そして、彼女に悪戯をした男と、それまでの連続幼女殺人犯は別人であるということ……。

まさか、そんなはずはないだろう。一度殺人に手を染め、警察の追及の手を逃れた者が、二十年もの長い間何もしないでいるなんて、ありえない。快楽を知った殺人者は他にはけ口がないかぎり、また犯罪に手を染めるものなのだ。

「後ろをふり向かないで」

突然、ユキの言葉に、物思いが途切れた。

「どうしました?」

島崎は声をひそめて聞いた。

「わたしたち、つけられているわよ。六義園で見られたのかもしれない」

ユキは前方の本郷通りのほうをにらみつけていた。

「いつから気がつきましたか？」

「あの繁《しげ》みを出てから。あいつ、わたしたちが昔のことを嗅《か》ぎまわっていると思っているのよ」

「あいつ？　男ですか？」

「そうよ。そのまま後をつけさせて、一泡《ひとあわ》吹かせてやるわ」

今度は中年女ではなくて、男か。

「つかまえるつもりですか？」

「もちろん。あなたにも力になってもらうから、そのつもりでいてね」

「わかりました」

それは彼の望むところでもあった。島崎のやることを邪魔しようとしている、もしくは島崎の行動の一部始終を探っている人物。何が目的なのか、そいつを捕まえて直接問いただしてやる。

「それで、どのような作戦をとりますか？」

「いい、これから吉祥寺に行くわよ」

「吉祥寺？　駒込から山手線に乗るんですか？」

「違うの。この近くにあるお寺の名前よ。質問は後、さあ、ついてきて」

二人が本郷通りを南へ向かい、十分ほど歩いただろうか、左手にいかにも由緒《ゆいしょ》ありそうな山門が見えてきた。門の前に寺の沿革を書いた立て札がある。吉祥寺は室町時代の建立《こんりゅう》らしい。

門から長い参道があり、突き当たりに大きなお堂が見える。右に墓地が連なり、参道の両わきにいわくありげな碑が立っていた。

島崎は先ほどから、ずっと以前この寺に来たような気がしてならなかった。デジャヴュ、既視感とでもいうのだろうか。

しかし、どんなに記憶の襞《ひだ》の中を探ろうと、彼自身、こんなところに来た覚えはなかった。

「どうしたのかな」

彼はこめかみを強く押した。この頭の痛みは一体どこから来るのだろう。

「ねえ、大丈夫？　脂汗《あぶらあせ》をかいてるわよ」

「大丈夫です。暑いから少し眩暈《めまい》がして」

「頼りないボディーガードね。まだ尾行されているから、気を引きしめてよ」

「ええ、わかってます」

参道の左わきに「お七吉三比翼塚《しちきちざづか》」という古い墓碑があった。

「八百屋お七の恋した吉三がこの寺の寺小姓だったんだって」

ユキが碑を見ながら、解説を加える。

「くわしいんですね」

「パパの話の受け売りだけどね。小さい頃《ころ》、パパとよくこの寺へ遊びに来たの。懐《なつ》かしいわ」

ユキは目を細めて、本堂の方向を見た。本堂の前の広場から、古びた経堂のほうへ折れると、右手に山門が見えた。目の錯覚かもしれないが、人影が視界をよぎったような気がした。

それが刺激になったのか、突然、島崎の頭に何かが閃《ひらめ》いた。

「そうか、そういうことだったのか」

「どうしたの。あいつの正体がわかったの？」

「いいえ、そうじゃないけど……」

既視感の正体がわかったのだ。淳の短編「きもだめし」の舞台はここなのだ。荒れ寺で無住というのは虚構だが、この寺の墓地の感じがどことなく、小説の中に登場する墓場を思わせる。これで日が暮れれば、荒れ寺の雰囲気が伝わってくるだろう。作中の吉福寺は吉祥寺からとったのだ。

すでに六時をすぎていた。彼らは広い墓地の中をさまよった。まるで、十数年前、淳たちがきもだめしをやった時のように。

「ユキさん、お兄さんが書いた小説のこと、ご存じですか？」

「どんな内容のもの？」

「お寺できもだめしをする話です」

「さあ、知らないけど」

ユキはかぶりをふると、さりげなく背後をふり返った。つられて島崎もふり返った。

「誰もいないですね。気のせいだったんじゃないですか?」

「ううん、きっとどこかにいるはず」

「どうしますか?」

「ここで待ち伏せするのよ」

ユキはひとつの墓石の裏に島崎を引きずりこんだ。彼女はしゃがみこむと、墓石の陰から尾行者のほうを窺《うかが》った。しかし、二人の目には誰の姿も映らなかった。

しばらく、そこに身じろぎもしないでじっとしていると、ユキが唐突に言った。

「こうしていると、お兄ちゃんを思い出すわ」

ユキは言葉を切ると、島崎のポロシャツの胸にそっと鼻をつけた。闇《やみ》が薄墨を溶かしたように徐々に濃くなってきていた。

その時、どこかで草を踏みしだく音がした。

「気をつけて」

ユキが島崎の耳元でささやいた。

島崎が身構えた瞬間、二人の体がほとんど同時に金縛りにあったようになった。

黒いひょろ長い影が、彼らの目の前を通りすぎたのだ。直観的に、そいつの正体がわかった。それは、淳のストーリーの中でたびたび登場した〝あいつ〟だった。暗がりの中でも、横顔のシルエットははっきり見えた。高く尖《とが》った鼻梁《びりょう》が特徴的だ。その全身からはオーラのようなものが放射されている。

保育園時代の淳を誘拐《ゆうかい》しようとした男。淳をいじめたガキ大将をかどわかした男。淳が窮地に追いこまれている時、必ず現れる男だった。証言者たちの描写する男の様子が、そのまま眼前にいる男のそれと重なった。

現実の世界に〝あいつ〟がいるなんて。

童謡「赤い靴《くつ》」の旋律がふと耳に甦《よみがえ》った。

身がすくんだ島崎のそばで、ユキが激しく震えていた。

「そんなはずはないわ。嘘よ、絶対に」

ユキが耳をふさぎ、金切り声をあげそうになったので、島崎は彼女の口を手でふさいだ。もし、男に見つかったら、間違いなく襲われるだろう。彼らの周囲に冷気が忍び寄っている。超自然の力が現実の世界に影響を及ぼしているような気がした。

島崎は子供の時にシャーロック・ホームズ物の『バスカービル家の犬』を読んで、怖くてトイレに行けなくなったことを思い出した。こっちに気がつかないでくれ。そう願いながら、墓石の陰に身を寄せた。榎本《えのもと》家の墓と書いてあったが、それが榎本武揚《たけあき》の墓であることは、その時は気づかなかった。

体のまわりにオーラを放射した〝あいつ〟は、うずくまっている彼らに気づく様子もなく、そのまま幽霊のように墓域を通り抜けていった。幽霊でないのは、草をかき分ける音がすることでわかる。そして、〝あいつ〟はそのまま見えなくなった。

ややあって、我に返った島崎の耳に、「赤い靴」のメロディーが聞こえてきた。虚脱状態のユキが、ほとんど無意識のうちに、口ずさんでいたのだ。その憂愁を帯びた旋律が島崎の背筋を凍らせた。

「赤い靴　はいてた　女の子　異人さんに　つれられて　行っちゃった」

ユキは今、赤いスニーカーをはいていた。

〔モノローグ〕4

どこかで草を踏み分ける音がした。それは私の潜む洞穴《ほらあな》にだんだん近づいてきた。

「誰かが助けにきてくれたんだ」

弱りきった私の体の中心が熱くなった。辛抱して、待っていた甲斐《かい》があったというものだ。何日か前に洞穴の外に出て、外部の誰かに知らせるために、狼煙《のろし》を送ったのが功を奏したのだ。

少し開けた場所で、湿った木にガスの残量の少ないライターで火をつけて、煙を立ちのぼらせた。煙を見た誰かが山火事か何かと思って一一九番通報し、地元の消防団あたりがやって来たにちがいない。

「よかった。神は我を見捨てなかった」

ゆっくり膝《ひざ》をもんで血行をよくしてから、壁に手をつけて立ち上がる。私は残り少なくなった食料を毎日少しずつ食べ、最悪の場合に備えていた。骸骨《がいこつ》のように痩《や》せ細っても、生き抜くつもりだったから、思いのほか迅速な反応を神に感謝したかった。

何時だろう。夢とうつつの間を行ったり来たりしていたので、時間的な感覚が失《う》せていた。腹時計の感じからすると、夜なのかもしれない。

ライターのガスが無駄《むだ》になるので、つけることはせず、手探りでそろりそろりと入口へ進む。くしゃくしゃになったシャツの胸元を閉めて、寒さに耐えながら、新鮮な外気にあたった。

それから耳をすまして、音のした方角を探した。野生の生活に入ってから、人間の退化した感覚がずいぶん復活している。嗅覚《きゅうかく》、聴覚は特に敏感になったようだ。

かすかな物音が右手の方角から聞こえた。救助隊なら、懐中電灯の光とかが見えてくるはずなのに、それはない。草をかき分けるような足音がするのだ。野生動物の気配ではない。

ガサガサッと、再び物音がする。泣いているような女の声がつづいた。

「助けて」

聞いたことのない女の声だった。

この辺は磁気が多くて、方向感覚を失わせる遭難の名所であると同時に、自殺の多い場所であることを、私は知っていた。

そうか。あの女は死に場所を求めて、この森に自ら入ってきたのだ。この時間に、八イカーが道に迷ってくるはずがない。自殺志願者に決まっている。何としても、思い止《とど》まらせなくてはならない。

彼女が死ぬ前に、ここへ来た道筋を聞き出すのだ。女が自殺のためにまぎれこんできたということは、道路がここから遠くないことを物語っている。私がここへまぎれこんだ時は、出口を探して、かえって方向感覚を失い、自分の居場所をわからなくしてしまったのだ。

「もしもし」

私が声をかけると、途端に足音は止まり、女の泣き声がやんだ。

木の上で、グワッと喉《のど》を詰まらせたような鳥の声がした。再び静寂が訪れた。闇の中で、二人の人間が互いの動静を探っていた。声をかけて失敗したかと、私は一瞬後悔の念にとらわれた。女のほうは追手が来たものと思い、警戒しているのかもしれなかった。

「お願いだから、僕を助けてください」

私はしばらく様子を窺って、相手に何の動きもないことが不安になった。

「僕、ここに迷いこんでしまって、身動きがとれないんです。母がきっと心配しているはずです。至急、母に連絡をとって、無事を知らせたいんです。でも、ここから出られない。食料も尽きかけているし、このままだと死ぬかもしれない。お願いだから、誰かに連絡をとって、応援を呼んできてほしいんです」

右手方向で草を分ける音がして、森の中へ駆けていく足音が聞こえた。

「怪しいものじゃない。僕は……、おい、待て」

私は女を追って駆け出した。夜露が足を濡《ぬ》らし、足が冷たくなってきたが、そんなことにはかまっていられない。女をつかまえなくてはならなかった。

二つの足音が森の中に響いていた。

突然、何かが足に引っかかり、勢いのついた私は前方に激しく飛ばされた。落ちた先が固い木の根方で、額を強く打ちつけた。そして、私はそのまま意識を失った。

気がつくと、あたりは明るくなっていた。額がべとつくので、さわってみると、血が出ていた。幸い傷は大したことはないようだったが、体全体が湿っぽく、すっかり冷えきっている。起き上がって、周囲を見まわした。

足元に赤いデイパックが落ちていた。逃げた女が捨てていって、それに足をとられて転倒したのだ。袋を開けてみると、ラーメン、ポテトチップス、チョコレート、クッキーなどが入っている。運転免許証があって、緊張した面持ちの若い女が私を見つめていた。谷山美智子。十人並みの器量。都会の道ですれちがっても、私なら見向きもしないだろう。

しかし、今、その女は私にとって救いの神。きっとこの近くにいるはずだ。さっきは警戒させてしまったが、それも無理はない。こんな寂しい山中、しかも暗闇の中で、いきなり男に声をかけられたら、屈強の男でも怯《おび》えてしまうだろう。

「谷山さん。いたら、返事をしてください。怪しい者ではありません」

立ち上がって、森の奥に進もうとした時、私は何かに足を引っかけた。

「うわっ」

後ろに飛びすさった拍子に尻《しり》もちをついた。目の前の溶岩の上に女があお向けに倒れていた。岩に激突したのだろう。額から血が流れ、首が不自然な形に曲がっている。息絶えていることは体に触れないでもわかった。

「どうして死に急ぐんだよ。ばかやろう」

谷山美智子の飛び出た眼球が、恨めしそうに私をにらんでいた。

…………

第二部　異人の夢

1

小松原淳《じゅん》の小学生時代までをまとめ上げた時、島崎潤一は一つのステップを終えた達成感を味わうことはできず、心の中にはなお満たされないものが残っていた。淳の周辺では、常に事件が起き、それが一つとして解決していないのだ。淳のいるところ、必ず現れる外人風の背の高い男は何者なのだろう?

島崎はその男を〝異人〟と呼ぶことにした。

遡《さかのぼ》れば、妙子《たえこ》が淳を身籠《みご》もった時、いつも口ずさんでいた「赤い靴《くつ》」。その歌詞の中にすでに〝異人〟は登場する。淳が保育園の時、外人に誘拐《ゆうかい》されそうになった事件。きもだめしをやった時、淳にいたずらをした主犯格の少年を拉致《らち》した背の高い男……。〝異人〟の登場は、数え上げれば、きりがない。

そして、島崎がユキと二人で行った吉祥寺の墓地で目撃した背の高い男。〝異人〟は過去から現実の世界に甦《よみがえ》ってきたのだ。島崎が淳の過去を掘り起こすことによって、

〝異人〟を長い眠りから覚醒させてしまったとしか考えられなかった。

吉祥寺で、ユキはショック状態に陥り、島崎が支えなければ歩けないほどだった。幸い、家政婦の宮野静江に気づかれることなく裏門から戻り、島崎は仕事を終えたふりをして小松原家を出た。

それ以来、ユキの姿を見かけることがなくなってしまった。ユキはどうしたのかとおおっぴらに聞くことができないのが、つらいところだった。

部屋に閉じこもって、一人で泣いているのだろうか。気になって、仕事が手につかなかった。僕は彼女が好きだ。今では、島崎はそうはっきりと意識していた。彼女だって、僕のことを憎からず思っているはずだ。そう思うと、彼はいてもたってもいられなくなった。

七月中旬のその日、彼は意を決して二階の部屋を捜索することにした。どこかにユキがいるのは間違いない。

小松原家の内部については、すでに二ヵ月以上たっているにもかかわらず、一階の応接間と二階の淳の部屋しか知らないことに改めて気づく。

ワープロの電源をつけたまま、廊下へ出た。階段を下って裏口へ抜けるルートは知っているから、逆方向へ行ってみることにした。

天井の高い廊下を挟《はさ》んで四つずつ、合計八つの部屋があった。ノブに手をかけながら、最初のドアに耳をつける。ドアには鍵《かぎ》が掛かっていて、ノブはびくともしない。反対側の部屋も同じで、その隣、その向かい側と、次々にあたってみたが、どの部屋も外部の人間の侵入を頑《かたく》なに拒んでいる。

そして、最後の二部屋に来た。左側のほうのドアに耳をつけた。廊下の突き当たりが目の前にあって、白壁の上には格子《こうし》の入った明かり採りの窓があった。

その時だった。すすり泣くような女の声が背後で聞こえてきた。それは、どうやら最後の部屋から洩《も》れているようだ。足音を忍ばせて、ドアの前に行って耳をすませた。

泣き声は途切れることなくつづいていた。ユキだ。そうか、彼女はここに監禁されていたのか。そう思った島崎は、ノブをにぎり、まわしてみた。驚いたことにノブは抵抗なく回転した。

「ユキさん！」

ドアを開けて飛びこんだ島崎は、目を真っ赤に泣き腫《は》らした小松原妙子と対面することになった。ユキの名前を呼んでしくじったと思ったが、後の祭りだった。

そこは、白い壁面が目立つ殺風景な部屋だった。壁に接して、ドレッサーがあり、シングルベッドが一台置いてある。妙子の寝室に間違えて入ってきてしまったのだ。

ところが、妙子の口からは、思わぬ言葉がほとばしり出た。

「淳ちゃん、生きていたのね」

妙子の目は島崎の後方を見つめていて、焦点が定まっていなかった。それから、椅子《いす》から立ち上がり、懐《なつ》かしそうに島崎に向かって駆けてきた。

妙子は島崎の声に我に返って、立ち止まった。そして、島崎を見て、目を大きく見開いた。

「奥さん」

「あら、島崎さん。何事ですか?」

夢から覚めた妙子の顔が、にわかに険しくなった。

「す、すみません。泣き声が聞こえましたものですから、どうしたのかと思って」

「あなた、今ユキの名前を呼んでいたでしょう?」

「い、いいえ」

「わたし、はっきり聞いたわ」

「…………」

「あの子と会ったのね?」

「ええ、一度だけ」

否定はできなかった。部屋の張り出し窓が大きく開き、翻《ひるがえ》ったカーテンの下から涼し
い風が吹きこんできたが、彼の額からは逆に大粒の汗が噴き出してきた。

「お願いだから、あの子にはかまわないでちょうだい」

妙子はいつになくきつい調子で言った。

「いいえ、別に僕はそんなつもりで……」

彼はしどろもどろになった。

「あの子を見たら男がどうなるのか、わたしにはわかってます。あなたは仕事だけに目を向けてくだされぱいいんです。そのために、高いお金を払っているんですからね」

ユキは淳の妹なのに、どうして、妙子はユキを島崎から遠ざけようとするのか。しかし、そのことを問いただすわけにもいかなかった。

「すみません」

「作家はあなただけではないのよ。代わりの方はいくらでもいるはずです。そのことを肝《きも》に銘じておいてちょうだい。わかった？」

反駁《はんばく》できる状況ではないので、島崎は素直にうなずいた。ユキの消息も知りたかったが、それ以上に仕事を失うことのほうが怖かった。この家に出入り禁止になったら、ユキに会う機会さえ奪われてしまうのだから。

「あなたは淳の部屋にいてください。資料は全部あそこにあるのですからね。さあ、早速仕事にかかるのよ」

こんなに感情を剝《む》き出しにする妙子を見るのは初めてだった。

「すみません、今後、気をつけます」

島崎は部屋を出ると、後ろ手にドアを閉め、ドアに背中をもたれて、大きく息を吐き出した。

「小松原淳の肖像」は6章まで来ていた。淳が中学に入学する場面である。彼は気をとりなおして、調査を再開した。

〔小松原淳の肖像〕6——地下室の探検

小松原淳・年譜（12歳）

76・4・1　文京区内の私立白山《はくさん》学園中学に入学。

成績は常に学年のトップ。母親、妙子の教育熱が高まり、熱心にPTA活動をする。義父、譲司の存在は？

地下室で初めて〝異人〟を目撃する。

●矢吹大介（白山学園中学同級生・喫茶店主・28歳）

ええ、小松原淳のことなら、よく知ってます。僕の家は千石にあって、家が近かった関係で、よく一緒に帰りました。そう、彼はミステリーが好きで、授業中も先生の目を盗んで読んでましたね。勉強しているようには見えないのに、それでも成績はトップですから、あいつの頭の構造はどうなっているんだろうって、みんなで噂《うわさ》をしたことがあります。

彼の家ですか。ええ、一度、彼の誕生会に招待されたことがありました。彼の家族と、両親の知人が数人、それに小松原の友人として僕。全部で十人くらいのこぢんまりした会でした。どういう経緯でそういうことになったのかよく覚えていませんが、僕は彼に気に入られていたんでしょうね。その時、彼の父親に会ったんです。

よく似てる親子だなあと、後で小松原に言ったら、二人は血がつながっていないんだと、彼はうんざりしたように言いました。

「血がつながってないって、どういうことだい？」

「義父なのさ」

「ぎふ？」

「つまり、義理の父親。うちのお母さん、おやじと再婚したのさ。二人とも子連れだったんだ」

「ふうん、そうなのか。でも、よく似てるな」

僕は父子の顔を見比べてみました。小松原は鼻筋が通り、彫りが深いバタ臭い顔なので、似てるのかなと思いました。

応接間に入ると、そこには彼の母親と義父、それから小学三年くらいの妹がいました。妹といっても、義父の連れ子だから、淳とは血がつながっていないことになりますね。

ユキちゃんと言いましたっけ、西洋人形みたいに色白で、可愛《かわい》いんです。白いドレスを着て、頭に赤いリボンをつけています。目がぱっちりと大きくて、よく観察してみると、ちょっとエキゾチックな顔をしてましたね。

「すごく可愛い子だな」

僕は小松原を部屋の隅《すみ》に連れていくと、彼の耳元にささやきました。

「ふん、そんなこと、あるものか」

小松原はぶっきらぼうに答えました。

「うらやましいよ。あの子、おまえと血がつながってないんだろ?」

「まあ、そういうことになるかな」

「だったら、チャンスじゃないか」

僕はにやっと笑いました。

「どういう意味だ?」

彼の顔は険しくなりました。

「将来、結婚できるじゃないか」

「ば、ばか、言うな」

小松原はむきになり、耳たぶまで真っ赤にして怒りました。

「へへっ、こいつ、照れてやがる」

僕はひやかして、彼の背中を軽く突きました。

「何すんだよ。おまえ」

彼は本気になって、僕を突き返してきました。

「あなたたち、何をしてるのよ」

そんな僕たちに気づいて、小松原の母親が声をかけてきました。

「何でもないよ。こいつがちょっとふざけたからさ」

小松原が慌《あわ》てて言いつくろい、僕もうなずきました。

「すみません。僕が変なこと言ったものですから」

それから、小松原の父親がテーブル中央に大きなケーキを運んできました。蠟燭《ろうそく》が十三本あって、小松原が一息で吹き消すと、例のユキちゃんという妹が小松原に抱きつき、「お兄ちゃん、お誕生日おめでとう」と言って、ほっぺたにキスをしたのです。

照明が暗くなったので、はっきりは見えませんでしたが、小松原がうろたえているのがよくわかりました。

「おまえ、ユキちゃんを意識してるな」

僕はケーキを頬張《ほおば》りながら、小声で言いました。すると、彼が腕をふりあげて、ぶつ真似《まね》をしたので、僕は素早くよけました。こいつ、彼女に本気で惚《ほ》れてると思いましたね。僕が彼の立場だったら、将来あの子をものにするでしょう。まだ小さいのに、色気のある子で、純白のドレスの胸の部分はふくらんでいるし、スカートの下からのぞいている膝小僧《ひざこぞう》もむっちりとしていました。僕はまだガキだったけど、ぞくぞくっときたことを覚えています。

小松原の奴《やつ》、小説なんか書いているせいか、ナイーブなところがあるし、一人っ子だから自己中心の世界でそれまで来たでしょ。その反動みたいなものが、彼女に向いたんじゃないかな。でも、彼女にストレートに本心を打ち明けられない。同じ家の中だから、親の手前もあるし、かえって苦しいこともあるのかなと思いましたね。

誕生会は和気藹々《あいあい》のうちに進みました。その時の印象ですが、母親が主導権をにぎっていて、父親のほうはその言いなりになっている感じでした。彼は譲司さんという名前で、文京区内の私立高校で英語教師をしているという話でした。

少し早めでしたが、夕食をたらふく食べて満足した後、僕と小松原は二階の勉強部屋へ行きました。

「おまえのところ、いいよな。俺《おれ》のところなんか、喫茶店やってるからさ、親にはかまってもらえなくてね」

僕は本心からうらやましくて、そう言いました。

「そんなことないさ。うちだって、お母さんは宝石店やってるし、おやじは教師だものな。同じだよ」

「おまえのお母さん、ＰＴＡの副会長をやってるじゃないか。教育熱心でいいよ」

そうです、彼の母親は副会長をやっており、息子の成績がトップなので、学校では鼻高々といったところでした。

「お母さんは、ちょっと熱心すぎるから、逆に気が重いよ。いい大学に行きなさいってうるさく言うしさ」

「おまえだったら、どこだって絶対合格できるさ」

「そんなことはない。僕は推理作家になるんだ。受験勉強はごめんだな」

「うちの中学は高校まではエスカレーターだから、いいじゃないか」

「まあ、それはそうだけど」

と彼は言いました。白山学園は中学と高校の一貫教育を売り物にしていましたから、高校受験の面倒がないのがいいところでした。その代わり、僕みたいに途中でなまけると、大学受験の時に困るんですけどね。

あいつの部屋は、まわりを本棚《ほんだな》に囲まれ、本がびっしり詰まっていました。

「すげえ部屋だな。おまえ、これ全部読んだのか？」

「半分くらいかな。ほとんど推理小説さ」

彼は自慢げに言いました。聞くところによると、彼は小学生の時に童話の賞をもらっているということで、そう思ってみると、なるほどなと感心させられました。

「もっとすごいのを見せてやろうか」

淳は部屋に二人しかいないのに、なぜか声をひそめました。

「何だい？」

「地下室に秘密の部屋があるんだ。一見の価値はあるぞ」

このような洋館なら、地下室があって当然ですが、僕は見たくて、うずうずしてきました。

「頼むから、連れてってくれ」

僕は懇願しました。小松原は待ってましたとばかりに、にやりと笑い、口に指をあて

ると、

「シーッ、みんなには内緒だぜ。ばれるとまずいからな」

秘密めいたところが嬉《うれ》しいじゃありませんか。僕たちは忍び足で一階に降り、ホールの奥の重そうな鉄の扉《とびら》を押しました。ギイイイ……と大きな軋《きし》む音がしたので、僕たちは一瞬ドキッとして、しばらく応接間の様子を窺《うかが》っていましたが、気づかれなかったので、そのままドアを開けて中に入りました。

スイッチを押すと、オレンジ色の淡い光が下へ向かうコンクリートの階段を照らし出しました。真ん中がすり減り、ひび割れがあちこちにできているので、注意しないと足を取られて転落してしまいそうです。

小松原は地下室の電灯のスイッチを切ると、持ってきた懐中電灯をつけました。丸い光の輪がうずたかく積もった埃《ほこり》の層を浮かび上がらせます。歩くごとに埃が舞い、細かい粒子が光の中で乱舞しています。

何かが腐ったようなにおいがたちこめ、いかにも地下室という感じがします。がらくたが所狭しと置かれ、隅の闇《やみ》から怪物が出てきてもおかしくない雰囲気《ふんいき》でした。

「地下牢《ろう》みたいだろう？」

「ま、まあな」

まるでテレビで見た「怪人二十面相」の巣窟《そうくつ》みたいです。僕は怖がっているのをけどられないように歯を食いしばりました。一方の小松原は真面目《まじめ》くさった顔をして、前を歩いていき、僕は彼から離れないように、へっぴり腰でついていきます。一番下に着くと、小松原は光をあちこちに向けました。

「実をいうと、僕もここに来るの、初めてなんだ」

彼が突然、告白したので、僕は面食らいました。

「だったら、どうして、僕を連れてきたんだ？」

「一人じゃ怖いだろ。今までずっと一緒に行ってくれる相棒を探していたのさ」

「なんだ、俺は生贄《いけにえ》みたいなものか」

「怒るなよ、矢吹。もう後には引き返せないぜ」

「ちぇっ、しょうがねえなあ」

僕は舌打ちをし、小松原の背中に身を寄せるようにして進みました。地下室も上の階と同じだけの広さがあるようで、暗いせいでしょうか、廊下は行けども行けども、果てがないような気がします。

最初のドアを開けて、スイッチをつけると、電気が切れているのか、真っ暗なままでした。懐中電灯の光でぐるりと照らしました。

「ひどいなあ。ネズミの小便のにおいがする」

おじけづいた僕は鼻を押さえて、小松原の肘《ひじ》をつつきました。「もう帰ろうぜ。俺、いつまでもこんなところにいたくないよ」

「弱虫、帰りたければ、一人で帰れよ。こっちはもっと探検するぞ」

「しょうがねえな。こんなところに来なければ、よかった。おまえの誕生日なんか糞《くそ》くらえだ」

引き返そうとしても、一人で暗い地下室を歩くのは嫌《いや》です。

「しっ、静かに」

小松原が僕の足を軽く蹴《け》りました。

「何すんだよ」

「誰かいるんだ」

「ど、どこに？」と僕。

「前のほうだ」

小松原が右手を上げて、一番奥の部屋を指差しました。目を凝らして見ると、何やら白いものが闇の中にぼうっと浮かび上がっています。

「ゆ、幽霊だ。に、逃げろ」

僕が駆け出そうとした時、そのドアが開いて、中から光が廊下にパーッとあふれ出てきました。そして、人の形をした黒い影が光を浴びて、まるで幻灯のように大きく伸びてきました。

背の大きな男。光線の具合でそう見えたのかもしれませんが、影がぬっと伸びてきて……。

僕はそこまでしか見ていません。わめきながら、一目散に廊下を駆け抜け、階段を無我夢中で駆け上がったのです。

　あの時の怖さといったら、ありません。今でも生々しく覚えているくらいですからね。ほら、鳥肌《とりはだ》が立ってるでしょ？

　あれは何だったたんでしょうかね。

　はっきりはしませんが、小松原の説明によると、この家には何十年も前にドイツ人貿易商夫婦が住んでいたということです。戦争中は日独伊の三国同盟で、わが国とドイツの関係は良好でしたが、ドイツ本国の旗色が悪くなって、貿易会社が倒産し、夫婦は先行きを悲観して心中したといいます。それ以来、この家では幽霊が出るという噂があったんだそうです。たぶん、僕を怖がらせるための小松原の嘘《うそ》だったのかもしれませんが。

　いずれにしろ、僕は地下室から真っ暗な階段を駆け上がり、ドアにまで達して、ノブをにぎりました。しかし、そこまで来て後ろから小松原がついてきていないことに気づきました。

　びくびくふり返り、階段の下をのぞくと、暗がりの中に一ヵ所だけ、懐中電灯の明かりがついていて、そこに小松原のいることがわかりました。

「おい、小松原」

　声をかけても、返事がありません。すると、ライトの中にもう一つの影が浮かび上がったのです。それは、まるで話に聞いていたドイツ人貿易商の幽霊みたいな感じでした。浮かばれない幽霊が恨みを晴らそうともどってきたのか、それとも祟《たた》って出てきたのか。

その影は小松原に近づいていきました。

「小松原、危ない！」

僕が恐怖に駆られて、もう一度叫ぶと、黒い影が小松原から飛びすさりました。すると、我に返った小松原は、素早い身のこなしで階段を駆けのぼってきました。懐中電灯が彼の気持ちを表すかのように、右へ左へ大きく揺れ、それにしたがって、地下室の中で、彼の影がぐるんぐるんと大きく揺れます。

「おい、大丈夫か」

彼が僕のところまで来た時、僕は彼の両肩をつかみ、揺り動かしました。彼の目は虚《うつ》ろで、目の前で手をふっても、反応しません。階段の下を見ると、やはり影が見えるので、僕はドアノブを引っ張って、外へ脱出しました。ギギギギーと錆《さ》びついたドアが耳障りな音をたてましたが、そんなことは気にしていられません。

外界は夜ですが、少なくとも、電灯の明かりがついているので、やっと文明の世界にもどったような気がしました。小松原も呪縛《じゅばく》を解かれて、ようやく目をぱちくりさせています。

「あれ、僕、どうしちゃったんだろう？」

「ばか、覚えてないのかよ」

僕は彼の頰を軽く叩《たた》きました。「俺たち、地下室に行ったんだろ。それで……」

「あら、あなたたち」

一階のホールで突然、声をかけられて、僕はびっくりしました。ふり向くと、小松原のお母さんが腕組みをしながら立っていたのです。

「一体どこへ行ってたの？　心配してたのよ」

「あ、いいえ、その……」

「まあ、二人とも埃《ほこり》だらけじゃないの」

僕は助けを求めるために小松原を見ました。

「裏庭で遊んでいたんだよ」

彼はうつむきながら言いました。

「こんな寒いのに、ばかね。さあ、中に入って。せっかくお客さまが来てくださったのに、風邪を引かせたら大変じゃない。ごめんね、矢吹君」

結局、お母さんをごまかすことはできましたが、僕たちの心には今見てきたものの恐怖感が重くのしかかっていました。二階の彼の部屋にもどり、僕は我慢しきれなくなって質問しました。

「さっきのあれ、何だったんだ？」

「う、うん」

「幽霊じゃないよね？」

「目の錯覚じゃないか」

「そんなはずないだろう。二人とも実体のないものを見るなんてことはないさ」

「もう忘れようぜ。夢の中にまで出てきそうだ」

小松原は不機嫌《ふきげん》そうに横を向いて、机の前にもどりました。彼は話題を変えるために、小説のこととか、いろいろまくしたてましたが、彼も僕も地下室の不思議な体験が頭から去らなくて、上の空で話をしていたような気がします。それから一時間くらいそこにいて、僕は小松原家を後にしました。

今考えても、あれが何だったのか、さっぱりわかりません。

小松原とはその後も付き合いましたが、あのことに関してはお互い触れないよう暗黙の了解ができていました。

2

島崎潤一は、矢吹大介の話を聞くまで小松原家の地下室の存在さえ知らなかった。そこには、小松原家の重大な秘密が隠されているのではないだろうか。ここは一つ、探検してみるのもいいかなとも思う。

だが、おおっぴらにやるわけにはいかなかった。昼間、人の目を盗んでやるべきだろう。矢吹の話では、地下室の入口はホールの奥だというから、宮野静江に見つからないよう注意しなければなるまい。

午後四時をすぎたばかりで、ついさっき宮野静江がお茶とケーキを持ってきてくれたところだった。冷房は入っていなかったが、夕刻間近の室内は適度な温度ですごしやすくなっていた。ここにいるのも、あと一時間だ。帰ったふりをして、地下室に降りてみるのも悪くない。彼はケーキを頬張《ほおば》ると、荷物をまとめて、階下に降りていった。

厨房《ちゅうぼう》のドアを引いて、中に宮野静江がいるかどうか確認する。思った通り、彼女は夕食の準備に忙しくて、島崎に見られていることさえ気づいていない。こちらに背を向けて、調理台に向かって包丁で野菜か何かを刻んでいた。

地下室への扉の位置を矢吹の話を思い出しながら探したが、すぐには見つからなかった。それもそのはず、扉の前に段ボールが三箱も積み上げられていたからだ。空の段ボールを脇《わき》へ退《ど》けると、くすんだ緑色の鋼鉄製の扉が現れた。どっしりとした重量感があり、押しても動く気配を見せない。

ノブは埃をかぶり、握った手をいったん離すと、掌《てのひら》が真っ黒になっていた。鍵《かぎ》が掛かっているものと思ったが、まわらないのは、錆びついているためらしい。辛抱強く力を加えていると、かすかに軋みながら扉が動き始めた。

細めに開いた隙間《すきま》に身をすべりこませて、再び扉を閉めると、あたりは完全に真っ暗闇の世界になった。耳をすましても、外部とは完全に遮断《しゃだん》されて、何も聞こえてこない。地下室の配電設備か何かが低くうなっているだけだ。懐中電灯があればよかったのだが、周到に計画を練った上での行動というわけではないので、準備していなかった。

このようなチャンスがまた訪れるとはかぎらないので、今行ってみるしかないのだ。

不安を無理に抑えて、目を慣らそうと、しばらく立っていたが、光がどこからも入ってこないので、慣れようがない。仕方なく、足で自分の位置を確かめながら、そろりと進んだ。階段の始めで、空き缶《かん》のようなものを蹴ってしまい、それがからんからんとけたたましい音をたてて、階段を転がり落ちていった。

外には聞こえていないようだ。深呼吸すると、埃っぽい空気が肺の中に侵入してきた。むし暑い。長い間、換気されていないような湿っぽい空気が淀《よど》んでいて、たちまち全身の毛穴から汗が噴き出してきた。

矢吹大介の話が正しければ、階段の上の壁に電灯のスイッチがあるはずだった。手探りすると、思いのほか早く見つけることができた。スイッチを押すと、オレンジ色の淡い光が階段の下まで照らした。矢吹の話していた通りだ。

薄暗い明かりなので、光が外に漏れることはないと思い、そのまま階段を降りていった。

足を踏み出すごとに埃が濛々《もうもう》と舞う。彼は足を滑らせないように注意して降りた。階段の下には、旧式のラジオやテレビなどの電気製品のガラクタが放置されていた。

階段の上の明かりが淡く、歩くごとに光の量が弱くなっていったが、何もないよりはましだった。埃があまりにひどいので、口をハンカチで押さえながら廊下を進む。どこかに廊下の電灯のスイッチでもあればいいのだが、そんなものは目につかない。最初のドア、その反対側のドア、いずれも施錠《せじよう》されている。次のも同様だった。矢吹大介と小松原淳が目撃した怪しい人影は、矢吹の話によれば、一番奥の部屋の前のはずだった。

床は剝《む》き出しのコンクリートだった。くぐもった足音が地下室内に響く。目当ての部屋、一番奥の右手の部屋も施錠されていると思ったが、意外なことに、ノブは抵抗なくまわった。開けてみて、壁を手探りし、スイッチの場所を確認する。一階からの明かりは、ここにはほとんど届いていなかった。

「あったぞ」

島崎が押し殺した声でつぶやいたその時、どこかで物音がした。スイッチにかけた手を止める。

「誰かいるのか？」

答えはない。彼は動物の小便臭がまじった空気をゆっくり吸い、吐き出した。胸の動悸《どうき》が息苦しいまでに高まっていく。

スイッチを押すと、まばゆい光に部屋の中が一瞬真っ白になった。くらんだ両目を指でゆっくりもみ、目を開く。

「こ、これは……」

光の下に現れたのは、書庫のような空間だった。部屋の四周を本棚《ほんだな》が取り巻き、入りきらない本や書類が積み上げられ、紙くずや丸められた原稿用紙が足の踏み場もないほど乱雑に散らばっていた。デスクの上に、手打ちのタイプライターが置いてある。たった今まで誰かが仕事をしていたかのように、白い紙が挟《はさ》んである。煙草《たばこ》のにおいが空気の中に混じっているような気がした。

打ちかけの紙には、英文で「GHOST WRITER――Synopsis」とあり、その下は空白になっている。

「『ゴーストライター』のシノプシス？　梗概《こうがい》のことか」

しかし、何だって、こんなものが、地下の一室にあるのだろう。ゴーストライターとしての自分の境遇を思い、島崎は複雑な心境になった。

紙を引っ張り出してみた。まわりが黄色く変色している。新しいものでないことだけは間違いない。再びそれをタイプライターに挟みなおすと、くしゃくしゃになって散らばっている紙を一枚開いてみた。
『GHOST WRITER』――Synopsis
Scene1 Robinsons' Mansion
Scene2 Komatsuba
途中で切れている。どの紙も打ちかけで、同じ箇所で途切れていた。島崎は立ち上がって、本棚を見わたしてみた。ドイツ語のタイトルの他に、フランス語、英語のものも見える。
誰がこれを読んでいたのかというのが、まず最初に浮かんだ素朴《そぼく》な疑問だった。作品の古さからすると、持ち主はおそらくずっと以前の住人であるドイツ人貿易商だろう。タイプライターも骨董品《こっとうひん》クラスのもので、打ってみると、ところどころ錆《さ》びついて、うまく作動しない。紙くずを捨てた者は、故障したタイプライターに腹を立てたにちがいなかった。
その時、どこからかひんやりした風が入ってくるのに気づいた。地下室の密閉された空間にもかかわらず、である。
そういえば、この部屋の中に埃っぽさはない。散らかってはいるけれども、最近、人の手が加わっているように思える。何かが変だ。
新しい空気の流れはどこから来ているのか。見まわしただけでは、わからなかった。散らかった本の中に、『SURVIVAL HANDBOOK』という大部の本があったので、手に取ってみた。アメリカで発行されたもので、開けてみると、図解入りで、遭難した時の脱出方法、テントの張り方、水の入手法、食べられる動植物といったことがくわしく説明してあった。いつか、ユキが言っていた本とはこれのことだろうか。譲司がこの種の本をたくさん持っていて、ユキは淳から本の内容について教えてもらったという。一体誰がこれを使っているのか、そして、どこから脱出するために、この本を利用しようとしたのか。

突然、部屋の明かりが何の前触れもなく消え、彼は真っ暗闇《くらやみ》の中に取り残された。誰かがここにいて、島崎が来るのを観察していたのだろうか。もし、そうだとすれば、彼の身は危険にさらされていることになる。

島崎は息をひそめて、相手の位置を確かめようとした。相手がこちらの様子を窺《うかが》っているにしても、息づかいはおろか、存在する気配さえ彼に見せなかった。用心しながら、島崎は蟹《かに》のように横歩きして、入口のドアのほうへじりじりと動いていった。再び汗が額の生え際《ぎわ》から出てきて、頰を滑り落ちていく。

ノブの位置を探りあて、後ろ向きで押した。それから体を反転させると、素早く廊下に出た。しかし、誰も襲ってくる様子はなかった。

明かりが消えたのは、階上の誰かがブレーカーを下ろしたことを物語っている。階段の上にあった光も消えていた。彼は記憶を辿《たど》り、壁に手をつきながら、元来た道をもどっていった。

どこか遠くでガタンと物音がした。早く逃げ出さないと……。

焦《あせ》りばかりが先に立つ。汗が目の中に入り、ひりひりと痛んだ。

ようやく階段に足がかかり、一歩一歩確かめながら、上がっていった。七歩、八歩、九歩、十歩……。もうそろそろ一階に達してもいいはずだ。
十三、十四、十五……二十。次の階段がなくなり、空足《からあし》を踏んで、体のバランスを崩した。頭から先に倒れて、鋼鉄のドアに激しく額を打ちつけた。その反動であお向けに倒れ、後頭部を激しく打った。気を失いそうになるのを必死にこらえて起き上がり、ノブを探る。
「あった」

安堵感《あんどかん》が満ち潮のようにひたひたと胸に押し寄せる。すぐにノブをまわす。ところが、これが動かなかった。一階の外側から錠が下ろされているのだ。おそらく宮野静江が、段ボールが地下室の入口からどけられていたのを不審に思って、鍵を掛けたのだろう。彼女はドアを開けて、明かりがついていることも発見して、ついでにそれも消してしまったにちがいない。

退路を断たれた島崎は、檻《おり》の中の哀れな小動物も同然だった。

彼は死にものぐるいで鋼鉄のドアを叩いた。しかし、音は分厚い鋼鉄に吸収され、くぐもった音を立てるばかりだった。

たまたま時間があったからと思って、少し軽はずみな行動をとってしまった。地下室へ行くと、メモを残してくれればよかったと悔やんだが、遅かった。ドアに頭をぶつけた痛みが今頃になって襲ってきた。眩暈《めまい》がひどくて立ち上がることすらできなくなっていた。

小松原家の人間は島崎が帰ったものと思い、探すようなことは当分しないだろう。暗いひとりぼっちの穴蔵で、彼はのたうち、苦しみ、身動きもとれなかった。樹海に消えた小松原淳もこのように悶《もだ》え苦しんで息絶えていったのだろう。

うつぶせの状態から、肘《ひじ》を突いて起き上がりかかった時だった。地下室の階段の下から、ハミングのような声が聞こえてきた。

高音部が異様に震え、裏返り、奇妙な転調を繰り返す。歌い手の精神状態が窺《うかが》えるようだ。哀愁を帯びた曲だが、曲名まではわからない。

島崎の背筋を戦慄《せんりつ》が走り抜けた。

足音はさっきの部屋と廊下を行ったり来たりしているように思えた。その人物は、島崎が地下室を探検していた時、どこかに行っていた。そして、島崎が階段を上がるのと入れ違いに、地下室にもどってきたのだ。

もし、その人物と地下室で出会ったら、どのようなことになっていたのか、想像するのも恐ろしかった。助かったという思い、それとは裏腹に地下室を脱出できないジレンマ。助けを呼べば、そいつは島崎の存在に気づき、たちまち迫ってくるだろう。今の島崎の体力ではとうてい太刀打ちできまい。

足音が近づいてきたので、島崎は腹這《はらば》いになって階段の上から下をのぞきこんだ。懐中電灯のような丸い光が床を照らし、埃の微粒子が舞っているのが見えた。やがて、廊下が尽き、光が間近に迫り、男の影が淡い光に浮かび上がった。長い影法師が廊下のほうへ伸び、大きく揺れていた。

ハミングが鮮明に聞こえてきた。

「赤い靴《くつ》」――。

底知れぬ恐怖に島崎の心臓は縮み上がり、恐怖の呻《うめ》きが喉《のど》から漏れた。吉祥寺の墓地で見かけたあの男だ。

「だ、誰だ」

男がこの世のものとも思えぬしゃがれ声で言った。そして、懐中電灯が階段の上に向けられた。光の輪が階段の上の壁を舐《な》めまわすように移動する。

これは、矢吹大介と小松原淳が十五年前に遭った恐ろしい体験と同じ展開ではないか。島崎は首をすくめ、全身に流れる脂汗《あぶらあせ》を意識しながら、自分を見舞った災厄《さいやく》を呪《のろ》った。

「異人さんにつれられて……」

島崎は額の痛みに目が覚めた。呻き声が口から漏れてくる。目を開けても閉じても、暗さに変化はなかった。

しかし、とりあえずは生きているようだった。ここが小松原家の地下室の入口であることが徐々にわかってくると、暗澹《あんたん》たる思いに沈んだ。そこは脱出口の近くにあると同時に、冥府《めいふ》の入口でもある。

耳をすましてみても、物音はいっさい聞こえてこない。あれからどれだけの時間がたったのか、時間的な感覚が失《う》せていた。電灯のスイッチを押せばいいのだが、そうすると、〝異人〟に彼の存在が知れてしまう。

疲労が、のしかかるように島崎を襲いつつあった。まぶたが重く降りてきた。ああ、死にそうに眠い。


「ねえ、しっかりして」

誰かが島崎の肩を揺すっている。「島崎さん、ねえ、起きて」

薄目を開けると、女の顔が見えた。ぼんやりとした光の中で、その顔は暗くて、はっきりしない。

「わたし、ユキよ。わかる?」

あたりを憚《はばか》るように、ユキは声をひそめていた。

「ああ、わかる。ありがとう。でも、どうして、ここが?」

ユキに背中を支えられて、島崎は上半身を起こした。

「何かいやな予感がしたのよ。夕食の時に、静江がお母さんに地下室のドアが開いていたと言ったの。お母さんがわたしを見て問い詰めたから、わたし、知らないと答えたの。

ふだんはめったに使わない地下室でしょ。他に入るような人はいないから、ひょっとして島崎さんが入ったのかなとピンと来たのよ」

ユキはパジャマを着ていた。たった今ベッドから抜け出してきたばかりに見える。

「ありがとう。気がついてくれて助かったよ」

「お母さんたちは、島崎さんが帰ったものと思ってるのよ」

「そうだろうね、たぶん」

「わたし、みんなが寝静まるのを待って、地下室の前の段ボールをどかして、ドアを開けたってわけ」

「今、何時だい？」

「夜中の十二時をすぎてるわ」

「もう、そんな時間になるのか。まいったな」

彼が地下室に入ったのが夕方の五時前だから、七時間もここに閉じこめられていたことになる。このまま出ていって、見つかるようなことがあったら、小松原妙子にとがめられるのは必至だ。悪くすると、この仕事からはずされることも考えられる。

「僕を裏口から出してもらえるかな？」

「それはやめたほうがいいわね。今出ると、防犯装置に引っかかるから、侵入者と間違われるわ」

「じゃあ、ここで朝まで辛抱するか」

島崎はその時、たいへんなことを思い出した。

「あ、ちょっと待て」

「どうしたの？」

「この地下室にあいつがいるんだよ」

「あいつって？」

「ほら、吉祥寺で見た背の高い奴《やつ》さ」

「嘘《うそ》っ！」

ユキは喉の奥をつまらせるような声を出して、島崎の腕にしがみついてきた。パジャマの下でやわらかな胸が息づいていた。

「本当だよ。さっきも地下の廊下を歩いていた」

「たいへん、早く逃げなくちゃ」

ユキは島崎の腕の中でぶるぶると震えている。

「逃げるって、どこへ？」

「わたしの部屋」

「君の部屋かい。どこにあるんだ？」

「一階の奥」

「奥さんに気づかれないかな」

「大丈夫だと思うわ。それに、あなた、ここにずっといる気？」

「いや、ごめんだね。ここ以外ならどこでもいい」

「わかったわ」

ユキは島崎の腋《わき》の下に手を差しこみ、立ち上がらせると、空いているほうの手で地下室のドアを開いた。島崎は依然、眩暈《めまい》をおぼえていた。地下室のほうからは何の音もしない。

かすかな軋《きし》み音を出してドアは開いたが、真夜中のことなので、かなり増幅して聞こえた。気づかれていないことを確認してから、二人は寄り添うようにして、一階の廊下を通って、奥の右側の部屋に入った。よく考えると、そこは地下室の例の部屋の真上にあたるのだが、それを言うと、ユキをいたずらに怖がらせるだけなので、彼は黙っていた。

「お母さんはどこにいるの？」

「二階の部屋。静江はキッチンの向こう側の部屋」

ユキはスイッチを入れてからドアに施錠《せじょう》し、チェーンを掛けた。そこはいかにも若い娘の部屋らしく、隅々《すみずみ》まで注意が行き届いていた。窓際に可愛《かわい》らしい装飾を施したシングルのベッドがあり、ドレッサーやら、クローゼットやらが配置されている。ドガの『踊り子』の複製画が壁に掛かっている。ピアノの上には西洋人形、薄いピンクのカーテン、ベージュのカーペット……。安堵感が島崎の胸にどっと押し寄せてきた。

「これでひとまず安心よ」

彼女は島崎に向き直ると、彼の胸に顔をつけてきた。

「会いたかったわ」

「僕もだ」

ユキの甘酸《あまず》っぱい体臭が、彼の理性を奪った。長い抱擁の後、彼女が唐突に彼の体を突き放した。

「シャワー、浴びてきたら？　汗臭いし、とってもひどい顔をしてるわ」

「ああ、そうさせてもらうよ」

島崎は浴室の鏡で自分の顔を映してみた。額が真っ赤に腫《は》れ上がり、血がこびりついていた。目の下には隈《くま》があり、煤《すす》のような汚れが顔中についている。膀胱《ぼうこう》に溜《た》まっていたものを放出し、シャワーを浴びると、バスタオルで顔を拭《ふ》きながら部屋にもどった。まだ頭がふらつくが、さっきよりはましになっていた。

「生き返ったみたいだ」

彼は一人掛けの籐椅子《とういす》に腰を下ろすと、フーッと大きく息を吐き出した。ユキはドレッサーの鏡に向かって髪をとかしていたが、鏡の中から島崎に微笑《ほほえ》みかけた。

「もう寝たほうがいいわ」

しかし、寝るといっても、ここは女性の寝室だ。ベッドで一緒に寝るわけにはいかない。紳士のたしなみというものである。

「この上に寝ていいかな？」

島崎はカーペットの上を指した。

「ええ、いいわよ」

島崎は大きくあくびをすると、カーペットの上にしゃがみ、そのままごろりと横になった。

「明日はお母さんたちをうまくだませるかな？」

「大丈夫。お母さんが出勤した後に部屋を出ていって、二階に行くのよ。知らんふりして仕事をしていれば、静江だって気づかないわ」

急激に眠気が襲ってきていた。

「今日はありがとう。おやすみ」

「おやすみなさい」

ユキが明かりを消した。月の光が窓のレースのカーテンを通して入ってきた。薄明かりの中で、ベッドの上のユキの体が呼吸のたびに上下動しているのが見えた。

島崎の体にうずくものがあった。だが、地下室での疲労がたちまち彼を強引に眠りの世界に引きずりこんだ。

彼は地下室で〝異人〟に追われている夢を見ていた。逃げても逃げても、相手はしつこく追いかけてきて、彼をついに地下室の階段まで追いつめた。彼は一瞬の差でドアのノブに達したが、ノブは非情にも動こうとはしなかった。その間に〝異人〟が差をつめ、彼の背中に手をかけて爪《つめ》を……。

夢の中で悲鳴をあげた。

誰かが彼を揺すっていた。胸を圧迫されて、彼は必死にもがいた。とうとうつかまってしまった……。

「お願いだから、静かにして」

ユキが島崎の顔をのぞきこみ、彼の口を手で押さえていた。

「ね、大きな声を出すと、お母さんに気づかれてしまうわ」

島崎は跳ね起きた。

「まあ、すごい汗」

ユキはタオルで島崎の額の汗を拭《ぬぐ》った。「ベッドで寝たら？　寝心地が悪いから、変な夢を見るのよ」

「僕はここでいいよ。起こしちゃってごめん」

「さ、いいから。ベッドに寝なさい。これは命令よ」

ユキは彼の手を強く握った。

「ずいぶん暴君なんだな」

「そう、わたしはネロよ。わたしの命令には従わないと死刑よ」

くすくすと笑う彼女の息が島崎の首筋にあたった。

「どうしても？」

「ええ、どうしても」

東の空がしらじらと明けかかっている。窓を通して、部屋の中がぼんやりと明るくなっていた。二人は両手を取り合い、しばし見つめ合っていた。

「ね、いいでしょ？　わたしの言うことを聞いて」

ユキが体の力を抜いて、もたれかかってきた。

「わたしのこと、きらい？」

「い、いや、そんなことはないけど」

「だったら……」

ユキがパジャマのボタンを自分ではずし、彼の手を誘った。

彼は唾《つば》を飲みこもうとしたが、喉に引っかかった。うろたえる彼の前で、彼女はパジャマを脱いだ。そして、体を強く押しつけてきた。

島崎のすぐそばで若い女の体が息づいていた。

目を閉じた彼女の顔が神々《こうごう》しく見えた。彼はわずかに開いた彼女の口にくちづけをすると、彼女を抱き上げ、ベッドの上に運び上げた。首筋の産毛《うぶげ》がほの明かりに白く輝いている。指でやさしく撫《な》でると、あえぎ声が彼女の口から漏れ、その甘い吐息が彼の理性を完全に奪い去った。

激しい欲望が彼の下半身を襲う。彼の手の下で弾力のある乳房が小刻みに揺れた。指が乳首を愛撫《あいぶ》すると、彼女は全身を弓のように反り返らせた。

彼の別の指先が、彼女の腰のくびれからもっと熱く敏感な部分に下りていった。……

〔小松原淳の肖像〕7——転校生の死

小松原淳・年譜（13〜14歳）

77・5　（13歳）中学二年。この頃《ころ》より推理小説を熱心に書き始める。譲司の蔵書をむさぼり読み、創作「真夏の死」を完成。
　　　勉強をしないが、トップの地位は不動。

78・4　（14歳）中学三年。優秀な転校生が来て、成績が二番に落ちる。
　　10　転校生、謎《なぞ》の転落死。自殺か他殺か？　背の高い男の姿が目撃されるが、事件との関連はつかめない。

●**大河原勉**（私立曙《あけぼの》学園高校教諭・49歳）

ええ、あなたのおっしゃる通り、私は小松原譲司さんの同僚でした。私は国語の教師で、彼とは担当は違いましたが、学校内の誰よりも彼と親しく付き合ったのではないかと思います。

彼のことは、みんなが親しみをこめて「譲司さん」と呼んでいました。剣道部の顧問をしていて、相当な使い手でした。英語の教師としては、かなりハイレベルの人だったんじゃないかな。なんせ、本場のアメリカのボストンの大学に四年も留学してみっちり勉強していますからね。日本生まれだけど、アメリカ人以上にアメリカン・イングリッシュに精通していました。

そうそう、彼、英語クラブの顧問もやっていて、学園祭に英語の推理劇を上演したことを覚えています。その原作を書いたのが、彼のご子息の淳君なんです。

その当時、淳君は中学二年生ですから、驚きました。台本を読ませてもらいましたけど、実によく練られたプロットで、ラストのどんでん返しはすごかったな。確か「真夏の死」というタイトルだったと思います。真夏の密室で人が凍死するという話でしたが、種を明かせば、真冬の南半球が舞台だというものでした。錯覚のトリックを実にうまく使っていました。

淳君は譲司さんと血はつながっていませんでした。譲司さんの奥さんの連れ子なんです。

でも、彼は淳君を自分の肉親以上に可愛がっていました。彼にはユキちゃんという娘さんがいたんですが、その子にも負けないほどの可愛がりようでした。それでも、淳君はナイーブな子なので、妙子さんと結婚した当初はなかなかなついてくれなくて、手こずったそうです。

私が問題の淳君に初めて会ったのは、学園祭の時でした。推理劇の終了後に譲司さんが淳君を連れて、舞台に上がったのです。

「み、みなさん、これが今の作品の作者の小松原淳です。実は、ぼ、僕の息子なんです」

ふだんは冷静な譲司さんには珍しく、興奮して顔を上気させて言いました。譲司さんは淳君を抱擁し、その頰《ほお》に祝福のキスの雨を降らせました。すると淳君は顔をしかめ、迷惑そうに譲司さんを押しのけました。

「やめてくれよ、うっとうしいな」

淳君は照れて、そう言ったのでしょうが、私にはそれが劇以上に興味深い光景だったことを覚えています。

観衆は高校生が主でしたが、作者が中学生だということがわかると、どっとどよめきが起こりました。

最初は照れて、うつむいていた淳君も、作者の小松原淳と紹介されると、晴れがましい顔をしたように記憶しています。それを、譲司さんの奥さんとユキちゃんが舞台の袖《そで》から見ていました。

淳君は日本人離れした顔だちをしていて、なかなかの美少年でした。

譲司さんと淳君が万雷の拍手を浴びて、舞台から下りてきた時、私は譲司さんに言いました。

「へえ、淳君は譲司さんの息子だといっても通用するみたいだね？」

「そ、そうかい。そ、そいつは、う、嬉《うれ》しいな」

譲司さんは少しどもる癖がありました。英語は流暢《りゅうちょう》にしゃべれるのに、日本語となると、ああなっちゃうんだから、おもしろいものですよ。

「あら、二人は親子なのよ」

妙子さんが言って笑いました。譲司さんの奥さんは宝石商を手広くやっていましたが、そこに至るまでにはいろいろ苦労があったようです。二人がどうして知り合ったのか、彼らは笑うだけで教えてくれませんでした。

「パパとママはソーシソーアイなのよ」

ユキちゃんが譲司さんの腰をこっそりつつきながら、鈴のような声で笑いました。

「この子はほんとにおませね。相思相愛の意味もわからないくせに」

妙子さんが苦笑いします。

「ぼ、僕も、わ、わからない」

譲司さんが頭をかきました。

「わたしとお兄ちゃんも相思相愛ね」

ユキちゃんは、淳君の前に来て、彼に無邪気に抱きつきました。「わたしたち、結婚するのよ」

まあ、二人は連れ子同士ですから、そういうことも不可能ではないのですが、一応は兄と妹の関係なんですから、どうなんでしょう。

「ユキちゃん、それはできないのよ。二人は兄妹なんだから」

妙子さんも僕の考えと同じことを口にしました。

「いやっ、ユキはお兄ちゃんと結婚するの」

ユキちゃんは頑固《がんこ》に言い、淳君にしがみつきました。ところが、淳君は顔を真っ赤にして、「やめろよ」と邪険にユキちゃんを突き飛ばしました。

ユキちゃんは小学四年生ですが、もう大人の色気を漂わせているところがあって、将来すごい美人になるなと予感させるほどの女の子でした。光線の具合で、目が青く見えたり、不思議な雰囲気《ふんいき》を漂わせた少女でした。淳君も感受性が強いですから、その辺のことをよく承知しているんじゃないかと思いました。血のつながっていない兄妹というのも、もつれると厄介《やっかい》ですね。

あ、私、何言ってるんだろう。話が脱線しちゃいましたね。

え、淳君が書いた「真夏の死」を持っているかですって？

いいえ、ガリ版刷りの台本をちょっと見せてもらっただけですから、私は持っていません。譲司さんの家に保管してあるんではないですか。

譲司さん、どうしちゃったんでしょうね。もし生きていたら、そう、妙子さんより二つ年上ですから、五十二、三になるのかな。

小松原家には一度も行ったことがありません。ええ、あれ以来、淳君にも会ったことはないですよ。こんなところで、よろしいでしょうか？

●矢吹大介（白山学園中学同級生・喫茶店主・28歳）

え、また僕に質問があるんですか。時間？　ええ、かまいませんよ。今頃はお店の一番暇な時間帯ですから、お気づかいなく。どうぞ、カウンターに掛けてください。コーヒーは炭火ブレンドですか。はい、かしこまりました。

はあ、小松原家の地下室の冒険をやってから、彼の家を訪ねることはあっても、あの地下室には行ってません。もう、お化けはこりごりですよ。あんな幽霊屋敷みたいなところに住む奴《やつ》の気が知れないな。まあ、小松原だったら、小説のネタにするんでしょうから、それもいいのかな。

小松原は中学二年になると、推理小説をおおっぴらに授業中に書くようになりました。何でも、お父さんの勤めている高校で推理劇をやるっていうんで、それの原作を書くんだと言っていました。

勉強もしていないようでしたが、成績は落ちませんでした。あいつの頭の中、一体どうなっているんだろうと、不思議に思ったものです。先生も彼の成績がいいので、授業中の〝副業〟のことは大目に見ているようでした。

確か「真夏の死」というタイトルの作品だったと思います。わら半紙にガリ版で刷って綴《と》じたものを見せてもらったことを覚えています。

「おい、小松原。この小説、舞台《ま》にできるのかな？」

彼に刺激されて、僕も創作の真似《ね》ごとみたいなものをやっていたので、一人前に大きなことを言ったのです。

「やり方次第だな。舞台化できるかどうか、演出の腕にかかっている。後の処理はおやじに任せてあるから、何とかなるだろう」

二人とも、ずいぶんませたことを言っていたものです。

彼の父親の譲司さんは、ミステリーを相当読みこんでいる人で、小松原も譲司さんの影響を強く受けていたようでした。地下室へ行って大分たってから、小松原のところへ遊びに行って、譲司さんの書斎を見たことがあります。やはり二階にあって、すごい部屋でした。小松原の部屋だって、ミステリーだらけだったけど、譲司さんの部屋はそれとは違って、洋書が多かったですね。ミステリーもあったけど戦記物、軍隊関係とか野外活動の書物とか、英語で書かれた日本のガイドブックみたいなものもありました。アメリカ留学中に収集して、船便で日本に送ったんですって。

もちろん、未訳のミステリーもたくさんありました。古いものばかりなので、部屋全体が黴《かび》臭くて、空気が濁っていました。床から高い天井まで本ばかりうずたかく積まれています。

「これ、ルビー・コンスタンス・アッシュビーの『He Arrived at Dusk』、日本語にすると、『彼は夕暮れにやって来た』というんだ」

小松原が抜き出したのは、カバーが取れて表紙がぼろぼろになった一冊の本でした。

「ミステリーとホラーの融合した作品なんだ。イギリスの田舎でローマ時代の幽霊が殺人を犯すという不可解な状況で始まってね……。不可能犯罪の巨匠、ディクスン・カーの『火刑法廷』と並び称されている作品さ。ヘイクラフトの『娯楽としての殺人』にも紹介されているし、サンドーの名作表には……」

彼の言っていることは、僕にはチンプンカンプンでしたが、彼に追いつこうと必死でメモした覚えがあります。彼に触発されて、僕もすごいミステリーファンになりましたからね。

小松原のすごいのは、あの当時、すでに洋書を辞書なしでばんばん読んでいたことでした。勉強しなくても、英語ができるのもあたりまえですよ。それに譲司さんに英会話を教えてもらえるんだから、鬼に金棒でした。

僕はその時に、彼の推薦する作品を借りたんですけど、中学生の頭にはむずかしすぎました。一ページだけ辞書を引きながら読んだだけで、後はお手上げでした。それを小松原は日本語を読むようにすらすら読むんですから、うらやましかったですね。

いずれにしろ、「真夏の死」は完成して、譲司さんの勤める曙学園高校の秋の学園祭の演《だ》し物《もの》として、評判になりました。僕も招待されて行きましたが、劇の最後に小松原が作者として挨拶《あいさつ》したんです。

「中学生の新進推理作家」という紹介のされ方で、会場内にどよめきが起こりました。学生服姿の小松原は堂々と胸を張り、なかなか風格がありました。中学生だけど、背が急に伸びたから、大人びて見えましたね。でも、父親が息子と抱き合うのは気持ち悪かったな。

「真夏の死」の台本ですか？　はて、もらったはずなんですけど、どこへ行ってしまいましたか。粗悪なわら半紙にガリ版で刷っていたから、その当時からぼろぼろでした。捨てちゃったかな。

今読んでみれば、そんなに大したことはないんでしょうけど、当時は驚きましたよ。思えば、小松原の絶頂期はおそらくその時だったのではないでしょうか。後はゆるい下り坂を落ちていくというパターンですね。天才も二十歳すぎればただの人とはよく言ったものです。世の中には、彼以上の逸材がたくさんいるってことですよ。

転校生の事件ですか？

ええ、よく覚えていますよ。決して忘れるものですか。

あれは……。

3

島崎潤一は文京区千石の「ルビー」という喫茶店で、淳の同級生の矢吹大介を取材した後、巣鴨《すがも》駅のほうへ歩いていた。

矢吹の話も興味深かったが、それ以上に彼の前に取材にきたという例の女のことが気になって仕方がなかった。頭はその中年の女のことで占められていた。

矢吹に女のことをそれとなく聞いたのだが、五十前後の化粧っけのない女だということだった。逆にその方とどういう関係なんですかと、矢吹は興味津々《しんしん》の面持《おもも》ちで訊《たず》ね返してきたので、一緒に小松原淳のことを調べているスタッフですと答えておいた。質問もほどほどにしておかないと、逆に相手の疑惑を招きかねないので、中年女のことは、それ以上、追究しなかった。

一体誰が彼を先まわりして取材しているのだろう。そんなことをして、何の得があるというのか。小説家になれなかった哀れな男の生涯《しょうがい》を本にするだけのことなのに。

「まさか、あいつが……」

突然、彼の頭の中に一人のある人物の顔が浮かんだ。そんなばかなと思いかけたが、その人物の仕業とすると、すべてが納得いくのである。あまりにも情けない。それほどまでに自分は信用がおけないのだろうか。どうして、自分にこの仕事を完遂させてくれないのだろうか。

やり場のない怒りが腹の底でふつふつとたぎった。

その日は曇っていたが、ひどくむし暑かった。冷房のほどよく利《き》いた店から、埃《ほこり》っぽい外気の中に放《ほう》り出されると、暑さが身に沁《し》みた。考えもまとまらない。やれやれと息を吐き、排気ガスを含んだ空気を吸う。白山《はくさん》通りの交通量はすごかった。車の走行音、いらつく運転手の鳴らす警笛……。こんなところに住む人間はよく気が変にならないものだと思う。

白山通りを挟《はさ》んだ向こう側は本駒込《ほんこまごめ》だった。小松原家は至近の距離にあるが、今日は行くのをやめておくことにした。

ユキには、あれからなかなか会う機会がなかった。会いたいのに会えないつらさ、彼女もきっと同じ気持ちでいるだろう。今日行けば、よけいにつらくなるので、そのままアパートにもどって、取材の成果をまとめることにした。

アパートに着いたら、銭湯でひとっ風呂《ぷろ》浴びて、それから仕事をしよう。そう思って、アパートのある路地に入った時だった。入口に不審な初老の男が立っていたのだ。

男は半袖のワイシャツを着て週刊誌を読んでいたが、島崎の気配にだるそうに顔を上げた。

「お父さん」

島崎は困惑して、声をかけた。「どうしたんですか、こんなところで?」

「ああ、おまえか。待っていたんだ」

　彼の父、島崎賢作は暑いところにしばらく立っていたらしく、ワイシャツの腋《わき》の下が汗で濡《ぬ》れていた。不機嫌《ふきげん》そうな顔をして、ネクタイをゆるめ、残り少ない髪を神経質そうに撫《な》でた。大手の電機会社の重役をしている父がウイークデイのこんな時刻に一人で来るということが信じられなかった。周囲を見たが、車を待たせている様子でもない。ついでに寄ってみたというふうにも見えない。よほど重大な話でもあるのだろうか。

「おまえ、こんなところに住んでるのか？」

　賢作は、汚いものでも見るように二階建てのアパートに目をやり、露骨に顔をしかめた。

「ええ、まあ……」

　島崎が言葉をにごした時、一階のアパートの一室から二人の中国人が現れた。島崎と賢作が道を開けると、男たちは甲高い声で中国語をしゃべりながら、大通り方面に歩いていった。

「さ、こんなところにいるのも何ですから、上がりませんか？」

「ああ、そうさせてもらうよ」

　賢作はやや肥満気味の体をもてあますようにして、二階の一番奥の部屋までついてきた。ドアを開けると、汗のにおいのまじった生ぬるい空気が二人の体を包んだ。島崎は父親が眉間《みけん》にしわを寄せるのを見逃さなかった。ぺちゃんこの座布団《ざぶとん》を裏返しにして賢作に勧め、扇風機のスイッチを入れた。しかし、それも生ぬるい空気をかきまわす程度の効果しかなく、かえって埃っぽくなった。

島崎がコップに水をくんで、わたそうとすると、賢作は、

「まあ、いいから、そこに座れ」

とゴルフ焼けした手で茶色くなった畳を指した。島崎は言われるまま、腰を下ろして父の顔を見た。あぐらをかく父の前に正座すると、テストの成績が悪いのをなじられた少年の頃を思い出す。ああ、ろくな時代ではなかった。

「おまえ、いくつになった？」

「三十二です」

「どうだ、今の生活は楽しいか？」

父が何を言いたいのか、おぼろげながらわかっていた。こんなみっともない暮らしをして、恥ずかしくないのか。そんなことを言外に匂《にお》わせているのだ。

「ええ、それなりに楽しんでますけど」

少なくとも、実家で暮らすよりはましだと思った。

都電が警笛を鳴らしながら、窓の下をすぎていった。かすかな揺れなのに、ガラス窓はガタガタと大げさに震えた。

「そんなはずはないと思うがな」

「どういう意味ですか？」

「こんな生活、嫌気《いやけ》がさしているんじゃないかな。どうだ、図星だろう。本心を言ってみたらどうだ。私もお母さんもおまえのことをずいぶん気にかけてるんだぞ」

押しつけがましい説教が始まった。いつも父はこうだった。母はともかく、父親の哀れみをこめた視線が嫌《きら》いだった。父は東大工学部を出たエリートだ。その長男の島崎は二流私大の文学部を出て、仕事もせず、小説家になる夢を追って、いつまでも浮草のような不安定な生活を送っている。

「島崎家の長男として……」

賢作の決まり文句を、こんなアパートで聞きたくなかった。

「その先は言わないでください。お父さんの言いたいことはわかってますから」

「だったら、こんなところにいるのをやめて、堅気《かたぎ》の生活を始めたらどうだ」

「堅気って？　この生活だって、堅気だと思いますよ。これでも真面目《まじめ》にやってるんですから。お父さんとは価値観が違いすぎるんですよ。放《ほ》っといてほしいな」

島崎は怒りをあらわにした。「大きなお世話だ」

父はおし黙ったまま、きまり悪そうに視線を逸《そ》らし、島崎の机の上に貼《は》ってある紙片を眺《なが》めた。「必勝」の二文字と、長編の新人賞の応募要項のコピー。島崎の現状が一目瞭然《りょうぜん》になってしまうだけに、特に父親の目には触れさせたくなかった。

「おまえが新人賞を取ったのは偉いと私は思っている。二つも取るなんて並大抵の苦労じゃないし、すごい才能だと思うよ。きっとお母さん譲りなんだろうな。お母さんも結婚する前には、小説家の真似事をしていたものだ。女子大生の時、論文コンクールで大賞をとってるし、何かの新人賞の候補になったこともあるそうだ」

父は唇《くちびる》を舌で湿らせた。島崎は父と最後に会ってからどれくらいたっただろうと考えていた。二年、いや三年か。もともと薄かった額の生え際《ぎわ》がさらに後退していた。老《ふ》けたな。もうすぐ還暦を迎えるはずだ。

「だけどな。小説家として大成するのは、ほんの一握りの人間だけだぞ。新人賞は掃いて捨てるほどあるというじゃないか。芥川賞や直木賞をとるならいざ知らず、雑誌の新人賞をとったくらいじゃ、将来は心もとないと思わんかね」

父なりに作家志望者の内情をよく研究しているようだった。

「小説の善し悪《あ》しを判断するのは読者です。そのうちに、きっと名を上げて見せますよ」

「いつまでかかるかな」

「さあ、それは……」

自分でも、その辺のことはわからない。わかるはずがないではないか。島崎は畳の擦り切れたところを無意識に指でなぞった。

「おまえのために、いい働き口がある。どうだ、勧めてみる気はないか?」

「…………」

父が身を乗り出してきた。

「私の知り合いが社内報を作る編集者を探している。おまえなら本のことにくわしいから、適任だと思うんだがね」

「編集者ですか？」

「ああ、少なくとも作家よりは給料はいいはずだ。しっかりした会社だから、つぶれる心配もない」

「そこで働けと？」

「そうだ。給料や労働条件はいい。そこで信用を得たら、嫁でももらって、うちにもどらんか」

父は島崎家に泥《どろ》を塗るなと、暗にほのめかしているのだった。

「いやだと言ったら？」

島崎は言って、父の顔を正面から見た。父の顔に血がのぼるのが見ていてわかった。

「どういう意味だ？」

「文字通り、断るということです。僕は自分の信念を曲げるつもりはないし、このままでも、充分に食べていける自信があります」

父がわざとらしく溜息《ためいき》をついた。

「今は何をやっているんだね？　小説は書かないのか？」

「足場を固めるまで、ゴーストライターでしのいでます」

「ゴーストライター？　社長の自伝なんかを代わりに書くっていう、あれか」

「ええ」

「ほう、私も誰かに頼もうと思っていたところだが」

父は口元を意地悪そうに歪《ゆが》めた。「どうだい、私のをやってみる気はないかね？」

「からかうんですか。ゴーストライターだって、立派な職業です」

「いや、けちをつけたつもりはない」

父はゆっくりと立ち上がると、窓へ歩いていった。薄めに開いていた窓を全部開き、煙草《たばこ》をポケットから出して、火をつけた。

「もう一度言う。考え直すなら、今のうちだぞ」

「いいえ、考え直すつもりはありません」

島崎はきっぱりと言った。

「わかった。もうこれまでだな」

父が煙草のけむりを勢いよく吐き出すのを、島崎は背後から見た。暴君のように一方的に物事を押しつけてくる父。歳《とし》をとっても、それは変わることはなかった。弟の春樹《はるき》は父のイメージどおりの、優等生的な息子だった。頭もよく、東大の法学部を出て、高級官僚の道を歩んでいる。

「どうも、最近は家がばらばらな気がする。お母さんは大学の講義のない時はしょっちゅう旅行に出かけて、家をあけてばかりいるし。どうしちゃったんだろう」

父は寂しそうにぽつりと言った。

「嫁姑《よめしゅうとめ》の同居に問題があるんじゃないんですか？」

「ああ、確かにそれはあるだろう。でも、陽子は今子供を産んで、実家に帰っているんだが」

「へえ、春樹に子供ができたんですか？」

子供ができても不思議ではないが、島崎の心には何の感慨もわかなかった。

「男の子だ」

「そうですか。よかったですね。僕がおめでとうを言ってたと春樹に伝えてください」

「承知した。じゃあ、これで私は帰る。邪魔したな」

この瞬間、島崎は絶縁を言いわたされたと悟った。その時だった。父がウッと呻《うめ》き声をあげた。口から煙草がポロッと落ち、窓の下へ落ちていった。体に不調があったのかと思い、島崎は慌《あわ》てて立ち上がった。

「い、いや、何でもない。大丈夫だ」

父は窓の外から視線を島崎にもどし、照れたような笑いを浮かべた。「私も歳をとった。それだけのことさ。急に眩暈《めまい》がしてね」

父は右手を軽く上げて、部屋を出ていった。窓から見下ろすと、父が落とした煙草が一階の住人の洗濯機《せんたくき》のそばに落ちていて、煙を上げていた。間もなく父の姿が路上に現れ、その後ろ姿はすぐに角を曲がって消えていった。

それが彼の最後に見た父の姿であった。

島崎の母、葵《あおい》から電話があったのは、それからしばらくしてだった。

「お父さん、今日そっちへ行ったでしょ?」

不安そうな声だった。父親に気兼ねをしているのか、それとも旅先なのか。公衆電話から掛けているようだった。バックに車の走行音が聞こえた。

「ああ、来たよ」

「何か言ってなかった?」

「こんな仕事やめて、早く堅気の商売をやれってさ」

彼は豪快に笑ったつもりだったが、何となく虚《むな》しく響いた。「それがだめなら、勘当《かんどう》するって」

「勘当? 本当にそんなことおっしゃったの?」

「いいや、もっと婉曲《えんきょく》的な表現だったけど、大体そんな意味のことをほのめかしていたと思うよ」

「あなた、それでいいの?」

母が不安そうに言った。

「仕方がないだろう」

「謝るなら、今のうちよ。お父さんもわざわざそっちへ行ったんだから。昔のあの人だったら、そんなことしないわ」

「だからって、僕に夢を捨てろという権利はないよ。いくら父親だってさ」

「お互い、強情っ張りなんだから」

母は呆《あき》れたような口ぶりだった。「でも、わたしはあなたがどんな状況にあっても、頑張《がんば》ってほしいと願ってるわ」

「ありがとう。そう言ってくれるのは、母さんだけだよ」

島崎は自虐《じぎゃく》的に笑った。

「もし、今の仕事をやめて、帰りたくなったら、いつでもそう言ってね。わたしからお父さんに話してみるから」

「母さんのその言葉だけで充分さ。もう誰にも迷惑はかけない」

「仕事は順調に行ってる？」

「今、ある御曹司《おんぞうし》の一代記みたいなものを頼まれてね。それにかかりっきりさ。とっても忙しいし、充実している」

「そう、仕事が面白ければいいわね」

母は安堵したような声を出した。

「ところで、春樹、子供ができたんだってね」

「そうよ。可愛《かわい》い男の子」

「跡取りができてよかったね。島崎家のことは、春樹に任せれば、安泰《あんたい》だ」

母はそれには答えなかった。

「わたしは、あなたのことだけが心配なのよ」

「母さんはおせっかいなんだよ。僕のことは放っといてくれないかな」

「後生だから邪険にしないで」

彼女の言葉にいつまでも応じていたら、限りなく愚痴を聞かされそうだった。

「母さん、最近留守がちなんだって？」

うっとうしい話題を避けるため、彼はさりげなく話題を逸らした。

「どうして、そんなことを」

「お父さんが言ってたよ。お母さんは留守ばかりしてるって」

「わたしだって、たまには気晴らしをしたいことがあるのよ」

「ふうん、そりゃそうだろう」

少し皮肉っぽく言う。

「嫁さんとうまくいってるの？」

「まあね。陽子さんとはそれなりに……」

島崎には、それは母の空元気のような気がしてならなかった。

「あなたさえ、結婚してくれたら……」

ああ、また母の愚痴が始まった。彼は憂鬱《ゆううつ》な気分になりながら、ユキのことを思い浮かべていた。

「実は、僕も好きな人ができたんだ。結婚したいと思っている」

「あら、そうなの」

母の声のトーンが心持ち変わったように思えた。「どんな人かしら」

「今はまだ言えないけど、とても可愛い人だよ。母さんなら、きっと気に入ってくれると思う」

話しているうちに、彼の心の中に小松原ユキの占める場所が大きくなっていくような気がした。母は相手がどういう人かしつこく知りたがっていたが、島崎は適当なことを言って電話を切った。

やりきれなさが胸の底に澱《おり》のように沈澱《ちんでん》していた。気分を変えるため、池袋駅まで歩いて、目についた赤提灯《あかちょうちん》で酒を飲んだ。

ユキ。ユキ、ユキ……。飲んでいる間、考えることは彼女のことばかりだった。

だが、母に話したように、もしユキと結婚しようとしても、二人の間には障害が多すぎる。相手は宝石商の一人娘、島崎はいくら親が会社の重役でも、今は義絶した身であった。結ばれるには、境遇が違いすぎた。小説家として大成しないかぎり、胸を張って結婚したいと相手に告げられない。しかし……。

あの夜、この手で彼女を抱いた感触を思い出し、彼は自分の掌《てのひら》をまじまじと見た。カウンターの中の主人がそんな彼をけげんそうに見ていた。

酔った足で銭湯に行き、全身にまつわりつく不快な汗を洗い落としてから、彼はアパートにもどった。そして、喫茶店主の矢吹大介に聞いた話を記憶が鮮明なうちにまとめることにした。彼は取材ノートを取り出し、ワープロの電源を入れた。

〔小松原淳の肖像〕7　（つづき）

●矢吹大介（白山学園中学同級生・喫茶店主・28歳）

いくら勉強しなくても、小松原淳の成績は落ちませんでしたが、三年の四月に関西の名門私立中学から優秀な転校生が来てから、ナンバー2になってしまいました。

転校生の名前は、高見翔太《しょうた》といいました。身長が百八十くらいありましたか、スラッとして、恰好よかったな。小松原もいい男だったけど、バタ臭いところがありましてね。高見のほうは日本的な美男でした。ひところ流行《はや》った言葉を使うなら、小松原がソース顔で、高見は醬油《しょうゆ》顔というんでしょうかね。

小松原は二年の時から生徒会長をやってましたけど、もちろん好きでやっていたわけじゃありません。ＰＴＡの副会長の母親に発破《はっぱ》をかけられて、仕方なくやっていた側面があります。どちらかといえば、自分の趣味の世界に埋没する「おたく」的な性格を持っていたんですね。

一方の高見は成績がいいのにもかかわらず、性格が明るくてスポーツマンタイプです。高見はたちまち女子生徒の人気をかちとり、小松原に一目置いていた男子の連中も高見のほうになびいてしまったのです。小松原としてはその辺が面白くなかったんじゃないかな。自分の天下を関西のよそ者に奪われてしまったんですから。

小松原は運動があまり得意ではありませんでした。体育の授業でも、見学ということが多かったので、よけいスポーツ万能の高見の存在が鼻についたと思います。それから、小松原の性格がよけい暗くなっていったような気がします。

二人が同じクラスだったというのも、あの事件の伏線になっているんじゃないかな。事件といいますか、事故といいますか、それは今でもはっきりしません。

それが起こったのは、秋の運動会の時でした。高見はクラスの代表として、百メートル競走、千五百メートル、四百メートルリレーと八面六臂《はちめんろっぴ》の活躍でした。「高見くーん」なんて女生徒の黄色い歓声が飛んで、それはまあ大変な騒ぎでした。

小松原は風邪をひいたといって運動会には参加せず、一人でクラスの観客席に座って、つまらなそうにしていました。生徒会長として、すべてのスケジュールが終了した時、彼が朝礼台の上で抜群の成績をあげた高見翔太の名前を読み上げることは、屈辱だったのではないでしょうか。僕は彼の性格を知っていたから、その辺の心理状態は痛いほどよくわかります。

午後四時頃、運動会が滞りなく終わり、生徒や見物の父兄が帰った後、運動会の運営委員が残り、後かたづけをしました。当然、その中には僕とか小松原、高見がいました。全部で十五人くらいでやって、終わったのが五時くらいでした。

僕と小松原は帰る方向が同じなので、一緒に巣鴨行きのバスに乗りました。バスの車中からちょうど高見が歩道を歩いているのが見えたので、中から手をふりましたが、彼は気がつかないようでした。

「あいつ、この近くに住んでるんだ」

小松原がぽつりと言いました。「白山神社の裏手に家があるらしいな」

「いやに詳しいな、おまえ」

「あいつのことを、よく調べたのさ」

彼は口元に意味ありげな笑いを浮かべました。「父親が公務員で、転勤でこっちへ越してきたんだ。弟と妹が一人ずつ。母親は教員をやっていたが退職した」

小松原の調べ方は少し異常に思えました。

「おまえ、奴《やつ》を意識してるんだな」

「ああ、ライバルだもの」

「そのわりに、口をきかないじゃないか」

「あいつが嫌《きら》いだからさ。いけ好かない奴と話す必要はない」

「高見はそれほど悪い奴じゃないよ。明るいし、裏表がないし、話しやすいよ」

「表面にだまされちゃ、だめだよ。底意地の悪い奴さ」

どうして、そこまで高見を悪く言うのか、理解に苦しみました。小松原だって、二番になったものの、相変わらず成績はいいのですから、人のことなんか気にしなくてもいいと思うのですけどね。

「転べ、転べ」

その時、小松原が目をつむり、呪文《じゅもん》のような言葉を唱えました。バスはちょうど停留所に停《と》まり、老婆《ろうば》が二人乗りこむのに、少し時間がかかりました。その間に、歩道の後方を歩いていた高見がバスに追いついてきます。彼はトレーナーの上下を着て、黄色いナップザックを肩にかけて、わき目もふらずに歩いていました。

その十メートルくらい後方を帽子を目深にかぶった長身の男と買い物袋を下げた老婆が歩いていました。他に通行人はありませんでした。

高見がまさにバス停のそばを通過した時、小松原が両手を忍術をかけるように組み合わせ、一声「えいっ、転べ」と叫びました。バスの中には六、七人しか乗っておらず、みな思い思いに座っていましたが、小松原の声に何事が起こったのかと、顔を上げました。

たまたま、高見がバス停に差しかかり、小松原の声を耳にしたのか、顔を上げました。すると、びっくりしたことに、高見が本当に転倒したのです。ばたんという音がバスの中にまで聞こえました。高見は「くそっ!」と罵《ののし》りながら、足元を見ました。アスファルト舗装の歩道には、ビー玉くらいの丸い石が落ちていて、どうやらそれを踏んだようです。高見は石を拾おうとした時、バスに乗っている僕たちに気づき、まずいところを見られたとばかりに照れ笑いを浮かべました。

僕は「よっ」と手を挙げて挨拶《あいさつ》しました。小松原といえば、いっさいを黙殺、前を見ているだけです。そのうちに、バスは動き出して、高見の姿はたちまち後方に見えなくなってしまったのですが、小松原の顔は次第に嬉《うれ》しそうにゆるんできました。

「どうだ、今のを見たか？」

小松原は得意そうでした。

「いや、違うね。高見はバスに気をとられて、石を踏みつけたのさ」

「いや、呪文が効いたのさ」

僕は魔術や超自然現象みたいな胡散臭《うさん》いものは信じないほうでした。高見がよそ見をして、石につまずいたのは誰の目にも明らかでした。

「君は信じないだろうが、僕は黒魔術をやっている」

小松原が口元に不敵な笑いを浮かべました。

「何だ、それ」

「魔法の一種さ。最近、やり始めたんだ」

「嘘《うそ》だ。そんなこと、できるわけがないさ」

「信じる信じないは君の勝手さ」

小松原は自信満々な口ぶりでした。

「嘘っぱちさ」

「君も強情だな。だったら、賭《か》けようか？」

いやな予感がしてきて、彼に聞き返しました。

「何を？」

「僕が魔法をやって、それが現実のものになったら、僕の勝ち。逆だったら、君の勝ち。

そういうことだ」

「よし、わかった」

売られた喧嘩《けんか》は買わなくては、男がすたります。僕は千石でバスを降りると、小松原を僕の店に連れていきました。彼の家で魔法をやるのはまっぴらで、うちの店でやったほうがいいと思ったからです。最初、小松原はそのことに難色を示しましたが、僕が場所を選ばなくてはできないいいかげんな魔法なのかと言うと、しぶしぶついてきました。

その頃、喫茶店は死んだおやじがやっていました。おやじは僕が小松原を連れていくと、大歓迎してくれました。

「これはこれは、小松原さんのお坊っちゃんですか。ようこそ。うちの低能息子がご迷惑をおかけしています」

なんて、愛想がいいんですからね。そして、おやじ自慢の炭火焼コーヒーを挽《ひ》いて、カウンター席の僕たちに出してくれました。おやじが新しく入ってきた客のほうに注文をとりにいった時、僕は「さあ、やろうじゃないか」と小松原に言いました。

「わかった。魔術の対象は僕に任せてくれるかい？」

彼がそう言ったので、

「ああ、いいよ。身近なことでやってほしいな。あっと驚くようなことをさ」

僕は面白がって、彼をけしかけました。

「わかった。お望み通りになるようにしよう」

彼は目をつむると、しばらく精神統一をしているふうでした。声をかけるのがためらわれるほど、神経を集中させています。不思議なことに、妖気《ようき》のようなものが彼のまわりにたちこめていました。ややあって、彼は目を開きました。その視線は宙をさまよい、どこか遠くを見つめているようでした。

「よし、準備は整った」

そう言うと、小松原はコップの水を一気に飲みほしました。

「何を祈るんだい？」

「僕が一位に復帰すること」

「それ、どういう意味？」

「学年のトップに返り咲くのさ」

「なんだ、つまらないな。君が一生懸命勉強すれば、簡単に達成できることじゃないか。魔法でやる意味がないよ。だいいち、時間がかかりすぎる」

「いや、そんなことはない。結果はすぐにわかるんだ」

「いつ？」

そんなこと、できるわけがないと僕は思いました。なぜなら、期末試験や実力試験はまだ先の話なのですから。

「明日にはわかる」

「明日？ そんなに早くわかることなのか」

「ああ、確信を持って言える。今、お祈りをしたから、間違いないね」

小松原は涼しい顔をして言います。でも、僕には、彼が法螺《ほら》を吹いているとしか思えませんでした。一位になるには、彼の前に高見翔太の存在が大きく立ちはだかっているんですから。

「まさか、高見が死なないかぎり、そんなことは無理……」

そう言って、僕は自分の口にした言葉の意味に慄然《りつぜん》としてしまいました。小松原はにんまりしています。彼は肯定の意思表示をしたわけではないけれども、僕にはそのように受け取れました。彼の笑いには、心底ぞっとするようなものがあったのです。

「ばかな。それ、冗談だよね」

僕は笑い飛ばそうとしましたが、喉《のど》の奥に痰《たん》が引っかかって、しゃっくりみたいな笑いになりました。

「君がどう解釈しているか知らないが、たぶん僕は一位に復帰する」

そして、小松原は目をつむると、何やら呪文を唱えました。彼が帰っていくと、彼の様子を見ていた父が「小松原君って、ずいぶん変わった子だな」と言いましたけど、僕には彼が完全に頭がおかしくなっているとしか思えませんでした。

その夜、僕は小松原のかけた呪《のろ》いのことを思い、まんじりともせずにすごしました。今の世の中に、そんなばかげたことが起こるわけはないと否定しようとしても、目をつむると、小松原の鬼気迫る顔がちらつくのです。

翌朝、寝不足の目をしょぼつかせながら登校した僕は、教室の中が騒然としているのに気づきました。いくつかの集団ができていて、みんな不安そうに顔を見合わせながら、ひそひそ話をしているのです。僕は女子生徒の集団の中に顔を突っこんで、どうしたんだいと訊《たず》ねると、どうやらよくない事件が起こったらしいのです。みんな、言葉をにごしますので、さらにしつこく聞くと、よくわからないが高見翔太が死んだという噂《うわさ》が広がっているというんです。

「そ、そんな、ばかな」

僕は素《す》っ頓狂《とんきょう》な声を出して、小松原の姿を探しました。彼はまだ登校していませんでした。嘘だ。呪いが効力を発するなんて。

僕は小松原が自ら手を下したのではないかと考えました。それ以外に高見が急死する理由がないからです。

小松原は一時限目の授業が始まる寸前にそっと教室に入ってきました。特に顔色に変わった様子はなく、鞄《かばん》を机の上に置くと、平然と教科書を開いたのです。僕は彼の斜め前に座っていたので、ふり返って合図を送ったのですが、彼は知らんふりをして、教科書を読んでいました。

蒼白《そうはく》な顔をした担任の長谷川先生が教室に入ってきて、しばらく自習するようにと指示して出ていった後、僕たちは無人の高見の机に視線を走らせながら、いろいろな憶測を飛ばしていました。

それから一時限の終了間際《まぎわ》になって、長谷川先生がやって来て、重大なことをこれから話すと真剣な顔をして言いました。

「みんなに悲しい知らせをしなくてはならない」

ざわついていた教室内が水を打ったように静まりました。唾《つば》を飲みこむ音さえ聞こえてきそうなほどです。

「実は、昨夜、このクラスの高見翔太君が亡《な》くなった」

噂でわかっていても、それが現実に告げられると、えーっという呻《うめ》きに似たどよめきがほとんど一斉《いっせい》に湧《わ》き起こりました。

「静粛に」

先生は両手を前に突き出して、生徒の動揺を抑えようとしました。

「よく聞いてほしい。高見君は昨日、運動会の後に自宅へ一人で帰った。彼は白山神社の裏手に住んでいて、いつも神社の境内を通って帰るらしい。みんな知ってるだろうが、あそこの神社へは大通りから高い階段を登っていくんだ。暗くなると、人けがなくなるから危ないって、ご両親がいつも注意していたが、彼は昨日もそこを通って帰ったようだ。近道だからね」

先生がなかなか核心に触れないので、一人の女生徒が立ち上がって、「高見君はどうしちゃったんですか」と聞きました。

「ああ、彼は階段から足を踏みはずしたらしい」

「えーっ、嘘っ」

その女の子は、胸の前で両手を組み合わせ、悲痛な声をあげました。

「階段の途中で彼が逆さまに倒れているのを、夜七時頃、神社に参拝に来た人が見つけたそうだ。落ちた時に、首の骨を折って、ほとんど即死状態だったらしい」

先生の話に、女生徒の間から悲鳴に似たすすり泣きが起こりました。

「先生」

その時、小松原が挙手して立ち上がりました。

「何だね、小松原」

「高見君の死因は何ですか。他殺、自殺、それとも事故死ですか？」

あからさまな質問なので、僕はびっくりして彼の顔色を窺《うかが》いました。まさか、彼が直接訊ねるとは思っていなかったのです。

「目撃者がいないので、まだはっきりしたことはわからないようだ。みんなの中で誰か、下校時に彼を見た人はいないかね？」

先生が逆に聞き返したので、小松原は、「僕と矢吹君がバスの中から、高見君が帰るのを見ました」と言いました。

「おう、そうか。それ、何時くらいかな？」

「五時十五分くらいだったと思います」

小松原が同意を求めるように僕を見たので、僕も先生に向かってうなずきました。

「ふうむ」

長谷川先生は腕組みをして、宙をにらみます。

「死亡推定時刻は何時ですか？」

小松原は専門用語を使って聞きました。いかにもミステリーに精通している彼らしい質問です。

「五時から六時までの間と、警察は発表している」

「それ、間違いないですか？」

「何か、心あたりでもあるのかね？」

「いいえ、そういうことじゃなくて……」

小松原は僕を見て、眉《まゆ》をぴくんと持ち上げました。彼が黒魔術のことを暗にほのめかしているのだと、僕にはわかりました。そして、小松原は満足そうに――少なくとも僕にはそう見えましたが――椅子《いす》に腰を下ろしたのです。

僕は頭の中で、昨日のことを整理してみました。五時十分くらいに学校を出て、五分後、バスの中から生きている高見翔太を見た。五時半にうちの喫茶店に着き、小松原と魔術の話をした。そして彼が帰ったのが、大体六時半くらい。つまり、小松原が呪文を唱えていた頃に、高見は神社の階段から転落して死んだということになります。これは偶然でしょうか。

全身の毛穴がすべて開くような恐怖をおぼえたのは事実ですが、一つ安心したのは、小松原が直接手を下したのではないということです。時間的にいって、彼には高見を殺すことはできない。アリバイは僕が証明しているのですから。

「五時半頃、近くの人が階段で叫び声のようなものを聞いたと言っている」

長谷川先生が沈痛な面持《おもも》ちで言いました。「それから、帽子を目深にかぶった背の高い男が目撃されている。事故に関係あるのかどうか知らないが、男は階段を降りながら、口笛を吹いていたそうだ」

そういえば、前日、高見の背後に帽子をかぶった長身の男が歩いていたっけ。そして、その姿がある人物と重なり合ったのです。地下室の怪人――。

「ま、まさか」

頭を強くふって、その恐ろしい考えを追い払いましたが、体の震えを抑えることはできませんでした。僕のあげた呻き声は、ちょうど鳴り出した終業ベルの音にかき消されてしまいました。

●高見翔太の告別式における友人代表の弔辞

高見翔太君、君のご霊前に謹んで最後のお別れの言葉を申し上げます。

高見君、人一倍、運動神経の発達している君が事故で命を落とされるとは、痛恨のきわみです。思いもかけぬ早すぎたお別れに、私たちはまるで悪夢でも見ているかのような深い悲しみに包まれています。

君が転入してからわずか半年でしたが、非凡なる才能、燃えるがごとき情熱をもって勉学、スポーツに邁進《まいしん》し、多くの仲間に親しまれていました。

まだ十五歳の若さではないか。その若さで志も半ばに先立つとは、あまりにも寂しすぎます。人生は無常とはいえ、君の早すぎる死は悲痛きわまりなく、惜しみてあまりあるものがあります。

君とは、もはや会うことはかなわない。しかし、友情に厚かった君の思い出の数々は、私たちの胸の中に永遠に生きつづけていくでしょう。

さようなら、高見翔太君。君の友情に深く感謝し、ご冥福《めいふく》をお祈りします。どうか安らかにお眠りください。

三年A組代表　小松原淳

●長谷川新平（白山学園中学教諭・51歳）

はあ、あの時の事故ですね。よく覚えてますよ。確かに不可解な出来事でしたが、結局、犯罪に結びつくものは何一つ見出《みいだ》せず、事故死ということで決着しました。

夜の神社の石段だし、傾斜が急なもんで、足を踏みはずしたんでしょうな。それで頭の打ちどころが悪くて、死んでしまった。警察でもそう見たようです。

誰かが階段の上から高見を押した可能性ですか。さあ、それはどうかな。

いじん？　何ですか、それ？

ああ、外人のことか。「異人さんに連れられて」の、異人ですな。

事件当日、白山神社の中で目撃された怪しい人影ですが、見たのが目の悪いお婆《ばあ》さんだったもので、見間違いだったのかもしれません。他に目撃者がいないんですよ。

彼の葬儀には、クラス全員が参列しました。小松原淳がクラスの代表として、弔辞を述べました。なかなか、胸にジーンとくる内容だったと記憶しております。

優秀な生徒だったので、惜しいことをしたものだと、みんなで言い合ったものです。ご両親の悲嘆を見ていて、切なくなりました。高見君は家族の希望の星だったんでしょう。


え、小松原淳のことをお知りになりたい？

彼はちょっと変わったところはあるが、頭はよかった。文才もあるし、あれで成功しなかったんだから、上には上がいるということでしょうね。文章のうまい人は世の中にごまんといる。要は、面白いストーリーを作れるかどうかにかかっているのでしょうな。

こんなところでよろしいですか。授業があるものですから、これで失礼します。もし、小松原淳に会うことがあったら、私がよろしく言っていたとお伝えください。

4

七月の下旬になった。島崎潤一はあの地下室の冒険以来、ユキに会っていない。島崎の直感では、彼女は小松原家にいないような気がするのだが、誰にも聞けることではないし、家の中を探しまわることはなおさらできることではなかった。もちろん、ユキからの連絡もない。日ごとに苛立《いらだ》ちがつのるが、どうしようもなかった。

彼は小松原淳について調べることに、ことさら神経を集中しようとした。そうでもしないと、ユキのことが頭から離れないのだった。

その日、島崎は、高見翔太の死んだという白山神社に行ってみることにした。それも高見が死んだ時刻に行ってみるほうが臨場感が湧くだろうと、わざわざ暮れかかる時間帯を選んだ。

高見が死んだのは十月の五時から六時の間で、薄暗くなる頃合《ころあ》いである。七月なら、日が長いので、大体七時くらいが同程度の明るさのはずだった。

地下鉄白山駅から少し坂をくだったところに白山神社の石の鳥居があり、古びた拝殿もすぐそばにあった。ここは側面の入口で、本来の入口はといえば、拝殿の正面側にあって、そちらの参道を登ってくるようになっていた。

受付でおみくじを買って、開いてみた。末吉。恋愛運は辛抱すれば叶《かな》うとある。賽銭《さいせん》箱《ばこ》に五円玉を入れ、ご縁があるようにと祈る。

「ユキに会えますように」

つぶやいていると、六十くらいの老夫婦が連れ立ってやって来たので、拝殿を離れた。拝殿の前に参道が五十メートルほど延びていて、尽きたところから傾斜の急な細い石段になっていた。確かに夜道だと危なっかしい気がする。

島崎は石段をいったん降りてから、高見翔太の気持ちになって、石段を登ることにした。日が沈み、だんだん暗くなっていく時分——。そう、こんな感じだったのだろう。

トレーナー姿の高見翔太は学校から一人で帰宅を急いでいた。彼は運動会でよい成績をおさめ、気分をよくしていたはずである。少し疲れていて、風呂《ふろ》で汗を流して早めに寝ようと思っている。神社の境内は夜になると物騒なので、通らないようにと両親には言われているが、お腹《なか》の空《す》いた彼は今日くらいは近道をしてもいいだろうと思い、足早に階段を駆け登っていく。それが彼の命取りになるとも知らずに。

近くを通った老人が、事件あるいは事故の時間帯に、不審な長身の男を目撃している。その男は口笛を吹いていたという。矢吹大介はそれが小松原家の地下室で見た怪人を連想させて怖かったと述懐している。

不意に涼しい風が吹いてきて、過去を掘り起こそうとしている島崎の頰《ほお》を撫《な》でた。まるで怪談《わし》話の世界である。背筋がぞくぞくしてきた。そして、石段の上を見た瞬間、心臓を鷲《わし》づかみされるような恐怖を覚えた。

暮れかかる空をバックに、黒い影がじっと島崎を見下ろしていたのである。

〝異人〟――。

そんなばかな。吉祥寺の墓地、そして小松原家の地下室で目撃したあいつが、邪悪な意志を剝《む》き出しにして、彼を凝視していた。彼は金縛りにあったようになって、身動きがとれなかった。

暗くなっているにもかかわらず、男の全身からはオーラのような光が放たれ、激しい敵意が感じとれた。

長身の男が石段を一歩一歩降りてきた。島崎には逃げようと思う気持ちとは裏腹に、男を間近に見てみたい気持ちがあった。

きっと高見翔太もこうやって登っていって、あの男とすれ違いざま、突き落とされたのではないだろうか。そんな気がした。島崎は相手の目に魅入られるように、一歩一歩石段を登っていった。二人の距離が着実に狭まりつつあった。

自分は死ぬのか。突き落とされ、事故に見せかけられて……。

その時、背後で甲高い声が聞こえた。呪縛が一瞬にして解けた。彼が背後をふり返ると、ジャージー姿の女子高生が数人、ジョギングをしながら石段を登ってくるところだった。彼女たちは一二、一二、と声を掛け合いながら、島崎のそばを通過し、石段を駆けていった。

頭をふって、見上げると、長身の男の姿は彼の視界からかき消えていた。島崎は高校生の後をついていくようにして石段を登りきると、男の姿を目で追った。どこにもいなかった。まるで神隠しにでもあったように、男は神社の境内から消え失《う》せていたのだった。

一体どうなっているのだろう。島崎が調べている過去の出来事の中に登場する〝異人〟が現実にもたびたび登場してくる。取材に一生懸命になるあまり、淳の過去の出来事を現実のことと混同しているのか。いや、違う。〝異人〟が彼の取材を阻止しようとしているのだ。

〝異人〟は過去から現在へ自由に飛翔《ひしよう》し、小松原淳に都合の悪い人間を抹殺《まつさつ》しようとしているのだろうか。もし、そうなら、小松原妙子が島崎に息子の伝記を依頼した事実はどうなるのだろう。

確かに、島崎が書いている物語は、全部が全部、小松原淳にいい内容とはいえない。現時点の原稿を妙子に見せた場合、どのような反応があるか、気になるのは事実だが、いったん仕事を任されたのだから、淳のイメージを貶《おとし》める内容であっても、妙子は出来次第では認めてくれるだろう。

だが、淳の誕生から見え隠れしている〝異人〟にしてみれば、それが逆に面白くないのだろう。〝異人〟は島崎の書いている内容をすでに知っていて、内容に手心を加えるよう、暗に脅しをかけてきているのではないか。

もし、そうだとすれば、これは由々しき問題である。下手に圧力に屈するようなことがあれば、事実を歪曲《わいきょく》することになる。

そんなことは絶対にあってはならない。

島崎は暗闇《くらやみ》の中で何者かの視線を感じながら、神社の境内を足早に通りすぎて、地下鉄白山駅へ向かった。

〔モノローグ〕5

洞穴《ほらあな》の外では、風が強くなっていた。嵐《あらし》が吹き荒れている。

私は洞穴の奥にうずくまり、その日一日分の食料を口にしていた。あの女が残してくれたものには、大いに助けられた。自殺する前に、ぜひ話を聞きたかったが、女はそうする暇も与えず、慌《あわ》ただしく天国、いや地獄に旅立っていった。そのかわり、女はデイパックの中に食料を残しておいてくれた。

チョコレート、ビスケット、飴《あめ》など、量は少ないが、しばらくは生命を維持できそうな量だった。彼女がどのような過去を持ち、どのようにして樹海にまぎれこんだのか、私には窺《うかが》い知ることはできないけれども、彼女は死ぬ時に一つの善行を施したことになる。その意味では、彼女は天国へ召されてもいいだろう。

私は彼女の体を地面に横たえると、枯れ枝や草をかぶせて、簡単に葬《ほうむ》ってやった。後はこの魔の森が彼女の体を腐らせ、溶かし、大地に埋めるだろう。

私は死者の荷物を洞穴の中に持ちこんで、板チョコの一かけらを口に含んだ。甘い香りが口の中に広がり、全身がぽかぽかと温かくなっていった。彼女の命の力だと思った。せっかくもらった力なので、もう少し力を蓄えて、ここから脱出することにしよう。

それから何日かして、私はデイパックをかついで、森の出口を探しに出た。方向感覚がなくなるといけないので、草を結んだり、小石を置いたり、枯れ葉の目印を木の幹につけたりして、森の中へ進んだ。しかし、出口は近いはずなのに、道路に達することはできず、逆に体力を消耗してしまった。数日間の冒険の結論は、洞穴をベースにして、助けを待つということだった。

ふり出しにもどった。

秋の初めなのに、ここは別世界のように寒かった。夜になると、全身を冷気が押し包み、油断していると凍え死んでしまいそうだった。

夜が明けて、太陽が昇ると、外に出て、新鮮な空気を吸った。日中は外のほうが温かく、洞穴のそばで横になっていた。そのほうが体力の消耗を防げるし、助けが来た時、すぐに応《こた》えることができるのだ。

私はその日も外に出ていた。正午近くになって、バタバタバタと大きな機械音が聞こえてきた。耳をすますと、その音はだんだん近づいてきて、森の向こうにヘリコプターの赤い機体が姿を現した。

「助かった」

安堵感《あんどかん》が胸にひたひたと押し寄せ、足の力が抜けそうになった。しかし、今こちらの存在を示さなければ、ヘリコプターは行ってしまうだろう。私は着ていたシャツを脱ぐと、頭の上でぐるぐるとまわした。

「おーい、ここだぞ。助けを待ってたんだ」

腕がちぎれるくらいふりまわした。きっと捜索隊が私を探しにきてくれたのだ。胸が壊れた笛のように鳴り始めた。

するとヘリコプターは私がいる広場の上を大きく旋回して、右手の方向に進んでいった。ヘリコプターのプロペラのたてる風が私のほうにもやってきて、くさむらをそよがせた。

「おーい、こっちだ」

絶叫したにもかかわらず、ヘリコプターの姿はたちまち見えなくなり、音は次第に遠ざかっていった。

畜生、気がつかなかったのだ。もし、気づいていたら、私のいる広場に着陸するはずではないか。ヘリコプターが降りるくらいのスペースは充分あるのだから。ちょうど機体が斜めに傾いて方向転換する時だったので、私のいる場所は操縦士の死角に入ったのだ。そうとしか思えない。

膝《ひざ》の力が抜け、地面にくずおれた。手が草をむなしくかきむしる。喜びの反動で、深い絶望が全身を押し包んだ。そのまま声を出さずに泣いた。我が身の不運を嘆いた。

「何で、僕ばかりがこういう目に遭うんだろう」

だが、ヘリコプターが救助を求めるために、引き返したとも考えられた。もう少し待ってみようか。いや、ヘリコプターだから、当然無線機を持っているはずだ。引き返すようなことはしないだろう。

気持ちが落ちこんでいった。いいほうに考えようとしても、たちまち悪い考えに否定される。八方塞《ふさ》がりの中で私にできることは、洞穴にもどって泣くことだけだった。

「いや、待てよ」

その時、ちょっとした妙案を思いついた。うまくすれば、さっきのヘリコプターの操縦士に気づかせることができるかもしれない。それは、木の枝を使って、地面にＳＯＳの文字を描くことだった。

あきらめかけた希望が再び点灯し、最後の力をふりしぼって、広場に散らばっていた枯れ枝を拾い始めた。まだ余力のある今やらないと、できなくなってしまうかもしれなかった。枝はたくさんあり、たちまち文字を描くだけの量が集まった。

ＳＯＳよりＨＥＬＰのほうがいいかもしれない。

〔小松原淳の肖像〕8――Mの犯罪

小松原淳・年譜（15～16歳）
79・4（15歳）白山学園高校に進学。中学からエスカレーター式の学校なので受験勉強をしないですむ。校内で同人誌「れくいえむ」を主宰。
この頃ミステリーの習作を数多く書く。

●**三田康友**（同人誌「れくいえむ」元同人・会社員・28歳）
僕は高校から白山学園に入ったので、小松原淳とは高校一年の時に知り合いました。春の学園祭の時、生徒掲示板に「推理小説を主体にした創作集団を結成します。同志はふるってご参加ください」なんてポスターが出ていたので、興味を引かれ、彼に連絡をとったのです。放課後に指定された一年B組の教室に行くと、すでに四人が集まっていました。

リーダー格の痩身《そうしん》の神経質そうな生徒が立ち上がったんですが、それが小松原淳でした。

「創作集団に入りたいんですけど」

彼がてっきり上級生だと思って、僕はそう言いました。後で聞くと、全員が一年生だったんですね。みんな、違うクラスの生徒でした。

「これで、五人目だね」

お互い自己紹介すると、小松原は教室の黒板の前に立って、「じゃあ、これで全員がそろったようだから、始めようか」と言いました。

メンバーは他に矢吹大介、西川真二、片倉竜太郎《りゅうたろう》がいました。矢吹大介は中学の時から白山学園の生徒で、小松原と二人で推理小説の愛好グループを作っていたということです。僕は創作よりは読むほうが好きだと言うと、それでもかまわないと小松原は言いました。彼は小学生の時から、創作をやっていて、何でも、童話の賞を受賞したことがあるということでした。僕は何も知りませんから、すごいなあと感心した覚えがあります。そのことを言うと、

「いやあ、そんな大したことではないよ。自分の思うことを筆に移していけばいいんだから、書くことはむずかしくないね。君だって、頑張《がんば》ればできると思うよ」

小松原はまんざらでもない顔をして、そう言いました。こいつ、ずいぶん自信家なんだなと思ったものです。あまりいい気持ちはしなかったのは事実ですけど、彼にはそれだけの実績があるんだから仕方がないかなと思いなおしました。

同人誌の名前は、「れくいえむ」に決めました。小松原の発案です。彼が結成を呼びかけたわけだし、僕たちも素直に受け入れました。

矢吹大介は別にして、残りのメンバーは、創作は初めてで、やることすべて未経験ですから、なかなか彼のレベルについていくことはできませんでした。ですから、最初はもっぱら小松原の創作と評論が「れくいえむ」のほとんどのページを埋めました。

何冊か持っていたはずだけど、どうしちゃったかなあ。一冊くらい押入れにしまってあるかもしれませんけど、粗悪なわら半紙でしたから、もうぼろぼろになってるんじゃないかしら。

一番面白かった作品ですか?

そうですね。やっぱり「Mの犯罪」かな。あのくらいの年齢の人間が書くものとしては、ちょっと力が図抜けてました。今考えると、どうかわからないけど。

小松原の家には一度お邪魔したことがあります。一年生の冬、彼の誕生パーティーの時です。集まったのは、「れくいえむ」の同人四人と、彼のお母さん、妹のユキちゃん、お母さんの知り合いが二人でした。彼の父親は勤め先の残業で遅くなるということで、その場にはいませんでした。

パーティーのことは、あまりよく覚えていません。なぜなら、ユキちゃんに目が釘付《くぎづ》けになってしまったからです。小松原と四つ違いというから、その当時小学六年生でした。まだ十二歳なのに、すでに大人の色気をたたえていました。彼女は白いドレスを着て、ふわっとしたくせっ毛に赤いリボンを結んでいましたけど、とてもよく似合っていました。

他の連中も同じような気持ちを味わっていたと思います。彼女の存在を意識しながら、みんな気もそぞろに、パーティーに参加していたようです。彼女はずっと小松原のそばにくっついて離れようとしませんでした。

五時から始まって、六時すぎにパーティーが終わると、僕たちは二階の小松原の部屋に行って、少し話をしました。その時に片倉竜太郎が真面目《まじめ》な顔をして言いました。

「なあ、小松原、おまえに頼みたいことがあるんだけどな」

片倉はどちらかというと、僕たちのグループでは浮いた存在でした。ひやかし気味に会合に参加していたわけで、女の子を勧誘しようと言ったり、女子高と合コンでもやろうなどといつも言っていた軽薄な男です。にきび面《づら》のすけべそうな奴《やつ》で、僕は嫌《きら》いだった。

「何だい？」

得意げに蔵書の説明をしていた小松原はふり向いて、片倉を見ました。

「なあ、小松原、僕たち友だちだよね？」

片倉はへらへらと笑いました。「おまえに紹介の労をとってもらえないかなと思ってさ」

「紹介って？」

小松原はきょとんとした顔をします。

「君の妹だよ。ユキちゃんとかいうあの子」

「それ、どういう意味だ？」

小松原はムッとした顔になって、片倉に詰め寄りました。

「だからさ、彼女とお付き合いしたいって言ってるんだ」

たぶん、片倉は冗談半分でそう言ったと思います。相手は小学生だし、交際だなんてことができるはずがありません。

「ばかやろう、冗談でもそんなこと言うなよ。可愛《かわい》い妹をおまえなんかと付き合わせられるかよ」

小松原はむきになって言いました。すると、その時、なりゆきをジッと見守っていた矢吹大介が、

「片倉、おまえ、ばかだな」

と言いました。

「どうして？」

片倉はあきらめきれない様子で矢吹に聞き返します。

「だってさ、ユキちゃんは小松原の妹だといっても、血はつながってないんだぜ」

矢吹は中学以来の付き合いですから、小松原のことをよく知っているわけで、小松原兄妹が再婚した両親の連れ子同士であることを、みんなに告げたのです。

「だから、二人は兄妹であっても、将来結婚できる身の上なんだ。だから、片倉、あきらめろよ」

するとと、小松原は語気を荒らげました。

「ばか言うな。そんなことはない。ユキは血はつながっていなくても、大事な妹なんだ。結婚なんかできるものか」

小松原の顔はマッチを近づけたら燃え上がるのではないかと思われるほど真っ赤になりました。「僕たちは、ミステリー愛好集団なんだ。そんな低俗なことに興味があるなら、さっさとやめてもらってけっこうだ。みんな帰ってくれ」

その場の空気が急にしらけて、小松原以外の者は顔を見合わせて、もじもじとしてしまいました。誰から言うともなく、帰ることになり、僕たちは「もう帰るの？」というお母さんの声に送られて、小松原家を後にしたのです。

巣鴨駅に向かう時、矢吹が言いました。

「小松原はユキちゃんを意識してるんだ。あいつに対してユキちゃんのことは禁句なんだよ」

「じゃあ、どうして、おまえも将来結婚できるだなんてこと言ったの？」

僕は聞きました。

「つい口がすべったんだ。言ってから、しまったと思ったよ」

「そうか」

小松原がユキちゃんを意識していることがはっきりしたので、その時、何となくユキちゃんのことは、あきらめざるをえないなと思ったのを覚えています。小松原は誰よりも彼女に近い異性なんですから。

それから、「れくいえむ」の集まる回数が減って、自然解散したような感じになりました。といっても、小松原は個人的に活動をつづけていたようですが。

5

島崎潤一がアパートでワープロに向かっていると、ドアを叩《たた》く音がしたが、彼は「小松原淳の肖像」に没頭していて気がつかなかった。ストーリーは淳の高校時代まで進み、彼のエキセントリックな面が次第に表面に浮かび上がってきていた。そしてユキが美しさを増し、男たちに影響を及ぼしていっているのが手にとるようにわかった。

ユキのことを考えると、気持ちが千々に乱れた。目を閉じると、彼女の姿がまぶたの裏側に浮かぶ。最後に会ってからどれくらいたっただろう。

目を開けると、ワープロの画面の端に彼女の顔が映っていた。見ていると、その顔が次第に近づいてくる。白いTシャツにジーンズ。小松原家で見ているいつもの彼女だった……。

「相当の重症らしいな。幻影を見るなんて」

島崎は頭を拳《こぶし》で小突いて、目をこすった。

背後からユキが呼んだような気がした。俺《おれ》は幻聴を聞くようになったのか。いよいよ末期症状だな。

いきなり背中から二つの手が島崎の体を抱きすくめた。

ふり返ると本物のユキが島崎の胸にむしゃぶりついてきた。

「ユキ!」

「会いたかったわ」

二人は固く抱き合った。激しくお互いの唇《くちびる》をむさぼり合った。何が何だかわからない。

ユキのことを考えていたら、本人が目の前にいるのだから。いっときの激情が去った後、
島崎はユキの滂沱《ぼうだ》と流れる涙を指先で拭《ぬぐ》いながら訊《たず》ねた。

「どうしたんだい」

「わたし、家を飛び出しちゃったの」

「家を出たって……?」

島崎は彼女の体を離して、改めて彼女の顔を見た。

「そうよ。怖いんだもの」

「お母さんが心配しているんじゃないのか」

「いいのよ。わたしなんかどうなっても。お母さんはお兄ちゃんのことしか頭にないんだから」

「すぐにもどったほうがいいと思うけどね」

「わたしが来て、嬉《うれ》しくないの?」

ユキは不満そうに鼻を鳴らした。

「いや、嬉しいよ。でも、やっぱりこういうことって、いけないよ。お母さんだって、きっと心配してると思うし」

「あいつのいるところになんか帰れない」

「あいつって、地下室の……？」

ユキは黙ってうなずいた。

「わたし、ずっとホテルに泊まったり、友だちのところに泊めてもらったり、都内を転々としていたの」

夜の八時をすぎていた。開いた窓から、ようやく涼しい風が入ってきたのが、せめてもの幸いだった。通過する都電のライトが電柱の影を生き物のようにくもりガラスに映した。

ふと、電柱の影に異質なものがくっついていたような気がした。電柱の陰に誰かがひそみ、こちらを窺《うかが》っているような……。

「どうかしたの？」

ユキが不安そうに彼を見た。

「いいや、何でもない」

〝異人〟に尾行されていると言って、彼女をいたずらに怯《おび》えさせたくなかった。島崎は白山神社における不思議な出来事以来、身辺に〝異人〟の影を感じるようになっていた。姿は見えないが、始終見張られているような気がするのである。

「今日、泊まっていい？」

ユキがおずおずと言った。

「こんな汚いところでよかったらいいけど」

「わたし、気にしないもの」

ユキは体を島崎にあずけてきた。「あなたと一緒なら、どこでもいいの」

彼のような社会からの脱落者を、このような美しい女が慕ってくるのが信じられなかった。だが、そう思ったのも束《つか》の間《ま》、彼女の汗ばんだ体から流れる体臭が、島崎の残された最後の疑問を押し流した。

二人は畳の上でもつれ合った。弾力のある彼女の肢体《したい》が、彼を波の上に浮かぶ小舟のように翻弄《ほんろう》した。


目が覚めると、窓から朝日が差しこんでいた。枕元《まくらもと》の目覚まし時計を見ると、九時をすぎたばかりだったが、気温はすでに三十度近くになっているようだ。

明け方近くまで、何度も愛し合ったせいか、全身がだるかった。

「ユキ」

と声をかけると、彼の隣で全裸のユキがもぞもぞと寝返りを打った。日差しの中に見る彼女の姿はまた神々《こうごう》しいほど美しかった。うなじの産毛《うぶげ》が金色に光り、胸に汗がうっすらと浮いている。彼は彼女の額にかかったウエーブのある髪をかきあげ、額にキスをした。

彼女がゆっくりとまぶたを開き、まぶしさに目の前に腕をかざした。

「いやだ、わたし……」

慌《あわ》ててタオルケットで体を隠す。はにかんだ表情を浮かべた彼女もまぶしいほど素敵だった。もう一度抱きしめたい衝動に駆られたが、現実のことに思いが及ぶと、欲望は潮が引くように失《う》せた。

「どうしたの？」

ユキが甘えた声で言った。

「ああ、やっぱり僕たち、こんなことしてはいられないよ」

「追い出す気？　わたしが邪魔なのね？」

ユキがたちまち涙声になった。

「誤解しないでくれよ。君はこのぼろアパートで僕と一緒にずっと暮らすつもりじゃないだろう？」

「やっぱりだめかしら。わたし、あなたと暮らしたい」

「僕だって、そうしたいよ。でも……」

現実問題として、ここに彼女と暮らすのはまずい。もし、小松原妙子にこのことが知れたら、彼は即刻解雇されるだろう。そのことを言うと、ユキは寂しそうな顔をしてうつむいた。

「わかったわ。どこかに部屋を見つけなくっちゃ。わたし、ＯＬの時、部屋を借りてたことあるの」

「だったら、簡単だろう？　長い目で見たら、そのほうがいいかもしれないよ。二、三日ならここでいいかもしれないけど、ここは狭いし、冷房もない」

「わかったわ」

彼女はタオルケットの中でもぞもぞと着替えをすると、夕方までに帰ってくると言って出ていった。一人になった島崎は、仕事のつづきをするために、小松原家へ向かった。ユキが現れたことで、気分が晴れ、仕事に対する意気が揚がった。


玄関に立つ宮野静江の様子に特に変化は見られなかった。白髪《しらが》まじりの頭、無表情、地味な紺色のワンピースに白いエプロンは彼女のトレードマークだ。たとえ、ここで探りを入れても、宮野静江は、外部の人間に気取られるようなことはしないだろう。

「奥さんは、もうお出かけですか？」

とっかかりをつかもうと、彼が聞くと、宮野静江は、

「はい、さっきお出かけになりました」

と静かに言い、魚のような感情のこもらない目で彼を見た。彼女の物腰は寸分も隙《すき》がなく、つけこむ余地がない。

「奥さまに何かご用ですか？」

「い、いいえ。何でもありません。そろそろ打ち合わせでもと思ったものですから」

相手によけいな疑惑を植えつけてもまずい。宮野静江が消えると、島崎は階段を上っ

て、淳の部屋へ入った。ユキがアパートに帰るまでに一仕事しようと、淳の高校時代のファイルを開けて、資料を漁《あさ》った。

淳が同人誌「れくいえむ」を主宰し、小説の習作を次々に発表するのが高校一年の時である。「れくいえむ」は五号ほどで自然解散してしまい、最後は淳だけで活動していたようだが、その「れくいえむ」は残されているのだろうか。

ファイルの下に、ゴムバンドでまとめた茶封筒を見つけた。小学校高学年のファイルの中にあったものとよく似ていた。

開けてみると、はたしてユキの写真が十枚ほど出てきた。中学生の制服を着たものや普段着姿のものなど、すべて違うカットのものだ。すでにユキは大人の色気を全身から漂わせており、淳の級友たちが夢中になるのもうなずけた。

だが、それにしても、なぜ淳はユキの写真を保管していたのか。引いた位置から撮っているので、盗み撮りなのは明らかだった。妙子や譲司の写真はおろか、淳自身の写真さえ残していないというのに、ユキの写真だけがあるのはどうしたことか。

淳はユキを異性として愛していた。これは火を見るよりも明らかである。島崎は急激に襲ってきた嫉妬《しっと》の感情にうろたえながら、写真を汚《けが》らわしいものに触れるように封筒にもどし、ファイルの下のほうに突っこんだ。そして、調査を再開した。

ファイルをかきまわすうちに、彼は表紙がぼろぼろになった小冊子を見つけ出した。もちろん、これが「れくいえむ」である。小冊子といっても、わら半紙をホッチキスで止めただけのもので、表紙は赤い紙を使っていた。十字架の彫られた柩《ひつぎ》の絵が描かれている。中身はガリ版刷りだった。

「小松原淳・特集号」と題するそれは、小説とミステリー評論すべて淳一人で書いたものだ。巻頭に「Mの犯罪」という短編があり、自ら「小松原淳、渾身《こんしん》の力作」と書いている。

確かに、三田康友はこの作品が一番面白いと言っていたが……。

「ふん、自画自賛だな」

島崎は苦笑して、小説を読み始めた。高校時代の淳がどれだけの力量を持っていたのか、まずはお手並み拝見といこう。

Mの犯罪

作・小松原淳

「もうすぐ時効だわ」

食事の時、裕子がぽつりと言った。

姉の淳子は箸《はし》を持つ手を休め、裕子の顔をまじまじと見た。「何を言ってるの、ユッコ？」

「時効って？」

「あの人、今頃《いまごろ》、刑務所で何を考えているのかなと思ったの」

「あの人？」

「連続幼女殺人魔よ」

裕子は虚《うつ》ろな目で、窓の外をぼんやり見つめていた。

「ああ、Mのことね」

姉はようやく納得したようにうなずいた。「そうか、あれからもう十五年もたつのか。あの時、つかまらなかったら、彼、ずっと犯行をつづけていたのかもしれないのよね。そう思うと、ちょっと怖いものがあるね」

「うん……」

「Mがつかまった時、部屋中にポルノ写真がまき散らされていてさ、事件関係の切り抜きがファイルに集めてあったというじゃない」

「わたし、よく覚えていないけど」

「そりゃ、ユッコはまだ五歳だったんだもの。覚えてなくて当然よ」

十五年前、裕子の住む町で、連続幼女殺人事件が起こった。狙《ねら》われるのは五歳から六歳くらいの女の子ばかりで、わずか数ヵ月の間に四件の事件が起き、町を恐怖のどん底に陥《おとしい》れたのである。少女を持つ家庭は自衛手段として、登下校の際には保護者が同伴するほどだったが、悪魔は保護者が目を離した一瞬の隙をついて、少女たちを血祭りに上げるのだった。少女たちはきまって裸に剝《む》かれ、後頭部を鈍器のようなもので殴られていた。

警察の必死の捜査にもかかわらず、犯人は捕まらないばかりか、警察には「今田勇子」という署名の手紙が送られてきた。定規で引いたような文字は、明らかに筆跡を隠すためのもので、手口その他、実際に手を下した者にしかわからないことに触れていたので、警察は犯人から直接送られてきたものと断じた。

「今だから言う。だから今田勇子だってさ。ふざけてるわ」

姉は憤然と言った。「でも、自信過剰が結局、彼の命取りになったのね」

警察を愚弄《ぐろう》するように、次々と犯行を重ねた犯人だったが、ひょんなことから、つかまってしまった。そのきっかけを作ったのが、実は裕子だった。

その年の夏休み、五歳の彼女は父と姉の三人で裏山の谷川へ魚とりに行った。滝壺《たきつぼ》で父と姉が網で魚をすくっている隙に、裕子は小暗い森の中に入り、カブトムシを探していたが、その時に、色が青白く、髪を長く伸ばした大学生くらいの男が彼女に近づいてきた。「やあ、ユッコ」と男は裕子の愛称を言い、「おにいちゃんは君のことを何でも知ってるんだよ」となれなれしく、裕子の肩に手を置いたのだ。

裕子は男の手に触れられると、金縛りにあったように、身動きできなくなった。

「はるみちゃん、利恵ちゃん、美代子ちゃん、まどかちゃん。君、知ってるよね?」

裕子はこっくりうなずいた。

男が言った四人は、裕子の知っている女の子ばかりだった。近所の子、幼稚園の同級生、そして、みんな連続殺人鬼の毒牙《どくが》にかかった子供だった。

男はチューインガムをくちゃくちゃ噛《か》んでいた。不快な甘い匂《にお》いに、裕子は吐き気をもよおした。

「じゃあ、いいね?」

男は身じろぎもしない裕子のスカートの下に手を伸ばすと、下着をずり下ろし、スカートも脱がせた。裸になった裕子を見ると、男の息づかいが荒くなった。そして、肩にかけていた黒いバッグの中からカメラを出して、パチパチと写真を撮り出した。

「ユッコ、僕は君をずっと観察していたんだよ。きれいだね」

その時だった。遠くから裕子を呼ぶ姉の声が聞こえた。その声に男の手が止まり、同時に裕子をとらえていた呪縛《じゅばく》が解けた。

「パパァ、お姉ちゃん」

裕子は泣き出し、裸のまま男から逃げたのだ。「畜生め」と男は罵《ののし》り、背後から、

「おい、ユッコ、このことは黙ってるんだぞ。いいか?」

と呼びかけた。

裸の娘に気づいた父は、異変を知り、あわてて男の姿を追ったが、取り逃がしてしまった。しかし、チラッと見た後ろ姿と長髪が決め手になって、警察は裕子の家の近所に住む二十歳の大学生Mを割り出したのだった。

Mは犯行を否定したが、すべての証拠は彼を指していた。Mの部屋は離れ形式になっており、そこには暗室もあった。部屋の中からはおびただしいエロ本、女の下着が出てきた。また、少女の裸の写真がアルバムに貼《は》られ、その中には被害者の女の子のうち二人のものが混じっていた。Mはいかがわしい写真を撮ったのは事実だが殺してはいない、たまたま撮影した女の子が殺人者の毒牙にかかったのだと主張したが、Mの家の庭から被害者の血のついた凶器(石)が見つかるに及んで、Mの言い訳は通らなくなった。

しかし、すんでのところで難を逃れた裕子は、彼女にいたずらをした男はMでは

ないような気がしていた。確かに同じような髪型をしていたが、どこか違うような。

「おい、ユッコ、このことは黙っているんだぞ。いいか？」

そう言った男の声が、裕子の鼓膜にこびりついていた。彼女はその約束を忠実に守った。そして、Mの逮捕とともに幼女殺人事件もぴたりと止《や》んだので、表向きには、事件は解決したように見えたのである。しかし……。

「ユッコ、あなた、時効って言ったわね？」

淳子の声に裕子の物思いが途切れた。二人は東京に出て、共同生活をしていた。姉は看護婦で、裕子は大学の三年生である。

「でも、どうして、時効だなんて急に言い出したの？」

「真犯人がM以外にいるとしたら、あと一月で時効になると、ふと思っただけ」

「ばかね。考えすぎよ」

「でも、Mは犯行を認めていないもの」

「あんな残虐《ざんぎゃく》なこと、自分でやりましただなんて、わたしが犯人なら認めないけどねえ」

その話はそれで終わりになった。

ところが、偶然は重なるもので、裕子はその二日後、ある週刊誌からインタビューを申し込まれた。「あの人は今」というテーマで、十五年前の連続幼女殺人事件を再構成し、危うく難を逃れた幼女の現在を伝えるという企画だった。

名前を仮名にし、顔写真は載せない約束だったので、気軽な気持ちでインタビューを受けたのだが、見本が送られてきた時は啞然《あぜん》とした。さすがに本名は明かされていなかったが、顔写真が大きく載っていたのである。

「連続幼女殺人事件の最後の被害者は今」という大見出しと、「真犯人はいまだ野放しになっている⁉」というサブの見出しが同時に目に飛びこんできた。

「嘘《うそ》っ、こんなこと言っていないのに」

裕子は憤《いきどお》りを覚えた。確かに、事件の記憶は今も生々しくて、昨日のことのように覚えているとは言った。殺人者はMより怖い感じのような人だったとも言った。しかし、この記事は故意に事実を歪曲《わいきょく》して、猟奇《りょうき》的な色彩にしている。事件関係者の人権など無視して、読者が面白ければいいといった編集者の態度がみえみえだった。さらに、「殺人鬼Mの逮捕のきっかけを作った少女は今、美人女子大生に成長し、キャンパス生活をエンジョイしている」という説明が写真に付されていた。

これには姉が憤慨し、編集部に苦情を言ったが、相手はフリーの編集者が書いたのでと、逃げの態度に終始した。それでもしばらく粘ったが、告訴するなら、勝手にしろというような開き直った言葉を吐かれ、まったく相手にしてもらえなかった。

そして、裕子にあの忌《い》まわしい電話がかかってきたのは、週刊誌の発売日の翌日だった。姉は夕食の後、夜勤に出てしまい、部屋にいるのは裕子だけだった。

午後十一時をまわって、寝ようと思っていた時、電話が鳴ったのである。シャワーを浴びて、クーラーで涼んでいた裕子はドキッとして、受話器に手を伸ばした。ためらいこの時間なら、友だちかもしれない。しかし、何となく違う予感がした。ためらい気味に受話器を取り上げた。

都会に住むと、時にはいたずら電話がかかってくるので、自分の名前は相手がわかった時点で話すようにしている。だから、いつものように、「はい」とだけ答えた。

受話器の向こうから、荒々しい息づかいが聞こえてきた。ただの無言電話でないと直感したのは、その息づかいが彼女の遠い記憶を刺激したからである。十五年たっても、あの息づかいは忘れなかった。それから、くちゃくちゃとガムを嚙むような音がした。

「だ、誰なの？」

裕子は取り乱して、聞き返した。「いたずらなら、切るわよ」

受話器の向こうに、海の底より深い沈黙がよどんでいる。それから、相手の息づかいがさっきより荒くなっていった。裕子は我慢ができず、受話器を乱暴に下ろした。切る瞬間、電車が近くを通るような音と、駅のアナウンスが聞こえた。有楽町……、確かそのように聞こえた。

あいつが東京にいる。そう思うと、彼女は足の力が抜けて、へなへなと床にくずおれた。

「そうだ、居留守を使おう」

留守番電話をセットすると同時に、また電話が入った。四回鳴ってから、カチャッと機械が作動し、留守番のメッセージが流れた。ピーッと合図の音の後——。

「おい、ユッコ、週刊誌、見たぞ。あのことは黙っていろと、あれほど言ったのに。僕から逃げられると思うなよ」

メッセージはそれだけだった。切れた途端に、別の電話が入った。

「裕子、母さんだよ。父さんの具合がよくないの。夏休みだから、一度くらいは帰っておいで」

あいつが週刊誌を見て電話をかけてきたことがショックで、彼女は昨夜は一睡もできなかった。姉は夜勤だから、今日の夕方にならないと帰らない。電話のモジュラーを抜いて、一人でベッドの上にうずくまるようにしてすごし、夜が明けると、荷物をまとめて、田舎に帰ることにした。

あいつは東京にいる。彼女の居場所はおろか、電話番号まで突き止めているのだ。アパートにいるかぎり、常に危険はつきまとうわけだから、東京を一刻も早く離れるべきだった。幸いというと父に申し訳ないが、夕べの母からの電話が彼女に田舎へ帰る決心をつけさせた。姉には、実家に帰るとだけメモを残し、裕子はその日のお昼の新幹線で田舎へと向かったのである。

幸い、父の病状は軽いもので、近所を散歩する程度に回復していた。

「ユッコ、わざわざ帰ってくれてありがとう」

裕子は元気な父と一緒に散歩できることが嬉《うれ》しかった。

「父さんとこうして歩くのもひさしぶりね」

「ああ、ほんとだ」

ステッキを持つ父は、まだ五十をすぎたばかりなのに、ずいぶん老《ふ》けこんでいた。会社を休んで、しばらく自宅休養しているのだが、もう定年をすぎて、悠々《ゆうゆう》自適の生活を送っているように見える。

「みんなで谷川で遊んだ頃が懐《なつ》かしいな」

そう言って、父はあの谷川の方向を望んだ。父の記憶からはあの忌まわしい事件はなくなっているようだった。とにかく悪戯《いたずら》は未遂に終わったわけだし、娘の心にあの事件が今でも大きく影を落としているとは、夢にも思っていないだろう。例の週刊誌の記事も父は目にしていないらしかった。

「あの辺の森、変わったでしょうね」

裕子が言うと、父はにっこり微笑《ほほえ》んだ。

「いや、全然変わってないよ。昔のままさ」

時効の日まで、あと二日になった。それまで、あの男の目を逃れていれば、裕子の身は安全だろう。彼は、彼女が田舎に帰っているなんて思いもせず、アパートの近くをうろついているにちがいない。姉は今週は夜勤が多いので、めったにアパートにもどらないだろうから、安全だ。

裕子は安心すると同時に、ふとあの谷川のある森へ行ってみたくなった。ある意味で息抜きになると思ったのである。

ハイキングの服装をして、森の入口に入ると、やはり心のどこかで臆《おく》するものがあった。十五年前とほとんど変わっていないし、近くに住宅もない。

だが、五歳の少女は今や、二十歳の立派な成人の女性になっているのだ。怖がっては恥ずかしいと思いなおした。

彼女は念のために懐《ふところ》に果物ナイフを入れ、山道を決然と登っていった。しばらく歩くと、山の上から足音がして、太った中年の男が下りてくるのが目に入った。青い長袖《ながそで》シャツに濃いグレーのズボン、キャラバンシューズを履いているところをみると、登山客らしい。年は三十代半ばくらいか、髪が大分後退していた。男は真っ赤な顔をして、額から汗をたらたらと流していた。彼は裕子にすぐに気づいて、こんにちはと言った。そして、そのまま通りすぎたのだが、しばらくしてまた声をかけてきた。

「すみません、滝壺へはどう行ったらいいのでしょう？　道に迷ったみたいで、なかなか見つかりません」

「あら、滝壺だったら、わたしも行きますけど。お差し支《つか》えなかったら、ご一緒しませんか？」

「あ、それはよかった」

男は裕子のところまで来ると、ふうふう言いながら、後をついてきた。上りになると、肥満体質の人間は苦しいらしい。女の裕子のほうが身軽に歩いていた。

「珍しいですね。こんな山に登るなんて？」

歩きながら、裕子は男に言った。

「いや、これだけ低いから、僕のようなデブでも登れるんですよ。運動不足の解消のためにね。あ、僕、宮崎と言います」

男は陽気な人間らしかった。「おたくは、お一人ですか？」

「ええ、ひさしぶりに帰省したものですから、懐かしくて」

山登りは一人よりは二人のほうが、苦しさがまぎれてよかった。

「思い出の場所ですか？」

男が聞いた。

「まあ、そのようなところです」

「へえ、あなたのような美人なら、彼と一緒に登ったんでしょうな？」

「彼?」

裕子はきっとなって聞き返した。彼という言葉が、彼女にいたずらをした変質者Mを思い出させたのだ。

「おや、お気にさわりましたか? ごめんなさい」

男は汗を手でぬぐって、恐縮したように頭を下げた。裕子は関係ない人物にあたってもしょうがないと思って、

「わたしこそ、ごめんなさい。ちょっといやなことを思い出したものですから」と言った。「わたし、昔、ここで彼と喧嘩《けんか》したんです」

まんざら嘘というわけでもない。

「滝壺でですか?」

「いいえ、滝壺からちょっと下った沢です」

「へえ、あなたと喧嘩するなんて、彼もばかだな」

男は気まずくなった雰囲気《ふんいき》を元にもどそうと、必死になっているようだった。虚《うつ》ろな笑いが、森の中にこだました。三十分ほど歩くと、川の流れが聞こえ、さらにしばらく行くと、滝の音が聞こえてきた。

「まあ、昔と変わっていないわ」

滝の前で、裕子は歓声を上げた。「滝も、木立も、川の流れもみんな同じだわ」

「そうだね。変わったのは、君と僕くらいだね」

男が出し抜けに言った。男は滝を見下ろす岩の上に座り、彼女を見て、にやにやと気味の悪い笑みを浮かべていた。

「それ、どういう意味ですか？」

「十五年は、自然には何の作用も及ぼさないけれど、人間には大きな変化をもたらす。ね、そうだろ？」

男は太った腹に手をやり、ハアハアと荒い息を吐いた。それから、ポケットからガムを出して、くちゃくちゃと噛《か》み始めた。「僕はね、十五年前、学生だった。こんなに太っちゃいなかったし、頭の毛もふさふさしてた」

荒い息づかいが、裕子に先日の電話の声を思い出させた。

「あなた、まさか……」

「やっとわかったかね。ユッコ」

男は不敵な笑いを口元に浮かべ、電話の声色を真似《まね》た。「おい、ユッコ、週刊誌、見たぞ。あのことは黙っていろと、あれほど言ったのに。僕から逃げられると思うなよ」

裕子は蛇《へび》ににらまれた蛙《かえる》のように体がすくんで、身動きできなくなった。男は立ち上がって、裕子の肩に手をかけた。

「十五年前もこんなことをしたっけ。あの時も君は可愛《かわい》かったけど、今は輝くように美しくなったね。はるみちゃん、利恵ちゃん、美代子ちゃん、まどかちゃん。君、知ってるよね？　みんな殺人犯の毒牙《どくが》にかかった子供たちだ。あの子たちだって、生きていれば、君のようにきれいになったかもしれないのにね」

裕子は男の話を聞きながら、めまいを覚えていた。

「やめて、お願いだから」

耳をふさいでも、男の声は容赦なく、彼女の耳の中に侵入してきた。ガムの不愉快な匂《にお》いが、彼女に十五年前のことを鮮明に思い出させ、吐き気をもよおさせた。

「みんな、ユッコをいじめてたんだ。僕はいつも見ていた。僕は彼女たちが憎くて仕方がなかった」

男は屈《かが》みこむと、人の拳《こぶし》大ほどの石を拾い上げた。「彼女たちは、後頭部をこのくらいの石で殴られて殺されたんだ」

男が石を頭上に掲げ、滝の方向へふり下ろすと、空を切って、シュッという音がした。「こうやってね、殺したんだ。警察に今田勇子名義の手紙を出したのは僕さ。現場を見てなければ、あんなこと書けないものね。Mの家に血のついた石を投げこんだのも僕さ。Mのやつ、可哀想《かわいそう》に今頃《いまごろ》、刑務所で……。フッフッフ」

「嘘っ、嘘よ」

「僕は君のことをずっと監視していたんだ。東京に出てからは見失ったが、偶然、あの週刊誌できれいに変身した君を目にしてね。居場所を突き止めたんだ」

男は得意になって、背中のデイパックの中からカメラを取り出した。「君のことは今でも好きだよ。あの時みたいに、裸になってくれるかい。記録に残しておきたいんだ」

カメラのフィルムをチェックする男に一瞬の隙《すき》が生じたのを、裕子は見逃さなかった。男にとって不幸だったのは、十五年の間に体が太って運動神経が鈍くなっていたことだった。男は危険を感じてよけようとしたが、裕子の体のほうがわずかに速かった。

「ああっ」

裕子に体当たりされて、バランスを崩した男は、背泳ぎのような無様な恰好《かっこう》をしながら、滝壺のほうへ落ちていった。ワーッという絶叫は、男の体が滝壺に落ちると同時に消え、男の姿は速い流れに呑《の》みこまれ、たちまち消えてしまった。

（終）

6

島崎は「Mの犯罪」を読み終えて、複雑な気持ちになった。このような展開の話が現実でも起きているからだ。

そう、ユキが幼い頃、小松原家近辺で頻発《ひんぱつ》した幼女殺人事件だ。被害者はすべて五歳の女の子で、犯人がユキを毒牙にかけようとした寸前に、兄の淳が気がつき、その時の目撃証言から犯人が割り出され、逮捕されたのだ。

犯人は近くに住む美川勉という大学生だった。だが、本当にそうなのだろうか。現実の事件でも、この「Mの犯罪」と同じように、別に真犯人がいたとしたら……。

いや、そんなことはあるまい。これは淳が実話を題材にして作ったフィクションなのだ。もちろん、連続幼女殺人事件をモデルにしてはいるが……。

古い新聞を見てみると、被害者の幼女の名前は、小説中の被害者の名前と一致するが、実話と違う点を数えあげれば、裕子の田舎が山奥であること、裕子には同居する姉（淳子）がいること、週刊誌に名前が出たこと、裕子を助けたのが父親であることなど、数多い。

むしろ、この作品では、淳の作家としての器量をほめるべきだろう。彼は現実の題材をうまく作品の中に取りこんで、原稿用紙二十枚の短編に仕上げたのだ。結末の意外性が今一つの感はあるが、「きもだめし」と比べると、長足の進歩を遂げている。

彼は掲載誌の「れくいえむ」をこっそりバッグに入れ、ユキの待っている東池袋のアパートに帰った。

彼女が戻ったのは、島崎が部屋に帰った直後で、いい部屋を見つけたと興奮気味に話してくれた。ユキが見つけた物件は、練馬区の大泉学園にあった。

「ワンルームのマンションなのよ」

「家賃はどうするの？　敷金や礼金だってかかるだろう」

家出娘に、それだけの金を負担できるのか心配だった。かといって、彼のような金欠の人間に工面してやれる余裕はない。

「大丈夫、心配しないで」

彼女は彼の不安そうな顔を読み取ったのか、財布の中からカードを取り出した。「銀行の預金がけっこうあるのよ。ＯＬ時代にこつこつ貯《た》めたものがね。それにカードだってあるんだから」

「なら、いいけど」

甲斐性《かいしょう》のない自分が恨めしかった。

「それに、苦しくなったら、働けばいいし……」

家賃は七万円で、礼金と敷金がそれぞれ二ヵ月分、今月分の日割り家賃、不動産手数料が一ヵ月分、その他もろもろの費用がいくら、などと言いながら、彼女は電卓片手に計算をした。冷蔵庫やクーラーは備え付けだし、引っ越しの荷物がない。だから、五十万あれば、何とかなるらしい。明るくふるまう彼女がいじらしかった。

「早速契約して、明日から移るつもりよ」

「そんなに早く?」

「だって、いつまでもここにいるわけにはいかないと言ったのは、あなたでしょ」

「それはそうだけど、お母さんが……」

「わたしだって、もう立派な大人だし、あの家に帰るつもりはないわ」

結局、島崎は反論できず、彼女はその翌日、新しい部屋へ移っていった。

小松原家のほうは、変わった様子はなかった。妙子にも会ったけれど、ユキに関しては一言も触れなかった。


それから一週間後、小松原家から帰ったばかりのところに、ユキから急いでマンションに来てほしいという電話があった。理由を聞くと、電話では事情を説明できないとのことだった。彼女の声にただならぬものを感じた島崎は、荷物を置いたままアパートを飛び出した。

西武池袋線の大泉学園駅から南へ数分のところの閑静な住宅街にそのマンションはあった。グレーの外観の五階建ての細長いビルで、入口はオートロック式になっている。入口で彼女に教わった四階の部屋番号を押したが、応答はなかった。ちょうど六時のチャイムが鳴り、子供たちに帰宅を促す放送があった。スーパーのレジ袋をさげた若い女がカードを磁気感知器に差しこみ、マンションの中に入っていったが、一緒について入るわけにもいかない。不審者と怪しまれるのがおちだ。

ユキの部屋は相変わらず応答がなく、不安が増幅していった。マンションのある通りの角のコンビニエンス・ストアの前から電話を入れたが、受話器が取り上げられる気配はなかった。電話の時の慌《あわ》ただしい様子からして、急に外出してしまったことが考えられる。

マンションを道路から見上げても、四階のどの窓が彼女の部屋なのか、わからない。五つの部屋のうち、二つの窓に明かりがついていた。

再びマンションの玄関で番号を押そうとした時、ちょうどエレベーターが開いて、中から五歳くらいの女の子が現れた。赤いスカートにミッキーマウスの図柄《ずがら》の入った白いTシャツを着て、手にちびまる子ちゃんのビニールかばんを持っていた。「Mの犯罪」のことが彼の頭にあったので、二十年前の世界からユキが現れたかのような錯覚に陥った。

オートロックのガラスドアが開き、女の子が勢いよく飛び出してきた。女の子は島崎には目もくれず、あっという間に彼の前を素通りし、薄暗くなりかけている通りに消えていった。自動ドアが閉まりかける音にはっと我に返り、ドアが閉じる寸前に彼は内側に飛びこんだ。エレベーターに乗って四階に上がり、４０４号室の前に立った。

四が二つなんて縁起でもないと思いながら、チャイムを押した。応答がないので、ドアを叩《たた》きながら、「島崎です、ユキさん」と怒鳴った。中からようやくチェーンのはずれる音がして、すっかり憔悴《しょうすい》しきったユキが顔をのぞかせた。

「どうしちゃったんだよ。下から呼んでも返事がないし、電話にも出てくれないし」

「ごめんなさい。いたずら電話だと思ったの」

「いたずら電話だって」

「そうなの。怖くて、わたし、電話が鳴ってもそのままにしていたの」

室内は電気がついておらず、エアコンの電源の赤いランプだけがついていた。エアコンのひんやりした空気に全身を包まれ、彼は身震いした。

「どうしちゃったんだよ。くわしく説明してくれないか」

「怖いの、抱いて、お願い」

ユキの体はすっかり冷えきっていた。肩が小刻みに震えている。

「明かりをつけよう」

島崎がスイッチを押そうとすると、その手をユキがつかんだ。

「あいつが見てるから、絶対だめ」

「あいつって?」

「あいつはあいつよ」

ユキがまた震え出した。「わたしの言うことを信じてくれないの?」

「いや、そういうわけじゃないけどさ。何があったのか、くわしく話してくれなくちゃ」

島崎はユキの体を離して、顎《あご》を持ち上げた。頰《ほお》をつたう涙が、外からの明かりで光っている。

「これを見て」

ユキは一通の茶封筒を島崎にわたした。封筒の裏を返すと、差出人の名前はない。表には筆跡を隠すためか、わざと崩した字でユキの名前が書いてある。消印は練馬局。このマンションのすぐ近くだった。

島崎は封筒から手紙を取り出した。開いてみると、無地のメモ用紙で、その中央に英文タイプの文字が打ち出されていた。「Yukko, nigerareruto omounayo. Kanarazu mukaeni ikukarana.」（ユッコ、逃げられると思うなよ。必ず迎えにいくからな）

「ユッコって、君のこと？」

「そう、わたしのこと、ユキと呼ぶ人のほうが多いけど、ユッコと呼ぶ人もいたの。雪ん子から取ったと思うんだ」

島崎は聞いているうちに、背筋が寒くなってきた。エアコンの空気の流れが背中にあたっているせいだけではなかった。「Mの犯罪」の中で、裕子が電話で脅される場面と似ていたからだ。

まず、ユキが「ユッコ」と呼ばれていること。脅迫者はそれから「逃げられると思うなよ。必ず迎えにいく」とも言っている。小説の中の出来事が現実に作用を及ぼしているような、得体の知れぬ不気味さが伝わってくるのだ。

「たぶん、相手は男だと思うけど、君をユッコと呼ぶ人に心当たりはある？」

島崎は自分の不安を抑えながら訊《たず》ねた。ここでユキを怯《おび》えさせたくなかったのだ。

「ユッコと呼ぶのは、わたしと親しい人よ」

ユキは誰かに聞かれるのを恐れるように、まわりを見た。

「誰も見ちゃいないさ。君をユッコと呼ぶ人の名前を教えてくれよ」

「一人だけいるけど、そんなこと、ありえないの」

「ありえないって？」

ユキが言いよどんだので、島崎は少し焦《じ》れてきた。

「だって、その人、この世にいないんだもの」

「死んだ人なのかい？」

「うん」

「頼むから、誰なのか教えてくれよ」

「……わたしのパパ」

「お父さん？　譲司さんのことかい？」

「そう、パパは行方不明になったのよ」

「行方不明って、いつのこと？」

「わたしが中学二年の時。ある日、突然いなくなって……」

すると譲司が消えたのは、淳の高校三年の時にあたるわけだ。

「でも、死んだわけではないんだろう？　日本のどこかに生きているんじゃないのか」

譲司の行方不明の件は、前々から気になっていた。しかし、小松原淳のストーリーの本筋から逸《そ》れているので、本腰を入れて調べなかったのだ。

だが、ここに至って、譲司の存在が大きくクローズアップされてきた。ユキを「ユッコ」と呼ぶ男として――。

ただ、彼女の恐れる「あいつ」が譲司なのかどうかは、はっきりしない。

「ねえ、君。まさかお父さんが〝あいつ〟じゃないよね」

ユキはそれには答えず、遠くの方をぼんやりと見ていた。

〔小松原淳の肖像〕9――譲司の失踪《しっそう》

小松原淳・年譜（17〜19歳）

81・10　（17歳）淳の義父、譲司の謎《なぞ》の失踪。警察に捜索願が出された後、地下室で血痕《けっこん》のついたバットが発見される。
　　12　淳、死の旅路。西湖《さいこ》へ。帰還後、部屋に閉じこもりがちになり一時、神経科の医院に通院する。
82・3　（18歳）大学受験を断念し、浪人生となる。しばらく家を出て、放浪生活を送る。
83・4　ユキ（15歳）、白山学園高校に入学。

●北野末吉（元刑事・68歳）

　え、あの事件のことで、東京からわざわざ？　そりゃ、またご苦労なこった。まあ、座布団《ざぶとん》あててくださいよ。おーい、婆《ばあ》さん、お茶を持ってきてくれないか。ごらんの通り、隠居した身だから、気楽にしてね。

　さあ、ろくな茶じゃないけど、召し上がってください。ここは涼しいだけがとりえでね。ほら、あそこに見えるのが男体山《なんたいさん》。日光はあっちの方向です。案内したいところだけど、この通り、足が悪くてね。

ちょっと、あなた、苦しそうにしてるけど、大丈夫？　そう、ひどく疲れているように見えますよ。まあ、あんたみたいな方は、あまり無理なさらぬことだ。

はいはい、あの事件のことね。あれは殺人事件じゃなかったんだけど、異常なケースだったから、よく覚えてますよ。あの頃《ころ》、私は大塚《おおつか》署に勤務してたんだもの。

あちらの奥さんが主人がいなくなったから捜索してほしいって直接署まで来てね。たまたまその場に居合わせたのが私なのさ。事情を聞くと、旦那《だんな》が一週間前から行方不明だという話だった。

それで、書類に記入してもらって、彼女、そうそう、小松原妙子さんという名前だったっけね。

捜索願は受理したが、失踪する人は多いから、見つかるかどうかわからないと、私は念を押しておいた。

「奥さん、人間なんて、世の中がいやになって、旅をしたくなることだってあるんですよ。旦那さんもその口じゃないですかね？」

「冗談じゃありません。うちの主人にかぎって、そういうことはありません」

小松原女史は顔を真っ赤にして息まいていたな。うちの主人にかぎってとか、うちの息子にかぎってというのは、自分に都合の悪い時の決まり文句なんだ。そんなのは、こっちは聞き飽きてたね。そんな夫や息子にかぎって、悪さをしたりするものなんだ。

捜索願は受理しましたから、奥さんも旦那さんの行きそうなところをもう一度確認しておいてくださいと言って、その日はお引き取り願った。で、こっちもそれでもう会うことはないだろうと思っていたら、二日後、小松原女史から私に名指しの電話がかかってきて、至急自宅に来てほしいと言ってきた。

「何事ですか？」

思わず聞き返したね。彼女の声にはただならぬ気配があったんだ。

「血が、血が……」

そう言ってるばかりで、話が要領を得ない。

「奥さん、血がどうしました？」

「ち、地下室に、血痕があったんです。急いでこちらに来てください」

「地下室に血痕だって」

私は若い者を一人連れて、小松原家へ向かった。本駒込のその大きなお屋敷の前に着くと、女史が門の前でおろおろしてるんですな。

「奥さん、どうしましたか？」

すると、女史はこっちへ来いというふうに黙って手招きをしたんで、我々は後をついていった。玄関から一階のホールを通って奥へ行くと、そこにドアがあって、開け放してあった。そこが地下室の入口なんですな。

「ここ、この下に血があったのよ」

自分は怖いから、あなたたちだけで入ってと彼女は言った。血は野球のバットについていたというんですな。おおざっぱに場所だけ聞いて、我々は地下室へ下っていったんだ。十月だというのに、そこはムッとするほど暑かった。

「血のにおいがしませんか？」

部下がそう言ったが、私も同じような感覚を持った。地下室はあまり使われていないらしく、階段の下に段ボールや家具の古いものが積み上げられていて、その間を体を横にして歩かなくちゃならなかった。

女史の話では、昭和の初めにこの家を造ったドイツ人の書斎が一番奥にあるという。女史は、旦那が家のどこかに隠れてるんじゃないかと思って、地下室の隅々《すみずみ》まで探したんだそうだ。そしたら、その書斎に変なものを見つけたってわけだ。

その奥の部屋を開けて、スイッチをつけてみると、八畳ほどの広さの部屋に本棚《ほんだな》がいっぱいあるんだな。その中にタイプライターとか、机がある。部屋の中には誰もいなかった。書斎というよりは、書庫みたいなものかな。本のガラクタ置き場なんだ。

「こんなところなら、死体がいくつ出てきても、驚きませんね」

部下が言った。かすかにネズミの小便のにおいがした。

「ほんとだな」

と私は言いながら、血がついているものを探した。「あ、あれだ」

黒ずんではいたが、確かに血痕のようなものが、何冊かの本に付着していた。机の下には泥《どろ》のついた古びたバットが転がっていて、それにも黒ずんだ血痕のようなものが付いている。手袋をはめて、引っ張り出した時、私は奇妙なものを見つけた。そう、それが石だったんですよ。拳《こぶし》くらいの大きさの石が三つ、それにも血痕のような黒い染《し》みがついていた。

その時、部屋の外に高校生くらいの少年が立っていることに気づいたんですよ。それが女史の息子だったんだ。

「君は誰だい？」

私が聞いたのに、その子は私が持っているバットを黙って見ているんだ。それから私のところへ来ると、何を思ったのか、いきなりバットをひったくって逃げ出した。我々はすぐに追いかけて、一階に上がった。あのバットは裏口に転がっていたが、あの少年は姿を消していた。

バットのすり替え？

いや、それはないですな。同じマークだし、汚れの位置も同じだった。

我々は血痕の付着していたバットや本を署に持ち返って、血液の鑑定をすることにした。

何だったと思いますか、あなた？

わからない？　そうだろうね。

まず、黒い染みは確かに血痕だった。だけど、人間のものでなくて、ウサギのものだったんだ。どうです、びっくりしたでしょ？

バットにウサギの血をつけた犯人は、あの息子だった。何とかいう魔術をやった時にウサギを生贄《いけにえ》にしたということがわかって、ふくらみかけた事件への期待が一気に萎《しぼ》んでしまった。あのガキ、どこか頭が変だったんだろうね。

ところで、地下室で見つけた血痕らしき黒染みのついた石だが、バットを取り返しもどってきた時はなくなっていた。あのガキが持っていったと思うんだが、証拠がなかった。どうせ、それにもウサギの血がついていたんだろうがね。

まあ、それはそれとして、肝心の亭主の行方だけど、屋敷のどこにもいなかった。犯罪の痕跡もないし、結局、家を捨てて、どこかへ行っちまったんだろうと思うよ。なにせ、あのでしゃばりの奥さんだもの、一緒にいたら息がつまるよ。私が亭主なら、さっさと北海道でも沖縄でも行ってしまうね。亭主は今頃幸せに第二の人生を歩んでいると私は思うよ。

まあ、大騒ぎになったことだけど、結局はそんな形で尻《しり》すぼみになったケースだ。私に話せるのは、そのくらいかな。あまりお役に立てなくて申し訳ないんだけど。

●戸田伸吾（私立曙学園高校教諭・38歳）

譲司さんがいなくなったのは、確か十月だったと思います。ちょうど学園祭が終わったところだったので、覚えています。

学園祭の後に代休があって、その翌日、譲司さんは出勤してきませんでした。何の連絡もないので、自宅に電話したのですが、誰も出なくて、連絡がつきませんでした。ところが、その翌日もその翌日も学校に出てこないのです。三日目になって、譲司さんの奥さんのほうから学校に電話がかかってきて、主人が帰ってこない、そちらに何か連絡が入ってないかと言ってきて、初めて騒ぎが大きくなったんです。

家庭と学校を無断で放《ほう》り出して、譲司さんはどこへ行ってしまったんでしょう。生まれ故郷に帰ったといっても、彼が生まれたのは東京の文京区だそうですから、それはありえない。そうなると、どこかで事故にでも遭ったんじゃないかなって、学校のみんなは心配していました。

彼の英語のクラスをいつまでも自習させているわけにもいかないので、僕が彼のクラスを引き継ぐことになりました。

奥さんは警察に捜索願を出したようですが、警察の反応はかんばしくないようでした。地下室から血のついたバットが出て、殺人事件かと思って調べたら、人間の血じゃなかったらしいんですね。ウサギか何かの動物の血だと……。

警察側は、女房に愛想を尽かして出奔《しゅっぽん》したんじゃないかと言外ににおわせていたと、奥さんは憤慨していました。

いくら夫婦仲がよくないといっても、譲司さんにはユキちゃんという血のつながったお嬢さんがいるわけだし、ユキちゃんを放り出していってしまうのも不自然だと僕は思いました。犯罪に巻きこまれたとまでは思いませんでしたが、トラブルめいたことは、あったかもしれません。

で、結局、それから一年の間、譲司さんからは何の連絡もなかったので、学校側は文書で退職勧告を出し、それで学校と譲司さんとの関係は切れたのです。

僕はですから、その後のあの家のことは知りません。義理の息子の淳君には一度推理劇の上演の時に会ったきりですし、ユキちゃんともそれっきりです。

譲司さん、その後どちらかで見つかったんですか？

はあ、見つかっていませんか。一体、どうしちゃったんでしょうね。

●西川真二（白山学園高校同級生・銀行員・28歳）
淳の性格が暗くなったのは、お父さんが行方不明になってからだと思います。それまでも変わった性格の奴《やつ》でしたが、十月から後、精神的に少しおかしな行動をとるようになりました。ちょうど高校三年の秋で、受験勉強の追いこみの時期にあたっていたので、彼のこと、ずいぶん心配したけど、やっぱり試験には悪い影響が出たんじゃないでしょうか。

校内の学力試験ではいつもトップだった彼が、秋から信じられないくらい成績が悪くなっていきました。でも、本人は全然気にしなかったようです。彼の心の中は、それどころではなかったと思います。

その頃、誰が言ったのか、淳に関してよくない噂《うわさ》が飛び交っていました。彼が自宅で飼っている動物を切り刻んでいるというのです。黒魔術で悪魔に捧《ささ》げるための生き血が必要で、ウサギやモルモットを殺しているんだそうです。

僕は「れくいえむ」の同人で、彼が他の連中と付き合わなくなってからも、彼とはわりと親しくしていました。で、十月の初め頃、面白半分に彼に聞いたことがあります。

「おまえ、黒魔術をやっているって、ほんと?」

「ああ、やってるよ」

彼が否定するかと思っていたので、あっさり認めた時は少しびっくりしました。そして、話のなりゆきで「一度見にいってもいいかい?」と言ってしまったんです。ぜひ来いという返事でした。

やばいことになったと思ったけど、ユキちゃんに会えるのだから、まあいいやと自分を慰め、小松原の家に行きました。二階の淳の部屋に行くと、淳は机に向かって分厚い本を読んでいました。

「やあ、よく来たね。今準備してるところだから、ちょっと待っててね」

彼は本を読み終わると、僕をつれて裏庭に行きました。館《やかた》に接して小さな木の檻《おり》があって、中にウサギが一つがい、入っていました。二羽とも淳を見ると、怯《おび》えたように檻の中を駆けめぐり始めました。

淳は檻の中に素早く手を突っこんで、一羽の耳を両手でつかみ上げると、ウサギが暴れるのも無視して、僕についてくるように目顔で示しました。どこへ行くのかと思っていると、建物の端っこまで行って、そこで腰を屈《かが》めたのです。驚いたことに、そこには枯れ草があって、彼がそれをどかすと、中に人一人が入れるほどの穴が斜めに開いていたのです。

「小松原、これ何だ」

「秘密の通路さ」

淳はにやりと笑うと、暴れるウサギの耳を握ったまま、足から下へ降りていきました。

「おい、西川、降りたら、上に草をかけておいてくれ。おふくろにばれるとやばいからな」

僕は彼の言う通りにして、下へ降りました。そこは書庫のような部屋になっていて、部屋中、本だらけでした。館の地下室の一つの部屋だったんでしょう。

淳はそこでウサギを放しました。ウサギは突然解放されて、戸惑ったように淳の顔色を窺《うかが》っていましたが、逃げたほうがいいと察したのか、無我夢中に部屋の中を駆け出しました。

「小松原、おまえ、ウサギに何をするつもりなんだ？」

「悪魔祓《ばら》いの儀式をするのさ」

淳は雑然とした中に転がっていた一本の古びたバットをつかむと、それを肩に乗せ、ウサギを目で追い始めました。「さあ、狩りが始まるぞ」

その時の彼の顔といったら、あっちの世界に行っているとしか思えませんでした。やめろよと僕が制止するのも聞かず、彼はバットをふりかざして、奇声を発しながら、ウサギを追いかけました。正気の沙汰《さた》とは思えません。ウィリアム・ゴールディングの『蠅《はえ》の王』という小説の中に出てくる頭のおかしな少年を僕は思い出しました。

ウサギはキーキーと苦しそうに鳴きながら逃げまわります。でも、本に邪魔されて、跳ぶこともできず、ついには部屋の隅に追いつめられ、体を縮めてぶるぶると震えていました。

「おい、小松原、いいかげんにしろよ。そんな悪魔祓いの儀式なんか聞いたことないぞ」

僕は淳の腕を握りました。彼の目には尋常《じんじょう》ならざる光が宿っていました。こいつ、気がふれている。はっきりそう感じました。僕がひるんだ時、淳は僕の手をふりはらい、じっとしている哀れなウサギに歯を剝《む》いて襲いかかったのです。

「ばか、やめろ！」

僕の声も及ばず、ウサギは一撃のもとに殴り殺され、鮮血が周囲の本に飛び散りました。そして、荒い息を吐きながら、淳は勝利の雄叫《おたけ》びをあげたのです。僕はその場から一刻も早く逃げ出そうとして、抜け穴ではなくて、ドアのほうに走り出しました。ドアのノブを握った瞬間、ビリビリッと電流が走ったような気がしました。

「わっ」と後ろへ飛びすさった時、ドアが開いて、淳のお父さんが怖い顔をして立っていたのです。柔和な顔をした彼がこんな赤鬼のような形相《ぎょうそう》をするとは意外でした。

「淳、や、やめろ、やめるんだ！」

お父さんは僕の姿は目に入っていないようで、狂ったようにバットをふりまわす淳のところまでまっすぐ行くと、太い腕で彼を殴り倒しました。意表をつかれた淳は、床に倒れると、夢から覚めたようにきょろきょろとあたりを見まわし、血のついたバットをにぎっているお父さんを敵意を剝き出しにしてにらみつけました。

「淳、正気にもどるんだ」

お父さんは彼を怒鳴りつけました。ところが、淳といえば、

「畜生、よくも邪魔しやがったな」

そう叫びながら、そばに転がっていた何かをつかむと、お父さんに向かって投げつけました。「おまえなんか、出ていけ！」

それが親にいう言葉でしょうか。淳は聞くに堪えないような罵詈《ばり》雑言《ぞうごん》を次々と浴びせかけ、お父さんがひるんだ時に石をぶつけたのです。拳大《こぶしだい》の石でした。三つほどすごい勢いで投げつけ、そのうちの一つがお父さんの額に命中しました。血は出ませんでしたが、石があたったところは真赤に腫《は》れ、みるみるうちにふくらんできました。

僕はそのなりゆきを一部始終見ていました。逃げ出したかったのですが、その場に根が生えたようになって、身動きもできなかったのです。

お父さんは何を思ったのか、子供が泣くように顔をくしゃくしゃに歪《ゆが》めると、百八十

度向きを変え、ドアではなくて、僕たちが忍びこんできた抜け穴のほうへ飛び出していってしまいました。

「お、おい、小松原」

僕はどうすることもできなくて、淳に声をかけました。「いいのか、親に向かってあんなことを言ってさ」

「ふん、かまうものか」

淳は吐き捨てるように言うと、立ち上がり、お父さんに投げつけた石を一つずつ拾い上げたのです。それから、石をじっと見つめ、何かを考えているようでした。

「おい、小松原」

僕が呼びかけると、淳は焦点の定まらない目で僕を見ました。その時、こいつ、気が変になったのかと本気で思ったものです。淳は、それから石を握りしめ、それを持ち上げかけたので、僕は「やめろ」と叫んで身がまえました。僕のほうに石が飛んでくるものと思ったからです。しかし、彼はそうはせず、石を机の下に隠したのです。

彼は急に平静さをとり戻し、ぴくりとも動かないウサギの死骸《しがい》を見て、

「さて、呪《のろ》いを始めるか」

と何事もなかったかのように言ったのです。

「もうやめようぜ。なあ、小松原」

僕には、彼の言う魔術なるものを見る気はとうに失《う》せていました。

「何を言うんだ。せっかく生贄《いけにえ》を用意したのに、今さらやめられるかよ。おまえ、怖気《おじけ》づいたのか？」

「僕、帰るよ」

　僕はそう言って、彼のお父さんが出ていった穴から外へ出ていこうとしました。すると、上が急に明るくなって、女の子の声がしたのです。あっという間に、長い白い足が降りてきました。

　ユキちゃんでした。

　彼女は、地下室に僕たちがいるのを意外そうに見て、慌《あわ》ててスカートの乱れを直しました。彼女は当時中学二年生だったはずですが、体はもう大人になっていました。僕はウサギの一件を忘れて、天使のような彼女の顔に見とれてしまいました。

「あらっ」

　彼女はきょとんとした顔になりました。それから彼女はウサギの死骸を持って突っ立っている淳を見ると、「キャッ」と小さく叫んだまま、足から崩れ、気を失ってしまったのです。僕は慌てて彼女の体を抱きかかえました。

　淳のお父さんが失踪《しっそう》したという話を人づてに聞いたのは、それから間もなくのことです。失踪があの件と深く関《かか》わっているのか、それはよくわかりません。でも、何かしらの影響を及ぼしているのではないかと考えています。

　淳の様子も目に見えておかしくなってきました。授業の時もぼんやりと考えごとをしているし、僕とも口をきかなくなりました。当然、成績は落ちていったわけですけど、彼は何かの理由で自暴自棄になっていたと思います。

精神科医にかかっていたという噂もありますが、真偽のほどは定かではありません。

●沼尻義雄（精神科医・55歳）

十年以上前のカルテですから、探すのに苦労しましたよ。

ええ、小松原淳のことはおぼろげながら覚えています。でも、患者のプライバシーに関わることですから、お話しすることはお断りします。

どうしても、と言われるなら、彼の症状は大したことはなかったとだけお話ししておきましょう。家出して、山梨県の西湖《さいこ》のみやげものやで保護されたとかで、母親に連れられて、ここに診療を受けにきました。彼は十二月から三月まで四ヵ月間通院しました。ちょうど大学受験の時期と重なり合いましたので、その年の受験は断念して、翌年に勝負をかけると言っておりました。そんなところで如何《いかが》でしょうか。

次の患者のアポイントがありますので、私はこれで……。

●田丸勝之助（西湖みやげもの店主・82歳）

ああ、真冬に自殺未遂を起こした子のことだね。忘れるものかね。

十二月は観光客は少なく、店は閑古鳥《かんこどり》が鳴いておる状態で、あの時期は一日中、店でぶらぶらしていることが多い。この通り、わしは隠居の気楽な身分だから、暇を持て余しているわけでね。

あの子は、十二月の土曜でも日曜でもない普通の日に来た。リュックサックを背負い、セーターの上に青いジャンパーを着ていたね。奇妙に思ったのは、到着した午後の一時くらいからずっと湖畔に立って、じっと湖を見ていたからだった。どんな鈍感な人間でもおかしいと思うよね。

富士山からの風がきつい日で、あんなところに立ってたら、凍えちまうぞと婆《ばあ》さんと二人でお茶を飲みながら話していたんだ。

「おい、婆さん、あの子、やっぱり変だぞ」

「あんた、こっちに連れてきて、お茶でも飲ませたらどう?」

婆さんに言われるまでもなく、わしは声をかけてみるつもりだった。で、わしが店を出て、ボート乗り場にたたずんでいるあの子のそばに行って、「もし、あんた」と呼びかけると、その子はゆっくりと首をまわした。高校生くらいの年恰好だった。思いつめたような顔をしていて、わしは一目でこれは危ないなと思った。自殺者は何度も見ているし、体から出ている気のようなものでわかるんだ。だけど、自殺志願者には言い方がむずかしい。微妙なバランスで精神の平衡《へいこう》がとれてるのが、言い方次第でプッツンとくることがあるからね。

「あんた、うちに来て、お茶でも飲まんかね」

わしは店を指して言ったんです。「そんなとこに突っ立ってると風邪をひいちまうぞ。さあ」

するど、その子はぷいと横を向いて、ボート乗り場から砂地に飛び下りて、すたすたと行ってしまったんです。わしは足が悪くて、追いつくことができないから、仕方なく店へもどった。

「あんた、たいへん。あの子が……」

婆さんが血相を変えて、湖のほうを指差していた。慌ててふり返ると、あの子が服を着たまま、湖水の中に突き進んでいくじゃないか。

「おい、警察を呼べ」

わしは怒鳴って、店を飛び出し、隣の民宿に助けを求めにいった。発見が早くて、結局あの子は助かった。水面に沈むところを民宿の若旦那《わかだんな》が救い上げて、うちで濡《ぬ》れた服を脱がせ、せがれのパジャマを着せたんだ。

荷物の中に高校の学生証があったんで、早速自宅に連絡をとった。その日の夜遅く、母親が車で駆けつけてきて、寝ている子供にすがりついて、おいおいと泣くんだな。

話によれば、あの子は二日前から家出をしていたそうな。母親が警察に捜索願を出そうとした時に、ちょうどうちから連絡が入ったので、とるものもとりあえず駆けつけてきたって話さ。

「本人の将来に傷がつきますから、このことはどうぞご内分にお願いします」

いかにも金持ちの上品そうな母親はそう言った。で、結局、警察とも話し合って、ことを穏便にすますことにしたんだ。

もう時効だから、全部話すけど、その子とは、それからも何回か会っているんだ。知りたいかね。

じゃあ、話しましょう。この向こうに樹海があるんだけど、そう、一度入ったら二度と出られないあの樹海さ。去年、あの子は……。

〔モノローグ〕6

……私はヘリコプターが来るのを、ただひたすら待った。

だが、いく日待っても、あの耳障りなエンジン音は聞こえなかった。セスナ機でもいい。ちょっとコースを間違って、この森の上空に迷いこんで、偶然私が作った木文字を見てくれさえすればいいのだ。

HELP! HELP!

あれを見落としてしまったのだろうか。それとも、意味が読みとれなかったのだろうか。SOSなら、簡単に意味はつかめるが、HELPの意図は通じにくかったのかもしれない。逆さまに読んだら、ほとんど無意味な記号の羅列だ。

くそっ、ほとんど一日かけて木文字を作り上げたというのに。私は体力を消耗し、今再び洞穴《ほらあな》の中でうずくまっている。ただ助けてもらうために、残された最後の力をふりしぼって作ったというのに。

報われなければ、ただこのまま死ぬのを待つだけだった。犬死に。

「ユキ!」

喉《のど》の奥から漏れ出た声。私は死にたくない。おまえのためにも、きっと生還してみせるぞ。魂の悲痛な叫び。私は悲嘆の涙にくれながら、意識を失っていった。

目を開けた。おや、まだ生きている。頬《ほお》をつねっても痛覚は残っているようだ。洞穴の外から光が入っているところを見ると、まだ日は暮れていない。

私は空腹感を覚えて、死んだ女、谷山美智子の荷物の中からチョコレートを取り出そうとした。その時、袋の底に固い小さなものが指の先に触れた。甘いものには辟易《へきえき》していたので、別の食べ物だと思い、引っ張り出してみた。

赤いビニール革の手帳だった。そうか、あの女のものだな。

開いてみると、女の名前と電話番号、それに住所録には友人らしき名前が記されている。ほとんど真っ白のページの中で、女が死んだ日のところに、貸別荘の名前と料金がメモ書きされている。それから、気になったのは、一番最後のページに、

「淳のばか、死んでやる」

とあったのだ。偶然にしても、できすぎた話だ。この世に淳という名前の人間はたくさんいるが、この樹海にこうして集まってくるなんて、神様もひどいいたずらをなさる。

忍び笑いを漏らして、まだ空白のページに目を落とした。手帳には幸い鉛筆がついていた。

よし、ここまでに至った経緯をこと細かに記していこうか。

それが私に残された最後の復讐《ふくしゅう》の手段だった。たとえ、生還できなくて、私の肉体が土と化しても、この手帳だけは地上に残る。

「私の名前は小松原」

ああ、まだ惚《ぼ》けていない。

「どうしてこんなところにいるようになったか、くわしく書いてみよう。私は……」

まだ頭はしっかりしているようだ。しかし、栄養不良で、手が震える。私は右手を左手で押さえながら、手帳にこれまでのことを書きつづっていった。……

第三部　胎内回帰

〔小松原淳の肖像〕10――湖畔の死

小松原淳・年譜（20〜23歳）

84・4　（20歳）二年の浪人の末にT大学文学部に合格。浪人時代は予備校にも行かず自宅にこもり、世間と没交渉の生活を送る。推理小説同好会に入会。再び創作を始める。

86・4　目白のマンションに住み、もっぱら部屋に閉じこもり執筆する。恋人と半同棲《どうせい》。

（22歳）ユキ、淳と同じT大学文学部に現役入学。同じサークルに入会する。

8　クラブの夏期合宿を西湖《さいこ》で行なうが、死者が出る。

●桑野さゆり（仮名・T大学大学院在学中・26歳）

小松原淳とは大学の同級生でした。私は現役の入学ですから、年齢は彼より二つ下ということになります。

最初に会ったのは、クラブの溜《た》まり場になっている喫茶店の前でした。私は入学式の後、校内の掲示板に推理クラブのビラがあるのを目にして、ふと立ち止まりました。特にミステリーファンというわけではなくて、面白そうなクラブだなと思ったんです。大学の近くの「ラピーヌ」という喫茶店で入会の受付けをやっていると書いてあったので、ちょっとのぞいてみようかなと思いました。

古びた二階家の一階にある、見るからに薄汚い喫茶店でした。いかにも、ミステリーマニアの集まりそうな雰囲気《ふんいき》です。入りにくいので、どうしようかと入口でうろうろしていたところ、同じようにためらっている男性がいたんです。彫りの深い顔だちの好男子で、グレーのブレザーをさりげなく着こなしていました。

「あのう、すみませんが」

私は声をかけました。すると、彼はびくっとして、私を見ました。

「クラブの人ですか？」と私が聞くと、

「あ、いや」

と彼はきまり悪そうに視線を逸《そ》らしました。「これから入ろうとしているんです」

「あら、私もそうなんですよ。一人じゃ入りにくいから、私と一緒に入っていただけませんか?」

「いや、僕は……」

私は半ば強引に彼の腕を押さえて、ガラスのドアを押しました。店内はまるで一時代前にタイムスリップしたような感じの装飾で、外観と同じくくすんだ印象でした。剝《む》き出しのコンクリートの床、傷だらけのテーブル、煙草《たばこ》の火による黒い穴の開いたソファ……。これにランプでもあれば、閉校間際《まぎわ》の山の分校です。

奥のほうに、不健康な顔色をした男が数人、顔を突き合わせていました。

「ねえ、君」

彼が私にささやきました。「あの連中らしいな。やめるなら今のうちだぞ」

「そうね。あまり感じよくないみたい」

私たちは顔を見合わせました。当時は、今の「おたく」という言葉はありませんでしたが、彼らの体からは濃厚な「おたく」の気が放射されていました。

「帰ろうよ」

彼が言ったので、私もそうする気になりました。少なくとも、ああいう男たちよりは、彼と一緒にいたほうがいいと思ったのです。彼と知り合えてラッキーというか、大げさな言い方かもしれませんが、彼との出会いには私なりに運命的なものを感じていたのです。

「ちょっと、そこのご両人」

ドアに向かおうとした時、店内を震わせるような声がしました。ふり返ると、

「ああ、君たちのことさ。入会にきたと思うんだけど、ちがうかな？」

鼻の下に髭《ひげ》をたくわえた男が手を挙げていました。「さあ、遠慮なくこちらへ来たまえ」

そうまで言われては、帰るわけにはいきません。私たちは、いたずらを見つかった子供のように、うつむき気味に奥のボックス席へ行きました。そこには四人の男がいて、髭男が主《あるじ》のような顔をしています。

「わがクラブへようこそ。女性は大歓迎です。僕は幹事長の野辺山徹《とおる》です」

幹事長が席を勧めた時、四人の中では一番まともそうな人が、私と一緒に入会した彼に話しかけたのです。

「おい、何だ、小松原じゃないか。俺《おれ》だよ、片倉だよ。びっくりしたなあ」

それが二年の片倉竜太郎さんでした。

「野辺山さん、こいつ、俺の高校の時の同級生の小松原淳というんです」

片倉さんはそう誇らしげに言い、淳の肩を強い力で叩《たた》きました。叩かれた淳のほうはなぜか顔をしかめ、片倉さんに会ったことを迷惑がっているようでした。

「小松原はね、創作もやってる、すごいマニアなんです。一度、こいつの家を見せてもらったらいいと思いますね」

片倉さんが言うと、野辺山さんは腕を組んで、

「すごい奴《やつ》が来たんだな」

と急にライバル意識を剝き出しにしました。こういう人たちって、自分が一番じゃないと承知しないところがあるから、自分より知識が上の人間が入ってくると、拒否反応を起こすことがあるのです。短時間でしたが、その場にいて、私にはそんなことがわかりました。

淳はそういった意味で、彼らの結束を乱す存在だったのかもしれません。その時は何を話したかわかりませんけど、三十分くらいして、私と淳は一緒に「ラピーヌ」を出て、駅の方向へ行きました。

「どう、入会するつもり？」

私は彼の横顔を見ながら、訊《たず》ねました。彼とは同じ学部だとわかったし、友だちになれたらなと思ったんです。背は高いし、翳《かげ》があって、とても素敵な男性でしたからね。

「うん、あんまり感じよくなかったな。あの幹事長も虫が好かないし」

「片倉さんは？」

「あいつ、大嫌《だいきら》いなんだ」

淳は高校の時にミステリーの同好会を主宰していて、そのメンバーの一人に片倉さんがいたのだそうです。片倉さんとは反《そ》りが合わなくて、彼を会から追い出した経緯があったから、よけいでしょう。それに、高校の同級生がクラブでは先輩というのも彼にとっては面白くないのかもしれません。

私たちは駅前の喫茶店に行って、ミステリー以外のことを話しました。彼も打ち解ければ、けっこう話好きなんだなと思いました。

結局、淳も私もクラブに入ることにしました。私は週に二、三回クラブに顔を出しましたが、彼は何かの例会や読書会など行事がある時に参加する程度でした。私たちはもっぱらクラブを離れて会うことが多かったように思います。

六月頃《ごろ》、淳の蔵書を見る会というのが、片倉さんの主催で開かれたことがあります。淳はいやがったそうですが、コンパの酒の席でわっと盛り上がってしまって、受け入れざるをえなくなったのです。本駒込《ほんこまごめ》のお宅は、六義園《りくぎえん》に隣接する閑静な住宅街にあって、洋館風のとても立派なものでした。

お母さまもいらっしゃいまして、「まあ、淳のお友だちがこんなに」と、それはお喜びになりました。お茶でもという誘いを、淳は不機嫌《ふきげん》そうに断って、クラブ員――そうですね、八名くらいいましたでしょうか――を二階に案内したのです。

そのお部屋は、稀覯本《きこうぼん》やら珍しい洋書やらがたくさんあり、最初見た時、みんなその威容に圧倒されて声も出ませんでした。

「これは、すごいな」

幹事長の野辺山さんでさえ、唸《うな》りました。

「どうです、すごいでしょう？」

高校時代にこの蔵書を見たことのある片倉さんは、みんなに自慢げに言い、革装の一

冊の洋書を本棚《ほんだな》から抜き出そうとしました。すると、

「だめ、さわっちゃだめだ。どれも大事なものだから、触れないで」

淳の一喝《いっかつ》で、片倉さんはしぶしぶ手を下ろし、「ちぇ、おまえは昔とちっとも変わっちゃいねえな」と毒づきました。

少し気まずい雰囲気になりかけましたが、野辺山さんが、「小松原の言うことにも一理ある」と取りなしてくれたので、また元のムードにもどりました。その時、ドアに人の気配がしたのです。

「あら、お客さま？」

一同がいっせいにふり向き、声の主を見ました。紺色の高校の制服を着た、とてもきれいな女の子でした。学校からの帰りなのか、手にかばんを持っています。

淳と同じように、日本人離れした整った顔だちで、肌《はだ》が抜けるように白く、まるでフランス人形をそのまま成長させたら、こうなるのかといった感じです。

彼女は物怖《ものお》じしない性格らしく、部屋の中に入ってくると、

「妹のユキです」と言って、睫毛《まつげ》の長い大きな目をぱちくりさせました。ふわっとした髪を手でかき上げる仕草が何とも色っぽいんです。そういえば、どことなく、淳と顔だちが似ているような気がしました。

「やあ、ずいぶんきれいになったんだね」

びっくりして声も出ない中で、片倉さんが最初に我に返りました。「ねえ、ユキちゃ

ん、僕を覚えていないかな?」

「え、さあ……」

ユキさんはきょとんとした顔をして、片倉さんを避けるように、淳の背中にまわりました。

「ほら、高校の時、一度来たじゃないか。淳の友だちの片倉竜太郎さ」

彼女は覚えていないらしく、首を傾《かし》げました。

「偶然に同じ大学に入ってね。もっとも、僕は一浪だから、君の兄さんの先輩になるんだけどね」

片倉さんはにきび痕《あと》の残る、月面のクレーターのような顔を汚い手でかきながら、にたにたと笑いました。片倉さんの態度が淳の癇《かん》にさわったようで、

「ユキ、部屋にもどるんだ。お兄ちゃんは忙しいからね」

淳はユキさんの背中を軽く押し、出ていくように言いました。

「うん、わかった」

彼女はにこりと笑って出ていったのですが、グループの中にいる紅一点の私の存在に気づき、いぶかしげな顔で私をじろじろと見ていきました。後で考えると、この時のユキさんは私が淳にとってどういう存在になるのか、予感していたのではないかと思います。彼女の目に嫉妬《しっと》の炎を見たのは、あながち私の考えすぎとは言えないでしょう。

それから一年ほどして、淳と私はお互い、「淳」「さゆり」と呼び合う仲になったので

す。交際は水面下で静かに進行して、クラブの誰にも気づかれませんでした。

彼は二年の時から目白にマンションを借りて、そこに住み、私も週に三日はそこに泊まるようになりました。恥を忍んでこんなことを言いますのも、彼がすでにこの世にいないと思うからです。

なぜ、私たちの間に破局が訪れたのか。それは、ユキさんが私たちと同じT大学に入学し、同じサークルに入ってきたからにほかなりません。

ああ、今日は疲れてしまいました。いろいろ嫌《いや》なことを思い出して、悲しくてたまりません。

また別の機会にお話しするということで、今日はここまでにしていただけませんか。

1

八月八日。島崎潤一は、淳の大学時代に淳と半同棲関係にあった桑野さゆりに会おうと、彼女の住む練馬区の桜台のマンションを訪ねた。しかし、体調がよくないということで、取材を拒否された。インタホンを通じての対話だったが、最初は慇懃《いんぎん》無礼に受け応《こた》えしていた彼女も次第にヒステリックな声となった。

「また、その話を蒸し返すんですか。淳のことで取材に見えたのは、あなたで二人目ですけど、もううんざりです。彼のことはもう忘れかけていたのに……。私、今レポートの提出のことで頭がいっぱいなんです。今日はどうか、お引き取りください」

またしても彼の前に別の取材者がいる。島崎は桑野さゆりの取材拒否よりも、そのことのほうが気にかかった。

「ちょっとお訊ねしますが、その前に来たという人は女性ですか？」

「ええ、女性ですよ」

「やっぱり、そうですか」

「何か？」

インタホンの声が高くなった。ちょうどそこに同じ階に住む中年女が通りかかり、島崎をいぶかしそうな目で見ていった。島崎は顔を伏せ、足元を見つめた。女はエレベーターの前で彼の全身に無遠慮な視線を這《は》わせた。彼の特徴を警察の前でもすぐに言えるよう記憶に止《とど》めておこうといった視線だった。

エレベーターが来て、女が消えてしまうと、島崎は再びインタホンに話しかけた。

「どういう人でしたか？」

「五十くらいだったかしら。小松原君のことで伝記を書くから、関係者の一人として話を聞かせてほしいということでしたけど。尾崎さんとか言ってました」

尾崎愛だな。ふざけたまねをしやがって。

「そうですか。でも、その人、僕とは別に調べをしているようです。お願いですから、僕にもいろいろお話を聞かせてください」

「あなたと違う人でも、私には同じことです。これ以上、私をいじめないでください。どうか引き取って」

「そこを何とか」

と言ったところで、インタホンが一方的に切られた。後は何をやっても無駄《むだ》だった。島崎は仕方なく、その日は帰ることにした。

桜台から西武池袋線の下りに乗り、大泉学園で降りると、ユキのマンションへ向かった。

最近、駒込の小松原家からの帰路、そのままユキのマンションへ行くことが多かった。

一人のわびしいアパート暮らしが、ユキと一緒にいるだけで癒《いや》される。彼が生まれて初めて知った本当の恋だった。彼女のような女性をこの腕で抱けることが夢のようで信じられなかった。

例の脅迫の手紙はその後届いていない。嵐《あらし》の前の静けさのようなものかもしれないが、彼らはその束《つか》の間《ま》の平穏を楽しんでいたのだ。

その日、ユキのマンションに向かう彼の頭の中は、淳の大学時代の恋人、桑野さゆりの取材拒否のことで占められていた。

ふと、ユキ本人に桑野さゆりのことを聞いてはどうかと思いかけた。いや、だめだ。これはデリケートなことなので、やはり本人に直接訊ねるべきではない。それとなく桑野さゆりの名前を出して、ユキの反応を見ることくらいしかできないだろう。

駅から裏道を通り、住宅街に入った時、突然背後に人の気配を感じた。背中に突き刺さるような鋭い視線。

ユキのマンションは目と鼻の先にあった。五時をすぎていたが、真夏の太陽は、勢いを失うことなく、依然、西の空で輝いている。ふり返ると、アスファルト道路から陽炎《かげろう》が立ちのぼっていた。

背後には誰もいない。突き当たりの角で、道は左右に分かれていた。足元から上がってくる熱気に眩暈《めまい》をおぼえながら、彼はしばらくその場に立っていた。曲がり角から小学三、四年の男の子が三人現れ、ランドセルを揺らしながら彼のほうに駆けてきた。

島崎のそばを通りすぎようとする時、彼は子供たちに声をかけた。

「ねえ、君たち、向こうの曲がり角に誰かいなかった？」

「おばさんがいたよ」

一番体格のいい子供が目に警戒の色を浮かべながら言った。そして、残りの二人に目で合図を送ると、また全速力で駆けていった。

もしその「おばさん」が尾行者だとすれば……。

島崎はそいつの意表をつくために、曲がり角まで走ってもどった。わずか五十メートルほどの距離だったが、息が切れた。

左右を見たが、それらしい人物は見当らない。その一本道に沿った一帯には、住宅のブロック塀《べい》がつづき、隠れるような場所はどこにもないのだ。自転車に乗った主婦が怪《け》訝《げん》そうな表情で通りすぎた。

暑くて、頭がどうかなっているのだろうか。彼は自分の妄想《もうそう》に苦笑しながら、ユキのマンションに向かって歩き始めた。


「待ってたのよ」

ユキは島崎が部屋に入ってくるなり、飛びついてきて、彼の首筋や頬《ほお》にキスを雨あられのように降らせた。

「お願いだから、落ち着いてくれよ」

「わたし、一人ぼっちで頭がおかしくなりそうだったのよ」

「ごめん。取材が延びて遅れちゃったんだ」

あの手紙が舞いこんでからというもの、彼女は外界と接触を断ち、部屋にこもりがちになっている。

「今、あなたが来るのをここから見ていたんだけど、サングラスをかけた変な女が後をつけてきてるわよ。あの人、誰なの？」

「え、ほんとか」

島崎は窓際《まどぎわ》に寄って、道路を見下ろした。

マンションから逃げるように駅のほうへ向かう人影が見えた。人目を避けるように、前屈《かが》みに歩いていく中年女。見ようによっては、保険の勧誘員のような恰好《かっこう》をしている。

「ほら、あの人。わたし、さっきから見てたの。このマンションをのぞいたりしてさ、絶対怪しいんだから」

「考えすぎだよ。ただの通行人さ」

彼女によけいな心配をかけたくないので、そう言った。女が姿を消してしまうと、島崎はユキを真正面に見た。

「実は君に聞きたいことがあるんだ」

ユキはベッドの上に腰を下ろし、彼にも隣に掛けるように手で示した。島崎が座ると、彼女は彼の肩に頭をもたせかけてきた。髪を洗ったばかりなのか、シャンプーのにおいがした。

「君の兄さんの伝記のことなんだけど」

「それが何か」

「今、僕は淳さんの大学時代のことを調べてるんだ。そこで彼のガールフレンドが登場してくるんだけどさ」

「桑野さゆりさんのことかしら」

そう言うユキの表情に、特に変化した様子は見られない。

「そうか。君も彼女を知ってるんだね？」

「ええ、同じクラブにいたから、知っているの」

「彼女がお兄さんと同棲《どうせい》してたこと、知ってる？」

「え？」

ユキは島崎の言葉の意味をしばらく考えている様子だった。「あなた、そんなことまで調べているの？　どうして？」

彼女は非難がましい目で彼を見た。

「だって、息子のあるがままの姿を記録してほしいと言ったのは、君のお母さんだよ」

「でも、家族の恥部を暴《あば》き出すなんて、悪趣味としか思えないわ」

「そう思うのは、君の勝手だけど、嘘《うそ》を書いたら、伝記としての価値が下がると思うんだ。お母さんだって、正直に書いてほしいと言ってるよ」

「わたしを悪者にする気？」

「悪者と言われるほど、君は悪いことをしたのか？」

「ううん、違うのよ。桑野さゆりさんから見たら、わたしは悪く見えるかもしれないという意味。彼女がわたしのことを悪く言うのは仕方がないけど、お兄ちゃんの顔に泥《どろ》を塗るような伝記になったら困ると思うの。お母さんだって、同じ気持ちでいると思うわ」

「そうかな。お母さんは僕にすべてを一任すると言ってる」

「本心からそうだとは思わないわ。事実に忠実なのはいいけど、適当に脚色しないと……」

ユキは口をつぐんだ。

「お兄さんの作家になろうとする執念というか、その辺の経緯は事実に即して書かないと作り物めいてしまうよ」

「でも」

「いずれにしろ、自費出版なんだから、世間の人の目に触れることはないんだ。あくまでも小松原家の内部で見る本なんだよ。これを市販するわけじゃないんだ。淳さんの思い出として、残しておきたいというお母さんの親心なんだよ」

「はたして、それだけかしら。お母さんは計算高い人よ。お兄ちゃんの伝記を出すことで、何か企《たくら》んでいるにちがいないわ」

「僕はそうだとは思わないな。母性本能なんだよ。自慢の息子を本という形で、この世に一冊だけ残しておきたいのさ」

　島崎は話をつづけた。ここまでせっかくやってきたのに、妥協して虚構の多い物語にでもなってしまったら、何のための仕事だったのかわからなくなる。もし、完成した『小松原淳の肖像』が妙子《たえこ》の意に添わないのなら、彼は登場人物の名前を変えて小説仕立てに焼き直し、公《おおやけ》の場で発表することさえ真剣に考えている。編集者の佐藤も、読めばきっと気に入ってくれるのではないかと思う。

　島崎自身、今ではこの仕事に手応えを感じ始めていた。この調子でいけば、一人の作家志望者の栄光と挫折《ざせつ》を活写できるだろう。インタビュー構成というのがこの種の作品としては珍しく、オーソドックスな三人称の文体に比べて小松原淳の人間性をより色濃く出せるはずだった。

　ユキは黙りこくっていた。

「そんなに深刻になることかな」

「ううん、そういうわけじゃないけど……」

　ユキは唇《くちびる》を舌で湿らせた。太陽が完全に勢いを失って、西日がマンションの壁を赤く染めている。室内では、クーラーから冷気の流れる音だけがする。

「あなたにとって、わたしとお仕事、どっちが大事？」

　ユキが悲しそうな顔をして言った。

「いきなり何だい。どっちも大事さ」

島崎は彼女の言った意味をしばらく推し量っていた。

「どちらかに決めて。どっちが大事？　ねえ……」

「比較のしようがないよ。僕を困らせないでくれ」

「わかったわ。わたしが嫌《きら》いなのね。いいわ、もう」

ユキは顔をそむけて、ベッドの上に顔を伏せると、肩を震わせて泣いた。島崎はどう対処したらいいのかわからなかった。何が彼女にこんな拒否反応を起こさせるのか。

「ねえ、君が嫌いだって言ってるんじゃないんだ」

「ううん、あなたはわたしが嫌いなの。わたしにはわかる」

ユキは涙に濡《ぬ》れた顔を上げると、洟《はな》をすすりあげて、「もう、帰ってちょうだい」と強い調子で言った。

〔小松原淳の肖像〕10　（つづき）

●**桑野さゆり**（仮名・T大学大学院在学中・26歳）

あなたたちが取材にいらっしゃってから、いつも淳のことばかり考えています。忘れようと努めてきたのに、忘却の扉《とびら》を無理やりこじ開け、過去の亡霊を甦《よみがえ》らせてしまったみたい。

でも、あなたたちを恨んでも仕方がありません。すべてさらけ出すことで、私の心の中に溜《た》まっている膿《うみ》を残らず出してしまうのがいいと、ようやく思うようになったのです。

何からお話ししましょうか。そうそう、あなたにはこの前、取材拒否をしましたね。では最初から淳が目白のマンションに移ったところまでお話しした後で、それ以降の淳について話を進めていきましょう。

淳は二年になって、目白の学習院の近くに、２ＤＫの高級賃貸マンションを借りました。そのことはクラブの連中には秘密にしていました。というのは、大学の近くですし、クラブ員の溜まり場になることを恐れたからです。

彼はアルバイトもしないで、毎日マンションの一室で読書したり、小説を書いてましたから、当然家賃を払えるだけの収入はありませんでした。目白のマンションの家賃はお母さんが出していたようです。

お母さんのもとから逃げ出したいと思いながら、結局はお母さんの力を借りなければ生きられない。その辺に矛盾を感じたりしないのが、彼のおぼっちゃん育ちたる所以《ゆえん》だったんです。彼はお釈迦《しゃか》様の手の中で動きまわっている孫悟空も同然だったのです。

私はそのマンションのことを彼から知らされた数少ない人間の一人でした。週に何日か通って、彼のために掃除をしたり、料理を作ったりしました。彼と一緒にいることが、嬉《うれ》しくて、恋人気取りでいたのです。そんな幸福な関係がしばらくつづいていたのですけど、二年の夏に、私は気になるものを目撃したのです。

夏休みになって、私は新宿のビアホールでウエイトレスのアルバイトをすることになりました。仕送りされている身で、親に小遣いをねだるのも気がひけますから、自分の使う分くらい自分で稼《かせ》ぎたいと思ったからです。二ヵ月働けば、けっこうな収入になると思い、ほとんど休みをとらずに働いていました。

そして、夏休みが終わる少し前、アルバイト先から帰ろうとした時、ひさしぶりに淳のマンションを訪ねてみようと思い、電話もしないで、いきなり押しかけたことがありました。

目白で降りて、スーパーマーケットで、その夜に淳と食事をしようと、適当におかずを見つくろってマンションへ行きました。当時では珍しくオートロック式のマンションで、私は暗証番号を押してから玄関から中に入り、淳の住む二階の部屋の前に立ったのです。すると、どうでしょう。中から若い女の笑い声が聞こえてくるではありませんか。そればかりか、淳もずいぶん楽しそうに笑っているのです。

私のほかに彼ったらガールフレンドがいるとは知りませんでした。私がアルバイトをしている間に、彼ったらガールフレンドを部屋に連れこんだりするなんて許せない。それに、私といる時にもあんな屈託のない笑い声なんか出したことがないのに。

ドアの鍵《かぎ》が掛かっていなかったので、現場を押さえてやろうと思い、私は「淳！」と言いながら、部屋の中に飛びこみました。ソファの上で、淳と白いTシャツと赤いミニスカートを着た髪の長い女がいちゃついていましたが、私が入っていくと、二人はぱっと離れました。

「あ、なんだ、君か」

淳はびっくりして立ち上がると、困惑したように頭をかきました。「電話してくれればよかったのに」

「やめて、汚《けが》らわしい。誰よこの人？」

私は淳の手を払いのけて、女の顔を指差しました。その時、あ、と思ったのは、女の顔に見覚えがあったからです。まだ十代のあどけなさの残る美少女でした。

「ユキさん」

彼女は始めは気まずそうな顔をしていましたが、私が誰かわかると、ぺこりと頭を下げました。赤いリボンで後ろに束ねた髪が、大きく揺れました。

「じゃ、お兄ちゃん、わたし、帰るわ」

彼女はそう言うと、私に黙礼をして部屋を出ていったのです。

「まあ、座ってくれよ」

玄関のドアが閉まると、淳は夢から覚めたように、私にソファに掛けるように言いました。

「妹が遊びにきてたんだよ」

「ユキさんね？」

「ああ」

「ずいぶん楽しそうにしてたのね？　まるで恋人同士みたい」

「ばかだな。僕たち、兄妹なんだよ。仲がよくてあたりまえじゃないか」

本当に彼がそう思っているのなら、私が来た時にあんなに慌《あわ》てなくてもいいと思いませんか。

「近親相姦《そうかん》みたいに見えるわよ」

私は怒った勢いで、ついそう口走ってしまいました。言ってから、しまったと思ったけれど、後の祭り。

「ば、ばか言うな」

案の定、淳は顔を真っ赤にして怒りました。「僕たちは形の上は兄妹だけど、親の連れ子同士だから、血はつながっていないんだ。近親相姦だなんて汚らわしいことをよく言えるな」

皮肉なことに、彼のその言葉で、初めて二人が再婚した両親の連れ子同士だということがわかったのです。見た目がよく似ていたので、私は二人が本当の兄妹だと思いこんでいたのでした。でも、それなら、私にとって事態はもっと深刻で、二人が恋人のようなことをしても、道徳的な問題には引っかからないのです。実際にそのようなケースで結婚した例を、私は身近の人で知っていました。

淳の部屋を飛び出し、泣きながら目白の駅まで駆けていった時、キヨスクの前の電話ボックスの中にユキさんがいて、誰かと話をしていました。

ユキさんの屈託のない笑顔、はちきれんばかりの若さが何ともまぶしく、ねたましく思えたことでした。

夏休みが終わり、新学期が始まった時、私と淳の関係は表面的には元にもどりました。しかし、二人の間には、ユキさんの存在が大きく横たわり、何となくぎくしゃくしていました。それを口にすると、二人のもろい関係にひびが入りかねないので、私たちは暗黙のうちに触れないようにしていたのです。

年が変わると、もっと大きな驚きが待っていました。なんと、ユキさんが私たちのT大学に現役合格したのです。淳がそれを話した時の私の困惑、わかりますか。

彼女が高校三年で受験の時期だということは知っていました。でも、まさかT大学を選ぶとは。淳と四歳違いですが、淳が二浪しているので、学年では二年しか違いません。何かいやな予感がしてたまりませんでしたが、それは彼女の推理クラブ入会で現実のものとなりました。クラブには女性会員は私を含めて三人しかいなかったので、彼女はたちまちクラブのアイドル的な存在になったのです。

その頃《ころ》の幹事長は片倉竜太郎さんで、彼が喜んだことは言うまでもありません。彼のユキさんに対する態度は異常なほどで、職権を乱用して彼女に盛んにモーションをかけているのが、周囲にも見え見えでした。

淳は相変わらず、溜まり場の「ラピーヌ」に顔を出すことはほとんどなく、その辺の事情を知らないようなので、私はそれとなく忠告したことがあります。

「片倉さんがユキさんにご執心のようよ。気をつけたほうがいいと思うわ」

「ユキにかぎって、大丈夫だよ。あいつには男を見る目があるもの」

淳は心配する必要はないと言うばかりでした。そこで、私はユキさんがあまりに無防備すぎるので、彼女にもやんわりと注意したのです。すると、

「あら、ご心配なく。わたし、もう物事の判断のつく大人なんですから」

ユキさんは、私の忠告をうるさい先輩のおせっかいくらいに受け取り、あまりいい顔をしませんでした。それ以上言うのも、かえって逆効果だと思って、私は口出しすることはやめてしまいました。しかし、ユキさんの行動には、内心いつもはらはらしていたのです。

幼さの残った顔と成熟した体のアンバランスが、女の私から見ても魅力的に映りましたから、男性にはよけいそそるものがあるのでしょう。彼女は先輩の男性たちにちやほやされて、よくお酒に誘われていたようです。

六月になって、クラブのコンパがありました。その時は淳も出席していて、隣にユキさんが座っていました。私は淳との関係が知れることに神経を尖《とが》らせていたので、意識的に彼とは距離を置いて座っていたのですが、その時のユキさんの嬉しそうな顔を見て、すごい嫉妬《しっと》を覚えました。女っていやですね。ユキさんなんか、男の餌食《えじき》にされてしまえと、その時ほど強く思ったことはありません。

会が終わって、新宿で二次会をやろうと、十人くらいで繰り出すことになりました。三台のタクシーに分乗して、歌舞伎町《かぶきちょう》の入口で待ち合わせることにしたのですが、現地に到着すると、ユキさんと片倉さんの姿が見あたりません。

しばらく待っても来ないので、新入生の一人を見張りに立たせておいて、他の連中は居酒屋に入って、飲むことになりました。でも、私はあの二人だけがいないのが気がかりで、変なことにならなければと、ずっと思っていました。

一次会ではユキさん、相当はしゃいでいたし、お酒もかなり飲んでいたからです。二十分くらいして、痺《しび》れを切らした見張り役がもどってきてしまい、みんなで二人は帰ってしまったのだろうと話し合いました。みんなそんな些細《ささい》なことなんか、どうでもいいほど酔っていたからです。

何軒かハシゴして、どこでどうなったのか、気がつくと、私と淳は二人だけになり、歌舞伎町のあたりをぶらぶらと歩いていました。時間は夜中の一時をすぎています。私は淳と二人だけになった嬉しさと適当な酔いのせいで、彼に身を寄せ、幸せな気分で歩いていました。

寂しいラブホテル街に迷いこみ、こんなホテルはいやだとか、宿泊料は高すぎるとか、笑いながら歩いていた時でした。目の前にあるホテルの中から、一組の男女が出てきたのです。ミニのスカートをはいた女のほうは酔っぱらってふらふらになり、男のほうがそれを抱きかかえていました。

「ねえ、もう一回いいだろう」

男は卑猥《ひわい》なことを女の耳元に囁《ささや》き、女の首筋に濃密な接吻《せっぷん》をしています。

淳の体がピクンとなったので、私は何事かと改めてそのカップルを見ると、驚いたことに、ユキさんと片倉さんなのでした。ホテルから出てきた二人がどういうことをしていたのか、子供にだって一目瞭然《りょうぜん》です。

「ユキ!」

突然、淳が駆け出して、片倉さんに体当たりすると、片倉さんはひっくり返り、路上に頭をぶつけて、そのまま伸びてしまいました。彼は何が起こったのか、わからなかったと思います。

淳は路上にぺたりと座りこんだユキさんに近づくと、頬《ほお》を強く張りました。

「売女《ばいた》め！」

そう罵《ののし》ると、正体のない彼女の手をぐいっと引っ張り、呆然《ぼうぜん》とその場に突っ立っている私を後に残して、新大久保駅方面にすたすたと歩いていってしまったのです。

そのことが、ある事件の伏線になっているような気がしてなりません。

同じ年の夏、私たちのクラブでは、富士五湖の一つ、西湖で合宿することになりました。

そこで起こった悲劇については、淳の短編「湖畔の死」（クラブ誌『不死鳥』55号）に詳しく書かれています。

湖畔の死

作・小松原淳

バスが小高い山を越えると、前方が急に広くなり、湖が視界に大きく広がった。八月の太陽が湖面をきらきらと輝かせている。

「わあ、きれい」

ユキが席から身を乗り出して、窓を少し開けた。遮光《しやこう》ガラスのせいで、色彩が単調だったが、窓を開けると、外の景色は緑が濃く、色彩が豊かだった。青い湖面の上に、白いヨットの帆とウインドセーリングの赤や黄色の帆が点々と浮かんでいる。爽《さわ》やかな風がバスの中に入ってくる。

T大学推理クラブの面々の乗ったマイクロバスは、坂をゆっくりと下っていき、西湖の湖畔に到着した。参加したのは、幹事長の片倉竜太郎、副幹事長の沢村宏明、前幹事長の野辺山徹を中心に、三年の小松原淳、桑野さゆり、二年の鶴岡《つるおか》幸彦、水上潔、新入生の小松原ユキ、須賀川《すかがわ》英雄、白瀬真由美の十人だった。クラブ員の数が三十名なのに、集まりがよくなかったのは、八月の半ばで、帰省した者やアルバイトに精を出す者が多かったからである。

　一行は貸別荘を二棟借りて、今日から湖畔に三日間滞在する予定だった。推理クラブといっても、三日間ずっとミステリーについて論戦を繰り広げるというわけではなく、昼間のうちはボートに乗ったり、水泳やテニスをしたりして遊び、夜の一定の時間だけ、犯人当てゲームなどの活動をすることになっていた。

「ええと、あっちかな」

　片倉が貸別荘の事務所からもらった地図を見て、貸別荘の位置を確認しようとした。「たぶん、あっちだと思うけど、この店で聞いてみよう」

　片倉は一人でみやげもの店の中に入ると、店の主人らしき老人を伴って、外へ出てきた。

「ちょっとわかりにくいんだが、この坂道を上がって、葡萄園《ぶどうえん》のところを左に曲がり、テニスコートを右へ……」

　主人は身振り手振りで場所を教えてくれた。他の連中はそんなことよりも爽やかな湖に来たことで嬉しくて、思い思いの恰好《かっこう》で湖を眺《なが》めていた。

「どうもありがとうございます」

　片倉が礼を言って歩き出そうとした時だった。店の主人がグループの中の誰かに声をかけた。

「ちょっとあんた」

　呼び止められたのは、小松原淳だった。「やっぱりあんただ」

主人は何を思ったのか、小松原の手を握り、「よかった、よかった。こうして大学生になったんだな」と言った。

「どうしたんだよ、小松原」

片倉がけげんそうに小松原を見る。

「い、いや。何でもない」

小松原はうろたえながら、顔をうつむけ、乱暴に主人の手を突き放すと、一人で山のほうへ歩いていった。

「お兄ちゃん、どうしたの?」

ユキが追いかけてきて、小松原の腕をつかんだ。しかし、小松原はユキの手を邪険にふりはらった。

「ねえ、どうしてぶすっとしてるの。最近のお兄ちゃん、とっても変よ。わたしに話しかけてくれないし、ずいぶん変わったみたい」

「変わったのは、おまえじゃないか」

「それ、どういう意味よ?」

「自分の胸に手をあてて、考えてみろよ」

ユキは立ち止まると、「何よ、ひねくれ者」と小松原の背中にきつい言葉を浴びせた。

「どうしたんだよ、ユキ。兄妹喧嘩《げんか》か?」

片倉が彼女に追いついてきて、彼女の肩になれなれしく手をまわした。二人ができているというのは、クラブ内の公然の秘密だった。

「お兄ちゃんたら、とっても変なの。いつもぷりぷりしてるし、わたしとしゃべらないのよ」

「気にするなよ。淳は俺《おれ》ともまともに口をきかないんだからさ」

彼らが言うように、最近の小松原の態度は少し奇妙だった。それは六月のクラブのコンパに彼が参加してからのようだった。いつも、眉間《みけん》にしわを寄せて何か考えごとをしているようだし、話しかけられても生返事しかしないのだ。

夏休みの前に合宿の場所を決める時、西湖を強く主張したのは、なぜか小松原だった。前年が伊豆の海岸だった関係で、今年は逆に山に人気が集まり、西湖にすんなり決まってしまったのだ。

その日はまだ日が高かった。貸別荘に荷物を置くと、その夜の予定に組みこまれている犯人当て小説の最終チェックをする小松原淳を置いて、残り全員は湖畔に下りていった。

小松原は一人残されると、すでに書き上げた小説「湖畔の死」十枚のチェックを始めた。

*

バスが小高い山を越えると、前方が急に広くなり、湖が視界に大きく広がった。八月の太陽が湖面をきらきらと輝かせている。

「わあ、きれい」

ユキが席から身を乗り出して、窓を少し開けた。遮光ガラスのせいで、色彩が単調だったが、窓を開けると、外の景色は緑が濃く、色彩が豊かだった。青い湖面の上に、白いヨットの帆とウインドセーリングの赤や黄色の帆が点々と浮かんでいる。爽やかな風がバスの中に入ってくる。

T大学推理クラブの面々の乗ったマイクロバスは、坂をゆっくりと下っていき、西湖の湖畔に到着した。参加したのは、幹事長の片倉竜太郎、副幹事長の沢村宏明、前幹事長の野辺山徹を中心に、三年の小松原淳、桑野さゆり、二年の鶴岡幸彦、水上潔、新入生の小松原ユキ、須賀川英雄、白瀬真由美の十人だった。クラブ員の数が三十名なのに、集まりがよくなかったのは、八月の半ばで、帰省した者やアルバイトに精を出す者が多かったからである。

……

「出だしはこんなものでいいだろう」

小松原は小説と現実がぴたりと一致したことに満足していた。参加人員は十名で、登場人物もすべて実在の人物だった。殺されるのは片倉竜太郎で、片倉を誰が殺したのかが問題になっている。

片倉はみんなに恨まれていた。全員に彼を殺す動機があるのだ。

小松原は小説のつづきをチェックしていった。貸別荘はすでに下見していたので、内部も正確に描写してある。夜は広場でバーベキュー大会をして、宴たけなわの時に、小松原の朗読で犯人当てのゲームをやる予定になっていた。

自分が殺されることを知った片倉がどう反応するか、興味深かった。

外から複数の人間の話し声が聞こえてきた。連中がもう帰ってきたのか。腕時計に目を落とすと、すでに五時半をすぎている。

ばたんとドアが開き、クラブの面々が入ってきた。

「やあ、お待たせ」

日に焼けて真っ赤になった片倉が白い歯を見せた。愚かな奴《やつ》。この後すぐに命を落とすとも知らないで。

＊

「謹聴、謹聴」

小松原はキャンプファイアの火が衰えてくるのを待って、車座になっている九人に声をかけた。みんなよく食べて飲んだせいか、満足そうな顔をしていた。

「さあ、小松原君の犯人当てゲームの始まりだよ」

片倉が拍手をして、一同の注意を引いた時、燃え盛っていた薪《まき》がぐらりと音を立てて崩れた。

「さて、今回の合宿のメインイベントの一つである犯人当てゲームです。日頃《ひごろ》、培《つちか》ってきたみなさんの推理力を存分に働かせて、真犯人を推理してもらいましょう」

小松原はポケットから原稿用紙を出して、みんなの前で広げた。「タイトルは『湖畔の死』です。まさにこの西湖が舞台になっています。登場人物はここにいるみなさん。殺されるのも、この中の誰かです」

ウオーッとどよめきがあって、誰かが「すげえや」と言った。薪が残り少なくなっていたが、炭状になった薪が真っ赤に燃え、膝《ひざ》を抱えて小松原の話を聞いている者たちの顔を赤く染めた。

雲が空を覆《おお》い始め、満天の星を隠して、高原はブラックホールのような暗闇《くらやみ》の中にすっぽりと飲みこまれていた。小松原は原稿を読むために、懐中電灯をあてていたが、彼の顔が闇の中にスポットライトを浴びたように浮かび上がっていて、予期せぬ怪奇的な雰囲気を醸し出していた。

　小松原の声は低く、聞く者の心に沁《し》み入っていく。登場人物が見知っている人物ばかりなので、誰もが話の中に引きこまれた。そして、片倉竜太郎が湖畔の崖《がけ》から落下して死ぬ場面になると、みな息を呑《の》み、しんと静まり返った。片倉一人は複雑な顔をして、小松原の顔に視線を釘付《くぎづ》けにしていた。

「さて、誰が片倉竜太郎を殺したのでしょう。手掛かりは僕が今まで読んだ中にあります。もし、わからなければ、小説の中に出てきた崖に行ってみるのもいいでしょう。たぶんわかるはずですから。では、ここで三十分の休憩時間を取ります。その間に真犯人を当ててください」

　小松原が言い終わると、誰からともなく立ち上がり、三々五々に散っていった。

　三十分後。クラブ員たちは徐々にキャンプファイアのまわりに集まり始めた。小松原がまた薪をくべ、火が燃え始めた。小松原は原稿用紙を手にして、辛抱強く全員が集まるのを待っていた。

「あと一人だな」

　野辺山徹が一人一人数をかぞえて言った。

「なんだ、肝心の幹事長がいないじゃないか」

「あ、ほんと。片倉先輩がまだ帰ってきていないわ」

一年の白瀬真由美が言った。

「まさか、犯人当てみたいに、片倉が殺されたりなんかしてね。ハハハハ」

副幹事長の沢村宏明が冗談を言った。

「ストーリー通りに、崖から突き落とされて、今頃は下の砂浜で死んでるのかな」

野辺山が笑ったが、今度は誰も付き合わなかった。野辺山の言った縁起でもない冗談が全員の胸に重く沈んでいく。

薪が崩れ、火花が散った。周囲の森の中から突如として引きつったような鳥の鳴き声がしたので、白瀬真由美が小さな悲鳴を上げ、両手で自分の体を抱いた。犯人当てゲームにこれほどぴったりした雰囲気《ふんいき》もないだろう。ここで、片倉本人がその場に現れたら、演出効果は満点だ。

しかし、片倉は現れなかった。

「僕、行ってみます」

二年の水上潔が立ち上がった。「十分前まで、片倉さんと一緒に崖の上にいたんです。ちょっと心配だから、見てきますよ」

「じゃあ、俺も行く」

野辺山が言うと、全員が立ち上がった。

懐中電灯が森の間の小道を照らすと、くさむらで驚いた虫が逃げる音がする。みな体を寄せ合うようにして、崖のほうへ向かった。

崖のある場所で、木立が切れて、前方が急に開けた。湖畔の反対側の集落の明かりがちらちらと瞬《またた》いている。さざ波が岸にあたる音がかすかに聞こえた。

「いないぞ」

野辺山がみんなを元気づけるために言ったが、声は不安を帯びて震えていた。

「あいつ、今頃キャンプサイトにもどっているんだよ」

「でも、途中ですれちがいませんでしたよ」

水上潔が言った。「念のために、崖の下を照らしてみませんか」

「ああ、わかった」

野辺山は崖の上から、おそるおそる湖面に向かって光を投げた。

「あ、あれは！」

光の輪が、崖下の岩場に横たわる白いものをとらえた。

「片倉さんだ」

異口同音に声があがった。白いTシャツを着た片倉が仰向けに倒れていた。崖下といっても、高さは三メートルほどで、誤って転落したとしても、大したことはないが、岩がごろごろしているので、打ちどころが悪ければ、最悪の事態が起こったとも考えられる。

片倉は呼びかけられても、ぴくりとも動かない。そこへは綱がないかぎり、降りていけないので、いったん砂浜に出て、まわっていくことにした。

歩きにくい岩場をやっとのことで、片倉が倒れている場所にたどりついた。野辺山が口元から血を流している片倉の頭を持ち上げると、目尻《めじり》がかすかに痙攣《けいれん》した。

「お、生きてるぞ。しっかりしろ、片倉」

野辺山が声をかけると、片倉の口が動いた。

「何だ、何があったんだ？」

「ち、畜生、やられた」

「やられたって？　誰に？」

「こ、小松原……」

片倉が小松原のほうを虚《うつ》ろな目で見て、手を持ち上げようとしたが、そこで力が尽きた。彼はがくんと首を垂れ、そのまま動かなくなった。

「おい、片倉、しっかりしろ」

しかし、片倉の体をいくら動かしても、もう何の反応も示さない。

野辺山が片倉の体を静かに横たえた後、小松原の顔を見ると、他の者もつられて小松原を見た。

「小松原、おまえがやったのか？」

野辺山の問いに、小松原はうなずき、

「犯人当てゲームではね」

と言った。そして、手に握りしめていた原稿用紙の最後の一枚をみんなの前に広げて見せた。
そこには、このように書いてあった。
「犯人当てゲームの犯人は、小松原淳である」と。

（終）

〔小松原淳の肖像〕10　（つづき）

●野辺山徹（T大学推理クラブ元幹事長・29歳）

あの時は本当にびっくりしました。合宿で人が死ぬなんて、前代未聞《みもん》のことだったし、全員が警察で事情聴取を受けました。

なにしろ、推理クラブの合宿で、犯人当てゲームをやっている最中に、メンバーの一人が死んでしまうんですからね。

「なにい、推理クラブだと」

地元の警察の刑事は、胡散《うさん》臭そうに我々を見たのです。「おまえら、いつも人を殺すことばかり考えてるんだろ。今回は他殺を事故死に見せかけたってわけか」

我々がまるで極悪人か、知能犯かのように言われるのには、まいりました。

警察が来る前、僕は小松原に問いただしました。

「いや、僕はやってませんよ。だいいち、僕は三十分の休憩の間、キャンプファイアのそばにいたんだから。原稿のチェックをしてたんです」

「じゃあ、どうして片倉は『小松原がやった』ってダイイング・メッセージを残して死んだんだよ。おかしいじゃないか」

「わかりきったことじゃないですか」

小松原はあのような苦境の中にあっても、すごく落ち着いていていました。

「片倉は本当のことを言っただけなんですよ」

「どういう意味だ？」

「文字通りのことです。片倉はあの崖まで行って、僕が書いた犯人当てゲームの問題を解き明かしたんです。現実の片倉はその手掛かりを探すために崖までやって来たんです。そこで何かを見つけて、犯人当てゲームの犯人が僕であることを突き止めた。そして、喜び勇んで帰ろうとした時、足をすべらせて崖から転落したと思うんですよ」

「じゃあ、片倉のダイイング・メッセージは、ただ単にクイズの犯人名を言いたかっただけなのか？」

「そういうことです」

「現実に死ぬ人間が、そんな厄介《やっかい》なことをするものかな」

「片倉の意識は朦朧《もうろう》としていました。うわごとを言っただけだから、深く考える必要はないと思うんです。それに、言っておくけど、彼は殺されたんじゃない。事故に遭っただけなんです」

言われてみれば、確かにそういう気がしないでもありません。でも、僕の心のどこかに釈然としないものが残りました。

「誰か、崖の上で片倉を見た者はいないか？」

僕はその場にいる全員の顔を見まわしました。

「僕、見ましたけど」

二年の水上潔が言いました。

「彼の様子におかしなところはなかったか？」

「いいえ。いつものように冗談を飛ばしてましたけど。簡単な犯人当てじゃないか。あれじゃ子供だましだよ、誰だってわかると言ってました」

「だから言ったでしょ。片倉の奴、見事に犯人を当ててたんですよ」

小松原はどうだという顔をしました。

僕は水上に質問をしました。

「水上、何か他に気づいたことは？」

「あ、そうだ。僕たちの近くに誰かいました」

「クラブ員？」

「茂みの向こうだったので、暗くてわかりませんでした。顔は見えなかったけど、そいつ、口笛を吹いていました」

「口笛だって？」

「『赤い靴《くつ》』のメロディーだったと思います」

水上はその時の状況を思い出したのか、ぶるっと身震いしました。

「『赤い靴』って、異人さんに連れられて行っちゃったってやつ？」

「そうです。とても気味が悪かった」

そんな会話を交わしているところに、警察の連中がやって来ました。

はい、警察はいろいろ調べましたが、片倉の死は結局、事故死ということになりました。もちろん、ダイイング・メッセージのことを、僕は警察には一言だって、しゃべっていません。しゃべっても、どうなることでもないと思ったものですから。

示し合わせたわけではないけど、クラブ員は誰もそのことは口外しなかったんじゃないかな。今日話したのは、あの時のことはもう時効だと思ったからなんですよ。

●桑野さゆり（仮名・T大学大学院在学中・26歳）

あの事故、いいえ、あの事件が起きてから、クラブ全体の雰囲気が妙にぎくしゃくしてきて、やめた人がけっこういたと思います。私もそうですし、淳もそうです。

片倉さんの突然の死が、参加した人間の心に微妙に影響を及ぼし、合宿に参加したうちの誰かが片倉さん殺しの犯人ではないかと、ついつい疑いの目で見てしまう。そういうの、疑心暗鬼というんでしょうね。みな、「ラピーヌ」にいるのがつらくて、足が自然に遠のいてしまったんです。

淳はクラブどころか、授業にも出ないようになりました。

秋になってから、彼のマンションに行ったことがあります。部屋に入ると、彼の様子が少し変でした。私にすぐに帰ってもらいたいらしく、落ち着きがありません。

「何かあったの？」

「いや、何でもない。これから、ちょっと用があって出かけなくてはならないんだ」

「あら、お邪魔だった？」

「いや、そういうわけじゃ……」

態度が煮えきらないのです。その時、寝室から女の声が聞こえてきました。

「あら、お客さんなのね」

「うん、まあ……」

女を引き入れているとしたら、彼が私に帰ってもらいたがっているのも、わかる気がします。

「ごめんなさい。私、帰るわ」

バッグを持って、部屋を出ていこうとした時、寝室のドアが開き、一糸まとわぬユキさんが姿を現しました。女の私でもうっとりするようなきれいな、そして見事なプロポーションでした。彼女は今まで眠っていたのか、目をこすり、両手を頭の上に伸ばしながら、リビングに入ってきたのです。

「お兄ちゃん」

と言って、背中から抱きついた時、彼女はようやく私の存在に気づいたのです。彼女はあっと言うと、くるりと体を翻《ひるがえ》し、寝室に飛びこんでしまいました。

「さよなら、淳」

私は急に自分がみじめに思えてきて、淳の部屋から駆け出しました。

「おい、待ってくれよ」

淳は声をかけてきましたが、それ以上、追いかけてくる気配はありませんでした。エレベーターに乗りながら、私は敗北感に打ちのめされていました。きざな言い方かもしれませんが、これで私の青春は終わった。ほんとにそう感じたんです。

それ以後、小松原淳には会っていません。彼がどうなったか……。

樹海のことは人づてに聞きました。

すみません、泣いてしまってごめんなさい。私にお話しできるのは、本当にこれだけなんです。

〔モノローグ〕7

樹海の闇《やみ》は濃かった。夜の間は何もできなかった。書くことも、外へ出ることも、そして、叫ぶことも。

残り少なくなった板チョコのかけらを口に含んで、ゆっくり溶かしていく。全身に温かい血がめぐり、眠っていた力が束《つか》の間《ま》、甦《よみがえ》った。クラッカーを一つ口にして、唾液《だえき》でやわらかくする。

空腹感が少しだけ満たされると、ようやく眠りが訪れた。くよくよ悩んでも、事態はいっこうに改善されないのだ。樹海にまぎれこんできたあの女がいなければ、とうに餓死していたはずで、そうならなかっただけ、ありがたいと思わなくてはいけないだろう。死の先送りか。

次に目が醒《さ》めると、洞穴《ほらあな》の外から光がさしてきて、ぼんやりとした明るさになっていた。屍臭《ししゅう》や排泄物《はいせつぶつ》のにおいが混じった空気にはもう馴《な》れた。新鮮で冷たい外部の空気よりは、今ではそこのほうが温かく、居心地がよい。

這《は》いながら、外の様子を窺《うかが》う。すごい霧だ。何もかもが乳白色に塗りこめられていて、自分がミルクの海にどっぷり浸《つ》かっているような気がした。

腕時計のガラスの中に水滴がびっしりついていた。一度、水溜《みずた》まりの中に落として、ネジから水が入りこんでしまったのだ。それでもほとんど正常に動いているのだから、すごい。私だって同じようなものだ。体の芯《しん》まで樹海の湿気が沁《し》みこみ、毒気に汚染され、内部が錆《さ》びついていても生きているのだから。

時計とどっちが早くだめになるか根比べだ。

霧が消えるのを三時間待って、外へ出ていった。霧が立ちこめていたのが嘘《うそ》のように、空は青く澄みわたっていた。

木文字の上には霧が落ち、大量の露を含んで、湿っている。周囲の黒茶色の大地の中に、文字は保護色になって沈んでいた。

その時、ふと、車のエンジン音を聞いたように思った。幻聴？　いや、違う。まぎれもなく車の音だ。オフロードのバイクなら、このような道なきところも思いのままに動きまわれるはずだった。

「おーい、ここだ、助けてくれ」と声をかぎりに叫んだ。

途端に、エンジン音は跡絶え、元の風の音と鳥の鳴き声しか聞こえない森にもどってしまった。幻聴だったのか。

「くそっ」

私はがくりと頭を垂れた。

2

島崎潤一には、なぜユキが小松原淳の伝記をこれ以上つづけることにいい顔をしなかったのか、わかるような気がした。このあたりの「小松原淳の肖像」には、ユキの自由奔放ぶりが密接に関係してくるからだ。

もっとも、視点を変えてみれば、淳の恋人の桑野さゆりの主観もかなり入っているだろうから、少しは割り引いて考える必要がある。二十四歳であれだけの美貌《びぼう》の持ち主なら、過去に男性経験がないほうがおかしいのだ。しかし、そのことは感覚ではわかっているのだけれども、それが自分の身近な人間だと割りきれない気持ちになる。

あれから、ユキのマンションには一日おきくらいに通ったが、彼女はドアを固く閉ざして、会ってくれなかった。だが、部屋にいるのは間違いなかった。一階から見上げると、カーテンが揺れたりすることからしても、彼女自身、彼の来ていることを知っているようだった。今はそっとして、彼女の気持ちが落ち着くのを待つしかあるまい。

地下室の〝異人〟にしても、こちらから行かないかぎり、手出しをしないだろうし、島崎が仕事をしている明るいうちに家の中をうろつくことはないだろう。それにこちらはドアに施錠しているのだ。背後から襲われる心配はなかった。

お盆のさなかの八月十四日、島崎は小松原家で暗くなるのも忘れて作業に打ちこんでいた。締切りがそろそろ迫っているのと、淳の年代記が後半部に入って、まもなく彼の失踪《しっそう》する経緯が明らかにされるため、つづきを知りたい気持ちが強く、ついつい調べものに割く時間が増えてしまうのだ。淳とユキの関係がどうなるのか、また淳が作家になるためにどのような修業をするのか。興味は尽きなかった。

結果的に、島崎に面白くない展開になってしまっても、やはり調査はつづけなくてはならないだろう。

島崎がワープロからフロッピーを抜いて、関係者の連絡先を記したリストをカバンにしまっているところに、小松原妙子が帰ってきた。七時半すぎだった。

「あら、ずいぶん精が出るのね。仕事は順調に行ってますか？」

妙子は涼しげな水玉模様のワンピースを着ていた。もう五十をすぎているのに、派手な服を着ても違和感をおぼえないのは、商売のせいだろう。少しアルコールが入っているのか、機嫌《きげん》がよさそうだった。この一ヵ月のうちに彼女はずいぶん若々しくなったような気がする。最初、淳の自伝の原稿依頼を受けた時のやつれた様子とは大違いだ。彼女が若返るような何かがあったにちがいなかった。

「今月の末までには、おおよその形ができます。きっと面白いものをお目にかけられると思いますよ」

「そうですか。楽しみにしてますよ」

「任せてください」

とは言ったものの、島崎には彼女が気に入ってくれるかどうか、今一つ自信が持てなかった。

「ねえ、島崎さん、今日はお暇？　もし、よろしかったら、一杯つき合わない？」

妙子が誘いをかけてくるのは珍しい。

「ええ、でも……」

「あなたとは、個人的なことであまりお話ししてないわよね。毎日お疲れでしょうから、慰労の意味で、一献《いっこん》差し上げなくっちゃと、ずっと思ってたのよ」

「そうですか。じゃあ、お言葉に甘えて少しだけ」

島崎は荷物を持って、妙子の後をついていった。どういう風の吹きまわしか知らないが、小松原淳の伝記を作っているのに、まだ肝心の母親の話を聞いていなかったので、このチャンスを逃したくなかった。彼は気づかれないように、カバンの中の録音機のボタンを押しておいた。

連れていかれたのは、この屋敷に来た時に最初に入った一階の応接間だった。

「何をお飲みになる？　ウイスキーそれとも……」

妙子は洋酒のボトルが並んだキャビネットを開けた。

「ウイスキーをロックでお願いします」

妙子はうなずくと、半分ほど残っているグレンフィディックの緑色のボトルから適量をグラスに入れた。テーブルを挟《はさ》んで向き合うと、彼女は島崎の顔を無遠慮に見た。彼女の無表情の仮面からはその本心を窺うことなどできそうもない。かえって彼自身が身ぐるみ剝《は》がされるような居心地の悪さを味わっていた。

「今、どの辺まで進みました？」

妙子が訊《たず》ねた。

「淳さんが大学をやめたところまでです」

「もうそこまで行ったの。早いわね」

妙子は満足そうに笑うと、ソファに深々と座りこみ、グラスを口につけた。

「もう一度、奥さんに確認しておきたいことがあります」

「何でしょう」

「今、書いている原稿は、淳さんにとって必ずしもいい展開ではないと思うんです。それでもいいのかどうか、奥さんの意見を伺っておきたいんです」

「よくないって？」

妙子は腰を前にずらし、二重瞼《ふたえまぶた》の目をいくぶん大きくした。

「つまり、淳さんの産まれた時から失踪するまで、彼の周辺で不吉な出来事が起こりすぎると思うんですよ。その原因を作っているのが、どうも淳さん自身のような気がしてならないんです。殺人が起きたり、失踪事件が起きたり……」

「それは偶然でしょう。あなたが気にすることではないわ」

「でも、読者はそうは受け取らないかもしれません」

「だから、何度も言ってるように、これは非売品なんだもの、人目に触れる心配はないわ。私の思い出のためのものだから、あなたは気にせずに仕事を進めていいんです」

「私家本ってわけですか」

「作るのは一冊だけよ。金箔《きんぱく》を押して、豪華な装丁の本にするの。お金はいくらかかってもかまわない。ほら、あそこに淳の写真があるでしょ。あれ、淳がいなくなってから、私があそこに置いたんだけど、その隣に飾るつもりなの」

マントルピースの上に額に入った幼い時の淳の写真があった。神経質そうな目が島崎を見ていた。

「淳ちゃん」

妙子が生きている人間と会話するように写真に呼びかけた。すると、隣の部屋でごとりと音がした。まるで、妙子の呼びかけに応じたかのように。

「どなたかいるんですか？」

島崎は隣の部屋を指差した。

「いいえ、誰もいないけど。きっと静江さんの立てた音でしょ。ほらね」

その時、ちょうどドアにノックがあって、宮野静江が入ってきた。銀の盆の上に、サンドイッチとローストビーフ、果物などが盛ってあった。

「ありがとう。あなた、今日はもう休んでけっこうよ」

妙子が言うと、宮野静江は深々と礼をして下がった。その足音は隣の部屋のほうではなく、厨房《ちゅうぼう》のほうへ向かっていくようだった。

「あのう……」

島崎は一つ気にかかっていたことを質問した。「ご主人の譲司さんですけど、失踪してからの消息について、何かお聞きになっていませんか？」

「いいえ、何にも」

妙子は物憂《ものう》げに首をふった。「あれから、帰ってきません。彼ったら、どこへ行ってしまったんでしょうね」

妙子はまるで他人事《ひとごと》のように話していた。島崎は壁に掛かっている額を見て言った。

「あれはご主人の書かれた書ですよね。『知』と読むんですか、『和』と読むんですか？」

「『知』じゃないかしら。あの人、知識欲がとても旺盛《おうせい》な人だったから。『源氏物語』なんかも、古語辞典なしにすらすら読んでたのよ」

「へえ、そうなんですか。それにしても、あれは変わった書体ですね」

「独学なのよ。自己流の書道」

「でも、異様な迫力がある。額から飛び出しそうな」

「主人が聞いたら、きっと大喜びするわ」

妙子のグラスの中の氷が溶けて、涼しげな音をたてた。

「淳さんが高校三年の時に失踪したんですから、もう十年になりますか？」

「そのくらいになるわね。主人はあの窓から出ていったんです」

妙子はベランダに顔を向ける。

「この窓ですか?」

応接間の窓は大きく開け放たれ、カーテンが風を含んで、生き物のように動いていた。真夏なのに、外からは肌寒《はださむ》いほどの風が吹きこんでくる。

「そう、この窓が開いているのは、彼がいつでも帰ってこられるようにするためよ。鍵《かぎ》を掛けておいたら、あの人、困るでしょ」

「不用心じゃないですか?」

「平気。ジローがいるもの」

その答えに調子を合わせたわけではないのだろうが、犬が低く唸《うな》った。

「あら、帰ってきたのかしら」

妙子はソファから立ち上がり、カーテンを開け放った。

島崎の脳裏に、いつか地下室で見たあの〝異人〟の姿が不意に浮かんだ。

「そんなはずはないわね。あの人が生きてるわけが……」

妙子はヒステリックに笑い、カーテンを閉じた。島崎は全身の毛穴が収縮するような感覚に襲われた。

「僕、これで失礼します」

「あら、もうお帰りになるの」

荷物をまとめてドアに向かう島崎の背中に、妙子が声をかけた。

九時をすぎると、六義園のまわりはひっそりと静まり返る。時折り、車の走行音が静けさを乱すが、すぐに元の静寂がこの一帯を支配する。

六義園の高い煉瓦《れんが》塀《べい》に沿って、街灯がぽつんぽつんと立っていた。霧が少し出てきているので、灯の周囲だけがぼうっとほの明るい。知らない人がいきなりそこへ連れてこられて、そこがロンドンの刑務所の塀だと説明されても、少しも違和感を覚えないだろう。

島崎は突然の霧に身を震わせながら駅へ急ぐ。だが、六義園の塀はなかなか尽きなかった。このまま延々とつづいて、黄泉《よみ》の国までまっしぐら……。

肌寒いのは霧のせいだけとはいえなかった。小松原妙子に聞いた話が多分に影響しているのだろう。

十数年前、この近辺で起こった連続幼女殺人事件をふと思い出した。時間が止まったようなこの一帯が、その頃と今とでそれほど変化があるとは思えない。今、闇の中から連続殺人犯が出てきても……。

「まさか」と独りごちる。

背後で足音がした。絶妙のタイミングというべきか、もし背後の人物が殺人犯なら、脅かすツボを心得ているというべきだろう。

ふり返ったが、十メートル先も見えない。街灯の光にミルク色の霧の粒子がゆっくり流れているだけだった。

気のせいか。再び前を向いて歩き出した時、いきなり前方から大きな犬を連れた男が現れた。まるでバスカービルの犬だ。島崎が驚いてわきにどくと、男はジョギングしながら通過していった。犬は彼に見向きもせず、ひたすら前を向き、はあはあと息を吐きながら主人の紐《ひも》を強く引っ張っていた。

ジョガーが霧の中に没した時、犬が唸り声をあげるのが聞こえた。

「シッ、静かにしろ」

男が犬を罵《ののし》り、「すみませんねえ」と誰かに謝っている。しかし、謝られたほうの人間の声はこちらまで届かなかった。

塀が尽きて、島崎は左に折れた。そこも左手に塀がつづいている。明るいうちに来れば、何のことはないが、これだけ霧が濃いと、通り魔が出没してもおかしくはない。

不意に前方から自転車のライトが現れた。巡回中の警官だった。彼は島崎にちらと目をやりながら、通りすぎていった。

警官が来たことに安心し、彼は歩く速度をゆるめた。そして、門扉《もんぴ》を閉ざした六義運動公園の前を通過した時だった。いきなり、背後に人けを感じ、ふり向く間もなく、後頭部に強い一撃を受けた。気を失う寸前、屍臭《ししゅう》のような腐りきったにおいを嗅《か》いだ。気の遠くなるほど遠い過去からもどってきたかのような。

「もしもし、しっかりしなさい」

体が激しく揺れている。徐々に意識がもどってくると、目の前にさっきの警官がいた。

「どうしました？」

島崎は頭をふって、目を開いた。

「あれ、僕……」

警官が腰を屈《かが》めて、彼をのぞきこんでいる。

「ここに倒れていたんですよ。どうしましたか？」

「ええ、いきなり後ろからガツンと……」

カバンはすぐそばにあった。

「盗まれたものはないですか？」

島崎はカバンを開けて、中身を確認した。財布はあるし、取材先のリスト、手帳もある。

「金品目当ての泥棒《どろぼう》じゃないですね。何も盗まれていませんから」

時計を見ると、九時半になろうとしているところだった。小松原家を出てきてから、それほど時間がたっていないのだ。気を失っていたのは、ほんのわずかな時間だった。

たぶん、あいつだ。あの時、犬が唸った相手。

島崎はゆっくりと立ち上がった。頭に小さな瘤《こぶ》ができているだけで、他は何ともないようだった。

一応、本郷通りと不忍《しのばず》通りの交差点にある交番に行って、所定の書類に必要事項を記入した。警官は親切にも、病院に行くなら手配すると言ってくれたが、島崎は丁重に断って、交番を出た。

駒込駅に着いた時、また背後をふり返ってみた。しかし、さっきまでしつこくつきまとっていた、背中がむず痒《がゆ》いような感覚は消えていた。

山手線に乗っているうちに、頭痛が耐えがたくなってきた。むかつきもひどくなる一方だ。大塚で降りて都電に乗り換え、東池袋四丁目で下車した時、降車客が一人もいないホームの柵《さく》につかまって少し吐いた。喉《のど》が胃酸で焼け、激しく咳《せ》きこんだ。

霧はもう晴れていた。露に濡《ぬ》れた雑草で手を拭《ふ》き、また立ち上がって、アパートに向かった。ふらふらになって、アパートに入った時、もう一度カバンの中を確かめた。

小松原家から持ち帰ったはずのフロッピーとテープが消え失《う》せている。そうか、尾行者は島崎の持っていたフロッピーを狙《ねら》っていたのだ。尾行をやめたのは、目的を達成したからだ。警官の前でフロッピーのなくなっていたことに気づかなかったなんて、僕はなんたる愚か者か。

今から警察に連絡して……。

いや、慌《あわ》てるな。フロッピーはコピーしているのがあるはずだ。ワープロの文書側のディスクドライブを見ると、文書フロッピーが差しこんであった。

電源をつけて、文書内容を呼び出すと、これまで登録した分はちゃんと保存されていた。

盗まれたこと自体は癪《しゃく》だったが、今までのすべての仕事が無駄《むだ》にならなかったことに、ほっと胸を撫《な》で下ろした。

だが、誰が何のために、島崎からフロッピーとテープを盗んだのか。もちろん中身を読むことが目的にはちがいないが、島崎の書いている内容を知って、どうするつもりなのだろう。

3

島崎の殴られた傷は当初、大したことはないと思っていたが、翌朝から耳鳴りみたいな雑音が始終聞こえるようになった。頭は痛くないのだが、仕事をする気力が湧《わ》かないのだ。

頭痛薬を買ってきて飲んでも、効き目はなく、アパートで終日横になってすごした。

小松原家に電話して、病気のためしばらく休養する旨《むね》を告げようとしたが、妙子は例によって不在で、代わりに宮野静江が電話口に出た。

「奥さまにそのようにお伝えしておきます」

宮野静江はそれは大変でしょうとか、一言も慰めの言葉も言わず、いつもの感情のこもらない口調で受け答えして、電話を切った。

症状は大したことはなく、二、三日休めば治ると思っていたのに、ずるずると一週間もアパートに逼塞《ひっそく》することになった。八月中旬のすさまじい暑さに加え、扇風機をつけっぱなしにしておいたために、ひどい夏風邪をひいてしまったのだ。

その間、ユキからは何の音沙汰《おとさた》もなかった。電話をかけても、モジュラーを抜いているらしく、発信音しか聞こえない。島崎は手紙を書く気力もなく、横になったまま無為な日々を送った。

倒れてから十日目の八月二十四日、ようやく体力が持ち直しかけた時になって、思いがけない人が訪ねてきた。母親である。

ドアが叩《たた》かれて、返事もしないでいると、訪問者の足音は遠ざかっていったが、しばらくして、複数の人間の話し声が聞こえた。それから、彼の部屋の錠がガチャガチャと音を立て、ドアが開いた。

「ほら、ちゃんといるじゃないですか」

鍵を開けたのは管理人である。今月分の家賃は払っているはずなのに、なぜ勝手に人の部屋に入ってくるのか理解に苦しんだ。管理人は後ろをふり返ると、別の人物に声をかけた。

「奥さん、息子さんはいますよ」

「あら、ほんと」

管理人の背後から顔をのぞかせたのは、島崎の母親だった。

「母さん、どうしたんだよ」

島崎は寝たまま、まぶたの重い目を母に向けた。

「どうしたって、あなたこそ、どうしたのよ。体の具合でも悪いの？」

「ああ、ちょっとね。風邪をひいちゃってさ」

「そうだったの」

母親は管理人に礼を言って帰らせた後、部屋に入ってきた。「ついでがあったから、立ち寄ってみたんだけど、合鍵を忘れてしまってね。出直してくるのも面倒だから、管理人さんに頼んで開けてもらったのよ。でも、来てみてよかったわ。あなた、一人暮らしなんだから、体には気をつけなくちゃだめじゃない」

「わかってるよ」

と言いつつ、まずいところを見られたなと思った。

「仕事はうまくいってるの？」

「順調さ。それより、母さんこそ、いつも出歩いてばかりで疲れないの？」

彼女は女子大の講師で、日本の近代文学を受け持っている。

「家にいても体がなまっちゃうもの。かえって運動になっていいのよ。それに今は夏休みで授業もないし」

母親は冷蔵庫を開けたり、流し台をのぞきながら、「もっと栄養のつくものを食べなくちゃだめでしょ」

と言った。母は島崎の子供の時から、過保護といえるほど彼の面倒を見てくれた。父に冷たくされる彼を不憫《ふびん》に思ったせいだろうが、彼にはそれがわずらわしくてならなかった。

「おまえ、とってもひどい顔をしてる。風邪だけじゃないようね」

「うん、ちょっとね」

島崎は言葉をにごしたが、母親の目を欺《あざむ》くことはできず、結局、仕事の帰りに暴漢に襲われたことを白状してしまった。

「警察に届けたの？」

「一応はね」

「犯人は？」

「わからない。でも、もういいんだ。大した傷じゃないし」

「だって、おまえ。あの時だって……」

母親の言うあの時とは、二年前のある事件を指している。島崎は、最初は純文学の新人賞をとったが芽が出ず、二年後に転身を図って応募した推理小説の新人賞を見事射止めたのだが、こともあろうにその授賞式の帰り、暴漢に襲われたのである。

島崎は苦々しい気分で、その時のことに思いを馳《は》せていた。純文学では食えないことに気づいて、畑違いのミステリーの世界に初めて挑戦《ちようせん》した作品は、意外な結末をつけた七十枚の社会派の短編だった。

当然落ちるものと思って、期待していなかったので、受賞通知を受けた時は応募したこと自体、忘れていたほどだった。

受賞の言葉に、「ミステリーにはずぶの素人《しろうと》ですが、初めて応募して受賞できるなんて、自分の力を再認識しました。これをステップにして、さらに上を狙おうと考えています」といったことを書いた覚えがある。後で考えてみると、ずいぶん傲慢《ごうまん》で身のほど知らずなことを書いたものだと思う。

それはそれとして、授賞式に出席した後、編集者と銀座に飲みに行き、その帰り、池袋にもどってきたところを、アパート近くの路上で何者かに後頭部を殴られたのだ。

「ばかやろう、ふざけやがって。おまえのせいで」

そう叫んだ暴漢の声が、今でも鼓膜《こまく》にこびりついている。島崎に何らかの恨みを持つ人間であることは間違いないが、彼にはそのようなことをされる心当たりがなかった。

母親に聞くところによれば、殴られてから一週間も死線をさまようような危険な状態がつづいたそうだ。結局、犯人は捕まらず、彼は退院後も体調が思わしくなく、半年を棒に振った。受賞第一作を書かねばならない大事な時に何も書けず、必然的に注文もなくなってしまった。そして、結局はミステリーでも飯が食えず、雑文を書いて生計を立てている元の生活にもどってしまったのである。

時々、暴漢が誰だったか思いをめぐらすことはある。しかし、考えれば腹が立つだけで、得るものは何もないので、今は努めて考えないようにしていた。

「あのことがなかったら、おまえも成功していたかもしれないのにね」

母親が愚痴をこぼした。「おまえもよくよくついていない子だよ」

「そのことはもう言わない約束だろう」

母親に言われるまで、すっかり忘れていたことなのに、母親の一言で思い出してしまった。今さらのように、はらわたが熱くなる感触が甦《よみがえ》った。

「ごめん、わたし、そんなつもりで……」

「じゃあ、どういうつもりなんだよ」

母親が彼を心配する気持ちはよくわかっているが、それを口に出せなかった。「だいたい、母さんは僕に干渉しすぎるんだよ。ほっといてくれ」

ついつい感情が昂《たかぶ》り、荒い言葉を吐いてしまう。しゅんとした母親の姿を見て、彼は自己嫌悪《けんお》に陥った。彼にかまいすぎる母親を心のどこかでは心強く思っているのに、素直に表現できない自分に愛想が尽きる。

「春樹はどうした？」

彼は話題を変えるために、弟のことを持ち出した。「夫婦関係はうまくいってる？」

「ああ、仲睦《むつ》まじくやってるよ」

「どこに住んでるの？」

「敷地に別棟を建てたのよ。あら、言ってなかったかしら」

ということは、二世帯で同一の地所に住んでいるわけだ。いよいよ、島崎の帰るべきところがなくなったと、彼は妙にさばさばした気分だった。

「あなたにも、埼玉のほうに土地が用意してあるんだから、いつでも好きな時に移っていいのよ」

「ありがとう」

そんな会話を交わしている時だった。誰かがドアのノブに触れる音がした。

「あら、お客さま？　勝手にドアを開けるなんて、誰かしら」

母親が言った。ドアが開いて、ユキが顔をのぞかせた。

「あれ……」

島崎の母親を見て、ユキの動きが止まった。開いた口がそのまま凍りついた。

「おふくろだよ。心配で来てくれたみたいなんだ」

島崎は照れ笑いを浮かべながら、二人を紹介した。

「わたし、出直してくるわ」

ユキは気まずそうに言い、母親に「どうぞ、ごゆっくり」という言葉を残すと、慌ただしくドアの外に消えた。

「ちょっと、待ってくれよ」

島崎が声をかけたが、ユキの足音は遠ざかっていった。

「呼び止めようか？」

母親はそう言ってくれたが、

ない。

「いや、いいんだよ」

とぶっきらぼうに言った。ユキとせっかく話し合えるチャンスだったのに、ついてい

「おまえのいい人なの？」

母親は少し寂しそうな顔をした。

「そんなんじゃないよ。母さん、もう帰ってくれよ。うっとうしいな」

言ってしまってから、また後悔した。こんな自分につくづく愛想が尽きる。

〔小松原淳の肖像〕11――失意の時代

小松原淳・年譜（24〜26歳）

88・4（24歳）大学を中退した後、就職もせずに作家修業をする。
89・4（25歳）この頃より、推理小説同人誌「鍵《かぎ》」の同人になる。
90・3（26歳）応募した原稿が推理小説の新人賞の候補作になる。
　　4　ユキ、大学を卒業、外資系の商社に勤める。

●**針尾一良**（仮名・「鍵」同人。推理小説家・41歳）

　小松原君とは同人誌仲間でした。彼があいう形で行方不明になってしまったのは、残念の一語に尽きますね。私なんかよりずっと才能はあったんだけれど、彼、短気なんでしょうな。辛抱するということができなかった。それが彼の弱点だったと思いますよ。

　彼が「鍵」の同人になったのは、三年くらい前でした。作家になりたいので、志を同じくする者の中に入って、もまれたいというんですね。彼は創作は子供の時からやっているらしくて手慣れているんだけど、小器用にまとめすぎるのかな。新人らしい潑剌《はつらつ》としたところ、粗削りでも磨《みが》けば光るというところに欠けていたと思います。

彼の書くものはすべて平均点で、それ以上に突き抜けるものがないんですよ。よく自分たちの書いた作品を持ち寄って、合評会なんかやったんですが、彼がいるとやりにくかった記憶があります。彼はナルシストというのか、自分の作品に酔って、それが完璧《かんぺき》だと思いこむ性癖があるんですよ。だから、同人仲間からここはおかしいとか、ここはこう直したらいいんじゃないかと指摘されると、カッとなるんですね。例えば、「僕は緻密《ちみつ》に計算した上で、こう書いたんだ。これは伏線、これはレッドヘリングなんだ。君たちにはわからない」

といったふうに、歩み寄ろうとしないし、他人の言うことに耳を貸そうともしない。若いくせに、先輩を先輩とも思わない生意気な奴《やつ》だというのが、仲間うちの評価でした。私以外の人間は、彼とは自分から進んで口をきかなかったんじゃないかな。

私と比較的親しかったのは、私がすでに作家デビューを果たし、細々ながら執筆活動を始めていたからで、その意味で一目置いてくれていたようです。

「針尾さんは今は僕より上を行ってますけど、そのうちに追い抜きますから」

彼は一対一になった時、私にそんなことを言ったことがあります。現代っ子というのか、怖いもの知らずだなと思いましたね。人によってはカチンと来るんじゃないかな。

「あの作家なんか目じゃない。デビューしたら、すぐに抜きますよ」

彼は具体的に現役作家の名前を挙げて、あの作家は評価しないとか、すぐにだめになるとか、評論家みたいな口調で言うんです。

「小松原君、そんなこと、編集者や作家の前では絶対に言っちゃだめだよ。新人作家はあくまでも謙虚でなくっちゃ」

　私の経験では、作家になれるタイプの人間は性格が素直で、純粋な人が多いんです。アクが強い変わり者タイプは作家には向かない。むしろ、編集者や評論家に向くんですよ。もちろん、中には評論も書くという作家もいますけど、そういう人の小説と評論を比べてみると、評論のほうがはるかに面白い。あなた、そう思いませんか？

　小松原君は、はっきり言ってアクが強い変わり者タイプなんです。作家、特に新人は編集者受けがよくないとだめなんです。編集者に嫌《きら》われたら、この世界で食ってはいけませんからね。

「僕は強気でいきますよ。実力さえあれば、この世界はのし上がれますからね」

　そう言った時の小松原君の不敵な笑い顔は今でも思い出します。彼が初めて新人賞に応募したのは、同人になって半年くらいたってからでしょうか。

「針尾さん、今度、応募することにしました。読んでいただけますか？」

　彼は私に七十枚の短編を見せて、感想を聞かせてほしいと言ったんです。私自身、かつて受賞した賞なので、承知しました。

　内容？　ええ、純粋な謎《なぞ》解きで、密室ものでした。正直いって、これがけっこう面白いんですね。今だから言うけど、私の受賞作よりはるかに出来がよかった。順当にいけば、通るんじゃないかと私は思った。だから、本人にもそう感想を述べたんですよ。

「あとは運だね。候補になって、対抗馬にどういうのが来るか、それで決まるね」

本人は有頂天になって、すっかり賞をとったような気になってしまいました。もう少し、けなしたほうがよかったかなと後悔したほどです。

応募作は順当に候補作に選ばれました。選考会の日は確か、三月の末頃だったと思います。彼が私の家に夕方にやって来ましてね、

「針尾さん、僕、心臓が張り裂けそうで、いてもたってもいられないんです。お願いですから、一緒に結果を聞いていただけませんか？」

と言うんですね。彼にしては珍しく取り乱していました。

「君は自信があるって言ってたじゃないか。私なんか頼りにしなくても、家で悠然《ゆうぜん》とかまえていればいいだろう」

私は少し皮肉をこめて言いました。ところが、彼は結果通知の連絡先を私の家にしてしまったというんですよ。それで、仕方なく彼と一緒に待つことにしました。

私の経験からすると、短編の賞ですからそれほど選考に時間はかからず、七時頃に受賞作が決定するようでした。通知があるのは受賞者のみで、落ちた人には連絡は行きません。

ところが、七時をすぎても、連絡がありません。彼は全身を震わせて待っていますが、それがだんだんエスカレートしていきました。

「大丈夫でしょうか、針尾さん？」

「これぱっかりは、運だからな。私自身、あの作品は面白いと思うけど、選考委員の趣味の問題もあるし、対抗馬の出来も関《かか》わってくる。万が一、これより出来がいいのがあったとしても、二作受賞という可能性もある」

「そうなってくれたら、いいんですけど」

彼は弱音を吐いています。そして、七時半がすぎ、八時になりました。

「選考が難航してるんでしょうか。強敵がたくさんあるんでしょうか？」

九時になっても、何の連絡もありませんでした。私も遅いなと思い出した時、彼が我慢できないと言って、電話に手を伸ばしたのです。

「そんなことしなくても、明日の新聞を見ればわかるよ」

「いいえ、今から編集部に電話してみます」

彼は震える指先で、電話のボタンを押して、直接編集部を呼び出しました。

「あのう、僕、小松原淳です。……今日選考会ですよね。……受賞したかどうか確認したいんです。いつまで待っても連絡がないものですから。……ええ、小松原淳です。タイトルは……。ええっ、落ちた」

小松原君の手から受話器がぽろりと落ちて、畳の上に激しい勢いでぶつかりました。あの時は私もびっくりしましたね。慌《あわ》てて、受話器を拾い上げて、私が編集部の人と話をつづけたのです。呆然《ぼうぜん》自失状態の彼を視野の隅《すみ》に収めながら、私は担当者からいろいろと聞き出したんですけどね。

それによると、受賞者は先島潤一郎。作品名は「殺意の香り」。

下馬評では、小松原君の作品と二作受賞というのが大勢を占めていたのだけれども、うまさという点で先島氏に軍配を上げざるをえない、小松原氏は若いので次回に期待する。まあ、そんなことで落選したようでした。

「小松原君、いい線まで行ったんだよ。来年があるじゃないか。捲土重来《けんどちょうらい》を期そうよ。ね？」

萎《しお》れている彼に私は慰めの言葉をかけましたが、彼は何の反応も示さないんですね。そこで、私は彼を近くの飲み屋に連れていって、酒を飲みながら話すことにしたんです。

彼の飲みっぷりはすごいものがあって、畜生、畜生を連発していました。いくら慰めても、飲むにつれ、こっちも手がつけられないくらい荒れるんだから、まいりました。私が受賞者の名前を言うと、それを手帳にメモして、「畜生、こいつさえいなければ、受賞できたのに。あれと同じレベルの作品は二度と書けない」と、さんざん悪態をつく始末でした。

で、その日はそれですんだわけだけど、受賞作が雑誌掲載された時、彼の怒りは頂点に達したのです。彼、すごい剣幕で雑誌を私の家まで持ってきて、私に受賞作を読んでくれというんですよ。

「針尾さん、正直な感想を聞かせてください」

彼の目に異常な光を見て、私はぞっとしました。雑誌には、先島潤一郎の写真と受賞の言葉がありました。

「ミステリーにはずぶの素人ですが、初めて応募して受賞できるなんて信じられません。自分の力を再認識しました。これをステップにして、さらに上を狙おうと考えています」

　確かそんな内容だったんじゃないでしょうか。

「この人、純文学から転向したのか。ずいぶん自信満々な人だな」

　私が正直な気持ちを言うと、彼は大きくうなずいたんです。

「でしょ？　だから、許せないんですよ。僕なんかは最初から推理小説家を目指しているのに、こいつは純文学崩れなんです。純文がだめだからミステリーを試しに書いてみただなんて、その根性が許せないと思いませんか。こいつ、ミステリーを低く見ているんだ。その志が許せない」

　選評には、小松原君の作品が最後まで競って、あと一歩のところで落ちたことが書いてありました。彼の才能を高く評価する意見がいくつかあって、文章を磨けば、いい作家になるという人もありました。

「まあ、確かにこの先島という人が応募しなかったら、君が取っていたかもしれないね」

　私がそう言うと、彼は大きくうなずきました。

「そうでしょ」

　彼は憤懣《ふんまん》やるかたないといった調子で、ウイスキーをグラスに注いで、そのまま一気にあおりました。「ミステリーを甘く見る奴なんか、賞を取る資格はないんだ」

「そうだね」

私も彼を慰める意味で、彼に話を合わせました。後で考えると、これが彼を焚《た》きつけたんじゃないかと反省しているんですよ。受賞作は皮肉な結末のあるサスペンスでした。作品自体の出来はいいものですが、この先島という人はどうやら一発屋ではないかと思いました。

「長つづきしないかもしれないよ。この人」

「あたりまえですよ。これだけで消えるパターンの奴に決まってる」

受賞者の経歴を見ると、以前に純文学の新人賞をとっているとあり、住所もちゃんと書いてありました。

「許せない、こいつ。殺してやりたいほど憎い」

小松原君は聞き捨てならない言葉を吐きました。

「君、冗談でもそんなこと言っちゃいけないよ」

彼の目が尋常ならざる光り方をしていたのが、気になりました。

それからしばらくして、その受賞者が何者かに殴られて意識不明の重体になったと新聞に出た時はびっくりしました。小松原君に電話で確認すると、彼も知っていて、天罰が下ったんでしょうよと、冷静な口ぶりで答えました。犯人はつかまっていないとあったけど……、まさか彼が犯人だったりしてね。フフッ、偶然ですよね。

ええと、その頃の新聞を切り抜いていたはずだけど……。ああ、ありましたよ。この記事です。

「新人賞受賞作家、暴漢に襲われ重体」という記事。受賞者は、殴られてから一週間も意識を回復しなくて、危険な状態がつづいたそうですね。

結局、犯人は捕まらず、先島潤一郎は受賞第一作を書かねばならない大事な時に何も書けず、注文もなくなってしまったんだそうですよ。その受賞者の名前は先島潤一郎。本名は島崎潤一。

島崎？

あれ、あなたも島崎さんでしたよね。まさか、この人の縁つづきってわけはないですよね。写真と感じは似てるし……。

え、違いますか。

おや、ずいぶん汗をかいてらっしゃいますね。暑いですか。ウーロン茶でも飲んでください。冷房をもっと強くしましょうか？

その後の小松原君ですか？

彼の落胆ぶりを見るに見かねて、私の口利《くちき》きで一度知り合いの編集者に紹介したことがあります。候補作はほんのちょっと手直しすれば、すぐに使えますからね。ところが、小松原君は編集者と大喧嘩《おおげんか》をしたらしい。

編集者が、ここの文章はおかしいから直してくれと言うと、小松原君がいやここはこれでいいんだと一歩も引かないんだそうです。一事が万事そんな調子で、編集者はじゃあ他の出版社に持っていったらと言うと、彼はそうさせてもらう、というふうになってしまいました。

デビューしたての頃は、もっと低姿勢でいかなくっちゃいけないのに、小松原君はぼっちゃん育ちで世間知らずだった。それに、ハングリー精神がないところに彼の限界があったと、私は思います。作家になるには、根本的な資質が欠けていたというわけですな。

4

島崎潤一は、原稿を読み返して、あらためてはらわたが煮えくり返る思いだった。そして、ワープロに登録された原稿を消去してしまいたい衝動に駆られた。

二年前、彼が推理小説の新人賞の授賞式の帰りに暴漢に襲われたことは、長らく謎のまま、彼の心の中に封印されていたが、作家の針尾一良への取材で一気に噴出したのだ。しかも、自分が依頼されて進めている仕事の中で、その張本人が主役として登場するというのも皮肉ではないか。

証拠がないとはいえ、小松原淳が島崎を襲ったのは、まぎれもない事実だった。島崎は両手の拳《こぶし》をにぎりしめ、思いきり机を叩《たた》いた。

ワープロの本体ががたがたと震えた。島崎を襲った犯人の伝記を書いている運命の皮肉。その一方で、記録したものをすべて消去できない自分の弱さを呪《のろ》った。

「どうしてくれよう」

小松原淳のために、島崎は半年を棒に振り、作家になりそこなったといってもいいくらいだ。その小松原のために今……。

これまでの記録を改変してしまおうか。そのくらいの報復をしないと、怒りは容易に収まりそうにもなかった。

舌打ちをしながら考えたのは、このまま小松原家に出入りして、淳の悪事を暴《あば》くことに全精力を費やすことだった。ここまで来たからには、それが淳に復讐《ふくしゅう》する最高の方法だと思った。妙子がどう思うか知らないが、死者を厳しく鞭打《むちう》つのだ。

島崎は原稿のチェックを進めた。

激しい怒りが指に乗り移り、原稿を打ち出していった。

〔小松原淳の肖像〕11　(つづき)

●大森洋平(仮名・編集者・37歳)

小松原淳ですか。ええ、忘れるわけないですよ。うちの主催する推理小説の新人賞の候補になったことがあるし、何度か会ったことがありますから。

印象ですか。うーん、そうですね。自信家であるがゆえに傲慢《ごうまん》ととられるところがある。新人のくせに生意気。まあ、そんなところでしょうか。

確かに実力はあると思いますよ。でもね、編集者の心証を悪くするとだめですよ。我々だって人間ですもの、大作家ならいざ知らず、デビューしたての若造に生意気なこと言われて、いやな思いをしてまで原稿はもらいたくない。それでなくても、前途有望な新人作家は他にたくさんいるんですから。

彼に最初に会ったのは、ある事件の後でした。先島潤一郎という有望作家が新人賞をとりましてね、その授賞式の帰りに暴漢に襲われる事件があったんです。犯人は物盗《ものと》り目当てでなくて、怨恨《えんこん》で個人的に先島さんを狙《ねら》っていたらしいのですが、まあ、それはそれとして、先島さんが受賞第一作を執筆できなくなった時、急遽《きゅうきょ》別の新人の作品で穴埋めすることになりまして、白羽の矢の立ったのが小松原淳なんです。偶然にも、針尾一良(仮名)という作家から僕に電話があり、小松原淳を紹介したいというんですね。〝商談〟はすんなりと成立しました。

小松原の候補作は受賞してもおかしくない出来でした。まだ二十代だから次の年があるということで受賞は見送りになったようですが、僕としては先島さんより彼のほうが有望だと思ってました。

小松原の自宅が目白で、僕の家と近かったものですから、僕が彼の家を訪ねることにしました。候補作となった原稿は社に保管してありましたので、それを持参して、彼と内容の相談をするつもりでした。

彼は学習院に近い高級住宅街の超高級マンションに住んでいました。この男、どういう暮らしぶりをしているのか気になりましたね。借りたら、月三十万はするんじゃないかな。何が収入源なんだろうって考えてしまいましたよ。

まず、そのことに度肝《どぎも》を抜かれて、部屋に入ったのですが、小松原は今起きたばかりのような顔をしていました。風呂《ふろ》に入ったばかりらしくて、ガウンを着ていたんです。こっちが訪ねていくことは連絡しているのに、ずいぶん失礼な奴《やつ》だと思いましたよ。

リビングに通されて、しばらくすると、外からスーツを着たいかにもＯＬ風の女が入ってきて、彼の額にキスをするんですね。さすがに、小松原は、

「おい、ユキ、お客さまだよ」

と注意しました。彼の恋人らしい女はすごい美人でした。彼女は僕に気づくと、「あら」と言って、慌てて彼から離れました。

「すみません。妹のユキです」

彼が紹介すると、彼女はにっこり微笑《ほほえ》んだのですね。それで僕のほうは怒ったことも忘れてしまいました。こんな妹がいるなら、何度でも足を運んでくるぞってね。だけど、その時、疑問に思ったのは、兄と妹にしては異常なほどべたべたしている感じでした。二人は恋人同士みたいなんですよ。だいたい、兄と妹でキスをしますか？　アメリカならいざ知らず、ここは日本ですよ。いくらアメリカナイズされていたとしてもね。

こっちが原稿をテーブルの上に出して説明しているうちに、彼女は別室で着替えて、くつろいだ恰好《かっこう》でまた現れ、キッチンに行って、料理を作っていました。まるで主婦みたいな感じでした。

僕は原稿のここところを締切りまでに直してくれと言って、その日は帰りました。

それから何日かたって、締切りが来ました。こっちから電話すると、小松原は原稿はできているから目白まで来てくれというんですよ。僕はむろんそのつもりでいましたけど、本人からそう言われていい気分はしなかった。新人の分際で自宅まで原稿を取りにこいだなんて言うとは、どういう神経なんですかね。自分を何様だと思っているんだろう。その時は彼女はいなくて、彼一人でしたから、よけい頭に来ました。

「原稿、直しておきましたよ」

彼がそう言って、僕は原稿を受け取ったんですが、ほとんど直しが入っていないんですよ。ちょっとした言いまわしとか、誤字脱字の訂正くらいのものでした。

「あれ、直しはこれだけ？」

不審に思って訊《たず》ねると、「僕としては、これはこれで完璧《かんぺき》だと思うんですよ」といった返事がもどってきました。

「だから、直しはないというわけ？」

「ま、そういうことです。応募する時点で、推敲《すいこう》に推敲を重ねたんですから、これが僕の完成原稿なんです」

「でも、君ねえ」

「ご不満ですか？」

彼は突っかかるように言うんですよ。いくら僕がお人好《ひとよ》しでも、そんな言い方されてカチンと来ないわけないでしょう。

「ああ、不満だね。これで完璧なはずがない。だから、選考委員の先生方もそれを指摘したんだし、入選しなかったわけじゃないの」

「あの人たちには作品を見る目がないいんですよ。だいたい、あの先生たちの書いてる推理小説ってひどいと思いませんか？」

「でも、現実にそれで売れているんだ」

「そりゃ、読者がバカなんです。そのうちに、飽きられるに決まってる。ありゃ、推理小説もどきであって、推理小説じゃない」

「それは言いすぎだな、君」

「あなたは、そうは思わないんですか。編集者がそう思わないとしたら、日本のミステリー界の将来は暗いな。だめな作家を甘やかしすぎるなんてね」

確かに、彼の言うことには、一理あるけれど、それを言うのは十年早い。

「ずいぶんひどい言い方をするんだね、君」

「僕は本当のことを言ったまでです」

彼は一歩も引こうとはしません。

「じゃあ、僕はこれ使わない。自分でどこかの雑誌に売りこんだらどう？」

ほとんど喧嘩のようになっていました。ちょうどその時に彼の妹がもどってきたんです。彼女は我々の言い争う声を聞いて困惑したような顔をしていました。

「じゃあ、小松原君、僕はこれで失礼するよ。今までのことはなかったと思ってくれたまえ」

「雑誌に穴が空くんじゃないですか？」

小松原はこの時になって、ようやく事態の深刻さに気づいたようです。しかし、時すでに遅し。これだけ愚弄《ぐろう》されてまで、新人作家の作品を載せる気はこちらにはありません。

「よけいな心配をしないでくれ。新人作家は掃いて捨てるほどいるんだ。ストックはあるから大丈夫さ」

僕は捨て台詞《ぜりふ》を吐いて、そのまま彼のマンションを出ていったのです。怒り狂いながら、目白の駅の構内に入った時でした。背中を叩《たた》かれて、ふり返ると、そこには小松原の妹が泣きそうな顔をして立っていたのです。

「お願いです。兄を見捨てないでください」

「見捨てるだなんて、僕は当然のことをしたまでだよ」

「兄は悪気があってやったわけじゃないわ。わかってください」

ちょうど夕方で人の流れが激しくなってきたので、僕は彼女を駅前の喫茶店に連れていって、話を聞くことにしました。

これから言うことはやばいことなので、僕の本名は絶対出さないでください。そうですね、「大森洋平」くらいにしておいていただければ、ありがたいですね。え、自費出版だから人目には触れない？　だったら、かまいません。話してしまいましょう。

小松原の妹は兄の文才とか、子供の時からのことをいろいろ話してくれました。

「兄は小説家になるために生まれてきた人間なんです。わたし、兄には絶対に作家になってほしいと思っているんです」

「そりゃ、彼を見ていればわかるよ。でもね、俺《おれ》たちだって人間だからね。いやな思いまでして、彼の作品を使うつもりはないんだ」

「兄はそんなに悪い人じゃないんです。言葉づかいを知らないかもしれません。世間知らずなんです。必ず、わたしが兄を説得しますから、あの作品をぜひ載せてください。お願いします」

「そりゃ、場合によっては考えないでもないけどね」

僕は彼女に興味があった。当時は独身だったたし、彼女の前に座っているだけで腰が落ち着かないんです。

「一つ質問があるんだけど、君は兄さんと一緒に住んでいるんだね」

「そうです」

「ずいぶん仲がいいみたいだね。まるで夫婦みたいだ」

「わたしたち、同棲《どうせい》してるんです」

衝撃的な言葉をごく自然な調子で漏らしたので、僕はえっと言って彼女を見返しました。彼女は悪びれた様子もなく、平然としていました。

「だって、君たち、兄妹なんだろう？　そんな非道徳的なこと……」

「ううん、違うの。わたしたち、血はつながっていないんです」

彼女は二人が互いの親の連れ子同士で、戸籍の上で兄と妹になっているだけだと言ったのです。

「驚いたな。でも、血がつながっていなくても、ご両親はそういう関係、許さないんじゃないの？」

「母はわたしたちの関係を知りません。もし、知ったら、わたし、母に殺されちゃうかもしれません。だって、お兄ちゃんは母の大事な宝物なんだもの」

彼女は外資系の商社に勤めていて、血のつながっていない母親と暮らすのが嫌《いや》で、浜松町のワンルームマンションに住んでいる。しかし、最近は、週の半分を小松原のマンションですごしている。母親は宝石店の店主で、仕事が忙しく、めったに彼のマンションを訪ねてこないので、ばれることはないのだと言いました。

「ふうん、そうか」

僕は溜息《ためいき》をつきました。話を聞くと、彼女の父親は何年か前に出奔したまま行方知れずだといいますし、複雑な家庭だなと思いましたね。

「わかった。ユキさんの顔を立てて、彼の作品を載せるように努力するよ」

実を言うと、彼女がいなかったら、小松原を見限るところでした。こっちだって、プライドがありますからね、あれだけの暴言を吐かれてまで、原稿を載せる義理はないのです。ですから、怒っていることを示すために、次回から小松原本人とではなく、彼女を介して原稿のチェックをすることになりました。僕だって健全な一人の男ですから、きれいな女と会って話すほうが楽しいですものね。それに、彼女自身、小松原を怖がっているふうなところがあって、彼女に同情したこともあります。

彼女が会社に勤めている関係で、我々は彼女の仕事が終わってから会うことにしました。

彼女が持ってきたのは、候補作ではなくて、「Mの犯罪」という二十枚くらいの作品でした。どうも後で聞くところによると、彼女は僕と小松原の板挟《いたばさ》みになって、苦労していたようです。小松原に僕と決めたことをしゃべると怒られるので、彼女は小松原が以前同人誌か何かに書いたものを勝手に選んできて、僕に掲載の判断を仰いだというわけです。小松原の作品が商業誌に載れば、小松原も考えを改めてくれると彼女は思ったのでしょう。

でも、読んでみると、結末のひねりがなくて平凡な作品でした。だから、これでは使えないと彼女に言いました。

「やっぱり、だめでしょうか？」

「うん、ちょっとね。この程度の出来だったら、誰でも書けると思うよ。新人なら、もっとインパクトのあるものでないと、出す意味がない」

彼女は悲しそうな顔をして、「わかりました。書き直しさせます」と言い、また二、三日して原稿を持ってきました。

今度のは、元原稿に何行か付け加え、皮肉な結末になっていました。

「うん、これだったら、まあ、いけるんじゃないの。使えるよ」

僕がそう言った時の彼女の表情。緊張がゆるんで、パッと花が咲くように笑顔がこぼれたんです。そりゃ、美しかった。僕は打ち上げと称して、彼女を新宿の行きつけのバーに連れていきました。何軒も飲み屋をハシゴして、どうなったかわかりますか。フフッ、彼女はすっかり酔っぱらってしまって、僕は新宿プリンスに連れこんでしまいました。これも役得ですよ。

それから、何か用を作っては、彼女と逢引《あいび》きする関係になりました。彼女のほうも僕をそんなに嫌《きら》っていないふうでした。

問題が起こったのは、雑誌が発売された時でした。小松原が怒って、会社に怒鳴りこんできたんですよ。この短編を載せるって約束した覚えはない、どうなっているんだって、それはもう、すさまじい剣幕でしたよ。やばいので、僕は彼を会社の近くの喫茶店に連れ出して、事情を説明しました。その時にやっとユキが小松原の昔の原稿に勝手に手を入れたのだとわかったんです。

その日、彼は帰りましたが、彼女を問いつめたのでしょう。またやって来て、僕を呼び出し、会社のロビーでいきなり僕を殴りつけたんです。

「おまえ、ユキと寝たな。取り引きしたんだろう。え?」

床の上に伸びた僕を、彼は足蹴《あしげ》にして問いつめたんです。僕は頭を床に打ちつけて、朦朧《もうろう》としてまして、言い返すことができません。

「畜生、あの作品をああいう形で世に出したくなかった。なんてことをしてくれたんだ、薄汚い野郎だ」

彼は罵詈雑言《ばりぞうごん》のかぎりを尽くして、僕を非難するのです。そのうちに守衛が出てきて、彼を取り押さえ警察に突き出そうとしました。

「いや、守衛さん、やめてください。これは僕と彼の問題なんだ」

僕は立ち上がり、小松原の頬《ほお》を張りました。僕たちのまわりには人だかりができ始めていました。

「出ていけ、ばかやろう。おまえなんか、二度と使うか! 人がせっかく好意で載せてやったのに」

彼は僕の思わぬ反撃にひるみ、それ以上抵抗することはなく、帰っていきました。しかし、こっちは社内で醜態をさらし、すっかり面目を失ってしまいました。

それからは、腹の虫が収まらなくて、小松原に復讐《ふくしゅう》する策を考える毎日でした。まず、思いついたのは、彼の小説を採用しないこと。まあ、これは簡単です。それから、次に彼が新人賞に応募してきたので、これをひねりつぶしました。

これで一応怒りは収まったのですが、また別のところで、彼にやられました。原因はユキとの関係がまだつづいていたことを小松原に勘づかれたからです。ユキは彼に殴られたらしく、目のまわりに薄い痣《あざ》を作っていて、僕は彼女に同情していました。彼に殴られても逃げない彼女に救いの手を差し伸べようと、僕は彼女にプロポーズしましたが、断られました。彼女は小松原を怖がってはいても、やはり好きだったのだと思います。

そんなある時、僕が彼女と新宿のゴールデン街にいたところを、小松原に見つけられ、路上で完膚《かんぷ》なきまでに叩きのめされました。こっちはアルコールが入っていましたから、抵抗もできやしませんよ。彼に殴られるまま、僕は気を失い、救急車で病院に運ばれたというわけです。どうです、面白い展開でしょう？

でも、こっちもこのままやられていては、男がすたります。そこで、あの男に怒りの鉄槌《てっつい》をくだしたのですよ。

フフッ。それはですね……。

そう、彼の弱点を衝いたんです。つまり、彼の母親に二人が同棲している事実を密告したんです。それは、ユキを粗暴な男から解放する意味もあったのです。

それでどうなったか、よく知りません。でも、彼は相当にダメージを受けたはずです。

その証拠に、その後ミステリーを書いた話を聞いていませんから。

え、行方不明になった？　富士山麓《さんろく》の樹海の中へ入ったまま？

本当ですか、あのＨＥＬＰの文字が彼の……。

では、ユキはどうなったんですか？

〔モノローグ〕8

……私は最後のチョコレートを口に含み、ゆっくり溶かしていった。これで食料は尽きた。あの自殺した女のおかげで二週間ばかり命を永らえることができたが、もはやこれまでだった。あとは洞穴《ほらあな》の中で死を待つしかないのだ。これまでの経緯を記した手帳だけが私の死後に残るだろう。

もう疲れた。

希望の後に絶望が来て、また希望の後に絶望。繰り返し、繰り返し、繰り返し……。

チョコレートの残香が漂っていた。銀紙にチョコレートの破片がついているのを見つけ、なめた。まるで欠食児童だ。

腹の底から笑いが込み上げてくる。

――おまえは、まだ生に執着があるのかね。もういいかげんにあきらめたら、どうなのだ。

いや、どうせだめだと思うけど、最後に一発ぶっ放そうかと思ったのさ。

――何をするのかね。

木を燃やすのさ。煙が出れば、いやでも気づくだろう。

――前に失敗したんじゃないか。

あれは、木が濡《ぬ》れていたからさ。今度はＨＥＬＰの文字に火を放つ。大量の木だから、燃えてくれるさ。

——森に火がついて、山火事になったらどうする？

それはそれでいいさ。どうせ死ぬんだから、餓死しようが焼死しようが、同じさ。それに、こんな呪《のろ》われた樹海、この世からなくなってしまったほうがいいと思わないかね。

——だったら、暗くならないうちに、やったらどうだね。

そのつもりさ。

私は心の中のもう一人の私と相談した後、ゆっくりと立ち上がった。下半身の力が弱くなっていたが、何とか歩くことはできた。力尽きないうちに外へ出て、一仕事してしまおう。いかにも秋らしい気候で、空気は乾燥していた。

百円ライターをポケットから出した。ガスの残量が少なくなっている。枯れ葉のついた枝を選んで、火をつけた。ちろちろと燃えた小さな炎がやがて大きくなり、枯れ葉がパチパチと音をたてて燃え始めた。

編集者の大森洋平が小松原淳への報復としてやったのは、淳とユキの関係を母親の妙子に伝えたことらしい。その結果、どのような事態になったのか、想像するのは簡単だ。おそらく、淳と妙子の間に一悶着《もんちゃく》あって、淳の身に何か重大なことが生じたのだろう。淳は出奔して、どこかへ身を隠す。それが富士山麓の樹海だったのではないか。淳の過去において、二回登場する西湖。一度目は自殺未遂、二度目は大学のクラブの合宿においてだった。

そして、三度目に……。再び西湖の樹海がからんでくる。

島崎は小松原妙子に直接聞いてみることにした。彼女が淳に一番近い存在だし、もうそろそろ母親の出番が来てもおかしくない。

5

八月二十九日とはいえ、今年の残暑はことさらきびしかった。ひさしぶりに小松原家を訪れた島崎は、いつものように、正門から宮野静江に案内されて中に入った。宮野静江は彼が病気をしたことを知っているが、そんな様子はおくびにも出さず、体の具合がどうかと訊《たず》ねようともしない。顔には相変わらず無表情の仮面をつけていた。

九時を少しすぎたばかりなので、妙子はまだ出社前で在宅していた。島崎は彼女の部屋のドアを叩いた。どうぞという声がしたので、ドアを開いた。

彼女は紺色のスーツを着て、鏡台の前に座っていたが、彼が部屋に入ってくると、椅《い》子《す》を回転させて彼に向き直った。

「あら、もう大丈夫なの？」

「ご心配おかけしました」

島崎は神妙に頭を下げた。

「体だけは大切にしてね」

「はい、ありがとうございます」

彼は静かな口調で言った。「これから遅れた分を取り返しますから」

「あまり無理をなさらないでね。仕事のほうは少しくらい遅れてもいいんですよ」

「いいえ、そんな悠長《ゆうちょう》なことは言っていられませんよ。もう大詰めですから、あとひと踏ん張りです」

「まあ、頼もしいこと」

妙子はソファに座ると、彼にも座るように言った。「その顔つきからすると、今日はわたしに用があるみたいね？」

彼女が足を組むと、スカートがずり上がり、きれいな膝小僧《ひざこぞう》がのぞいた。

「淳さんの失踪《しっそう》のことでぜひ伺っておきたいことがありまして。言いにくいことなんですが、淳さんとユキさんのことで……」

島崎は言ってから相手の反応を窺《うかが》った。

「いずれ来るだろうと思っていました」

あきらめたように言った彼女の眉間《みけん》には、苦悩のしわが刻まれているようだった。

「でも、淳の伝記をお願いしたわけだから、そこの部分は避けて通れないわね」

彼女は寂しそうにふっと笑い、立ち上がると、鏡台の上に置いてあった煙草《たばこ》を取り上げた。窓の外の庭の樹木では、夏の終わりを告げるようにミンミンゼミが鳴いている。

「それで、どこから話しましょうか。家の恥になることだけど、差し障りのないかぎり話しますよ」

彼女は煙草に火をつけると、刑事に尋問される被疑者のような力ない笑みを浮かべた。

「淳さんとユキさんが男女の付き合いをしていたことは、誰から聞きましたか？」

島崎は早速切り出した。

「さあ、わかりません」

妙子は静かに首をふる。

「わからないんですか？」

「そう、誰かわからない男の声で、おたくの息子さんが娘さんと同棲《どうせい》しているから確かめてみたらって言ってきたんです。相手の名前を聞こうとすると、向こうはそれ以上は何も言わずに電話を切ってしまいました。とても失礼な電話だと思いましたが、ただのいたずらとして片づけるには引っかかるところがあったから、わたし、実際に淳のマンションに行ってみたんです。いたずら電話に踊らされるのはいやだったけど、行って何事もなければ、それでいいし、安心できるでしょ。それに、しばらく淳のマンションを訪ねていなかったから、たまには顔を出してもいいかなと思ったのね」

「それで見つけてしまった？」

「まあ、そういうこと。もろに見ちゃったわけ。夜の八時をすぎていたかしら。スペアキーで淳の部屋に入ったら、淳がベッドに女を引っ張りこんでいちゃついていたのね。まさか、その女がユキだとは思わなかった。わたし、明かりをつけたのね。そしたら、二人が慌《あわ》てて毛布を体に巻きつけて、目をぱちくりさせてるわけ」

妙子はその時のことを思い出したのか、ひどく悲しそうな顔をした。

「それから、わたし、頭にカッと血が上っちゃったのね。二人に向かって、『おまえたちなんか、地獄に堕《お》ちろ』なんて怒鳴ってしまった。それから、『おまえたちを、もうわたしの子供とは思わない。さっさとここから出ていけ』って、すごい言葉を吐いてしまったの。もう何が何だかわからなくなっちゃって、後のことは全然覚えていないの。気づいたら、淳のマンションでわたしが一人、ぽつんと座っていたってわけ」

「それから？」

「わからないの。淳が創作で行き詰まっていた時にわたしがひどいことを言ったものだから、あの子、二重のショックで家出しちゃったんじゃないかと思うの。あのマンションの家賃はわたしが払っていたものだし、ああまで言われて帰ってこれないわよね」

「その行き先が富士山麓だったんですね？」

「そうだと思うわ。二人は思いつめちゃって、死のうと思ったんじゃないかしら。淳は以前にも西湖に行ってるし、樹海に入って……。そのことで、わたし、すごく責任感じてるのよ」

　妙子はうつむいて、両手で顔を覆《おお》った。やがて喉《のど》から嗚咽《おえつ》がもれはじめ、背中を小刻みに震わせた。今、島崎の前にいるのは、気丈な女実業家ではなく、最愛のわが子を失った一人の哀れな母親の姿だった。一挙に五十という実年齢を通り越して、十歳も老《ふ》けこんでしまったように見えた。

　小説家としての道を断たれ、母親にも見捨てられた小松原淳は、自暴自棄になって、ユキを連れて、富士山麓への死出の旅に向かったのだ。

「でも、ユキさんはもどってきたんですね？」

「そうなの」

「彼女は樹海に行ったと言ってるんですか？」

「いいえ、その辺がよくわからないの。淳とはどこかで別れたみたいなんだけど、固く口を閉ざして、何も話さなかったの」

　ユキは、誰にも真相を話していないのだ。

「わたし、ユキを家から出さないようにしました。ユキはしばらく落ちこんでいたようだけど、あなたが来てから明るくなったみたいな気がしてたの。それで、少しはしゃべる気持ちになるかなと思いかけた矢先に、またどこかへ行ってしまって」

島崎は、妙子が彼の顔を暗い目でじっと見ているのに気づいた。ユキのことは勘づかれているのかと思いかけた。

いや、そんなことはないだろう。もし、気づかれていたら、とっくに彼は契約を解除されているはずだから。

「あら、ごめんなさい、取り乱しちゃって」

妙子は涙に濡れた顔を上げると、目頭をハンカチでそっと拭《ぬぐ》った。

「申し訳ありません。人の家に土足で入りこんだみたいで……。もし、そこの部分を削除しろということでしたら、表現は変えますすけど」

「ううん、いいのよ。どうせわたしだけの本なんだから、わたしの悪いところ、全部暴《あば》き出してかまわないの。それが、淳に対するせめてもの供養《くよう》になると思うもの。容赦しないで、わたしを悪者にしてください」

「でも、後味が悪いと思いませんか？」

「いいのよ。最後はハ、ッピ、ー、エ、ンドになるから、これでいいの」

「ハッピーエンド？」

島崎は思わず聞き返した。何がハッピーエンドなんだ。こんな後味の悪い結末が他にあるだろうか。彼が小松原妙子の立場だったら、こんな伝記、闇《やみ》に葬《ほうむ》ってしまうだろう。

「いいえ、何でもないの」

妙子は謎《なぞ》めいた言葉を残し、店へ出かけていった。島崎の手に最後のファイルの鍵《かぎ》が残された。

島崎は二階の淳の部屋へ上がり、淳の最後のファイルを開けた。「Mの犯罪」の掲載誌は、ファイルの中にちゃんと保存されていた。

目にしたとたん、興味に駆られて、彼は読み始めた。

淳の高校時代に書いた作品とどこが違うかといえば、結末にわずか十行程度が加えられ、思ってもみないどんでん返しになっていることであった。

Mの犯罪（完結篇）

（P341からつづく）

……ワーッという絶叫は、男の体が滝壺《たきつぼ》に落ちると同時に消え、男の姿は速い流れに呑《の》みこまれ、たちまち消えてしまった。

滝壺に落ちた男は、五歳の裕子に悪戯《いたずら》をしようとつけ狙《ねら》っているうちに、彼女の犯した殺人を目撃して、彼女を脅した変質者だ。彼女はただ、意地悪な子供たちに仕返しをしようとしただけだった。それなのに、あの男は今田勇子名義の手紙を警察に送りつけて、裕子に圧力をかけたのだ。

幼女の犯罪だから、罪を問われることはないし、時効も関係ないのだが、この事実が暴露されたら大変なことになっていただろう。彼女の犯罪を目撃した唯一《ゆいいつ》の人間が死んだ今、彼女はほっと胸を撫《な》で下ろした。もう誰も彼女を悩まさない。

「今だから言うけど、これまでの人生、ハラハラドキドキだったわ」

今田裕子は、轟音《ごうおん》を出して流れる滝壺をおそるおそるのぞきこんだ。

（終）

6

「何ともすごいハッピーエンドだ」

島崎は唸《うな》った。わずか数行付け加わっただけで、作品が引き締まり、読む者の背中に冷水を浴びせるような劇的な効果を出している。

だが、島崎にとっては冷水だけですまされなかった。もし、この作品がこれまでの小松原淳の作風に忠実であるのなら、今田裕子はユキにあたるのだが。

もし、今田裕子のモデルがユキなら、あの連続幼女殺人事件の犯人は……。

7

島崎は不安に駆られて、ユキに電話をかけた。だが、ユキとはまったく連絡がつかなかった。彼女のマンションに何度電話しても、受話器が取り上げられることはなかった。

島崎が暴漢に襲われて臥《ふ》せっていた時、ユキのほうから出向いてきたことがあったが、それ以来、彼女に会っていないのだ。彼女のマンションに行ってみたものの、彼女には会えなかった。オートロック式のドアが訪問者を頑強《がんきょう》に拒んでいたのだ。

言葉では説明できないが、いやな予感がしてならなかった。彼女の身によくないことが起こっていなければいいのだが。

大泉学園に着いたのは、三時をまわった頃《ころ》だった。

通り道で区役所の出張所を見かけ、ふと思うことがあって中に入った。窓口で婚姻届の用紙をもらい、胸のポケットに突っこんだ。ユキを守るのは、もはや結婚という手段以外にはないと思ったのだ。断られてもいい。本気で彼女を愛しているという彼の気持ちを彼女がわかってくれるだけでもよかった。

いつかと同じように、たまたまマンション内から子供が出てきて、オートロックが解錠されている時を待ち受けて、彼は中に飛びこんだ。エレベーターで四階に上がり、西日をまともに浴びている通路に出た。

耐えがたい熱気に、全身から汗が噴き出してくる。

「ユキ、いるのか?」

大声で呼びかけ、ドアのノブを握った。ノブはくるりと回転した。

「鍵が掛かっていない」

中に入ったが、ユキの姿はなかった。

「ユキ、いるのか?」

浴室、ロッカー、キッチンと次々に見てまわる。

彼女が慌てて出かけた様子は、ドアやロッカーの引き出し、扉《とびら》が開けっ放しになっていることで窺い知れる。彼女の身に、おそらく何か重大な事態が発生して、荷物をカバンに詰めて出かけたのであろう。

電話線のモジュラーも抜かれていた。これでは、通じないはずだ。どこへ行ったのか。メモでも残しておいてくれればよかったのに。部屋中を探してみたが、手掛かりになるようなものはどこにもない。

電話のモジュラーをつないで、受話器を取り上げた。ちゃんと通じている。受話器を下ろして、また室内をつぶさに調べてみた。絶対、この部屋にユキを動かした何かがあるにちがいなかった。

島崎は、彼女の机の上に肘《ひじ》を乗せ、頭をかきむしった。

ドアの外の通路に足音が聞こえた。はっとして顔を上げ、ユキが入ってくるのを待った。だが、足音は通りすぎ、隣の部屋のドアがギーと耳障りな音をたてて開いた。

隣室のステレオから流れるロックのリズムが、足元に伝わってくる。うだるような空気の中で、彼は窓の外に目をやった。

太陽は西に傾いているものの、ぎらぎらと照りつけた。たまらず、カーテンを閉じる。

その時、彼は電話の留守番表示のランプが点滅していることに気づいた。ボタンを押してみると、荒々しい息づかいが聞こえてきた。電話をかけてきた者は押し黙ったままだった。ガムを嚙《か》む音が島崎に何かを連想させた。遠い過去ではない、最近聞いた何か……。しかし、彼の記憶を刺激するものが何なのかは特定することができなかった。

ガムの不愉快な甘いにおいが、受話器を通して伝わってくるような気がする。そのうちに、電車が通るような音と、駅のアナウンスが聞こえてきた。

「大泉学園、大泉学園……」

そうだ、これは「Mの犯罪」の中の一節に酷似している。

だが、現実にそんなことが起こるわけがない。ここは文明社会。魔術が横行する中世じゃあるまいし……。

掌《てのひら》が汗をかいていた。胸の鼓動が部屋全体を共鳴させている。一件目の録音が切れ、合成音が八月二十九日午後二時二分と告げた。

再び電話が鳴った。彼は額の汗を腕で拭いながら、二件目を聞いた。

ユキの声につづいて、ピーと信号音。すぐさま雑音と荒い息づかいが聞こえてきた。

「おい、ユッコ、僕から逃げられると思うなよ。電話番号は島崎に教えてもらった」

低い男の声がそう言い、電話は切れた。合成音によれば、八月二十九日の午後二時七分の吹きこみだった。たった一時間前のことだ。

島崎は冷房の利《き》いていない部屋の中で、熱病に罹《かか》ったようにぶるぶると震えた。足の震えは手で押さえても止まらなかった。

そうか。彼を襲った奴が手帳にあったユキの電話番号を見て、彼女に電話したんだな。

そして、そのことでユキは島崎に裏切られたと思ったのではないか。

突如、ユキの行った場所がわかった。これははっきりした理由があったわけではない。

島崎の直感だった。

「ばかなことを！」

一年前、淳とユキが行った西湖の樹海――。

8

ユキのマンションを出て、タクシーで新宿へ向かった。今なら、河口湖方面へ行く最終の高速バスに間に合う。

ユキの行った場所は、西湖だ。一年前、小松原淳が妙子にユキとの生活を発見され、二人が行った先が富士山麓《さんろく》だった。そこで淳だけが死んだ。

「恋の逃避行か」

無意識のうちにつぶやくと、不意に笑いが込み上げてきた。なぜなら、そのちょうど一年後に島崎もユキを追って西湖へ向かっているからだ。

「え、お客さん、何か言いましたか？」

タクシーの運転手がバックミラーを通して島崎の顔を見た。

「いや、こっちの話」

窓の外を見ると、新宿の高層ビル群が間近に迫っていた。気持ちが急《せ》くのと裏腹にタクシーは渋滞に巻きこまれて、遅々として進まない。こんなことだったら、電車を使えばよかったと悔やんだが、今さら仕方がなかった。

ようやく新宿の高速バスターミナルに着いて、最終のバスには何とか間に合った。中途半端な時間帯にかかわらず、バスの座席はすでに半分ほど埋まっていた。彼はシートを倒して、目をつむった。西湖へ行っても、彼女がどこにいるのかわからない。しかし、東京で漫然と彼女の帰りを待っていることなど、とてもできるわけがなかった。

彼女を失ったら、取り返しのつかないことになる。彼女は無言のいたずら電話を受けて、「Mの犯罪」のように、脅迫者を西湖へおびき寄せようとしているのだろう。彼女をそんな危険な目に遭わせるわけにはいかなかった。

「もし、彼女が連続幼女殺人事件の犯人なら……」

信じたくはなかった。彼女に会って、問いただしたかった。

だが、たとえ彼女がどのような人生を歩んだとしても、今の彼女は島崎を愛している し、島崎も彼女を愛している。彼女を救い出したら、是が非でも結婚を申しこむのだ。彼は胸ポケットの中の婚姻届の用紙の感触を確かめた。

車窓を流れる中央自動車道の防護壁を見ていると、ガラスに思いつめた顔をした哀れな男が映っていた。八王子をすぎたあたりで日が落ちて、ネオンや人家の明かりが灯《とも》り出す。山が迫り、暮色が次第に濃くなっていった。それとともに、彼の心の中にも絶望的な闇が忍びこんでくる。

大月のジャンクションから河口湖方面に入ると、十五分で河口湖のバス停に到着した。ちょうど七時四十五分だった。彼は終点の山中湖へ向かうバスの赤いテールライトを見送った後、タクシーに乗って、西湖へ飛ばした。すでに真っ暗になっているので、運転手に適当な旅館を探してもらうことにした。

　幸い、観光客の少ない時期だったので、一軒目にあたった湖の東側の旅館に部屋が空いていた。とりあえずそこに泊まることにして、フロントでもらったパンフレットを見た。旅館とホテルは五、六軒くらいのものだが、民宿の数は六十を超えている。今から一つ一つあたってみるのはむずかしく、明日になってから、あたってみるしかないようだった。

　翌朝、島崎は朝食を早めにすませると、レンタサイクル店で自転車を借りて、西湖のまわりの旅館を一軒ずつあたり始めた。頼りは淳が隠し撮りした高校時代のユキの写真一枚きりだ。夏のまぶしい光の下、きらきらと水面を輝かせている池をバックに、赤いTシャツを着たユキ。少し首を傾《かし》げている仕草が愛らしかった。けがれを知らぬ数年前のユキ。

　だが、彼女の過去がわかった今でも、島崎にとって彼女の存在は少しも色褪《いろあ》せることはなく、心の中に占める比重は日一日と大きくなっていった。

　宿泊客が少ない時期なので、問い合わせることは簡単だったが、どこへ行っても彼女は泊まっていないという返事だった。民宿村と呼ばれる民宿ばかりが固まっている地域も同様で、午後の三時をまわり、すべてをあたり終えたが手掛かりはなかった。

　晩夏とはいえ、日差しはまだ強い。高原の紫外線に彼の皮膚はたちまち赤くなった。

汗を拭《ふ》き、自転車を店にもどして、部屋で休憩をとっていた時、不意に己れの愚かさに気がついた。

最初から樹海へ行けばよかったのだ。例の「ＨＥＬＰ」の木文字の見つかった森の中のぽっかり開けた広場へだ。ユキが泊まったところを探すのはまったく無意味だったかもしれない。昨夜は西湖に泊まらず直接樹海へ向かったかもしれないのだ。そのことに今ようやく思い至った。

だが、ひとくちに樹海といっても恐ろしく広大だ。どこを探したらいいのだろう。下手をすれば、自らが大きな自然の罠《わな》の中に嵌《は》まってしまう危険性もある。そこで、旅館の玄関をほうきで掃いていた初老の使用人に訊《たず》ねてみた。

「ああ、あの事件ですか」

男は旅館名の染め抜かれた藍《あい》色の法被《はっぴ》を着ていたが、曲がった背筋を伸ばして、湖面に目を向けた。島崎もそれにつられて、湖の方向を望んだ。湖面には、色とりどりのボードセールの帆がゆっくりと右へ左へ移動している。

昨年の異常気象による長雨で、湖の水位が上がり、湖畔のかなりの部分が冠水したという。もちろん湖畔をひとめぐりする周遊道路も例外でなく、ほとんどが水没した。今そこでは、そんなことがあったとは信じられないほど、のどかな風景が広がっており、若い女性のグループがサイクリングを楽しんでいた。

「あの事件が何か……」

男はもの問いたげに島崎の顔を見る。

「実は彼は僕の知り合いなんです。もう一年になりますので、供養《くよう》でもしようと」

「ああ、そうですか。それはご苦労さまです」

男は大きくうなずいて、島崎を見た。「でも、私にもはっきりした位置はわかりませんね」

「といいますと？」

「ええ、樹海といっても中は地図がないようなところですから、どこがそこだって説明するのはむずかしいんですよ」

男は帳場に引っこみ、しばらくして地図を持ってもどってきた。「ええと、確かこの辺でしたがね」

指し示されたところは、湖の南側一帯の森林だった。島崎がふり返ってみると、針葉樹の森が延々とつづき、その背後に富士の霊峰がそびえ立っていた。

「歩道が国道のほうまでつづいているんですが、その途中から入るらしいのです。龍宮《りゅうぐう》洞穴《どうけつ》の近くです。警察か消防の連中に聞けば、正確な場所はわかると思いますけど。もし何でしたら、こちらで聞いてみましょうか？」

「いや」

島崎は言葉をにごした。彼がユキの後を追っていることが知られたら、まずいことになる。警察は必ず理由を聞くはずだ。

「大体の場所がわかれば、行ってみます。そこで冥福《めいふく》を祈ることにします」

「そうですか」

男はうなずいた。「でも、歩道からは絶対に逸《そ》れないでください。森の中は磁石が使えませんから、方向感覚がなくなって、迷子になります」

「わかりました。どうもありがとう」

暮れないうちに、ぜひそこへ行ってみよう。行ってみれば、それらしきところがわかるかもしれない。

「あ、お客さま」

玄関を出ようとすると、旅館の男に呼び止められた。

「え?」

「お客さまはあの女性とご関係があるんですか?」

「あの女性って?」

「若いお嬢さまです。実はお客さまの前に樹海に行くと言っておられた女性の方がいらっしゃったんです」

耳元をハンマーで殴られたようなショックを受けた。それはユキだ。絶対間違いない。

「その人、まさか名前は……」

「松原さんとおっしゃったと思います。とてもおきれいな方でした。何でも、あの森で亡《な》くなった方のお知り合いのようでしたよ」

「出かけたのは、いつ頃のことでした」

「十時すぎでした。チェックアウトされる時でしたから」

「チェックアウトって、その人、ここに泊まっていたの？」

「はい、昨日から」

なんということだ、ユキが同じ旅館に泊まっていたとは。灯台もと暗しとはこのことだった。松原は小松原の偽名だろう。最初にここで訊ねていれば、むだに時間を費やすことはなかったのに。彼は自分の愚かさを呪《のろ》いながら写真を差し出した。

「ええ、この方だと思います」

男は写真を手にしてうなずいた。

島崎は地図をひったくって、駆け出していた。背後からお客さまという声がかかったが、ふり返らなかった。

愚か者、愚か者。おまえなんかくたばってしまえ。みすみす彼女を助ける機会を己れの無能さから逸してしまったなんて。昨夜、同じ旅館の屋根の下に彼女と一緒にいたというのに。

旅館の裏手の広場から石ころだらけの歩道を上がった。大ばかやろうと自らを罵《のの》りながら、駆けていった。ユキとの間に絶望とも思える五時間の差があった。

まだ日は高いが、ここは山の中である。平地よりは一時間は早く暮れてしまうだろう。日が落ちてしまったら万事休すだ。

人がやっとすれちがえるほどの細い山道だった。松、ヒノキが鬱蒼《うっそう》と茂り、樹木の下は昼でも暗い。黒い森というのがドイツにあるが、ふとそれを連想した。道でハイカーには出会うことはなかった。人けもなく、鳥の囀《さえず》りしか聞こえなかった。ところどころでユキの名を呼んでみたが、応答はない。こだまがもどってくるほどの深い谷ではないので、声はそのまま森に吸収されて、深い沈黙が返ってくる。この中に飲みこまれたら二度と外へは出られないというが、実際に歩いてみて初めてそのことが実感できた。

途中、道が何本も交差している広場に出た。ユキはどの道を進んだのだろう。どっちへ行っても同じようで、方向と距離感があいまいになってきた。時間だけが無情にすぎていく。

焦燥感を覚えながら、右手を見た時、森の少し開けたところに赤いハンカチが落ちていた。それが彼の記憶をちくちくと刺激する。どこかで見たようなハンカチだった。拾い上げて開いてみると、片隅《かたすみ》にY・Kのイニシャル。

「ユキ！」

彼は声高に叫び、ハンカチの落ちていた小道の方角へ駆け出した。

…………

〔モノローグ〕9

「ユキ！」

私は煙の立ちのぼる空に向かって叫んだ。晴天だったら、青空に白煙が目立っただろうに、今は秋の長雨の合間で雨は上がっていたが、いつ何どき降ってくるかわからない空模様だった。

でも、ぜいたくは言っていられない。木が燃えてくれただけでもありがたいと思わなくては。

すっかり水気を吸って湿っぽくなった木は、なかなか火がつかないが、いったん燃え始めると、蒸気の混じった白い煙を吐き出した。体力は限界に近くなっていたけれども、これでいっぺんに元気づいた。燃える火から放射される熱に触れながら、心の中も温かくなっていくように感じた。煙に咳《せ》きこみながら、この信号を誰かが目にしてくれたらと祈らないではいられなかった。

雨は夕方までは降らないだろう。それまでに誰かが気づいてくれ。

私は耳を澄まして、森のたてる音に全神経を集中した。

黒い木々が密集している中で、私のいるところだけ、円形脱毛症のように丸い空間ができていた。どこにも特徴がないので、方向感覚はまるでつかめない。

私は丸い切り株に腰を下ろし、回転軸をまわすようにゆっくりと動いた。森の反応を探った。

その時、どこかでミシッという物音がした。それと注意していなければ、聞こえないようなかすかな音だった。

枯れ木を踏みしだく音、草を踏み分ける音、しかも複数の……。

森が動いた。

…………

〔小松原淳の肖像〕12——失踪《しっそう》

小松原淳・年譜（27歳）

91・9　ユキと半同棲《どうせい》の生活。編集者の大森洋平（仮名）の密告により、母妙子の知るところとなる。妙子、淳のマンションに乗りこんで、二人の愛の巣を発見する。淳とユキ、そのまま出奔、行方不明となる。妙子、捜索願を出すが、行方はつかめない。虚脱状態のユキ、帰還。黙して語らず。

〔小松原淳の肖像〕13——西湖

小松原淳・年譜（28歳）

92・4　樹海の中にＨＥＬＰの文字をヘリコプターが発見。県警と地元の消防署の捜索の結果、洞穴内に小松原淳の免許証を見つける。

7　「西湖」と題する淳の手記が妙子にわたされる。

西湖《さいこ》

作・小松原淳

峠を越えると、西湖がいきなり前方に現れた。深い緑に彩《いろど》られた山が四方を取り囲んでいる、神秘的な湖だ。

「まあ、きれい。富士山が湖に映ってる」

ユキが嘆声をあげた。

「あれが逆さ富士っていうんだ」

私はうなずいた。ここには今まで何度か来ているが、富士山が上下対称になっているのを見るのは今回が初めてだった。見る場所、時間、季節、天候、すべての条件がそろった時、富士は優美な姿を西湖に映すのだ。

「今までのことが逆になってしまえばいいわね。あの湖の中に映っているみたいに、すべてが反対になってしまえばいい」

ユキが鼻をすすり上げた。

「過去はもう忘れよう。思い出せば悲しくなる」

私は彼女の肩に手をかけて、坂道を下り始めた。東京で起こった諸々《もろもろ》の出来事は私を大いに落ちこませた。母の怒りが消えるまでと思って、二人で旅に出ることにしたのだ。その目的地として、西湖を選んだ。ユキが私についてきてくれたことは、とてもありがたかった。

「二人だけで暮らそうね。お母さんの援助を受けないで」

ユキは私の腕の中に手をすべりこませてきた。「ねえ、お兄ちゃん」

「そのお兄ちゃんはやめろよ」

「だって……」

ユキは不満そうに言う。

「僕たち、兄妹じゃないんだから、お兄ちゃんてわけにもいかないだろ」

「じゃあ、何て言うのよ」

「あなたとかさ」

私は笑いながら提案する。

「いやだ、そんなの。夫婦みたいじゃない」

「僕たち、いずれ夫婦になるんだよ」

「それはそうだけど、でも……」

「でも、何だ？」

「照れ臭いよ。そんなの」

ユキはクスッと笑うと、急に駆け出した。そして、十メートルほど距離が開くとふり返った。

「そんなの恥ずかしいわ」

口に両手をあてて叫んだ。

「お兄ちゃんはお兄ちゃんよ。今までそうしてきたんだから」

「こら、いつまでもそんなことを言ってると、お仕置きするぞ」

私が言うと、ユキは必死に駆けて、「つかまえられるものなら、つかまえてごらんなさい」と言い返した。

「ようし」

私たちは無邪気な子供の時代にもどって、湖畔の宿まで競走した。

思えば、それが最初で最後の幸せだったのかもしれない。その夜、私がよけいなことをしなければ……。

今、我々は死に場所を探して、樹海の中を右往左往していた。どうしてこうなってしまったかといえば、母に電話したからだった。東京であれだけやり合い、飛び出してきたのだが、母に対して一言謝っておきたかったのだ。二人で幸せに暮らすから心配しないでほしいと言うつもりだった。

ああ、やめておけばよかった。

ユキが風呂《ふろ》に行くのを待って電話をかけると、まるで電話口に張りついていたかのように母が出た。

「お母さん、ごめんよ」

「淳、どこにいるの？」

「それは言えない。でも、二人でやっていくから心配しないでほしい」

「お願いだから、早くもどってきなさい」

「だめだよ。僕たち結婚するんだ」

「いけない、だめよ」

母は絶叫していた。私はやっぱりかけなければよかったと思い始めていた。

「じゃ、切るよ。さよなら、親不孝でごめんね」

「淳、やめなさい。あの子は悪魔よ。呪《のろ》われたことはすぐにやめるの」

その後、母は忌《い》まわしい秘密をしゃべり始めた。切ろうとする意思とは裏腹に、受話器は私の手から瞬間接着剤でくっついたように離れなかった。

「だから、早く帰るの。今すぐ。母さんの言うことわかったわね。淳……」

電話を切るのと、ユキが風呂から帰ってくるのがほぼ同時だった。

「誰に電話してたの？」

「いいや」

私は言葉をあいまいに濁した。ユキは湯上がりの体から、女のにおいを発散させていた。いつもなら欲情をそそるものが、この時から吐き気をもよおさせるものとなった。

「顔が真っ青よ」

「ちょっと気分が悪いんだ」

「あら、たいへん。薬をもらってこようか」

「いや、いいんだ。ほっといてくれ」

天地がひっくり返ったように、私の頭の中はぐるぐると渦巻《うずま》いていた。動揺を抑えることは困難だった。

「変なの」

ユキは首を傾《かし》げた。それから、私のほうに迫ってきて、「ねえ、話したいことがあるの。とっても大事なことよ」と言った。

「後にしよう、僕は疲れたから寝るよ」

私の体は熱病に罹《かか》ったようにぶるぶる震え出した。私のまわりのすべての存在が忌まわしかった。だが、その後に聞いたことに比べれば、まだ序の口だった。彼女が言ったことは、私の足元を震度7クラスの衝撃で揺るがせたのだ。

「おい、今、何て言った?」

「だから、わたし、妊娠したみたい」

宿の裏手から樹海の方角へ歩いていた。私たちはさっきから全然会話を交わしていなかった。森の開けたところから背後をふり返れば、西湖が全貌《ぜんぼう》を現しているのが見えるだろう。

湖の南側からは逆さ富士は望めない。昨日、すべてが逆さ富士のように反対になればいいと思ったことが、また逆転して、本当に最悪の事態になってしまった。呪われた二人――。我々は死出の旅路に向かうのだ。この世から、忌まわしい存在を抹殺《まっさつ》してしまうために。

そのことはユキには話していない。彼女も何かおかしいと感じているのかもしれないが、黙って私の後をついてきた。

呼吸がだんだん荒くなっていく。小高い丘から見る樹海は不気味で、外からの侵入者を頑強《がんきょう》に拒んでいるように見えた。その中にひとたび足を踏み入れれば、我々はたちまち暗黒という名の巨大な胃袋に飲みこまれ、骨までしゃぶりつくされてしまうはずだ。

「それもいいさ。我々の幕切れにふさわしい」

私の独り言を聞きつけたユキが、「幕切れがどうかしたの？」と聞き返した。

「いや、何でもない。こっちのこと」

「ねえ、どこへ行くの？　教えてくれたっていいと思うけど」

「ああ、とってもいいところさ」

と言いつつ、私は適当な死に場所を物色していた。最後の幕切れにふさわしい場所、それがどんなところなのか、私にもわからない。実際に見てみないと。

少し広くなった場所に出ると、道は六つに分かれた。どれにしようかなと、子供の時にやったやり方で決めた。右手の道を選ぶ。ハイキング道を少し狭くしたような道だったが、ハイカーの姿はない。

密集した針葉樹林がそこだけわずかに口を開き、下生えも野生獣が通るくらいに倒れ、踏み分け道になっていた。

――さあ、おいで。怖くないから。

子供の時に読んだ「あかずきん」の中で、狼《おおかみ》が赤頭巾《あかずきん》を手招きするように、私の耳元に風の囁《ささや》きが聞こえた。結末のない「あかずきん」。

――さあ、早く、おまえたち。

最初のうちは、上空の枝と枝の隙間《すきま》から光がこぼれていたが、やがて、上空の枝は密集して、昼なお暗い世界になってきた。それでも、けものみちはほぼまっすぐに進んでいる。この道は一体どこまで行くのだろう。冥府《めいふ》の入口までか。

「ねえ」

我慢できなくなったユキの質問を黙殺し、私はひたすら歩いた。侵入者に怯《おび》え、飛び立つ鳥の羽音。小動物が下生えを逃げる音。もはや方向感覚はなくなり、もどってても同じところにはもどれないだろうと思える地点に来た頃、円形の広場みたいな空き地に出た。

座るには、おあつらえむきの倒木があって、私はそこに腰を下ろした。息をあえがせていたユキは、助かったというような顔をして、私の隣に掛けた。

「着いたよ、ここだ」

ユキは私の尋常でない目の光を見て、不安で顔を蒼白にした。

「ねえ、ここに何があるの？」

「幸福があるんだ。この世のすべての苦痛から解放される」

そう思って見てみると、丸く切り取られた上空は黄泉《よみ》への入口のように思えた。

「ここで懺悔《ざんげ》するんだ」

「懺悔？」

「罪深い我々の魂よ、安らかに天に、いや地獄へ堕《お》ちたまえ」

「どういう悪ふざけ。冗談にもほどがあるわ」

ユキは腹をさすった。

「わたし、帰りたい。お腹《なか》が痛いの」

「ご自由にどうぞ。来た道はわかるかな」

円形の広場をほぼ等間隔で木が囲んでいた。私自身、どこから来たのか、もうわからなくなっている。選択肢《し》は無数にあった。しかし、どこへ進んでも、その先には死あるのみだ。

「ひどい、お兄ちゃん、頭が変になってる」

ユキは泣きそうな顔をした。

「そうさ、僕は頭が変になっているさ。わからなかったのか？」

私はけたたましい声で笑った。生まれてから、こんな高らかに笑ったことがあるだろうか。ユキがとうとう泣き出した。

「お兄ちゃん、怖い」

彼女の涙に合わせたわけでもないのだろうが、空が俄《にわか》にかき曇ってきた。山の向こうで遠雷が鳴った。

「さあ、雨が降ってくるよ。雨宿りの場所を探さなくっちゃ」

この辺の一帯は溶岩台地なので、あちこちに洞窟《どうくつ》、風穴、コウモリ穴があった。たぶん、その辺にもあるにちがいなかった。

「逃げてもむだだぞ」

枯れ草の陰に人一人が入れるほどの穴が開いていた。腹這《はらば》いになって、のぞきこんでみると、奥は深いようだった。僕はユキの手をしっかりつかんだ。

みるみるうちに、森の木々の間から霧が湧《わ》き出してきた。明るかった空がたちまち暗くなっていく。

……………

9

樹海に入りこんだ島崎潤一は、突然人の気配を感じて背後をふり返った。

背後の木陰に黒い影が走ったように思えた。しかし、それは目の錯覚だったのか、瞬《まばた》きすると、見えなくなっていた。

鳥の甲高い鳴き声に彼はびくっとなり、上空を見上げた。大きな鳥が翼を広げて飛び立つところだった。枝がしなり、ぱらぱらと枯れ葉が落ちてくる。いつの間にか辺りが暗くなり、急速に空気が冷えこんできていた。

腕を手でさすり、気をとりなおして、歩き始めた。手掛かりは、ユキの落としたハンカチだけだ。そのハンカチが指し示した方向をひたすら歩くしか道は残されていなかった。

彼女が辿《たど》った道筋には、要所要所に目印がついていた。六義園でいつか彼女が言っていたサバイバル術。石を鏡餅《かがみもち》のように二個重ねただけなら、「まっすぐ進め」、鏡餅の右に小石をおいておけば、「右に曲がれ」、同じく鏡餅の左におけば、「左に曲がれ」。草もしばり方で、まっすぐか左右かわかるようにしてあった。ボーイスカウトでは、あたりまえのことらしい。途中で道を間違えても、同じルートで引き返せるのだから、危険は少ない。このことから、島崎の辿っている道筋は間違っていないことになる。

しかし、彼女は島崎が後を追っていることを知らないはずだ。それにもかかわらず、石や草で彼女の進んでいる方向を表示しているのは、彼女自身、同じルートをまた引き返すためにちがいなかった。

島崎はすでに方向感覚をなくしていた。どっちが北で、どっちが湖で……。

地図を見ると、近くを国道が走っているらしいが、車の走行音はまるで聞こえない。しきりに襲ってくる恐怖感と必死に戦った。島崎のような臆病者《おくびょうもの》が樹海といった恐ろしい場所に足を踏み入れるのは、真にユキに対する狂おしいほどの愛情からだった。先へ進み体を鞭打てば、一歩でもユキに近づけるはずだ……。

露が靴《くつ》に沁《し》みて足を締めつける。汗が冷えて、シャツが背中にぴたりと貼《は》りついている。

それから、どのくらい進んだだろう、再び背後で人の気配を感じた。口笛のような音を一瞬、聞いたように思ったのだ。だが、誰が彼を尾行するというのか。東京でならいざ知らず、ここは富士山麓《さんろく》の樹海の中である。彼を尾行することは、少なくとも自らも樹海の中に迷いこませて、命の危険に身をさらすことに他ならない。

空耳だ。樹海の強力な磁気に影響されて、頭の中まで磁力障害を起こしているのだ。

彼はひたすら前へ前へ進んだ。

突然、何かやわらかいものを踏みつけて、前へつんのめった。手を出したところが、笹《ささ》の中だったので、掌《てのひら》にグサリと鋭いものが刺さった。

激痛に涙がにじんだ。折れた笹が掌を突いて、傷口から血が噴き出していた。口で吸ってはみたものの、血は止まらない。ティッシュを出してあてていたが、たちまち赤く染まっていった。

我に返って、踏みつけたものを見た。なんと人間ではないか。しかも……。

「ユキ！」

彼は駆けつけて、ユキを抱き起こした。彼女は気を失っているらしく、うーんと一声呻《うめ》いた。

「おい、しっかりしろ」

揺り動かすと、ユキはぼんやりと目を開いた。

「あ、島崎さん」

「どうしたんだ、こんなところに倒れて？」

「わたし、わたし……」

後は声にならず、島崎の胸に顔を埋めて泣いた。「ぬかるみに足をとられて、転んじゃったの。疲れがひどかったから、そのまま気を失っちゃったみたい」

ジーンズの膝《ひざ》に泥汚《どろよご》れがあるだけで、怪我《けが》はないようだった。ユキはゆっくり立ち上がると、島崎の手の傷に気づいた。

「それ、どうしちゃったの？」

「君につまずいて、刺しちゃったのさ」

「たいへんだわ」

ユキは自分のジーンズからハンカチを出すと、真ん中から裂いて、彼の傷口に巻きつけた。

「どういう事情があるか知らないけど、もう帰ろう。暗くなったらたいへんだぞ」

即席の道標をもどっていけば、元のハイキング道に到達できるだろう。

「だめよ、先に進まなくっちゃ」

「先に進むって？」

「そのために、わたしはここに来たの」

「どこへ行くんだ？」

ユキはそれには答えず、森の中を歩き出した。

「早くもどろう」

「危険がないことを確かめるまではもどれないわ」

「もうじき陽《ひ》が落ちる。危険だよ」

「いいえ、わたしにとっては、ここのほうが安全なの。前に来てるから」

「前に？」

「そうよ」

ユキは背後をふり返り、また進み始めた。「わたしだけにわかる目印を木につけているから、あなたは心配しないで」

彼女のつけた目印とは、樹木の幹に鋭いもので切りつけた印なのだった。昨年の彼女が樹海を脱出した時につけたのだろうか。切り口は黒ずみ、木の皮が覆《おお》いつくそうとしている。それと指摘されなければ、誰にもわからない印だ。

ユキは口の中で、「右、左、まっすぐ」とつぶやいて、ルートを辿っていく。

ユキは目印となる木の近くにある草を結び、石を置き、ルートの補強をした。そうしないと、引き返せなくなる恐れがあるらしい。

島崎が腕時計に目を落とすと、五時近くになっていた。日の落ちるのが早くなっているので、あと一時間と少しであたりは闇《やみ》に包まれてしまうだろう。木々が鬱蒼《うっそう》と生い茂る、昼でも薄暗い森の中なのだ。暗闇の中に取り残されたら、どうなるのかわからない。彼は底知れぬ恐怖に胸を締めつけられそうだった。

島崎は中学校時代、部室のロッカーの中に閉じ込められたときのことを思い出していた。親友を脅かしてやろうと、ロッカーに入って待ち伏せしていたところ、誰かが知らずに外からロックしてしまったのだ。結局誰もやって来ず、彼は夜回りの警備員に発見されるまで四時間ものあいだ、狭い空間に閉じこめられていたのだ。あの時の恐怖感は忘れない。それ以来、極度の閉所恐怖症になってしまった。

今、彼の置かれている樹海の中もそれに近い。いや、それ以上だ。ここは巨大な密閉空間なのだ。暗くなったら、まさにパニック状態に陥るのではないか。

「ユキ、どういう事情があるか知らないけど、いったん引き返してから、明日来てもいいんじゃないか」

自分の声が震えを帯びているのがわかる。膝も心なしか震えている。

「もうすぐ着くから大丈夫。わたしに任せておいて」

ユキが帰ることなど考えていないのは明らかだった。決然とした様子なので、彼はついていくしかなかった。ねぐらに帰る鳥の群れが、枝に止まり始め、彼らの様子を上空からひっそりと窺《うかが》っている。樹海が巨大な一個の生命体と化し、森全体で呼吸をしていた。

さっき感じた背後の物音は、聞こえなくなっていた。尾行者も森の胃袋に飲みこまれ、消化されてしまったのだろうか。

ユキが言ったように、それからすぐに円形の広場に出た。直径にして、三十メートルくらいだろうか。樹海の中にいきなり現れたので、島崎は驚いた。

「着いたわ」

ユキが一つの倒木の上に腰を下ろし、島崎が追いついてくるのを待った。

「ここ、ひょっとして……」

「そうよ」

「淳さんが死んだ場所なんだね」

そう思って見てみると、倒木が文字を描いているように見えた。これがあの「ＨＥＬＰ」なのか。上空から見れば、形はもっとはっきりするだろう。

ユキは、何かに気を取られているらしく、急に立ち上がると、広場の端へ向かって歩き出した。そして、枯れ草の中をのぞくようにして、何かを探していたが、「あったわ」と言って、島崎を手招きした。

そこは小さな洞穴《ほらあな》になっていた。ユキは何を思ったのか、その中へ腰を屈《かが》めながら入っていった。

「おい、危ないぞ」

島崎は背後に、またぞろあの奇妙な感覚をおぼえた。誰かが彼らの行動の一部始終を監視しているような……。

「早く入ってきて」

ユキが洞穴の中から叫んだので、彼は中をのぞきこんだ。

…………

〔モノローグ〕10

……その時、どこかでミシッという物音がした。それと注意していなければ、聞こえないようなかすかな音だった。

枯れ木を踏みしだく音、草を踏み分ける音、しかも複数の……。

森が動いた。木の間から男と女が現れた。そんなばかな。あいつは……。

危険を感じた私は咄嗟《とっさ》にその場に伏せ、くさむらの中を這いながら、洞穴の中にもどった。他に隠れるところがなかったからだ。

「畜生！」

なんてことだ。あいつは私を放置して逃げ去ったのに、またやって来たというのか。何をしに？

もちろん私が死んでいるのを確認するためだ。

そばに武器になるものを探した。あいつらの思い通りにさせてなるものか。

暗闇ではこちらのほうが有利だった。洞穴の中に誘いこんで、棒でめった打ちにするのだ。激しい怒りが全身にアドレナリンを送りこんでいく。短期勝負だ。長引いたら、体力のないこっちの負けだから。

洞穴の一番奥にうずくまり、敵が来るのを待った。

外から話し声が聞こえてくる。男と女。畜生、女は誰なんだ。

「あったわ」

女が叫ぶと、男が走ってきた。女が外から洞穴の中をのぞきこんだ。

…………

10

「早く入ってきて」

ユキの声に従って、島崎が洞穴の中に入ると、ユキが懐中電灯で洞穴内を照らしていた。

「旅館から黙って懐中電灯を持ってきちゃった」

ユキが言った。「誰もいないわ」

「そうみたいだね」

彼は背後の人の気配については、ユキをいたずらに怖がらせるだけなので、話さないことにした。洞穴の中は人が頭を屈《かが》めて歩けるほどの高さがあって、奥のほうは暗くて見えない。魔物が出てきても不思議ではないほどだった。空気はよどみ、不快きわまりない腐臭が漂っていた。

「よかった」

ユキが溜息《ためいき》をついた。

「何がよかったの？」

「ううん、いいの。わたしの思いすごしだったみたい」

ユキは乾いた地面に木の切れっ端を見つけると、そこへ腰を下ろした。「あなたも座ったら」

「ああ」

ユキにぴたりと寄り添うようにして座ると、彼女の温《ぬく》もりが伝わってきた。急に愛《いと》しさが込み上げてきて、彼女の肩を抱いた。彼女もしがみついてきて、二人はしばらく抱き合った。

「もう離さないよ」

「うん」

ユキの目から涙があふれ、頰《ほお》を伝う。

「僕たち、結婚しよう」

島崎がそう言った途端、ユキの体が硬直した。彼女は両手で彼の胸を突いて、顔をそむけた。

「だめよ、そんなこと」

「僕が嫌《きら》いか？」

「そういうことじゃないの」

「だったら」

「わたしの過去、調べたんでしょ？　わたし、体の中まで汚れきっているの。芯《しん》の芯まで腐ってるのよ」

ユキの目から涙が一滴落ち、彼女の赤いスニーカーに丸い染《し》みを作った。重苦しい沈黙が落ち、代わって外からの風の音が伝わってきた。外はもう暗くなってきていることだろう。しかし、今の二人にはどうでもいいことだった。

「だから、どうした？　僕は全然気にしていない。お兄さんの伝記を書いてる以上、たいていのことは知っているつもりだ。でも、それは君の責任じゃない」

「ほんとにそう思ってるの？」

ユキは涙に濡《ぬ》れた顔を上げた。

「ああ、それを承知で結婚を申しこみたいんだ」

彼は胸のポケットから小さく折りたたんだ紙を取り出した。「これ、婚姻届。君さえよかったら、記入してほしい」

「冗談じゃないのね」

「あたりまえさ。でも、君がどうしても嫌《いや》なら仕方がないけど」

ユキはわたされた用紙を膝の上で丁寧に開き、しわをのばした。そして、島崎のボールペンで記入していった。

「わたしでいいのなら……」

「それは、僕の言う台詞《せりふ》だよ」

島崎は地面に転がった懐中電灯の明かりを消して、ユキを強く抱きしめた。すっかり暗くなっていた。暗闇に目が慣れると、物の輪郭だけが黒く映るようになった。

「もう暗くなっちゃったわね。今日はここで夜を明かすしかないみたい」

「いいよ、一晩くらいなら。君と二人っきりでいられるだけで、僕は幸せだ」

明るいところでは歯の浮くような台詞が、ここでは少しも違和感なく言えた。彼はユキの体をそのまま押し倒そうとした。

「だめよ、こんなことやってる場合じゃないの」

ユキが突然、島崎の体を突き放した。

「何を言ってるんだ。誰も見ていないんだし、いいじゃないか」

誰も見ていない？　いや、そんなことはない。縄文《じょうもん》時代の穴居《けっきょ》人が住んでいたような洞穴の中で、突然、島崎の頭の中にちかちかと小さな光点が瞬《また》き始めた。危険信号だ。

「ねえ、聞こえた？」

ユキが不安そうにささやいた。

「君も感じたのか？」

「ええ、やっぱりいたんだわ」

「いたって、何が？」

「わたしたちを観察している人」

「観察している人？　誰が？」

ユキの言うことは、わからないが、感覚的には理解できた。彼は暗闇の中で誰かに観察されているような気がした。

「わからないの？」

ユキの語調が強くなる。「あなた、お兄ちゃんの伝記を書いているんでしょ？　そのくらいのことが推理できなくて、どうするの？」

「もしかして、〝あいつ〟のこと？」

聞き返しながら、彼の全身を戦慄《せんりつ》が貫いた。「じゃあ、あれって、本当にいたのか。実在の人物なのか？」

「あたりまえじゃない。あなたも吉祥寺やうちの地下室で見たでしょう？　彼はいつもわたしたちのまわりにいて、観察してるのよ」

「僕たちのことも、すべて？」

「当然よ。すべて筒抜け」

ユキはヒステリックな笑い声を出した。「わたしたち、逃げられないの」

淳の生まれた時から、彼のそばにいつも見え隠れしていた〝異人〟。

〝異人〟が近くにいて、息をひそめて彼らの様子を窺っていると思うと、全身に鳥肌《とりはだ》が立つ。淳が幼児の頃《ころ》、彼を誘拐《ゆうかい》したのは背の高い外人風の男だった。淳をいじめたガキ大将をどこかへ拉致《らち》し、連続幼女殺人事件に関与し、また中学時代に淳の成績を上回った転校生を白山神社の石段から突き落としたのは〝異人〟だったと、島崎は推理していた。〝異人〟の現れるところ、いつも「赤い靴《くつ》」の旋律が流れる。

「異人さんにつれられて行っちゃった」

ユキが「赤い靴」のメロディーを口ずさんだ。

「こんなところでやめろよ。気味が悪いじゃないか」

「わたしたち、逃げられないの。わたし、彼から逃げようと、ここまで来たのよ。樹海なら彼も怖がって入ってこないと思って。でも、考えが甘かった。わたし、どうかしてたみたい」

「大丈夫だよ。僕がついている」

「ううん、ありがたいけど、もう覚悟を決めたわ」

「君は〝あいつ〟が誰か知ってるのか？」

「ええ、よく知ってる」

「君に電話をかけてきた男か？　だから、ここまで逃げてきたんだな」

「でも、わたしたち、逆に罠《わな》に掛かってしまったみたい」

「もったいぶらずに、誰なのか話してくれ」

島崎が先を促した時、またぞろ、あのいやな感覚が甦《よみがえ》ってきた。

「教えてやろうか」

低い嘲《あざけ》るような声が洞穴の入口のほうから聞こえてきた。聞き覚えのない声だった。

ユキがしがみついてきて、島崎の腕に爪《つめ》を立てた。

「だ、誰だ！」

島崎は叫んだ。

「だから、教えてやろうと言っているんだよ。ユキ、目印をつけてくれて、ありがとう。

おかげで樹海にすんなり入って来れたよ」

自分たちを樹海から守るために残した目印を、逆に敵に利用されてしまったのだ。

闇の住人の擦るような足音がした。何年もの間、腐敗に腐敗を重ねてきたような、嘔吐を催すにおいが洞穴内に充満した。

島崎はとっさに屈みこみ、足元の懐中電灯を拾い上げ、スイッチをオンにした。光が男の顔をとらえようとしたその瞬間、彼の側頭部に衝撃が走った。


…………

サイコ（Ｐ４９６「西湖」からつづく）

作・小松原淳

……目が覚めると、私は乾いた地面の上に倒れていた。ここがどこなのか、わからなかった。冷たい土の上に頬をつけて、ぼんやりと雨音を聞いていた。

起き上がる気にはなれず、何が自分に起きたのかに思いをめぐらせた。誰かに殴られて、倒れているのか。頭が痛いのは、脳震盪《のうしんとう》を起こしたせいだろうか。

私の名前はええと、こまつ、こまつばらじゅ……。そう、こまつばらじゅんだ。覚えているから何ともない。私は……。

「ユキ！」

そうだ、ユキがいない。異人さんに連れられて、どこかへ行っちゃったのか。

冗談を言ってる場合じゃないぞ。そう思って、私はすぐに起き上がった。

頭の中がジグソーパズルの断片を全部ぶちまけたように混乱していた。収拾できないほどの混乱の中から、中心となる一つのピースを置き、それに一つ一つのピースを根気よく所定の場所に嵌《は》める作業をつづけた。

あ、そうか。私はユキを連れて、この樹海の中に来て、死のうと思ったのだ。

だが、ユキは一緒に死にたくないと言った。死の道連れにされるなんてごめんだ、わたしはもっと生きたいと言うのだ。それで、二人の間で激しいやりとりがあって……。

そうだ、ユキは地面に落ちていた石を拾って、私に投げつけた。彼女としては私を傷つける目的ではなかったのだろうが、たまたまそれが私のこめかみに命中してしまったのだ。その後のことは覚えていない。

「ユキ!」

どこにも彼女の姿はなかった。

私は立ち上がって、洞穴《ほらあな》の外に顔を出した。すごい雨だ。樹海全体がざわざわと揺れていた。広場の雑草も激しく揺れ動いている。この雨の中を彼女は出ていってしまったのだろうか。

ばかなことをしたものだ。樹海の中にいったん足を踏み入れたら、二度と外へは出られないのに。きっとその辺で力尽きて倒れていることだろう。

少し小降りになってきたので、私は洞穴を出た。どうせ死ぬのだから、洞穴で死ぬのうが樹海の中で死のうが、関係ないはずなのだが、ユキを一人で死なすわけにはいかなかった。

連れもどして一緒に死ななければ、意味がないのだ。雨が降る中、私は樹海の出口を探し求めた。しかし、樹海は我々の神を恐れぬ不埒《ふらち》な行為を怒っているのか、霊峰からの風を受けて咆哮《ほうこう》していた。けものみちほどの道筋は、嵐《あらし》の中では他と区別がつくはずもなく、私は広場の真ん中でおろおろと立ち往生していた。樹海の中にまぎれこんだ人間でなければ、この恐怖はわからないにちがいない。

死に場所を求めてきたのに、私が今感じているのは死に対する猛烈な恐怖だった。矛盾しているが、この場に来てようやく生に執着している自分を見出《みいだ》していた。

翌日、雨がやむのを待ってから、もう一度樹海の探索に出かけた。だが、けものみちの存在はどうにかわかったものの、それ以上先に進むことはできなかった。樹海は私を虜《とりこ》にして、外へ出そうとはしなかったのだ。おそらく、ユキも途中で息絶えていることだろう。

絶望感に打ちひしがれながら、私はここから脱出するために、あらゆる方策を講じた。サバイバル術よろしく、小石と草で印をつけながら、脱出を試みたが、出口は見つからなかった。仕方なく、目印をたどりながら、元の広場までもどった。それから、木切れや枯れ枝を拾ってきて、広場に集めて、信号を送ったり、木でＨＥＬＰの文字を書いて、外からの助けを求めたのだ。しかし、むだなことがようやくわかった。誰も私がここにいることを知らない以上、助けてもらえるあてはないのだ。それがわかった時、私は深い悲しみに襲われ、また飢えと寒さから体が疲弊し、洞穴の中に寝たきりの状態になってしまった。

ユキも樹海のどこかで息絶えているだろう。彼女には悪いことをしたという悔いばかりが残った。

だが、脱出できるまで、この手記をつづっていく。

「僕は誰だろう。そう、小松原淳さ」

まだ頭は変になっていない。脱出するまで……。

11

島崎が気がついた時、ユキはそばにいなかった。

外は明るくなっているようで、洞穴の中は薄ぼんやりとしている。懐中電灯を探したが、見つからない。彼女が持ち去ったらしい。使い捨てのライターがポケットに突っこんであったので、火をつける。

「ユキ！」

返事はない。洞内《どうない》は奥行き五メートルほどで、どこにも彼女の姿はなかった。赤いスニーカーの片方が紐《ひも》の解けたまま、放置されていた。

島崎が洞内に侵入した何者かに襲われ、意識をなくしている間に、彼女は〝異人〟に拉致《らち》されてしまったのだ。しかもスニーカーを落とすほど乱暴に扱われて。

赤い靴、はいてた女の子、異人さんに連れられて……。

まるで童謡の歌詞通りに、ことが進んでいる。ユキを拉致したのが異人なら、その人物は一体誰なのだろう。それを知る前に島崎は打ちのめされてしまったのだ。

確かに、男は正体を教えてやろうと言っていたはずなのに、それを知る時間も与えてくれず、ユキとともに姿を消してしまった。

洞穴から外へ這《は》い出してみると、空は晴れわたり、まぶしいほどの太陽が上空高くにあった。空気は澄みきっており、そこの空間だけを切り取ってみるならば、とても樹海の中とは思えない平和でのどかな世界が広がっている。

小鳥たちがさえずり、くさむらで秋の虫のすだく音がする。

しかし、どこが樹海の出口なのか、自分がどこからこの空き地に入ってきたのか、一見しただけではわからなかった。三百六十度、どこをとっても同じように見えるのだから。どこかに目印があるはずなのだが、彼の目には、どれも同じ木に見えた。その木を見つければ、ユキの作った小石や草の目印で脱出できるのに。

「おーい、僕を一人にしないでくれ」

大声で叫ぶが、こだまは返ってこない。彼は樹海の哀れな囚《とら》われ人。一度迷路にまぎれこんだら、死んで魂が天にのぼるまで、ここにいるより他はないのだ。

ずっと以前、テレビで樹海の中で死んだ人間の白骨死体が見つかったというニュースを見たことがあるが、発見されない死体はたくさんあるらしい。

空き地の中央に置いてあった枯れ枝の群れは、今からちょうど一年前、小松原淳が樹海から外部に送った「ＨＥＬＰ」信号の残骸《ざんがい》だ。意味をなしていた文字の配列が乱れ、今はただの腐った木のくずになっている。一年後、今度は立場が変わり、島崎が助けを求める番だった。

「助けてくれ」

島崎の喉《のど》から絶望に乾き切った声がもれる。

ユキを救出に来たのに、逆に救出を求める立場になってしまった。ここから脱出するのは、かなりむずかしいだろう。空き地では太陽の位置から大雑把《おおざっぱ》に東と西はわかるが、ひとたび「目印のない」森に足を踏み入れれば、方向感覚はなくなってしまうからだ。

ここでじっと助けを待つか、それとも森に入って死出の道を選ぶか、確率は五分五分に思えた。だが、どうせ死ぬなら、森に入って出口を求めたほうがいい。やるだけやってだめなら、それであきらめはつくというものだ。

そこで、島崎はけものみちらしき道を探して歩き出した。雨を吸って落ち葉が濡《ぬ》れている。足跡らしきものは雨のせいで残っておらず、ひたすら勘を頼りに歩くしかなかった。元の広場にもどれるよう、念のためにユキに習ったボーイスカウトの目印をつけながら進んだ。

常緑樹の巨木が天を圧するようにそびえていた。岩のごろごろと転がった場所の隙間《すきま》に剝《む》き出しの根を伸ばしている巨木もあった。過酷な自然の中で、何十年何百年もかけて育った樹木の群れ。ねじ曲がった巨大な根。

最初にここに来たルートとは大きく異なっていた。右も左もどこもかしこも同じような風景が広がり、岩を上がったり、下がったりしているうちに、自分の位置を見失ってしまった。自分がまるで蟻《あり》地獄にすべり落ちた情けない蟻のように思えた。

このまま行ったら、よけいに危なくなる。そう判断した彼は、元の道を引き返すことにした。

空き地にもどる頃には、日は落ち、樹海に暗くて長い夜が訪れようとしていた。へとへとになって洞穴にもぐりこんだ時、赤いスニーカーのそばに丸まった紙が落ちているのに気づいた。彼が持参してきた婚姻届の用紙だった。ユキに手わたしたものが、そのまま放置されていたのだ。

しわをのばしてみたその時、天地をひっくり返すほどの驚愕《きょうがく》が島崎を襲った。そこにはなんと〝異人〟の正体が書いてあったのだ。

あれだけ頭を悩ませていたものが、こんなに簡単なことだったとは。彼の目の前に、解答はいつもぶら下がっていたのだ。

小松原ユキの父親の項に、その名前は記してあった。

小松原譲司。

そして、さらに、「小松原譲司」のそばに、「ジョージ・ロビンスン」と書かれ、ボールペンで消してあったのだ。

ジョージ。譲司。

「そうか、ジョージが譲司になったのか」

誰も譲司がジョージであり、外人であることを教えてくれなかった。というより、島崎の側に、譲司が日本人であるという思いこみが強く、外人という考えが頭に入りこむ余地がなかったのだ。それに、一番先入観として強固だったのは、譲司が高校の剣道部の顧問であり、刀剣類の収集をしていたことなどだった。あまりにも日本的な趣味で、外人であるということに思い至らなかったのだ。ばかめ、冷静に考えれば、日本在住の外国人だからこそ、柔道や剣道、茶道や華道といった日本趣味に走るのがわかりそうなものではないか。

応接間に飾られていたあの奇妙な「知」か「和」か判別しがたい書だって、ただ単に外国人らしい稚拙《ちせつ》さの表れにすぎなかったのである。

なんという愚か者。もっと早く気づくべきだった……。

例えば、手掛かりとして、譲司が英語教師で、バタ臭い顔をしていること。日本語をつっかえつっかえ話すことなど……。日本生まれのアメリカ人なら、アメリカ本国に留学しても不思議ではないこと。

それに決定的なのは、ジョージが妙子と結婚して、自分の家に迎えたにもかかわらず、小松原姓を名乗ったこと。外国人が日本に帰化する時、一方が日本人の場合、その姓に合わせることになっており、この場合は妻妙子が小松原姓だから、彼は小松原にならざるをえないのだ。

そうか、それで小松原家のような変則的な家族関係が成立したのだ。

譲司が〝異人〟だということはわかったが、彼が小松原淳の生涯《しょうがい》の中でどのような役割を果たしたのかについては、依然謎《なぞ》に包まれていた。

それに、ユキを拉致《らち》したのは誰なのか。行方不明の譲司がもどってきて、実の娘のユキを樹海から連れ出したのか。

まさか、譲司が娘のユキを襲うはずはない。

では、誰が？

樹海の中で、島崎は途方に暮れていた。

開かれた窓

作・小松原淳

リビングルームの開け放った窓のレースのカーテンが風を受けて大きくふくらんでいた。夜気は涼しさを通り越して、寒いくらいになっている。小松原妙子はブラウスの襟元《えりもと》を手で押さえ、白いカーテンと夜の闇に目を凝らした。

「あれからどのくらいたったのかしら」

彼女はテーブルの上のミントンのカップに手を伸ばし、紅茶を一口飲むと、カップをソーサーにもどした。

彼女がロビンスン氏の秘書になってから、すべてが始まった。いや、米国人の毛皮商ロビンスン夫妻が、ドイツ人貿易商からこの洋館を購入した時に、すべての種は時《ま》かれていたのかもしれない。

ごく平凡な家庭の三人姉妹の末っ子だった妙子は、高校を卒業すると、英会話学校で会話をマスターした。たまたまロビンスン氏の会社の求人広告を見て応募し、採用された。そして、社長の信頼を得て、秘書の仕事をするようになったのだ。

ロビンスン夫妻にはジョージという一人息子がいた。年齢は彼女より二つ年上で、米国の大学を卒業すると同時に日本に帰り、父親の仕事を補佐するようになった。当然、妙子と一緒にいる時間も長くなり、二人が恋に落ちるまでにそれほどの時間を必要としなかった。

やがて二人の関係はロビンスン夫妻の知るところとなり、ジョージはロビンスン氏からすぐに妙子と別れるよう厳しく言いわたされた。もし、従わないのなら、今後わが子とは思わない、即刻この家から出ていけと言うのだ。今まで妙子にやさしかった夫妻も、息子の結婚となると話は違うようだった。人一倍誇りの高い人たちだったので、日本のどこの馬の骨とも知れぬ女を最愛の一人息子の妻に迎えることなど、考えられなかったのだ。

妙子は自尊心を大いに傷つけられたが、社員の身分なので、逆らうわけにもいかず、わずかな退職金をもらい、ロビンスン氏の会社をやめた。妊娠していると気づいたのは、それから間もなくだった。

彼女はジョージに身籠《みご》もったことを明かさなかった。ロビンスン夫妻に対する憎《ぞう》悪《お》と、彼女を庇《かば》えなかったジョージに対する失望感のせいだ。そんなことより、子供ができているとわかったら、ロビンスン夫妻は子供だけ引き取るなどと言い出しかねない。彼女は生まれてくる子が、私生児であっても、自分の手で育て上げたいと思ったのだった。

そして、彼女が一人で住んだところは板橋区本町の、旧中山道《なかせんどう》に近い裏通りだった。ロビンスン親子への憎しみから、「赤い靴《くつ》」の唄《うた》を好んで歌った。

「赤い靴、はいてた女の子、異人さんに連れられて、行っちゃった」は、外国人の彼らに心を許すなと、お腹《なか》の子に語りかけるためのもので、生まれてくる子供は、歌詞にある通り、女の子だと信じて疑わなかった。

予定日は三月だったが、二月の雪の日に急に産気づき、二千五百グラムの男児を産んだ。それが淳である。あの頃《ころ》、妙子は頭がどうかしていたのだろう。淳が女でないことが信じられなくて、淳に女の子の衣装を着せていたのだ。

しかし、それでも、どこをどう伝わったのか知らないが、妙子が子供を産んだことがジョージの耳に入り、彼がアパートを訪ねてきた。妙子は港区の白金台に引っ越し、生活のために働くようになる。ロビンスン氏の仕事を手伝っていて、宝飾品にも目が肥えていたために運よく宝石店に就職でき、淳は近くの保育園に預けるようになったのだ。

だが、そこもじきにジョージに知られてしまった。ジョージはしつこく訪ねてきたが、彼女は会うことを拒んだ。店のほうにもジョージから電話がかかってきたが、彼の子供ではないと突っぱねた。

事件が起きたのは、淳が五歳になった年のクリスマスイブの夜だった。保育園のパーティーの後、淳の姿が見えなくなってしまったのだ。あの時の彼女の驚きといったらなかった。最愛のわが子を失ってしまったら、この先、何を心のよりどころにして生きていけばいいのかと思った。

警察に通報したところ、淳らしき子供を連れた外人の姿を見たと証言する人が出てきた。ジョージだとピンと来た彼女は、本駒込のロビンスン宅に連絡する。案の定、淳はそこにいた。ジョージは淳がわが子だと思うと、可愛《かわい》くて、つい連れてきてしまったのだという。老いた父親のロビンスン氏が孫の顔をぜひ見たいと言ったため、ジョージは断りきれなかったのだ。

すぐに返すと約束してくれたので、妙子はジョージのことを警察に通報しなかったが、もどってきた時から淳の様子がおかしくなってしまった。外人ばかりのいる古い屋敷にいたことが、感受性の強い淳にとって、たいへんなショックだったらしい。しばらく自分の殻に閉じこもるようになって、回復するのに時間がかかった。

妙子は、淳には会わない、遠くから見守るだけにするという約束をジョージからとりつけた。淳の身辺に常に不審な異人の影がちらついているのはそのためであったのだ。

妙子がジョージと結婚することになったのは、病床のロビンスン氏が亡《な》くなり、その後を追うように夫人も亡くなったためで、ジョージは結婚して本駒込の屋敷に一緒に住もうと言い出した。

思ってもみない申し出だった。もちろん、最初は断ったが、ジョージが彼女のアパートに何度も足を運ぶうちに受けてもいいと思うようになった。なぜなら、ジョージの家に入って、ゆくゆくは家を乗っ取るという考えが彼女の頭に閃《ひらめ》いたからだ。妙子は淳にジョージが実の父親であることは教えなかった。あくまでも、連れ子を持った者同士の結婚という形にこだわった。それがいやなら、結婚しないとジョージに言い、両親を亡くして弱気になっていたジョージもしぶしぶその条件を受け入れたのである。淳が九歳の時だった。

ジョージには、別の日本人女性に産ませたユキという娘がいた。彼の両親が生きている時に女に手切れ金をわたして、娘だけを引き取ったのだ。淳にしたって、同様のケースがなかったとはいえず、妙子は今までロビンスン家に淳をわたさないでよかったと思った。

ジョージは妙子との結婚後、日本に帰化して、「小松原譲司」を名乗るようになる。これは、夫婦の一方が日本人である場合、日本の姓に合わせなくてはいけないという規則があり、彼らの場合は妙子の姓の小松原に合わせたのだ。

こうして、ロビンスン家の建物は、名目上小松原家のものに変わる。そして、ジョージは毛皮会社の権利を他人《ひと》に譲り、妙子はジョージのその潤沢な資金を使って、宝石店を開き、今では本駒込の財産以上の資産を築き上げた。一方、ジョージはもともと不向きだった実業家から足を洗い、私立高校の英語教師になったというわけだ。

そのジョージがいなくなったのは……。

「そう、あれは十年前のことだったわ」

彼女は目をつむり、遠い過去に思いを馳《は》せる。あの時、ジョージはこの部屋のベランダから出ていって、そのまま帰らなかった。夜の八時すぎだったと思う。庭を散歩するといって、目の前のその窓から出ていったのだ。妙子はジョージがカーテンを引いて、出ていったのを昨日のことのように覚えている。

「何が十年前のことですか?」

突然、背後から声がかかり、驚いた妙子はカップを落としそうになった。

「ごめんなさい、びっくりしましたか?」

宮野静江が恐縮した様子で立っていた。いつもの仮面のような無表情が、妙子を前にした時だけ怯《おび》えた表情になる。彼女は手にトレイを持ち、空になった妙子のカップをその上に載せた。

「ちょっと考えごとをしてたものだから」

妙子は口元にかすかに笑みを浮かべる。「わたしもばかねえ、十年前にあの人が出ていった時のことを思い出してたのよ」

「譲司さまのことですね」

「そう、あの人ったら、庭の見まわりでもしてくるような感じで、そこのベランダから庭に出ていったのよ。白いポロシャツに、薄茶色のズボンをはいていたわ。ジローがまだ子犬の頃で、ジローったらジョージを尻尾《しっぽ》をふって送っていたわ。わんわんと嬉《うれ》しそうにね。ほんと、昨日のことみたい」

「いつ頃だったんですか？」

「あら、あなたはまだその頃、来ていなかったのね」

「ええ、私がこちらにまいったのは、淳さまが高校を卒業した頃ですから」

「だったら、ジョージのことは知らないわよね」

「はい」

　宮野静江は当然のこと、妙子がこのジョージの屋敷と財産を手中に収めた経緯を知らない。

「どんな方だったんですか？」

「そうねえ、優柔不断だけど、気が短い人だったわ。淳とうまくいかなくてね、本人は淳のことを愛してたんだけど、淳のほうがなかなか懐かなかったの」

　妙子は寂しそうに笑う。「十年前のあの夜も、淳と喧嘩《けんか》して、ジョージも少しむしゃくしゃしてたのかもしれないわ。わたしは気にすることないわよと慰めたんだけど、ジョージ、頭を冷やすため、そこから庭をひとまわりしてくると言って出かけたまま十年も帰ってこないのよ」

「寒くなりましたから、窓を閉めましょうか？」

　宮野静江は窓に行って、カーテンに手をかけた。

「あら、だめよ、そのままにしておいて」

妙子はぴしゃりと言った。

「お風邪を召しますよ」

「いいの、私が閉めるから。これまで、いつでもそうしてきたのよ。ジョージが帰ってきた時、窓が閉まってたら困るじゃないの」

彼女は十年間、毎日欠かさず、窓を開けて、ジョージの帰るのを待っていた。もちろん、冬は寒いから、薄めに開き、それ以外の時は全開にしておいた。外には老犬にはなったが、ジローがいるから、防犯上の心配はない。

「でも、警察に捜索願を出したのに、旦那《だんな》さまは見つからなかったんじゃありませんか？」

「それはそうだけど……」

妙子は言いながら、いちいち説明するのが面倒になってきた。

「あなた、もうおやすみなさい。ここは私が片づけるから。いつもそうしてきたでしょ？」

「ごめんなさい、出しゃばった真似《まね》をして」

宮野静江は頭を下げて、カーテンの位置を確認しながら、もう一度窓の外に目を向けた。そこには庭園灯に照らされた芝生が広がっていた。夜の虫がことさら物悲しい調子で鳴いている。

「あら、あれは……」

静江は闇の中に目を凝らした。庭に白いものが見えたような気がしたのだ。目をしばたたいても、その姿はそこにあり、こちらへ向かってくるような気さえした。

「どうしたの、静江さん」

「あ、いいえ、わたくし、きっと寝不足で疲れてるんだと思います。ちょっと寒けがして」

静江は本当に体をぶるぶると震わせ、首を左右にふった。もう一度見ると、白いシャツは見えなくなっていた。目の錯覚よ、目の錯覚。だって、犬だって吠えないじゃないの。

「奥さま、おやすみなさい」

顔から血の気が引いて蒼白《そうはく》になった静江は、食器を盆の上に載せると、あたふたと部屋を出ていった。

「どうしたのかしら、変な人」

妙子はドアが閉まり、足音が厨房《ちゅうぼう》のほうへ消えていくのを聞きながら、立ち上がった。

確かに寒いくらい冷えこんでいた。夏だというのに、この涼しさは尋常ではない。まるで、成層圏の冷気が下界に一気に降りてきたような異常な涼しさだ。

「窓を閉めようかしら」

宮野静江がしたように、妙子もカーテンに手をのばし、閉めきろうとした。視線が何げなく外へ向いて、死にそうになるくらい驚いた。

白いポロシャツの男が、彼女の目の前に立っていたのだ。

「ただいま。今もどったよ」

12

島崎潤一が洞穴内で目覚めた時、最初に脳裏をよぎったのはユキのことではなく、母のことだった。このような愚かな息子を持って、母はさぞかし恥ずかしい思いをしていることだろう。

優秀な弟の前でかすんでいる彼を、母はいつも弁護し、庇《かば》ってくれた。本当に申し訳ないと思っていた。

「僕なんか、人間の屑《くず》だ。この世から消えてしまっても、誰も困らない」

母さん以外は。

「だけど、母さん、島崎家には弟の春樹がいるし、心配はないさ。僕のことなんか一刻も早く忘れてしまえよ。仕事も大事だけど、体のほうもくれぐれも大切にね。僕はユキと結婚して、幸せになるよ」

しかし、ユキの行方は知れない。彼女は〝異人〟に「連れられて行っちゃった」のだ。残していった婚姻届の「妻になる人」と「夫になる人」の欄には、次のように記入されていた。

妻になる人……小松原ユキ
夫になる人……島崎潤一

「僕はもう死んでしまうかもしれないけど、天国ではきっと一緒になろうね、ユキ」

婚姻後の夫婦の氏、新しい本籍。

島崎潤一は妻の氏を選んだ。どうせ自分は島崎家の持て余し者。いなくなって、父も弟もせいせいするだろう。だから、彼は妻の氏、小松原姓をとった。

小松原潤一。

「変な気分だな。ねえ、ユキ。小松原潤一だってさ。ハハハ、変だよね」

こそばゆい気分だった。ジョージが小松原姓を名乗った時もきっと同じ気持ちだったはずだ。

「でも、そのうちに馴《な》れるさ。だからね、母さん、僕のことは本当に心配しないでくれよ」

安心すると、不思議に心が安らいで、いい気分になった。西湖の旅館で買ったビスケットのかけらを口にふくむと、心が満ち足りてきた。

そして、島崎は自分の気持ちを誰かに残しておくために、「モノローグ」を書き始めた。

＊

「モノローグ」①（P43）

……目を覚ますと、私は暗い空間にいた。だが、本当に目覚めているのか、依然夢の世界に遊んでいるのか、それとも死後の世界を漂っているのか、まったくわからない。

やがて、現実の世界にいることがわかった。なぜなら、空腹感と側頭部に激しい痛みを覚えているからだ。死んでいたら、当然そんな感覚はないだろう。だが、それを素直に喜んでいいものかどうか。だって、死んでいたら、空腹感や苦痛を味わえないのだから。だったら、生きていてよかったと思うべきではないかというと、そうもいかないのが複雑なところだった。

うつぶせになったまま、光を探した。しかし、そんなものはどこにもない。あるのは漆黒の闇《やみ》だけ。腹這《はらば》いになり、動物的な勘を頼って、動き出した。ただ一つの手掛かりは、どこからか流れてくる冷たい空気だった。おそらくそちらのほうに出口があるにちがいなかった。

寒い。……

そうだ、私はここに置き去りにされて……

私の名前は、ええと、「こ……、こまつ……、こまつばら……」。

ああ、頭が割れるように痛い。……

「ああ、母さん。助けて……」

＊

島崎潤一は「モノローグ」と題する手記を手帳に記していった。鉛筆の芯《しん》をなめながら一字ずつ、一字ずつ……。僕の名前は小松原だ。小松原じゅん……、小松原潤一。うん、忘れていない。

「ユキ！　母さん！」

＊

「モノローグ」⑩（P504）

……その時、どこかでミシッという物音がした。それと注意していなければ、聞こえないようなかすかな音だった。

枯れ木を踏みしだく音、草を踏み分ける音、しかも複数の……。

森が動いた。木の間から男と女が現れた。そんなばかな。あいつは……。

危険を感じた私は咄嗟《とっさ》にその場に伏せ、くさむらの中を這いながら、洞穴の中にもどった。他に隠れるところがなかったからだ。

「畜生！」

なんてことだ。あいつは私を放置して逃げ去ったのに、またやって来たというのか。何をしに？

もちろん私が死んでいるのを確認するためだ。

そばに武器になるものを探した。あいつらの思い通りにさせてなるものか。

暗闇ではこちらのほうが有利だった。洞穴の中に誘いこんで、棒でめった打ちにするのだ。激しい怒りが全身にアドレナリンを送りこんでいく。短期勝負だ。長引いたら、体力のないこっちの負けだから。

洞穴の一番奥にうずくまり、敵が来るのを待った。

外から話し声が聞こえてくる。男と女。畜生、女は誰なんだ。

「あったわ」

女が叫ぶと、男が走ってきた。女が外から洞穴の中をのぞきこんだ。

…………

＊

女が外から洞穴の中をのぞきこむ気配に、島崎潤一は鉛筆を持つ手を休めて顔を上げた。

小松原妙子の顔——。

「奥さん、どうして……」

意外な人物の登場に、島崎は手帳を手にしたまま声を失った。

13

「島崎さん、ずいぶんおひさしぶりね」

小松原妙子は洞穴《ほらあな》の外で、にっこり笑っていた。「外へ出ていらっしゃい。そんなところにいたら窮屈でしょ？」

妙子の顔が消え、代わって〝異人〟が姿を見せた。

「よくも、これまで無事に生きてたな。とっくに死んでると思ってたよ。しぶとい奴《やつ》だ」

男の顔は暗くて見えなかったが、声ははっきりと聞こえてくる。ユキと洞穴に入った時に聞いた声だった。彼が島崎を殴打《おうだ》し、ユキを拉致《らち》したのだ。あれからどのくらいたっているのだろう。

二人が中に入ってくる様子はなかった。

「さあ、そんなところにいないで、表に出てこいよ」

島崎は残された力をふりしぼって外へ這い出た。まぶしさに目の上に手をかざし、立っている二人の影を見上げた。妙子はこんなところに来るには場違いな服装をしていた。店に出かけるようなグレーのスーツを着こんでいる。女実業家の服装そのままに。

「どうしたの。心配したのよ」

妙子が言った。「あ、そうか、あなたたち初対面ね。島崎さん、この子がわたしの息子の淳よ」

「淳？　え、この人が淳さんなんですか？」

初めてまともに見る男は、西洋人とのハーフといった外見だ。彫りが深く、背も高い。黒っぽいジャケットを着ていた。

「じゃあ、〝異人〟というのは……？」

「そう、僕のことさ。地下室に潜んで、君のことをずっと観察していた。原稿、読ませてもらったよ、島崎君」

小松原淳は、刷り出されたワープロ原稿を手に持っていた。「なかなかの力作じゃないか。脱帽したよ」

「私もそう思います、島崎さん」

妙子もうなずいた。「だてに新人賞を二つも取っていないわね。あなたはなかなかの実力の持ち主よ。編集者の佐藤さんの眼力も大したものだわ」

「ああ、僕が君に選考で負けたのも仕方がない。ね、お母さん？」

「そうね。島崎さんには、すべての面においてかなわない」

小松原母子《おやこ》が、島崎のことをほめそやしていた。そうか、妙子は助けに来てくれたのだ。これでやっと樹海から脱出できる。体の中に力がみなぎってくるように感じた。

「僕は頼まれたから、ご希望に添えるよう、努力しただけです。いつもの通りにやっただけです」

「ありがとう、島崎さん。これで淳も小説家として独り立ちできるわ。すべて、あなたのおかげよ」

話がどこかで狂いを生じていた。

「ちょっと待ってください。奥さん」

彼らは、やはり島崎を連れ出しにきたのではないらしい。では、なぜわざわざこんな樹海の中にやって来たのか。そして、なぜ島崎に対して感謝の言葉を連ねるのか。髪も髭《ひげ》も伸び放題の死にかけた男に、なぜ？

「君の聞きたいことはわかってるよ」

小松原淳は不敵な笑いを浮かべて、枯れ枝の文字の上に足をかけた。「お母さん、これ、僕が作った『ＨＥＬＰ』さ。一度ばらばらになったのを島崎君がまた作り直してるよ」

「まあ、ほんと」

一年前に小松原淳が作り、それを今、島崎が作り直した木の文字。

「あなたたち、何が望みなんだ？」

島崎は訊《たず》ねた。

「では、単刀直入に言ってしまおう。島崎君、君の仕事を僕に引き継がせてもらいたいんだよ」

「仕事って、『小松原淳の肖像』のこと？」

「そうだ。君のまとめた分をそのまま僕に引き取らせてくれ」

「あれは、もともと奥さんとそういう約束で書いていたものだよ。わたすのは当然のことさ」

「いや、そういうことじゃなくて、僕が書いたものとして、これを出版社に売りこむつもりなのさ」

「それ、どういうことですか、奥さん。自費出版ということだったのではないんですか？」

島崎は妙子に質問の矢を向けた。妙子は謎《なぞ》めいた笑みを浮かべた。

「方針が変わったものと理解してちょうだい」

小松原淳は木文字をなしていた一本の倒木の上に腰を下ろし、長い足を組んだ。そして、傲慢《ごうまん》そうな笑みを口許《くちもと》に浮かべて、語り始めた。

「君の原稿、つまり『小松原淳の肖像』だけど、読んでいくうちに、主人公が僕自身だということを忘れて、夢中になってしまった。島崎君というフィルターを通して、小松原淳という人物が勝手に動き出している感じがしたのさ。僕のこれまでの創作は、自分の体験をベースにしたものだけだった。はっきり言って、自分にしか興味が持てなかったんだよ。だけど、君の書いたものを見て、目から鱗《うろこ》が落ちたね。これだ、僕の求めている小説はこういうものだと確信したんだ」

淳はそこで言葉を切り、信じられないといった面持《おもも》ちをしている島崎を見た。

「君は僕の恩人だ。ありがとう。君の作品は構成もすぐれているし、切り口のうまさが光っているけど、表現が少しへたくそだ。僕が手を入れて表現を改めれば、とんでもない作品に仕上がるんじゃないだろうか。僕の人生、これまでツキがなかったけど、これで栄光を手にすることができると思うんだ」

「淳さんの恥部を暴《あば》くことになってもですか？」

島崎は我慢できずに、口を差しはさんだ。

「その辺は、適当に名前を変えたりして、脚色するから、君は心配しなくていいよ」

「でも……」

「恩人に対してきついことを言うことになるけど、君が新人賞をとっても芽が出なかったのは、リアリズムにこだわっているからだ。その点を改めなくては、芽は出ないな」

島崎の足元の大地が激しく揺れていた。これは悪夢だ。

「君の選択する余地はないいんだよ。今日ここに来たのは、単なる儀式なのさ。君に報告にきただけなんだ」

淳は勝手知った洞穴の中に、するすると入っていくと、すぐに出てきて、島崎の赤い手帳を手にしていた。

「お母さん、中に面白そうなものがあったよ」

「返せよ、それは僕の『モノローグ』……」

島崎はつかみかかろうとしたが、淳に軽くかわされた。

「ほう、君の日記みたいなものだね」

淳はジャケットの内ポケットに手帳をすべりこませた。「じゃあ、お母さん、島崎君には我々の趣旨を伝えたことだし、目的を果たしたから、これで帰るとするか」

「そうだね、淳」

妙子は空を見上げた。「もうすぐ暗くなりそうだし、早く東京にもどりましょう。じゃあ、島崎さん、わたしたち、これで帰ります。いつまでもお元気で」

「島崎君、また会うことがあったら、酒でも飲もうか」

淳は鼻で笑い、母親の肩に手をまわし、森の中に向かっていった。

島崎には、もはや二人を追う気力も体力も残されていなかった。無人島に流れ着いて、沖合を行く船が漂流者に気づかずに行ってしまったとしたら、こんな気持ちになるのだろうか。

「ユキはどうした！」

最後の力をふりしぼり、呼びかけると、森の入口で小松原母子が同時にふり返った。

「ユキのことなら、心配しないでください。あれから全然連絡がないし、きっと樹海の中で元気で生きてることでしょう」

妙子は謎めいた言葉を残し、島崎に手をふった。「さようなら、島崎さん」

…………

〔小松原淳の肖像〕14——出版契約

小松原淳・年譜（28歳）

92・5　妙子、樹海に消えた息子淳の思い出のために、自費出版で伝記を作ることを思い立ち、編集者の佐藤章一にフリーライター島崎潤一を紹介される。

7　淳、突然の帰還。短編「開かれた窓」の結末部分（P532）参照。すでに伝記作りは進行しているので、妙子、島崎には淳の帰還を秘してそのまま仕事を続行させる。
淳は行きがかり上、地下室で生活。独自に小説の執筆を開始する。
島崎潤一、地下室に淳の姿を発見、〝異人〟と思いこむ。
ユキ、家出する。

8　ユキ、樹海に逃れる。島崎、その後を追い、ユキと樹海で合流。
島崎、樹海の中で何者かに襲われる。

9　島崎、樹海の中で「モノローグ」を書く。
淳、島崎潤一の進めてきた仕事を小説として出版することを決意。

第四部　幽霊作家《ゴーストライター》

〔島崎潤一の肖像〕

島崎潤一・年譜

60・5・29　島崎賢作と葵《あおい》の長男として大田区に生まれる。

83・4　私立K大学文学部を卒業後、文京区内の出版社に就職するが、二年で退社、フリーライターになる。

86・10　純文学の新人賞を受賞。作家活動を始めるが、注文はなく、アルバイトで生計を立てる。

90・3　推理小説にターゲットを変え、先島潤一郎のペンネームで推理小説新人賞を受賞。この時の次点が小松原淳《じゅん》。授賞式の後、暴漢に襲われ、負傷。

筆一本で食べていくのはたいへんなので、執筆活動の傍《かたわ》ら、ゴーストライターの仕事を始める。

92・5　小松原妙子《たえこ》から依頼を受け、「小松原淳の肖像」を書き始める。
7　小松原ユキと恋愛関係になる。
8　失踪《しっそう》したユキを追って西湖《さいこ》へ。失踪する。

1

十月二日。島崎葵は、長男の潤一のアパートの前に立ち、二階を見上げた。窓は閉めっぱなしで、人のいる気配はなかった。

息子が姿を消してから、どれくらいたっただろう。一ヵ月、いや、もっとになるか。いくら電話をかけても息子は出ないのだ。一週間前に一度訪ねたが、部屋の中はもぬけの殻《から》で、何日も人が住んだ様子はなかった。今日こそはと思って、彼女はこうして訪ねてきたのだが、相変わらず息子は不在らしい。

一階に住む管理人を訪ねてみたが、潤一から何の連絡もないそうだ。

「長期の不在の時は、あらかじめ申し出てもらわないと困るんですがね」

初老の男は意地悪く言った。

「すみません」と頭を下げ、肩を落として帰ろうとすると、管理人が追い打ちをかけるように、彼女の背中に声をかけた。

「こんな時に申し訳ないんですが、九月分の家賃、まだいただいてないんですよ。もし、継続して住むおつもりなら、奥さんのほうで立て替えていただけませんか」

彼女は仕方なく十月分を含めて二ヵ月分払っておいた。それでも、十万円にも満たない額だった。潤一はこんなところに何年も住んでいたのかと思うと哀れでならなかった。

「じゅんちゃん、どこへ行ったの？」

彼女は疲れきって家にもどり、キッチンのテーブルに頰杖《ほおづえ》を突いて潤一のことを考えた。ひょっとして、あの女の部屋に住みついているのかしら。

小松原ユキ――。

どのようにしたら、彼女とコンタクトがとれるだろう。

また、長くつらい夜が始まろうとしていた。夫は接待で遅れるというし、春樹は残業で午前様だろう。嫁は実家に帰ったままだし、彼女は一人で孤独に耐えなくてはならなかった。

「じゅんちゃん、お願いだから、帰ってきて」

突然、電話が鳴った。

この世にテレパシーというものが存在するとしたら、これかしら。彼女は潤一からの電話だと思い、勢いこんで受話器を取った。

「じゅんちゃんなのね、じゅんちゃん」

ところが、受話器から聞こえてきたのは……。

「もしもし、もしもし」

男か女かわからないような、低い、かすれた声だった。

……………

2

小松原淳は、「島崎潤一」というゴーストライターをテーマにした小説を執筆していた。

樹海の中で一時は死を覚悟し、奇跡的な生還を果たした小松原淳であった。一度は幽霊になりかけたという意味では、淳のほうが島崎潤一よりゴーストライターの名にふさわしいのかもしれない。

ゴーストライターがゴーストライターをテーマにした小説を書くなんて、まったく運命の皮肉である。だが、淳はこの仕事に勝負を賭《か》けていた。これが彼の一生を決める大事な仕事になりそうな予感がある。

書いていくにつれ、手応《てごた》えを感じ、興奮でキーボードを打つ手が震えるほどだ。島崎潤一の書いた「モノローグ」からは、島崎の生の声が直《じか》に伝わってくる。パソコンの画面には小松原淳の顔が映っているけれども、何やら島崎の強烈な意思が淳の体に乗り移っているような錯覚さえおぼえるのだった。

ある意味では、小松原淳は島崎潤一の分身であって、書いている途中、どっちが本当の自分かわからなくなってしまうくらいなのだ。正気と狂気の間の境界線の上をおそるおそる歩いて、かろうじて正気を保っている気分だった。

六義園《りくぎえん》のそばで島崎を襲い、彼のフロッピーを盗んだが、それには、相当量の原稿が登録されていた。一人称で書かれたものを、淳は三人称に変え、小説としての体裁を整えていった。その作業をようやく終え、あとは島崎の関係者にインタビューすれば、島崎潤一という一人のゴーストライターの人物像が浮き彫りにされるわけだ。

「小松原淳の肖像」の部分の改変だけでは、ストーリーとしての重量感に欠ける憾《うら》みがあるが、これに島崎潤一のストーリーが加わると、俄然《がぜん》、作品として厚みが出てくる。かなり大部の小説になることが予想されたが、それだけに、やりがいのある仕事だった。

その日、淳は文京区千石の喫茶店「ルビー」に、中学と高校時代の同級生、矢吹大介を訪ねた。このところ根をつめて仕事をしてきたので、息抜きをするためだった。

店は大鳥《おおとり》商店街の中にあり、アンティーク調の外観は昔とまったく変わっていない。

ドアを押すと当時のままのカウベルが高らかに鳴り、淳は高校時代の昔にもどったような気分になった。店内には他に客がおらず、カウンターの中で矢吹大介がカップを布巾《きんふ》で拭《ふ》いているところだった。十年ぶりだが、横顔に昔の面影《おもかげ》が残っていて、すぐにわかった。

矢吹は淳と同じ年齢なのに、二十代前半に父親が死んで、店を引き継いだせいか、今やマスターといった風格が体中から滲《にじ》み出ている。父親と同じく、鼻の下に髭《ひげ》をたくわえているのがおかしかった。

　顔を上げて、「いらっしゃいませ」と言った矢吹の職業的な笑みは、客が小松原淳と認めた途端、不自然な歪《ゆが》みに変わった。

「君は……」

　矢吹の顔が引きつったまま、凍りついたように動かなくなった。

「小松原だよ。ひさしぶり」

「おまえ、生きてたのか」

　矢吹の顔はひきつっていた。

「ああ、いろいろあったけど、この通り元気さ。近くに住んでるのに、ずいぶんのご無《ぶ》沙《さ》汰《た》だったね」

「そうだな」

「君も元気そうで何よりだ」

「昔、小説家になりたいと言ってたけど、今も小説を書いてるの？」

　矢吹が気を取り直したように訊《たず》ねた。

「まあね。今、超大作にかかってるところだ」

　淳はカウンターに腰を下ろした。

「ふうん、まだ小説を書いてるんだ」

「あきらめずにね。雀《すずめ》百まで踊りを忘れずだ」

淳はふっと笑った。

「でも、おまえのところは金の心配がないから、いいよな。いつまでも道楽ができる」

「それ、皮肉かい？」

「いや、本心を言ったまでだ。うらやましいかぎりだよ」

矢吹はそう言ってコーヒー豆をミルにかけた。ひとしきりやかましい音が店内に響き、それにつれて、香ばしいコーヒーの香りが漂った。

「それより、おまえのことを調べている男がいたけど、あれ、誰なの？」

矢吹はカップにコーヒーを注いだ。

「僕のことを調べてる？」

「おまえの伝記を書くとか言ってさ、ここに取材に来たんだよ。おまえ、行方不明になってたそうじゃないか」

矢吹は島崎潤一のことを言っているのだろう。

淳は少し安心して、「実をいうと、今度は僕のほうが、その島崎潤一という男のことを調べてるんだ」

「え、それ、どういうこと？」

矢吹はきょとんとした。

「ゴーストライターの一生がテーマなんだ。実は彼、死んでしまってね」

「あの島崎さんが死んだ？」

矢吹は淹《い》れたてのコーヒーを淳のほうに差し出そうとしたが、その手が一瞬、動きを止めた。「彼、まだ若かったじゃない。あんなに元気そうだったのに」

「そう、不慮の事故で命を落としたんだ」

淳はカップを受け取り、コーヒーをブラックのまま飲んだ。昔、矢吹の父親が作ってくれたコーヒーを思わせる一級品の味だった。

「そりゃ、また……。びっくりしたな。じゃあ、あの女の人は？」

矢吹が訊ねた。今度は淳のほうが驚く番だった。

「女の人って？」

「その島崎さんがここへ取材にくる前に、おまえのことを調べに来た女の人がいるんだよ。二人の人間がおまえのことを根掘り葉掘り聞いてさ、どうなってるのかね？」

淳は、島崎の手記に書かれていたことを思い出した。島崎がインタビューに行く前に何者かが嗅《か》ぎまわっており、島崎本人も不審に思っていた。

そいつは、島崎の行く先々に姿を現している。名前は確か尾崎愛といったはずだ。

「それ、どういう女だった？」

淳は聞いた。

「年齢不詳だな。四十代の女が厚化粧しているともとれたし、五十代の女が若作りしているともとれたし」

「はっきりしないのか」

淳は非難するような目を矢吹に向けた。「観察力がないんだね、君は」

「この店の照明、ちょっと暗いから、仕方ないだろう。こっちは君の使用人じゃないんだから、客の顔をいちいち観察なんかしないよ」

矢吹はむっとして、口を尖《とが》らせた。

「その後は来てないのか？」

「来てないな」

何者なんだろう。そのことは、島崎自身も取材の時に感じていたことだった。島崎の取材の前に嗅ぎまわっている女——。何の目的で？

「おい、コーヒー、飲めよ。冷めちゃうからさ」

矢吹の言葉に、物思いが途切れた。

「あ、ああ、ごめん」

淳はぬるくなったコーヒーを義務的に口に運んだ。味が急にひどいものになっていた。

それから、また来るというようなことを適当につぶやいて、淳は店を出た。息抜きのつもりが、かえって、よけいな心配を抱えてしまった。

そして、淳は初めて背後に尾行者の気配を感じたのである。

それは、千石から本駒込《ほんこまごめ》の自宅へ向かおうとして、白山《はくさん》通りの交差点をわたった時のことだった。青信号が点滅しているのを見て、彼は横断歩道を駆けたが、間に合わず、中央分離帯で立ち往生してしまった。

車が両側で走り出し、彼と腰の曲がった老婆《ろうば》が二人、おろおろと信号の変るのを待つ恰好《かっこう》になった。横断歩道の両側では、歩行者が数人立っていて、ひどく決まりが悪い。

その時だった。突然、淳は肌《はだ》に突き刺さるような視線を感じた。背筋に寒けを感じさせるような悪意のこもった視線だ。横断歩道の両端をもう一度見た。さっきより人が増えている。スーパーのレジ袋を持った主婦、サラリーマン、高校生、自転車に乗った子供、幼児を連れた若い女。

誰もが彼を注視していた。しかし、それは信号をわたりそこねたドジ、といったいくぶん軽蔑のこもった視線だった。彼がきょろきょろすればするほど、よけい注意を集めるらしく、女子高校生のグループはくすくす笑いの表情である。

そのうちの誰が悪意のこもった視線をよこすのか、突き止めることができないうちに、信号が変わり、通行人が動き出した。彼はその流れに押されるように本駒込方面へ向かった。

3

「島崎潤一の肖像」に没入すればするほど、小松原淳は身近に島崎潤一の影を強く意識するようになった。島崎があの樹海から脱出できたとは思えないのだが、身に突き刺さるような視線を思うと、必ずしもそうとは言えない気がするのだ。

このままでは、精神的にまいってしまいそうだった。島崎が死んでいることを確かめて、気持ちを落ち着かせたかった。

池袋駅から地図を確かめながら、島崎の住んでいた東池袋のアパートまで歩くことにした。地下鉄に乗らなかったのは、尾行者をまくためである。歩いたほうが、歩行者の中にまぎれこめるし、ビルの中を通ったりして、フェイントをかけることもできる。

実際に、淳は池袋駅に降り立った時に尾行者の影を感じた。背中に突き刺さるような、いつもの憎悪《ぞうお》のこもった視線だ。

十月の半ばになり、秋の気配がいちだんと濃くなっている時期である。空気が澄みわたり、抜けるような青空が広がっていた。

東急ハンズからサンシャインシティへの長い通路に入り、彼は階段や自動通路を巧みに使って、尾行者をまきにかかった。そして、文化会館を抜ける頃には、完全にまいていた。まわり道になったが、それから駆け足で東池袋へ向かった。

島崎のアパートはすぐにわかった。都電の線路に面した二階建てで、一時代前の貧乏学生が住んでいるようなところだった。島崎の父親が一流会社の重役であり、母親が大学の講師であることを考えると、住環境としてはいかにもひどすぎる。

不肖の息子とはこのことだなと思った。インテリ家族の中に生まれたのが、島崎の身の不運だろう。他人事《ひとごと》ながら、淳は島崎潤一に対して、同情の念が湧《わ》くのを禁じえなかった。

二階への錆《さ》びた鉄製の階段を、音がしないように二段ずつ上がり、二階の通路に人けがないことを確かめる。アパートの正面は都電の線路に向いているが、裏側は同じようなアパートの裏側と接していて、人目にはつかなかった。

２０１号室。表札には島崎という稚拙な文字のプレートが差しこまれたままだった。これだけでは、まだ契約が切れていないからそのまま放置されている可能性もあり、島崎がもどってきたことの証明にはならない。ノブをにぎる。もちろん、鍵《かぎ》が掛かった状態だった。台所か浴室が通路側にあり、窓はくもりガラスになっている。

今どき見かけることのない木製の牛乳受けが、ドアの傍《かたわ》らで埃《ほこり》をかぶっていた。

「もしかして……」

テレビのドラマなどで見た経験から、淳の頭に閃《ひらめ》くものがあった。牛乳受けを開けてみると、埃がうっすらと積もっているだけで中は空っぽだった。

牛乳入れの底を手探りすると、案の定、指の先に何かが引っ掛かった。ガムテープの感触だ。はがして、取り出してみると、鍵がついていた。古典的な隠し方。これでは、泥棒《どろぼう》に入ってくれと言っているのも同じだ。

しかし、このようなアパートは、泥棒のほうがかえって敬遠するのかもしれない。どうせ入っても、ろくな収穫がないだろうから。

鍵を鍵穴に差しこんで、ドアを開いた。六畳一間の狭い部屋だった。男の独り住まいにしては、思いのほかきちんと整理されていた。空気はよどんでいたが、それほど臭いというわけではない。淳は錠を内側から下ろすと、靴《くつ》を脱いで部屋に上がった。

スチール製の本棚《ほんだな》が二つ。窓際《まどぎわ》に座卓があって、ラップトップ式の古いワープロが置かれていた。なるほど、ここで仕事をしていたのか。フリーライターの悲哀が伝わってくる。島崎の仕事ぶりが気になったので、淳はコードをコンセントに差しこんで、ワープロ本体の電源を入れた。

その時だった。今まで消えていた尾行者の息づかいをすぐ近くに感じた。憎悪のボルテージがさらに上がっていた。長居はできないと思った彼は、素早くフロッピーを抜き取ると、ポケットに突っこんだ。

ドアの外の通路に足音がした。見つかったら、たいへんなことになると思って、淳は靴を持つと、そばにあったロッカーの中に体をすべりこませた。

扉《とびら》を閉めたのと、ドアに鍵が差しこまれたのがほぼ同時だった。ナフタリンの匂《にお》いの充満する真っ暗な空間で、彼は息をひそめて、全身を耳にしていた。ロッカーの中にはジャケットが一つ吊《つ》るしてあるだけで、もし開けられたら、見つかってしまうだろう。彼はいつでも応戦できるよう身がまえた。

扉のすぐ外で乱暴に荷物を投げ出す音が聞こえた。

呻《うめ》くような声がする。ワープロの電源を入れて、フロッピーが入っていないことに気づいたらどうしよう。誰かが侵入したと気づいてしまったら、このロッカーを開けるのも時間の問題だ。

狭いロッカーの中は次第に熱を帯び、息苦しさに胸がむかついてきた。いつまでこの中で持ちこたえることができるか、自信がない。

部屋に入ってきた人物が再び歩き出した。見つかったかと思い、淳は覚悟を決めたが、案に相違して、足音は入口のほうへ向かった。ドアが音高く閉められ、足音が次第に遠ざかっていった。

「助かった」

淳は大きく息を吐き出し、扉を押した。室内の温度はけっこう高かったが、ロッカーの中に比べれば、はるかにましだ。彼は額の汗を手で拭いた。だが、さっきの人物がまた帰ってこないともかぎらず、油断はできなかった。

フロッピーをもう一度ワープロに差しこむのはやめて、彼はそれを持ったまま、島崎の部屋を出ることにした。その時、ふっと香水の匂いを嗅いだように思った。それは彼の遠い記憶を刺激したが、思い出せなかった。

ドアを開けて、鍵を閉め、鍵を元の位置に貼《は》りつけておく。

通路の左右に人がいないのを確認して、階段を駆け降りた。もはや音を立てることに気をつかってはいられない。ここにいるのを見られたら、元も子もないのだから。

大通りに出て、タクシーを拾った。もはや尾行されている感覚はないが、念には念を入れておきたかったのだ。早く自宅に帰って、自分のパソコンにこのフロッピーを差しこんで、中身を読みたかった。

島崎潤一のワープロから抜いてきたフロッピーを自宅に帰って読み出してみると、「島崎潤一の肖像」なる文書が一つだけ、メニューに表示された。

淳がカーソルをあてて、文書内容を呼び出すと、驚くべきものが現れた。

〈島崎潤一の肖像〉

島崎潤一・年譜

92・10　島崎潤一、樹海を命からがら脱出し、東京にもどる。
　　アパートで「小松原淳の肖像」の執筆を再開。
　　小松原淳に復讐《ふくしゅう》を誓う。

フロッピーに登録されていたのは、たったそれだけだったが、淳はショックのあまり、言葉を失った。

何だ、これは……。

こんなことがあってたまるか。これが本当のことだとすると、淳が島崎の部屋のロッカーに隠れた時、部屋に入ってきたのは島崎本人だということになるのだが。

いや、違う。あれは断じて島崎なんかではない。

実際に島崎の死体を確認したわけではないが、彼があの樹海を脱出することは不可能に近かった。淳は自分にだけわかる目印（ナイフ傷）を要所要所の樹木につけて、脱出したのであって、それは島崎に見抜けるようなものではないのである。

その瞬間、島崎の部屋で嗅《か》いだ香水の匂いが記憶に甦《よみがえ》ってきた。

「ユキ！」

そうだ、あれはユキが好んで使っていた香水の匂いだった。父譲司《じょうじ》の蔵書の中にあったサバイバル関係の本を読んで、その内容をユキに伝授したのは淳だった。ユキは淳と樹海に入った時、基本的なボーイスカウト程度の知識で樹海を脱出した。ユキが逃げた時、淳は後を追ったが、道に迷い、危うく命を失うところだった。元の広場にもどり、助けを求めるために、木の文字を作ったりした末に、何とか脱出することができた。

そんな苦い体験があったので、淳は樹海の中に島崎を追っていって、ユキと島崎を広場の洞穴《ほらあな》で見つけた時、島崎を放置してユキだけを拉致《らち》した。あたりは暗くなりかけていたが、目印を辿《たど》って樹海の出口に向かっていた途中で、ユキが淳の油断をついて森の中に逃げこんだのだ。

樹海の中で人を追うことは自分をも危険にさらすことになるので、淳はユキの作った小石や草の目印を可能なかぎり壊しながら、ナイフ傷の目印に従って、樹海の出口に達したのである。

するとユキはやはり脱出に成功したのか。彼の頭の中はパニック状態になっていた。

突然、肩に誰かの手が触れ、淳は椅子《いす》から転げ落ちそうになった。

「まあ、一体どうしたの。そんなにびっくりして」

妙子は淳の過剰な反応に戸惑っているようだった。

「お母さんか、びっくりさせるなよ。入ってくるなら、ドアくらい叩《たた》いてくれたっていいじゃないか」

「ごめんなさい。でも、ドアは開いてたのよ。あなたったら、外から帰ってくるなり、何も言わずに、お部屋に駆けこんだりするんだもの。何かあったんじゃないかと心配するじゃない」

「それどころじゃなかったんだ」

「これで、おあいこね」

「お母さん、何のことを言ってるんだよ」

「ほら、あの時のこと。今年の七月、私がリビングで考えごとをしてたら、淳ちゃんがいきなり『ただいま』って帰ってきた時のことよ（P532）。私、あの時、ジョージのことを考えてたの。ジョージの帰るのをいつも窓を開けて待っていたでしょ？　だから、窓からあなたが帰ってきた時、十年ぶりにジョージが来たんだと思って、死ぬほど驚いたのよ」

「だって仕方がないだろう。僕は命からがら樹海を脱出したけど、ユキと駆け落ちした手前、おめおめと家に帰るわけにはいかないじゃないか。樹海の中で木文字が見つかって、お母さんが悲嘆に暮れていると知って、そろそろお母さんも許してくれるかなと思ったんだ。帰るまで何ヵ月も、僕なりに悩んだりしていたのさ」

「人の気も知らないで」

「お母さんだって、僕が死んだと思って、人に頼んで伝記なんか作ってたじゃないか。こっちはいやいや地下の生活を強《し》いられるし……」

淳は不満をまくしたてた。「でも、今はそれどころじゃないんだよ」

「どうしたっていうの？」

「これを見てくれよ」

淳はディスプレイに映し出された文章を妙子に見せた。

「どういうこと？」

「文字通りさ。島崎潤一が樹海から生還したんだよ」

「まさか」

妙子の化粧を落とした顔から、血の気が引いた。淳は島崎のアパートに侵入したことから、これまでの経緯を彼女に手短かに話した。

「誰かがあなたを尾行しているというの？」

「そういうこと」

「私じゃないわよ」

「誰がお母さんを疑ってると言った？」

「だって、あなたの口ぶりだと、そうともとれるからよ」

「違うんだ。誰かが僕たちのしたことを嗅ぎつけたんだよ」

「それが島崎さんなのね」

「いや、島崎のあの時の弱りようを見たら、脱出は無理だろう。彼は洞穴の中で死んでるさ」

「だったら……？」

妙子は立ちくらみしたように、片手を淳のデスクの上に置き、全身を支えた。

「僕はユキが怪しいと思うんだ」

「ユキが？」

「そうだ。島崎の部屋でユキの使っていた香水を嗅いだんだ。あのにおいは忘れようったって、忘れられないよ」

「そうよね、あなたの頭にはユキのにおいが染《し》みついているものね」

「それ、皮肉かい？」

淳は気色ばんだ。「元はといえば、お母さんがいけないんじゃないか。僕とユキが血がつながっているなんてことを一言だって話してくれなかった。僕はね、譲司の連れ子と恋をしただけなんだ。譲司が僕の実の父親だとわかっていたら、彼女と罰当《ばち》たりな関係を持つわけないよ」

「そのことは、悪かったと思ってるわ」

妙子は息子になじられて、首をうなだれた。

「のっぴきならない関係になってから、事実を打ち明けるなんて、ひどいと思わなかったの？　僕がユキを道連れに死のうとした気持ち、わかるだろう？」

「…………」

「ユキはそんな事実さえ知らないでいたんだ。ユキは死にたくなかったから、樹海から逃げ出して、子供を産もうとしたんだ。その一念で、あの樹海を脱出できたんだ。一方的にユキを責めることはできないよ。お母さんは、もどってきたユキに初めて事実を打ち明けた。その時のユキの受けたショック、僕にはわかるね。ユキは堕胎《だたい》せざるをえなくなった」

「でも、おまえ……」

そこには女実業家の面影はなく、子供になじられる哀れな母親の姿があった。

「ユキが島崎みたいなろくでもない奴《やつ》とあんな関係になったのも、元はといえば、堕胎したショックの反動からなんだ。僕は奇跡的に樹海から脱出した。それはユキの身が心配だったからだ。で、帰ってきてみれば、お母さんが地下室でしばらく暮らしてくれだなんて言うだろ。ユキと島崎ができてしまうのを手をこまねいて見ていた僕の気持ち、わかるかい？」

「わかってるつもりよ」

「そんなはずないさ。ユキはよりによって島崎と仲良くなってしまった。僕は何とかそれを阻止しようと、一度あの二人をすぐそこの吉祥寺という寺まで尾行したことがある。わざとこっちの姿が見えるようにしたら、ユキは僕の帰ったことがわかって、ひどく怯《おび》えた。それはそれでよかったんだが、ユキはボディーガードがわりに島崎を利用しているうちに、あいつと肉体関係ができてしまった。それから、ユキは僕が地下室にいることを見抜いて、この家を飛び出してしまった。そんなに僕が嫌《きら》いなのかと思って、すごいショックだったね。それ以来、僕のユキに対する気持ちは、憎悪に変わってしまった。殺したいほどユキが憎くなった。だから、ユキの新しいマンションをユキを尾行して突きとめ、手紙で脅したんだ。島崎を襲った時、奴の手帳にユキの電話番号が書いてあったから、それをメモして、ユキの新しい部屋に脅しの電話をかけつづけたのさ。ユキは僕からの電話だと悟った。だから、西湖に行って僕をおびき寄せようとしたんだ。あるいは単に逃げ出したかったからかもしれないけど、今となってはわからない」

「…………」

「島崎はユキの後を追っていったけど、僕にとっては一石二鳥だったね。二人を一緒につかまえてやろうと思って、あいつらが洞穴を見つけた時、僕は二人の前に出ていって、島崎を打ちのめした（Ｐ５１２）。でも、ユキには途中で逃げられちゃったんだ」

「あなたは、ユキが東京にもどってきたと思ってるのね」

「その可能性は大だね。あいつはもどってきて、島崎のために仇討《かたきう》ちをしようとしてるんだと思う」

「でも、もしユキが樹海から脱出したとしたら、どうして私たちを訴えなかったのかしら。島崎さんを助けにいってもいいはずよ」

「そうできなかった理由があったんだろう」

「どうしたらいいかしら」

妙子は眉間《みけん》にしわを寄せ、すがるように淳を見た。

「ユキに事情を説明する。もう、それしか方法はないだろう。お母さんの気持ちは複雑だろうと思うけど」

淳の部屋に重苦しい空気が満ちた。妙子は途方に暮れて、床の上にぺたりと座りこんだ。その時、どこかで足音がした。二人は不安そうに顔を見合わせた。

足音は階段を駆け上がり、彼らのいる部屋に近づいてきた。ノックがあって、二人の返事を聞かないうちにドアは開いた。

「宮野です。失礼します」

静江は血相を変えていた。いつも沈着な彼女にしては珍しく取り乱している。妙子は素早く気持ちを転換させて、立ち上がった。

「どうしたの、静江さん」

「警察から連絡がありました」

「はい、山梨県の富士吉田の警察だと言ってます。至急……」

静江は手に持っていたコードレスの受話器を慌《あわ》てて妙子に差し出した。妙子はそれをひったくるように受け取ると、耳にあてた。

「もしもし、お電話代わりましたが」

相手も興奮しているのか、男の高い声が淳のところにも聞こえてきた。

「はい、ジョージは確かに私の家の者ですが」

妙子の受話器を持つ手が震え、手の甲の静脈が青く浮き出していた。

「はい……。私の夫です。……え、樹海で？　どういうことですか。……あ、はい、わかりました。これからすぐにまいります」

妙子は電話を切ると、蒼白《そうはく》な顔を窓の外へ向けた。

「どうしたの、お母さん？」

「見つかったのよ、ジョージが」

妙子は今にも泣き出しそうな顔になった。

「ジョージが？　死体が見つかったの？」

淳は呆然《ぼうぜん》としていた。「そんなばかな」

「西湖の樹海で、ジョージのナップザックが見つかったんだって」

「死体は？」

「警察？」

「身元不明の腐乱死体がすぐ近くで発見されたという話よ。それがジョージのものかどうかわからないけど」

妙子はそれからはっとした様子でドアのほうへ向かった。「私、こうしてはいられないわ。今すぐ行って確かめなくっちゃ」

「僕も一緒に行こうか？」

「いいえ、あなたはここにいてちょうだい。万が一の時、ここにいて、いろいろやってもらわないといけないから」

妙子はそれだけ言い残すと、淳の部屋から慌ただしく飛び出していった。

5

妙子は九時すぎに自分の車を運転して、一人で現地へ向かった。到着は夜中の十二時をすぎるので、淳はずっと起きて連絡を待っていた。

たとえ寝たとしても、さまざまなことが頭に去来し、とても眠るどころではなかっただろう。体を休めるために、ソファに横たわっていたが、結局、その夜、妙子からの電話はなく、淳は昂《たかぶ》った気持ちのまま朝を迎えた。

起き上がって、冷たい水で顔を洗った。

一体、母はどうしたんだろう。警察に行かなかったにしても、一言くらい連絡してくれればいいのに。淳はとうとう痺《しび》れを切らして、現地の警察署に電話を入れたが、電話をとった者は担当者は現地に向かっているというだけで、まったく要領を得ない。連絡待ちのために外出するわけにもいかなかった。時間が遅々として進まず、それに反比例するように焦燥感だけがつのった。

そんな状況の中、彼が今できるのは、島崎潤一の伝記を進めることしかなかった。取材なら電話でもできるし、島崎の関係者に電話して話を聞いていれば、少なくとも今の落ち着かない気持ちがまぎれるだろう。

島崎の肉親にインタビューしてみよう。父親や弟は島崎には冷たいし、取材を拒否することは目に見えているので、母親にあたってみることにした。島崎に一番同情的なのは母親だからだ。

島崎賢作の電話は番号案内ですぐにわかった。午前十一時なので、父親と弟はいないだろうという読みは見事にあたり、一発で母親をつかまえることができた。

「あら、小松原さんですか。ご無事のご帰還、おめでとうございます」

島崎の母親は、淳のことをよく知っているらしかった。声の調子からすると、なかなか気さくそうな女性だった。島崎の母親だから、年齢は六十前後だろう。

「潤一がお仕事で、そちらのお母さまにお世話になったと聞いておりますが」

「いいえ、こちらこそ、お世話になっています」

「今日は何か？」

相手の声にけげんそうな調子が加わった。

「実はとても言いにくいことなんですが」

淳は思いきって切り出した。

「何でしょう?」

「潤一さんですが、その後、連絡はないのでしょうか?　うちの母がとても心配しています」

「あ、はい」

相手の声が暗くなり、急に年相応に老《ふ》けこんだように感じられた。

「実は、潤一さんの仕事の件で、一度お母さんにお目にかかっておきたいと思っていたんですが」

「息子の仕事のことですか?」

「そうです。息子さんの仕事は、僕の伝記を作ることでした」

「ええ、そのように聞いておりますけど」

「で、問題なのは、僕が生きてもどってきてしまったので、伝記を作る意味がなくなってしまったことです。潤一さんの今までの仕事がむだになってしまったんですよ。そこで、ご相談なんですが、僕が潤一さんの仕事を引き継いでみたいと思うんです」

「とおっしゃいますと?」

島崎の母親はおずおずと聞き返してきた。

「もちろん、潤一さんに対する報酬は契約通りお支払いします。その上で、ぜひ潤一さんの伝記を僕に書かせていただきたいんです」

「伝記？　でも、潤一は失踪《しっそう》しただけで、死んだと決まったわけではありませんけど」

相手の声にかすかに苛立《いらだ》ちが加わったような気がした。

「僕の言い方が悪かったのなら、お詫《わ》びします。伝記というよりは、息子さんをモデルにした小説と考えていただけないでしょうか」

デリケートな問題なので、どのような反応が返ってくるのか心配だった。断られれば、仮名でやるしかなく、実名でやる迫力には負けてしまう。しばらく間があった。島崎の母親の呼吸の音さえ聞こえてこないので、電話が切れたのかと、淳は思った。

不安になって、もしもしと呼びかけた。すると、即座に返事がもどってきた。

「とてもありがたいお申し出です」

案に相違して、相手の言葉は好意的なものだった。「わたしも潤一のことで、小松原さんのお宅には一度ご挨拶《あいさつ》しなければと思っていたんです。奥さまにはひとかたならぬお世話になっていますから」

「一度お会いして、こちらの趣旨をぜひお話ししておきたいのですが」

「あら、でしたら、早いほうがいいですわね。今日でもかまいませんか？」

「え、今日ですか？」

今日はまずい。母親が西湖に行っているのだから。だが、それを相手に伝えるわけにはいかなかった。

「ご都合悪いですか？」

「いえ、今日は僕、家から一歩も出られないものですから」

「では、私のほうから伺いますけど」

島崎の母親が言った。

「でも、それじゃ、ご面倒でしょう？」

「いいえ、私はかまいません。こちらから伺うのが筋ですから」

彼女はきっぱりと言った。

思いがけない展開になった。だが、そのほうが淳にとっても好都合だった。結局、その日の夕方に島崎の母親が小松原家を訪ねてくることになった。

6

夕方になっても、妙子からは依然連絡がなかった。もしかして、警察に樹海の中へ案内されて、まだもどってきていないのかもしれない。淳の不安が増幅して、極限状態に達しようという時に、宮野静江がお客さまを応接間にお通ししましたと言ってきた。

応接間に降りると、上品そうな初老の婦人がソファに背筋をぴんと伸ばして座っていた。彼女は窓に目を向けていたが、目もとにどことなく島崎潤一の面影《おもかげ》がある。藤色のスーツを着て、薄茶色の大きなフレームの眼鏡をかけていた。

淳が部屋に入っていくと、島崎の母親は膝《ひざ》の上のハンドバッグをソファに下ろし、立ち上がった。

「島崎潤一の母の、葵でございます」

「わざわざ来ていただいて申し訳ありません」

淳は丁重に挨拶した。

「いいえ、こちらこそ、無理に押しかけてしまいまして」

彼女は深々と一礼した後、手みやげの包みを差し出した。淳が掛けるように言うと、彼女は居心地悪そうに浅めに座った。

「小松原さんのお母さまはお仕事中ですか？」

「あ、はい。宝石店をやっていて忙しいものですから、なかなか家にもどりません」

淳は束《つか》の間《ま》、西湖にいる母親を思ったが、すぐに現実の問題に頭を切り換えた。

「わたしもそうなんです。大学に勤めております関係で、潤一のことは放《ほう》りっぱなしでした。今になってみますと、後悔しています。親不孝という言葉はありますけど、わたしの場合は子不孝だったのではないかと」

彼女は寂しそうに視線を窓のほうに向けた。

「お気持ちはわかります。ですが、そのお話の前に電話で申し上げた件を……」

淳はそう言って、無理に笑顔を作った。

「そうですわね。で、お話といいますと?」

島崎の母親は腕時計に目を落とした。「こんな時間ですから、あまりお邪魔もしていられません。手早くすませてしまいましょう」

淳もつられて時計を見た。五時四十五分。秋は釣瓶《つるべ》落としに日が暮れるというが、外はもうすっかり暗くなっている。庭園灯の明かりが池の水面に反射して揺らめいていた。

淳は早速取材にかかった。島崎潤一の幼少の頃《ころ》から失踪するまでのことを彼女に質問し、彼女の回答の要点をメモしていった。頭の片隅《かたすみ》には妙子からの電話があったが、少なくとも相手の話を聞いている間は気がまぎれた。

電話があったのは、島崎の母親が訪れてから三十分後のことだった。宮野静江が、富士吉田署から電話が入っていると言ってきたのだ。

「富士吉田署?」

島崎の母親の目が、その瞬間きらりと光った。

「あ、いや……」

タイミングが悪かった。静江に妙子からの電話のことは口外しないよう一言釘《くぎ》を刺しておくべきだった。

「実は、富士吉田の取材先からの電話なんですよ」

彼は適当に言い訳して、宮野静江にはホールの電話を取ると告げた。

「ちょっと失礼します」

淳は島崎の母親を置いて、リビングルームを出ていった。

ホールの受話器を取り上げると、いつもの妙子らしからぬ取り乱した声が響いてきた。

「ごめんね。連絡が遅くなって」

「どうしたんだよ。もっと早く連絡してくれないと困るじゃないか」

淳は思わず荒い言葉を吐いた。

「警察の人に樹海の中に連れていかれて、電話をかけようとしてもできなかったのよ」

母の言うには、昨夜は車で富士吉田署に着いて、ジョージの遺品というものを見せられたのだという。ナップザックに小松原譲司の名前と住所の記された手帳と遺書が入っていた。

「遺書だって」

淳は受話器を握りしめた。「遺書って、ジョージの遺書かい？」

「そうに決まってるじゃない。英文タイプで打ったものよ」

「どんなことが書いてあったの？」

「それがたいへんなこと。ジョージはね、殺人の告白をしてるの」

「何だって」

淳は受話器をとり落としそうになった。「殺人……」

「芳賀《はが》健司君、はるみちゃん、利恵ちゃん、美代子ちゃん、まどかちゃん、高見翔太《しょうた》君……。あなた、わかるわね？」

妙子が言ったのは、淳がよく知っている人物ばかりだった。いずれも何者かに殺され、四人の幼女殺しを除けば、犯人はいまだにつかまっていない。

「そんな……」

思いがけない展開になった。

「だって、遺書にはそう書いてあるんだから、仕方ないでしょ。ジョージはね、これまでの罪を悔いて十年も全国を放浪したんだって。それから、樹海で自殺するつもりだと書いているの」

「そんなばかな」

汗で濡れた受話器が耳からすべりそうになる。

「淳、聞いてるの?」

「ああ、聞いてる」

「それから、驚かないでほしいんだけど、近くで女の白骨死体が見つかったのよ」

「女の死体が?」

確かに、淳はユキを樹海の中で見失っているが、その後のことは知らない。

「ユキかしら」

「さあ、わからない。あそこは自殺者が多いところだからね」

淳は胸の動悸《どうき》を聞きながら、死体はユキのものかもしれないと思った。だが、それなら一体誰が島崎が樹海から帰還しただなんてことを島崎の部屋にあったあのフロッピーに打ちこんだのだろう。

「ねえ、淳ちゃん」

妙子が語りかけてきた。「よく聞いてちょうだい。ジョージの死体はまだ見つかっていないのよ。ひょっとして……」

淳は何も聞いていなかった。頭の中がパニック状態になっている。背後に誰がいるのか。陰の黒幕は一体誰なのか。

「ねえ、淳ちゃん、お願いだから、返事をして」

受話器が淳の手からすべり落ちて、床の上を転がった。螺旋《らせん》状のコードが極限まで伸びて、ようやく止まった。

その時、淳の肩に誰かが触れたので、飛び上がりそうになった。

淳の背後に、宮野静江が恐縮した様子で立っていた。

「ばか、用があるんなら、さっさと言えよ」

「すみません。これがあったものですから」

宮野静江は手にレポート用紙大の紙を持っていた。

「これは何だ?」

「玄関に落ちていました」

淳は紙をひったくって広げてみた。二枚のレポート用紙にタイプで英文が打ってあった。

「おまえは引っこんでいなさい。怒ってすまなかった」

静江が厨房《ちゅうぼう》にもどるのを見て、淳は英文を読もうとした。

「あのう、すみません」

今度は別の声がした。ふり返ると、島崎の母親が困惑した顔で立っていた。淳は彼女のことをすっかり忘れていた。

「何か？」

「ええ、何だかお取りこみの様子ですので、わたしはこれで失礼します」

「おかまいもできず、申し訳ありません」

彼女に対しては話が途中になってしまったが、後日また連絡をとればいいだろう。

「玄関までお送りしましょう」

「まあ、どうぞおかまいなく。わたし、一人で帰れますから」

島崎の母親は深々と礼をすると、玄関から出ていった。ドアが閉まるのを確認してから、淳はタイプで打たれた英文を読み始めた。

「まさか、これは……」

さっき電話で妙子が言っていたジョージの書いた遺書の写しのようだった。英文だったが、解読するのにそれほど時間を要しなかった。

私は悪い父親だったかもしれない。でも、すべておまえたちを思っての行動だったのだ。淳、そしてユキ、愛《いと》しいわが子よ。おまえたちを守るため、やむをえず、芳賀健司君、はるみちゃん、利恵ちゃん、美代子ちゃん、まどかちゃん、高見翔太君を殺した。私は後悔していない。おまえたちだって、そんなお父さんを恨まないだろう。

お父さんはしばらく旅に出た後、ここ樹海の中で死ぬつもりだ。私の死体もこの遺書も見つからないかもしれないが、たとえ見つかっても、私の骨はそのままにしておいてくれ。わがままな父を許してほしい。

小松原譲司

内容はジョージがこれまで犯した殺人を告白したもので、最後に稚拙な漢字でサインがしてあった。

サインの後に、「PS」とあって、驚くべき文章が書いてあった。これは淳個人あてのメッセージのようだった。

私は今、小松原家の地下室で、すべてのなりゆきを見守っている。樹海で死ぬというのは実は嘘《うそ》で、地下室にずっと潜んでいたのだ。これはあのタイプライターを使って打ったものだ。淳、おまえといますぐ会いたい。

その文面は、淳を恐怖のどん底に陥《おとし》いれた。淳の目の前に巨大な暗黒の空間ができた。全身の震えが止まらない。肌《はだ》に粟《あわ》を生じるという感覚はこのようなものをいうのだろうか。

「嘘だ。これはまやかしだ」

ジョージが地下室でタイプライターを打っているだなんて……。

確かに、淳が子供の時に見た〝異人〟は、あいつ、ジョージのことだった。

ジョージは、淳やユキをいじめる奴《やつ》、困らせる奴をこらしめると言って、すべて排除してきた。淳はそのことをウサギ殺しの時に見つけた三個の石から突き止めた。そして、あいつの行為を責めた。責めると、あいつはおまえやユキのためだったと泣いて謝った。

ジョージは異常な父性愛の持ち主だったのだ。

「畜生、ジョージの奴め。いつまで僕を苦しめたら、気がすむんだ」

淳は紙を手の中でくしゃくしゃに丸めると、玄関ホールに投げ捨てた。地下室の扉《とびら》の前に段ボールが置いてあった。彼は足で蹴《け》ってどかすと、扉の把手《とって》に手をかけて押した。錆《さ》びついた蝶番《ちようつがい》が神経を逆撫《さかな》でするような耳障りな軋《きし》み音を立てた。入口にシャベルが立てかけてあったので、彼はそれをつかんだ。

懐中電灯がなくても、彼は地下室の中を自由に歩けたが、階段の上に掛かった非常用の懐中電灯を取ると、スイッチを入れた。埃《ほこり》の舞う階段を三段ずつ駆け降りて、一番奥にある書庫に向かった。タイプライターがあるのはそこなのだ。

AとSとKの小文字の端が欠けている手動式の年代物。

カタカタカタとタイプを打つ音が聞こえたような気がした。

畜生、あいつ、本当に帰ってきていたのか。

廊下に降りて、問題の部屋に一気に駆け寄った。ドアを乱暴に開け、壁際《かべぎわ》のスイッチを押した。まばゆい光が部屋の隅々まで行き届いた。淳はシャベルを振り上げて、ジョージの攻撃に備えた。

タイプライターはデスクの上に置いてあったが、そこには誰もいなかった。タイプの音と思ったのは、幻聴だったのだ。しかし、真新しい紙が何枚か差しこまれており、いつでも打てる状態になっていた。

淳はシャベルを下ろすと、書棚《しょだな》の裏側にある秘密の通路に頭を突っこんだ。ここには裏庭に抜けられる穴があって、樹海から帰還した淳は、いつもそこから出入りしたのである。

裏庭で待ち伏せされている可能性もなきにしもあらずなので、シャベルを先に突き出しながら外へ出た。彼は懐中電灯の明かりで、目的の場所へ向かった。

何かの間違いだ。どこかで歯車が一つ嚙《か》み合わなくなっているのだ。

勝手知った裏庭の木戸の近くに大きな夾竹桃《きょうちくとう》があった。彼はシャベルを地面に突き刺して掘った。夾竹桃は何年かの間にいくつも枝分かれして、株数が増えていた。根も太くなり、掘るごとに根が邪魔をした。五十センチほど掘った時、シャベルの先が固いもった。

のにぶつかって、ガリッと音を立てた。巨大な甕《かめ》にあたったのだ。

　それは十年前に彼が地下室のがらくた置場から持ち出して、この地点に埋めたものだった
　彼の勘は狂っていなかった。

　懐中電灯を消して、外の光だけを頼りに掘った。甕の上部があらわになると、彼は穴の下に降りて、さらに土を外へかき出した。

　服に泥《どろ》がつくことなどおかまいなしに、彼はひたすら掘った。そして、ついに甕全体が姿を現した。シャベルの先端で小さなひび割れを強く突くと、甕は真ん中から二つに割れた。まるで大きな桃が割れて、中から桃太郎が出てくるような気がした。

　しかし、甕から現れたのは、白骨だった。

　膝を抱き、窮屈そうに体を丸めている白骨死体――。

「くそっ、ちゃんといるじゃないか」

　ジョージは十年前に淳が殺して、ここに埋めたのだ。誰もここからジョージの死体を掘り出していないし、ジョージも生き返って、樹海などに行きやしなかったのだ。黒魔術の最後の生贄《いけにえ》は、生き返ることはなかったのだ。

　ジョージは十年間、ずっとこの〝棺桶《かんおけ》〟の中にいたのだ。

「ありがとう、淳さん。ジョージさんの居場所を教えてくれて感謝しますわ」

　突然、懐中電灯の明かりが淳の顔を照らし、光の背後の暗闇《くらやみ》の中で、しわがれ声の女

が笑った。ユキの香水のにおいが漂い、同時に淳はあの尾行されている感覚に襲われた。

「おまえだな、僕を尾行した奴は。どうして僕をつけまわしたりしたんだ」

「あなたが怪しいと思ったからよ。さあ、警察で全部話してもらいましょう、淳さん」

島崎葵は、勝ち誇ったように言った。

〔小松原淳の肖像〕15――悪の系譜

小松原淳・年譜

64・2・16　淳、小松原妙子とジョージ・ロビンスンの子供として生まれる。
69・12・24　クリスマスイブの夜。淳、ジョージに連れ去られるが、翌日解放される。
70　ジョージの姿、都営住宅でしばしば目撃される。
72・6　淳、児童文学賞に選ばれるが、盗作の疑いで、キャンセルされる。英語に強い母親の妙子が英文の児童書を淳に読んで聞かせたのが、彼の頭に残っていたと思われる。
73・5　妙子、ジョージと結婚する。ジョージは日本に帰化し、「小松原譲司」を名乗る。
8　淳、本駒込のロビンスン家に移る。ユキと「兄妹」となる。この頃《ころ》、連続幼女殺人事件起こる。四人を殺した犯人はジョージだが、近くに住む大学生Mが逮捕される。ジョージ、凶器となった四個の石のうち一つをMの住んでいる家の庭に投げこみ、それを発見した警察はMの犯罪の補強証拠とする。

75・6 淳、葬式事件の被害者になる。
8 淳をいじめたボス的存在、芳賀健司、ジョージに誘拐《ゆうかい》され、行方不明。後に死体で発見される。
淳、短編「きもだめし」を書く。
78・10 転校生の高見翔太、白山神社の階段からジョージに突き落とされ死亡。
81・10 地下室の三個の石を発見し、ジョージの狂気に気づいた淳、ジョージを地下室で殴殺《おうさつ》し、裏庭の夾竹桃のそばに埋める。ジョージが幼女殺しの凶器として使った三個の石を北野刑事の前から隠す（P355）。
81・12 淳、西湖で自殺未遂。
神経科の医院に通院。
84・4 淳、大学入学。
86・8 大学、推理小説同好会の夏期合宿を西湖で行なう。淳、復讐《ふくしゆう》のため、片倉竜太郎を崖上《がけうえ》から突き落とし、ジョージの犯罪に見せかける。
小説「湖畔の死」参照。
91・9 淳・ユキの関係、母妙子の知るところとなる。

淳、ユキと西湖へ行く。妙子、電話で淳とユキの血の秘密を明かす。

淳、ユキの妊娠の事実を知り、死を決意。樹海へ。

ユキは淳を置いて脱出、小松原家にもどるが、堕胎させられる。

淳、「西湖」「サイコ」を書いた後、ユキを追って脱出するが、家にもどらず、放浪の生活を送る。

92・4　樹海で「ＨＥＬＰ」の文字が見つかる。妙子、淳の死を悟る。

5　妙子、淳の思い出のために、自費出版を思い立ち、出版社の佐藤章一を介して、島崎潤一に仕事を依頼、興信所に島崎の素性を調べさせる（Ｐ80の中年男）。

7　淳の帰還（短編「開かれた窓」）。淳、地下室で生活。

淳の伝記を作る意味はなくなるが、妙子、そのまま島崎に仕事を続行させる。

島崎、地下室の淳（〝異人〟）を目撃。ユキ、淳の生存を確信、小松原家を出る。

8　島崎潤一、六義園のそばで淳に襲われ、テープとフロッピーを奪われる。

島崎とユキ、樹海へ逃れるが、淳に襲われる。

ユキは逃走し、逃げ遅れた島崎は樹海の中に放置される。島崎、「HELP」の木文字を作る。

9　淳、島崎潤一の伝記作りを思い立つ。
淳から事情を聞いた妙子、淳とともに樹海へ。

島崎の母親（島崎葵）にユキから電話がある（P552）。葵、ユキの協力を得て、小松原母子《おやこ》に逆襲に出る。島崎の死体は見つからない。

10　淳、ジョージ殺しの容疑で逮捕される。

〔モノローグ〕

「お母さん、寒いよう、助けてくれ」

私はコンクリートに囲まれた独房でむせび泣いていた。

どうして、こんなことになってしまったのだ。ここはまるで樹海の暗い洞穴《ほらあな》の中と同じではないか。いや、もっとひどいかもしれない。ここには絶望しかないのだから。

「カアサン、サムイヨウ。タスケテクレ。ボクノナマエハ、コマツバラジュン。僕、小松原淳は……」

エピローグ

島崎葵は、息子の潤一の遺影の前に線香を立てると、合掌《がっしょう》し、瞑目《めいもく》した。

「ごめんね、じゅんちゃん」

彼女が一番愛したのは、夫でも、次男の春樹でもなく、長男の潤一だった。優秀な父親と弟に挟《はさ》まれて萎縮《いしゅく》し、自分の力を出しきれなかった潤一。頭は決して悪くはなかったのに、島崎家の長男に生まれたばかりに、その重圧に負けてしまった潤一。わたしが甘やかしすぎたのがいけなかったのかもしれない、と彼女は思う。

大学を出て、編集者になったのも束《つか》の間《ま》、対人関係が苦手で、こらえ性がないので、すぐにやめてフリーライターになってしまった潤一。彼女はそんな息子が不憫《ふびん》で、この子のためなら何でもしてやろうと、息子にも気づかれないように、息子の作品を手直しした。ワープロだから、手直しした痕跡《こんせき》は残らないのは好都合だった。彼女はもともと文学少女で、結婚するまで同人雑誌に小説を発表したりしていた。大学で教えているのは近代日本文学なので、息子よりは小説の書き方は心得ていた。

潤一はそれで賞に応募し、入選した。

潤一は彼女の血を受け継いで、ある程度の文才はあったが、小説の世界に打って出るには今一つ力不足だった。それでも、彼女がお膳立《ぜんだ》てさえしてやれば、何とかやっていけると思ったのに、潤一はその機会を活《い》かせなかった。

「お母さん、いいかげんにしてくれよ」

いつもの潤一の言いぐさ。今考えてみると、それはよくわかる。いちいちお節介するなよ、と潤一は怒っていたのだ。結局、彼はゴーストライターの道を選んだ。それはそれでよかったのだが、小松原淳の伝記というむずかしい仕事を引き受けて、潤一が苦労しているのを彼女は知っていた。いつも潤一を気にかけていた彼女は、アパートの合鍵《あいかぎ》を使って、潤一の留守の時に部屋に忍びこみ、彼が今何をやっているのか逐一把握《はあく》していたのだ。

潤一の分身のように、彼の尾行もした。最初、その辺のことを潤一は誰かに追われていると錯覚していたらしかったが。

彼女は潤一のために、小松原淳の関係者にインタビューをしてやった。尾崎愛は「しまざきあおい」を適当に分解して作った名前である。

関係者を探して、かなり遠方の地も訪ねた。例えば、竹山道子を訪ねたくだりや、北野末吉を訪ねたくだりは、彼女が取材したものである。

ワープロを使用していたので、取材の結果を潤一の原稿の間に挿入《そうにゅう》しておいた。いったん打ち出した原稿は、完成しないかぎり、なかなか元にもどって見直すことは少ないものだ。今度の仕事のように時間を限られているケースではなおさらで、たとえ潤一が見たとしても、巧妙に直したり、挿入してあるので、彼の気づかない可能性が高い。彼が文学賞を受賞した作品に手を入れた経験で、彼女はそのへんの頃合いをつかんだつもりだった。

しかし、潤一は、母親が彼の仕事を助けていることを知ってしまった。取材先のいくつかで「あなたの前に中年の女が取材したよ」と言われれば、不審に思わないはずがないのだ。中年の女と言われれば潤一もぴんと来るだろう。だから、「おせっかいめ」など罵《ののし》っていたのだ。

またそれこそが子供の時から母と子の愛情表現のパターンだった。

だが潤一がユキと恋に落ちてから、事態は思わぬ展開を遂げた。彼女の知らない間に、二人で西湖に出かけ、そこで遭難してしまったのだ。ユキは淳に拉致《らち》されたものの、途中で逃げ出し、明るくなるのを待って広場に潤一を探しにいったが、潤一の姿はなかったという。おそらく、道を探していた潤一とすれちがいになったにちがいない。絶望した彼女はとりあえず木の目印をたどって樹海を脱出した。警察に連絡しようとするユキを突然襲った高熱。極度の疲労と精神的なショックが重なってのことだろう。西湖畔で倒れ、意識不明のまま運びこまれた地元の病院。身元不明の彼女が意識を回復したのは約一ヵ月後。その時点で潤一は絶望と思われ、途方に暮れたユキは葵に電話をかけた。

葵は現地に駆けつけ、ユキとともに樹海に入ったが、小松原淳が〝道標〟を破壊したらしく、二度とその場所へ行きつくことはできなかった。

　二人の遭難の背後に、小松原妙子と淳の母子がいることを知った彼女は、彼らに復讐することを誓った。小松原淳は不埒《ふらち》なことに、潤一の仕事を横取りして、潤一をモデルにした小説を作ろうとしていた。

　復讐の第一弾として、彼女はジョージが書いたと見せかけた英文の遺書を作り、名前入りのナップザックに入れておき、西湖の樹海のハイカーにも見つけやすいところに置いておいた。思惑通りに他人の知るところとなった「ジョージの遺留品」は富士吉田署に届き、署から小松原家に連絡が行った。そうなれば、妙子が現地に飛ぶことは間違いない。

　問題はそこからで、妙子の不在時に小松原家を訪ねるつもりでいたが、たまたま淳のほうから取材したいと申し入れてきたので、それを利用して、こちらから出向くという約束をとりつけた。家に入る時、ジョージの偽《にせ》遺書のコピーをあらかじめ玄関に置いておいた。使用人がそれに気づいて、淳に届ければ、淳はジョージが出したものと思って、慌《あわ》てふためき、地下室に駆けこむだろう。

　それから先は、イチかバチかの賭《か》けだった。成功の確率は、五分五分だったかもしれない。

　だが、あんなにうまくいくとは思わなかった。パニック状態に陥った淳は、ジョージを殺して埋めた場所を掘り返して、白骨を掘り出した。まさに、自ら墓穴を掘ったことになる。

年譜、手記、インタビュー、小説等を整理する手を休めながら、島崎葵は潤一の写真に語りかけた。

「じゅんちゃん、仇《かたき》はとったからね。喜んでちょうだい。あなたの本が、もうすぐ日の目を見るのよ」

その瞬間、黒枠《くろわく》の中の潤一の目がうるんだような気がした。

島崎葵は、再び原稿の整理にとりかかった。依頼主も主人公も、社会的に抹殺《まっさつ》され、宙に浮いた形になった作品。何とも不思議な運命を辿《たど》った作品だが、彼女は今、創作意欲という名の魔物にとりつかれていた。

「じゅんちゃん、これなら話題性も充分。再デビュー間違いなしよ」

遺影に語りかけながら彼女は、志半ばにして逝《い》った息子の文章に手を加える作業を続けていった。

すべてのデータはここにある。どこにどの年譜を置けばスリリングか。潤一のインタビューはこのままでよいのか。小松原淳の小説も少し書き改めた方がいいのかもしれないし……。つらいが、ある意味で楽しい作業だった。

それに、ユキのお腹《なか》の中には新しい生命が宿っていた。彼女の孫――。

「そうだ、潤ちゃん、今この本のタイトルを思いついたわ」

島崎葵は、この作品の第一頁《ページ》に、『異人たちの館《やかた》』という文字を打ちこんだ。
目を閉じると、ある童謡の旋律が頭に浮かび、彼女は自然にそれを口ずさんでいた。

赤い靴《くつ》　見るたび
考える
異人さんに逢《あ》うたび
考える

文春文庫版あとがき

「あなたのマイベストは何ですか?」と聞かれることがたまにある。そういう時、私は決まって『異人たちの館』と答えている。この作品を書いたのは、四十代前半のもっとも気力充実していた頃であり、その時点における自分の持っているすべてをぶちこんでいるので、個人的には読者に自信を持ってお勧めできるのである。

ところが、シリーズ物ではなく単発作品であったためか、売れ行きはかんばしくなかった。新潮ミステリー倶楽部(一九九三)、新潮文庫(一九九六)はすぐに絶版になり、講談社文庫(二〇〇二)から二次文庫として出たが、これもすぐに絶版。新刊書店で買えない状態が長い間つづいて、著者としては残念な思いをしてきた。

最後に出た講談社文庫から十四年、このまま埋もれてしまうかとあきらめかけていた時、文春文庫の編集部から声がかかり、「三次文庫」として出ることになった。基本的に講談社文庫版を踏襲しているが、細かいところに手を加え、今のところの決定版となっている。

『異人たちの館』を発表した一九九〇年代前半、長編第一作の『倒錯の死角』と『倒錯のロンド』のような作品を連発したためか、私は「叙述トリック作家」と呼ばれ、その種のトリックの創出に汲々とするようになっていた。次の作品のプロットを練っている時も、その呪縛にとらわれ、どうも展開が窮屈で無理な作品がつづいたような気がしている。

このまま突き進んでいったら、やがて袋小路に迷いこみ、身動きがとれなくなるといった危機感を抱きかけている時、「新潮ミステリー倶楽部」に参加してみないかと打診される。作家リストを見ると、錚々《そうそう》たるメンバーが並んでいるので、胸が躍った。よし、これをチャンスととらえて、何か新しい試みをやってみようと思ったのである。

とりあえず、前から温めていたいくつかのプロットをノートに書きだしてみて、今回はどれを使おうかと悩んでいるうちに、いっそのこと全部使ったらどうかと思うようになった。

つまり、複数の太いストーリーを並行して書いていき、途中で混ぜ合わせ、一種の「化学反応」を起こさせる。叙述トリックはあくまでもメインの流れではなく、サスペンスを盛り上げる要素とする。このやり方がうまくいき、書いているうちにいくつかの流れが絡み合い、ねじれ合い、当初考えていたものより複雑な構造の話になっていった。

それ以降も、基本的に同じスタイルで書いているので、『異人たちの館』は私にとって転機となる記念碑的な作品なのである。

今回、『異人たちの館』を十数年ぶりに読み返してみて、昭和のにおいが濃厚な小説だと思った。作中の重要人物である小松原淳の生まれたのが東京オリンピックのあった一九六四（昭和三十九）年で、その生涯を追っていく小説なのだから、昭和が色濃く出ていて当然だった。

ストーリーの主舞台は、文京区の六義園に近い高級住宅街。一九九〇年代前半は、ワープロ全盛期で、パソコンや携帯電話が普及していない頃。主人公はワープロに向かって、取材した内容を原稿にするうちに怪異な事件に巻きこまれていく。

今ならあまり使わない死語のような言葉がけっこう出てきて、ゲラ校正しながら苦笑することが何度もあった。六百ページという長丁場だったが、その意味で、わりと楽しみながら校正作業を進めることができた。

個人的には折原一の代表作と思っている作品だが、三次文庫であるがゆえ、小部数、絶版必至。書店から消えてしまう前にぜひ読んでいただきたいと願っている。電子書籍の形ではずっと残るが、紙書籍としては、おそらくこれが最後の発表媒体になるかもしれない。

折原　一

解説

小池啓介

様々な人間の視点が連鎖しながら富士山麓での白骨死体発見の報につながっていく、緊迫感が支配する本書のプロローグ。そこには、こんな一文がある。

「残された最後の力をふりしぼって洞穴から這い出ると、木の間越しに月が見えた。冴えざえとした光が、地面にパッチワークのような模様を描いていた。」

パッチワークとは手芸の技法のひとつで、色、柄、形、素材の違った布地を縫い合わせて一個の模様をつくり上げることをいう。組み合わせの腕次第で思いも寄らない魅力的な図柄が浮かび上がるところが、おもしろさになっているのだろう。

今、あなたが手にしている『異人たちの館』とは、そんなパッチワークが形作るような——意外性に満ち溢れた小説だ。

本書『異人たちの館』は、一九九三年一月に新潮社より書下ろし単行本として刊行された。作者の折原一にとって十四冊目の著作となる長編ミステリー小説である。

折原は、一九八八年、密室ミステリーで統一された短編集『五つの棺』（現・創元推理文庫。増補改訂され『七つの棺』と改題）でデビューしている。作家活動を開始してからおよそ五年が経ち、著作も十冊を超えた時期であり――また、当時優れた国産ミステリーを次々と上梓していた《新潮ミステリー倶楽部》叢書からのオファーということもあったのかもしれない――心に期するものがあったのだろう。『異人たちの館』の仕上がりは、まさに渾身のという表現がふさわしい。

実際に評価も高く、翌年の第四十七回日本推理作家協会賞・長編部門の候補に挙げられ、年末のブックランキングにおいては、週刊文春ミステリーベスト一〇で四位、一九九四年版『このミステリーがすごい！』で九位を獲得した。また、一九九六年二月に新潮社から文庫版として刊行された後、二〇〇二年七月に講談社より改訂を施して再文庫化されているため、今回の文春文庫版が三度目の文庫化ということになる。流行り廃りの激しい小説の世界で、二〇年以上前の作品がまたもや文庫本として再出版されるのだから、これも作品の持つ力が並みではないことの裏付けといっていい。

冒頭に書いたように、富士の樹海で白骨が見つかる場面から物語の幕は上がる。遺体発見の直前には、枯れ木によって地面に「ＨＥＬＰ」の文字が組み立てられているのが見つかっており、死んだ遭難者の救助信号ではないかと考えられていた。さらに付近の洞穴から、小松原淳という二〇代の若者の運転免許証が発見されるのだ。

小松原淳は前年の秋に消息を絶っていた。白骨は淳のものなのか？　淳の母親である宝石店経営者の妙子は、息子の生涯を一冊の自費出版本にまとめることを決心する。その死を思ってのことではなく、彼の生還を信じ、生きて戻った息子に贈るために。

小松原淳の〝伝記〟をまとめる仕事を代行するのが、フリーライターの島崎潤一である。彼が、物語の主人公といっていいだろう。かつて純文学とミステリーの新人賞をそれぞれ受賞したものの、著作を出すことはできないまま、雑誌記事やゴーストライターの仕事で糊口をしのぐ日々を送る男だ。知り合いの編集者を通じて、小松原妙子からの執筆の依頼を引き受けた島崎は、東京都駒込にある庭園・六義園の近くに建つ古びた煉瓦造りの洋館を訪れ、そのなかの淳の部屋を拠点に、取材を開始する。

失踪した小松原淳は、小学三年生のときに童話の文学賞を受賞していた。いわば早熟の天才だったのである。けれども、その才能は今に至るも世に出てはいなかった。島崎は自分と似た境遇の青年に共感を覚えながら、資料をもとに年譜を制作し、関係者へのインタビューを行うことで、男の過去へ遡行していく。

島崎が淳の生涯を深く掘り下げるにつれ、幼い頃に誘拐事件に巻き込まれていたり、父親が知らぬ間に失踪していたりと、異様な事態があまりにも多く起こっていることが明らかになってくる。さらにそれらの出来事には、必ずといっていいほど背の高い不審な男が絡んでいるようなのだ。

当初は金に目がくらんで引き受けた仕事だったが、島崎は青年の数奇な人生を取材する行為に次第にのめり込んでいく。それに加えて、洋館で出会った淳の妹を名乗る小松原ユキに魅了され、これも小松原家に入り浸る大きな理由となるのである。

ところが、やがて資料の中にあった過去に起きた数々の事件と謎が、現在の現実にある時間を侵食していく。島崎がユキを連れて取材で訪れた吉祥寺の墓地で、ふたりは〝背の高い男〟を目撃するのだ。あの男が、過去から現在に甦ってきたのだろうか？

過去の謎に向き合っていたかと思ったら、それが突如として目下の現実に牙を剝く。過去と現在の境目があっけなく崩れていく本書の強烈なサスペンスは、折原一の真骨頂だ。そのなかでも、童謡「赤い靴」の歌詞とともに物語世界に立ち現れる大男――〝異人〟には、圧倒的な存在感がある。

作者の代表作のひとつであるとともに国産ミステリー小説屈指の傑作という評価だけでも事足りそうなのだが、それだけではない。現在の目から見た本書の最大の特徴は、折原の新旧の作品群を彩る様々な要素が一冊に凝縮されている点にある。

いまでこそ、叙述に工夫を凝らして読み手を欺くサスペンスの書き手という世評が定着した折原一だが、前述したようにデビュー作は密室ミステリーであった。『異人たちの館』以前は、『倒錯の死角《アングル》』（一九八八年。現・講談社文庫）や江戸川乱歩賞の最終候補となった『倒錯のロンド』（一九八九年。現・講談社文庫）などの〝叙述トリック〟ものを発表しながら、『死の変奏曲』（一九九一年。現・講談社文庫。『黒衣の女』と改題）

のようなホラー色の濃いサスペンスも手掛ける。同時に、『五つの棺』にも登場するシリーズ名探偵・黒星警部が不可解な事件に挑む、横溝正史やエラリー・クイーンの古典作品へのオマージュに満ちたユーモアミステリーをコンスタントに書き継いでいた。一九八九年には鉄道ミステリー『白鳥は虚空に叫ぶ』（現・光文社文庫。『「白鳥」の殺人』と改題）を刊行している。

このように複数の路線を並走させていた書き手が、自身の作風を明確に定めたターニングポイントとなった作品が『異人たちの館』といえるのだ。

本書で折原が行ったのは、取捨選択だ。デビュー以来模索してきたさまざまなミステリーの手法のなかから、その時点で選んだすべてを詰め込んでいるのである。なおこの点を、講談社文庫版の解説を担当した川出正樹は「第一期折原一の集大成であると同時に」「第二期折原一の出発点でもある。」と評している。

ここからは、〝選ばれた要素〟について個別に取り上げてみたい。

まずは「多重文体」と呼ばれる、後の作品にも多用される手法について。作中作など、〝地の文〟以外のテキストを物語に挿入する構成は、デビュー時から折原が得意としてきたものであるが、本書に投入されたテキストの総量はそれらとは比べものにならない。

主たるものを列挙すると、遭難者のモノローグ、島崎潤一がまとめていく小松原淳の年譜、淳の関係者へのインタビュー、淳が書いた短編小説が挙げられる（短編「きもだめし」および「Mの犯罪」は、前者が「肝だめし」のタイトルで「小説新潮」一九九〇年一〇月号に、後者が同じく一九九一年一〇月号に、それぞれ雑誌掲載された作品をほぼそのまま挿入している)。これらが地の文とほとんど同列に配されて、作品世界をつくり上げるわけだ。さらに要所で登場するものとして、歌詞、新聞記事、談話、新聞広告、雑誌記事、不幸の手紙（ハガキ)、学級新聞、告別式での弔辞、婚姻届、遺書が存在する。一個の作品内に二桁を超える量のテキストが散りばめられているのである。筆者が本稿の最初にパッチワークという単語を作中より抜き出したのは、多重文体によるところが大きい。もちろん、折原も自覚的にこの言葉を物語の最初に記しているはずだ。

異なるテキストによって構成された、あたかも迷宮のような佇まいは、不確かさに満ちている。それによってひとりの人間の姿が浮かび上がったとしても、それは果たして実体と呼べるのだろうか？

多重文体とともに本書のイメージを決定づける要素が、過去に実際に起こった事件との関連性だ。実話から着想を得る創作法は、現在の折原の作家活動の主軸となっている。

折原がはじめてこのタイプの作品を手掛けたのは、本書の前年に刊行された『仮面劇』(現・文春文庫。改訂され『毒殺者』と改題)だ。一九八六年に起こったトリカブト保険金殺人事件が下敷きになっていて、折原本人も文春文庫版のあとがきで「先駆け的な作品」と述べている。『異人たちの館』では、複数の実在する事件が扱われる。一九八九年の大雪山ＳＯＳ遭難事件、一九八八年から翌年にかけて発生した幼女連続殺人事件のふたつである。また、〝神童〟小松原淳の新人賞受賞のエピソードも、実際の出来事がもとになっていることを付け加えておこう。

社会性の強い事件を小説のモデルにする場合、関わった人間たちの心理の追究が目的となることが多いが、折原のアプローチ方法は違う。ターゲットとするのは、自身が「B級事件」と呼ぶ、発端はセンセーショナルだが顚末や真相が腰砕けになるような犯罪、出来事の数々だ。折原は、そこに新たな真相を与え、誰も考えつかない小説に転換してしまうのである。ここには、読み手の先入観が崩れ、現実との接点が失われていく感覚が生まれる。

このふたつの技法に加え、折原作品にしばしば顔を見せるモチーフが、一冊のなかで一挙に現れる点も見逃せない。夜、闇の醸し出す不安の感覚。ゴーストライターや作家志望の人間が心の奥底に秘める怨嗟。誘拐、監視、尾行、失踪といった人間の起こす常軌を逸した行動。アパート、森などの閉鎖された空間。そして、現在に忍び寄る過去の記憶――この盛り込みようはどうだろうか。よくもまあと思わずため息が漏れてしまう。

『異人たちの館』を経た折原一の活動は、本書を構成する部材をとりだして、それぞれをより洗練、先鋭化させていくことになる。

お家芸となった多重文体に関していえば、翌年にはこの技法を活かした『沈黙の教室』（現・ハヤカワ文庫JA）で日本推理作家協会賞を受賞した。また、同じ路線を極めたのが山岳ミステリー『遭難者』（一九九七年。現・文春文庫）で、かつての実業之日本社の単行本版と角川文庫版は、箱のなかに追悼集と別冊（前者が問題編で後者が解決編）が二分冊となって入った非常に手の込んだ体裁となっている。和久峻三『雨月荘殺人事件』やデニス・ホイートリーの「捜査ファイル」シリーズに倣った〝箱入り本〟なのだ。

短編の腕前は、「きもだめし」「Mの犯罪」のふたつの作中作も収録された『耳すます部屋』（二〇〇〇年。現・講談社文庫）などにまとまり、片方の「きもだめし」に内包されたジュブナイル・ミステリーの要素は『クラスルーム』（二〇〇八年。現・講談社文庫）に結実した。邸宅やアパートの一室などの閉鎖空間への執着は、集合住宅での事件の数々を描いた連作ミステリー『グランドマンション』（二〇一三年。現・光文社文庫）を書かせ、同じく、閉ざされた森のイメージは、本作にも登場する富士の樹海を舞台にした二〇〇二年の『樹海伝説』（祥伝社文庫）からはじまる一連の《樹海》シリーズにつながっていく。

また、ホラー小説を意識したアプローチは、二〇〇一年に青沼静也の別名義での『チェーンレター』（現・角川ホラー文庫。名義は折原一に変更）刊行に至る。

なによりも「作家活動の主軸」と先に述べたB級事件をモチーフにする作品は、小野悦男事件をベースにした『冤罪者』（一九九七年。現・文春文庫）、東電OL事件がモデルとなった『追悼者』（二〇一〇年。現・文春文庫）など数多く書かれ、確固たるシリーズものではないものの大半が「～者」という共通したタイトルをもっていることもあって、国産ミステリー史において一際異彩を放っている。

多重文体によって読者を惑乱し、Ｂ級事件の与える先入観で読み手の推理を誘導する――本書は極めて技巧的な作品である。

誘《いざな》われた読者を待ち受けるのは、折原一の代名詞ともいえる〝叙述トリック〟だ。この系統のミステリーでは、〝語っているようで語っていない情報〟が重要な役割を果たす。それが明らかになることで事件の様相が大きく変貌するのである。本書における多重文体は、この効果を高める強力な源泉となっている。折原は異なる次元にある文書の数々に、その語らないことを――大量に――仕込んだ。読み手は錯綜するテキストの分量に圧倒され、本来読み取るべき情報から意識がそらされていく。あるいは、情報が提示されていないことに気付かないまま、先入観によってそれを補い、知った気になるわけだ。本作での叙述の罠は、並み居る折原作品のなかでも、とりわけ巧妙に仕掛けられている。

毎作品であまりにも多種多様な叙述トリックが使われるため、トリック巧者のように評されることが多いが、折原一の重要な本質はサスペンス作家であることに尽きる。

本作のプロット面に見える大きな特徴は、複数の謎が矢継ぎ早に浮かび上がることである。新潮文庫版の解説で、茶木則雄が「挙げていけば切りがないほど、何故、何故、何故……？　マークの連続なのだ。」と表現しているように、白骨死体の身元、淳の行方、そして正体不明の〝異人〟など、際限のない謎のオンパレード（ここでもパッチワークのような手法が使われている）。また、過去においても、前述のように淳の人生には謎が多く存在する。少しすると判明する小さな謎から、物語全体を貫く大きな謎までを次々に物語内――テキストに記載することで、読者の興味を絶えず引き付ける。しかも、大きな謎のほうは次第にその質を変化させていく。特に〝異人〟に顕著だ。謎めいた存在であることを超えて、もはや不安、いや恐怖の象徴となっていくのである。本書をホラー小説と受け取る方がいてもおかしくはない。

解ける、解けずに残る、解けたと思っていたら解けていなかった――いったい何が真実なのか？　そんな違和感の奔流で読み手を翻弄し、途切れることなく次々と不安を芽生えさせる。恐怖を醸成する。いつしか、謎解きの興味を凌駕するほどのサスペンス＝宙ぶらりんにされる不安と恐怖の感覚が、作品内に充満していくのである。文中の言葉を借りるなら「正気と狂気の間の境界線の上をおそるおそる歩いて、かろうじて正気を保っている気分」に、あなたは陥るはずだ。

謎めいた冒頭部と最終局面の思いも寄らぬ真相の提示をつなぐ中間部分こそ、折原のサスペンスの書き手としての力量が存分に発揮される見せ場であるが、本書の〝中途のサスペンス〟は常軌を逸するほどの不穏な空気をまとっているといえるだろう。

多重文体、現実にあったB級事件、叙述トリック、サスペンス――これらの要素はそれぞれが独立したものではない。各々が影響を与え合い、混然一体となり、ひとつの作品を形作っている。そのいずれもが度を越えて過剰なのは必然である。この大長編の目指すものが、ひとつの事件の解明ではなく、ひとりの人物の人生のすべてを辿ることだからだ。これほどまでに膨大な要素が盛り込まれていても作品が破綻せずに成立するのは、そういったテーマと技法が骨の髄まで絡み合っているからにほかならない。稀代のサスペンス作家が、その時点でのすべてを注ぎ込んだ一作限りの異形の大作。それこそが『異人たちの館』なのである。

あの〝異人〟同様、現在に甦った本書は、時を経てまた新たな読者を連れ去って行ってしまうに違いない——折原一の生み出す奇怪な物語の世界へ。

（書評ライター）

単行本　一九九三年一月　新潮社刊
一次文庫　一九九六年二月　新潮文庫
二次文庫　二〇〇二年七月　講談社文庫

DTP制作　言語社

文春文庫

異《い》人《じん》たちの館《やかた》

定価はカバーに表示してあります

2016年11月10日　第1刷
2021年7月15日　第7刷

著　者　折《おり》原《はら》一《いち》
発行者　花田朋子
発行所　株式会社　文藝春秋

東京都千代田区紀尾井町 3-23　〒102-8008
TEL　03・3265・1211(代)
文藝春秋ホームページ　http://www.bunshun.co.jp

落丁、乱丁本は、お手数ですが小社製作部宛お送り下さい。送料小社負担でお取替致します。

印刷・大日本印刷　製本・加藤製本

Printed in Japan
ISBN978-4-16-790732-7

（　）内は解説者。品切の節はご容赦下さい。

江戸川乱歩傑作選　鏡
江戸川乱歩・湊 かなえ 編
湊かなえ編の傑作選は、謎めくパズラー「湖畔亭事件」、ドンデン返し冴える「赤い部屋」他、挑戦的なミステリ作家・乱歩に焦点を当てる。（解題／新保博久・解説／湊 かなえ）
え-15-2

江戸川乱歩傑作選　蟲
江戸川乱歩・辻村深月 編
没後50年を記念する傑作選。辻村深月が厳選した妖しく恐ろしい名作。恋に破れた男の妄執を描く「蟲」。四肢を失った軍人と妻の関係を描く「芋虫」他全9編。（解題／新保博久・解説／辻村深月）
え-15-3

異人たちの館
折原 一
樹海で失踪した息子の伝記の執筆を母親から依頼された売れない作家・島崎の周辺で次々に変事が。五つの文体で書き分けられた目くるめく謎のモザイク。著者畢生の傑作！（小池啓介）
お-26-17

侵入者　自称小説家
折原 一
聖夜に惨殺された一家四人。迷宮入りが囁かれる中、遺族から調査を依頼された自称小説家は、遺族をキャストに再現劇を行い、犯人をあぶり出そうと企てる。異様な計画の結末は!?（吉田大助）
お-26-18

死仮面
折原 一
仕事も名前も隠したまま突然死した夫。彼が残した「小説」には、謎の連続少年失踪事件が綴られていた。DV癖のある前夫に追われながら、真実を探す旅に出たが……。（末國善己）
お-26-19

心では重すぎる（上下）
大沢在昌
失踪した人気漫画家の行方を追う探偵・佐久間公の前に立ちはだかる謎の女子高生。背後には新興宗教や暴力団の影が……。渋谷を舞台に現代の闇を描き切った渾身の長篇。（福井晴敏）
お-32-12

闇先案内人（上下）
大沢在昌
「逃がし屋」葛原に下った指令は、「日本に潜入した隣国の重要人物を生きて故国へ帰せ」。工作員、公安が入り乱れ、陰謀と裏切りが渦巻く中、壮絶な死闘が始まった。（吉田伸子）
お-32-3

（　）内は解説者。品切の節はご容赦下さい。

恩田　陸
まひるの月を追いかけて
異母兄の恋人から兄の失踪を告げられた私は、彼女と共に兄を捜す旅に出る。次々と明らかになる事実は、真実なのか——。恩田ワールド全開のミステリー・ロードノベル。（佐野史郎）
お-42-1

恩田　陸
夏の名残りの薔薇
沢渡三姉妹が山奥のホテルで毎秋、開催する豪華なパーティ。不穏な雰囲気の中、関係者の変死事件が起きる。犯人は誰なのか、そもそもこの事件は真実なのか幻なのか——。（杉江松恋）
お-42-2

恩田　陸
木洩れ日に泳ぐ魚
アパートの一室で語り合う男女。過去を懐かしむ二人の言葉に、意外な真実が混じり始める。初夏の風、大きな柱時計、あの男の背中。心理戦が冴える舞台型ミステリー。（鴻上尚史）
お-42-3

恩田　陸
夜の底は柔らかな幻（上下）
国家権力の及ばぬ〈途鎖国〉。特殊能力を持つ在色者たちがこの地の山深く集う時、創造と破壊、歓喜と惨劇の幕が切って落とされる！　恩田ワールド全開のスペクタクル巨編。（大森　望）
お-42-4

恩田　陸
終りなき夜に生れつく
ダークファンタジー大作『夜の底は柔らかな幻』のアナザーストーリーズ。特殊能力を持つ「在色者」たちの凄絶な過去が語られる。至高のアクションホラー。（白井弓子）
お-42-6

太田忠司
死の天使はドミノを倒す
突如失踪した人権派弁護士の弟・薫を探すために上京した売れないラノベ作家の兄・陽一は、自殺志願者に死をもたらす「死の天使」事件に巻き込まれていく。（巽　昌章）
お-45-3

大山誠一郎
密室蒐集家
消え失せた射殺犯、密室から落ちてきた死体、警察監視下で起きた二重殺人。密室の謎を解く名探偵・密室蒐集家。これぞ究極の密室ミステリ。本格ミステリ大賞受賞作。（千街晶之）
お-68-1

（　）内は解説者。品切の節はご容赦下さい。

大山誠一郎
赤い博物館
警視庁付属犯罪資料館の美人館長・緋色冴子が部下の寺田聡と共に、過去の事件の遺留品や資料を元に難事件に挑む。超ハイレベルで予測不能なトリック駆使のミステリー！　（飯城勇三）
お-68-2

太田紫織
あしたはれたら死のう
自殺未遂の結果、数年分の記憶と感情の一部を失った遠子。その時に亡くなった同級生の少年・志信と自分はなぜ死を選んだのか――遠子はSNSの日記を唯一の手がかりに謎に迫るが。
お-69-1

太田紫織
銀河の森、オーロラの合唱
地球へとやってきた、慈愛あふれる宇宙人モーンガータ（見た目はほぼ地球人）。オーロラが名物の北海道陸別町で宇宙人と暮らす日本の子どもたちが出会うちょっとだけ不思議な日常の謎。
お-69-2

川端裕人
夏のロケット
元火星マニアの新聞記者がミサイル爆発事件を追ううち遭遇する高校天文部の仲間。秘密の町工場で彼らは何をしているのか。ライトミステリーで描かれた大人の冒険小説。　（小谷真理）
か-28-1

垣根涼介
午前三時のルースター
旅行代理店勤務の長瀬は、得意先の社長に孫のベトナム行きの付き添いを依頼される。少年の本当の目的は失踪した父親を探すことだった。サントリーミステリー大賞受賞作。　（川端裕人）
か-30-1

垣根涼介
ヒート アイランド
渋谷のストリートギャング雅《みやび》の頭《ヘッド》、アキとカオルは仲間が持ち帰った大金に驚愕する。少年たちと裏金強奪のプロフェッショナルたちの息詰まる攻防を描いた傑作ミステリー。
か-30-2

垣根涼介
ギャングスター・レッスン
ヒート アイランドⅡ
渋谷のチーム「雅」の頭、アキは、チーム解散後、海外放浪を経て、裏金強奪のプロ、柿沢と桃井に誘われその一員に加わる。『ヒート アイランド』の続篇となる痛快クライムノベル。
か-30-4

（　）内は解説者。品切の節はご容赦下さい。

垣根涼介
サウダージ
ヒート アイランドⅢ
故郷を捨て過去を消し、ひたすら悪事を働いてきた一匹狼の犯罪者と、コロンビアからやって来た出稼ぎ売春婦。ふたりは大金を摑み、故郷に帰ることを夢みた。狂愛の行きつく果ては――。
か-30-3

垣根涼介
ボーダー
ヒート アイランドⅣ
〈雅〉を解散して三年。東大生となったカオルは自分たちの名を騙ってファイトパーティを主催する偽者の存在を知る。過去の発覚を恐れたカオルは、裏の世界で生きるアキに接触するが。
か-30-5

加納朋子
螺旋階段のアリス
憧れの私立探偵に転身を果たしたものの依頼は皆無、事務所で暇をもてあます仁木順平の前に、白い猫を抱いた美少女・安梨沙が迷いこんでくる。心温まる7つの優しい物語。（藤田香織）
か-33-6

加納朋子
虹の家のアリス
心優しき新米探偵・仁木順平と聡明な美少女・安梨沙。『不思議の国のアリス』を愛する二人が営む小さな事務所に持ちこまれる6つの奇妙な事件。そして安梨沙の決意とは。（大矢博子）
か-33-7

香納諒一
贄《にえ》の夜会（上下）
《犯罪被害者家族の集い》に参加した女性二人が惨殺された。容疑者は少年時代に同級生を殺害した弁護士！　サイコサスペンス＋警察小説＋犯人探しの傑作ミステリー。（吉野　仁）
か-41-1

香納諒一
無縁旅人
養護施設から逃げ出した十六歳の少女・舞子は、なぜ死なねばならなかったのか？　若者たちが抱える孤独を嚙みしめ奔走する警視庁捜査一課大河内班の刑事たち。（中辻理夫）
か-41-3

桂　望実
エデンの果ての家
母が殺された――葬儀の席で逮捕されたのは僕の弟だった。「理想の家庭」で疎外感を味わう主人公の僕は、真相を求めて父と衝突を繰り返すが……。渾身の「魂のミステリ」。（瀧井朝世）
か-43-3

（　）内は解説者。品切の節はご容赦下さい。

門井慶喜
天才たちの値段
美術探偵・神永美有
美術講師の主人公と、真贋を見分ける天才の美術コンサルタント・神永美有のコンビが難題に取り組む五つの短篇。ボッティチェッリ、フェルメールなどの幻の作品も登場。（大津波悦子）
か-48-1

門井慶喜
天才までの距離
美術探偵・神永美有
黎明期の日本美術界に君臨した岡倉天心が、自ら描いたという仏像画は果たして本物なのか？　神永美有と佐々木昭友のコンビが東西の逸品と対峙する、人気シリーズ第二弾。（福井健太）
か-48-2

門井慶喜
注文の多い美術館
美術探偵・神永美有
榎本武揚が隕石から作ったという流星刀や支倉常長が持ち帰ったローマ法王の肖像画、京都から出土した〝邪馬台国の銀印〟は本物か？　大好評のイケメン美術探偵シリーズ！（大崎　梢）
か-48-5

門井慶喜
ホテル・コンシェルジュ
盗まれた仏像を取り返せ、アメリカ大使の暗殺計画を阻止せよ…。宿泊客が持ち込む難問を、ベテラン・コンシェルジュと新米フロント係が解決。ユーモアミステリの快作！（大矢博子）
か-48-4

門井慶喜
キッドナッパーズ
その犯罪者は、なぜか声が甲高く背は低く……オール讀物推理小説新人賞受賞の誘拐ミステリー「キッドナッパーズ」ほか、楽しく機知に富んだ単行本未収録ミステリー集。（宇田川拓也）
か-48-6

北方謙三
擬態
四年前、平凡な会社員立原の躰に生じたある感覚……。今や彼にとって人間性など無意味なものでしかなく、鍛え上げた肉体は凶器と化していく。異色のハードボイルド長篇。（池上冬樹）
き-7-7

北村　薫
街の灯
昭和七年、士族出身の上流家庭・花村家にやってきた若い女性運転手〈ベッキーさん〉。令嬢・英子は、武道をたしなみ博識な彼女に魅かれてゆく。そして不思議な事件が……。（貫井徳郎）
き-17-4

（　）内は解説者。品切の節はご容赦下さい。

北村　薫
玻璃《はり》の天
ステンドグラスの天窓から墜落した思想家の死は、事故か殺人か――表題作「玻璃の天」ほか、ベッキーさんの知られざる過去が明かされる、『街の灯』に続くシリーズ第二弾。（岸本葉子）
き-17-5

北村　薫
鷺《さぎ》と雪《ゆき》
日本にいないはずの婚約者がなぜか写真に映っていた。英子が解き明かしたそのからくりとは――。そして昭和十一年二月、物語は結末を迎える。第百四十一回直木賞受賞作。（佳多山大地）
き-17-7

北村　薫
中野のお父さん
若き体育会系文芸編集者の娘と、定年間近の高校国語教師の父。娘が相談してくる出版界で起きた「日常の謎」を、父は抜群の知的推理で解き明かす！　新名探偵コンビ誕生。（佐藤夕子）
き-17-10

北村　薫
水に眠る
同僚への秘めた思い、途切れた父娘の愛、義兄妹の許されぬ感情……。人の数だけ、愛はある。短編ミステリーの名手が挑む十篇の愛の物語。有栖川有栖ら十一人による豪華解説を収録。
き-17-11

貴志祐介
悪の教典（上下）
人気教師の蓮実聖司は裏で巧妙な細工と犯罪を重ねていたが、綻びから狂気の殺戮へ。クラスを襲う戦慄の一夜。ミステリー界の話題を攫った超弩級エンターテインメント。（三池崇史）
き-35-1

喜多喜久
プリンセス刑事《デカ》
女王の統治下にある日本で、王女・白桜院日奈子がなんと刑事になった！　血が苦手な若手刑事とのコンビで挑むのは、凶悪な連続〝吸血〟殺人！　二人は無事に犯人を逮捕できるのか？
き-46-1

喜多喜久
プリンセス刑事《デカ》
生前退位と姫の恋
女王統治下にある日本で、刑事となったプリンセス日奈子。女王が生前退位を宣言し、王室は大混乱に陥る。一方ではテロが相次ぎ――。日奈子と相棒の芦原刑事はどう立ち向かうのか。
き-46-2

文春文庫　最新刊